Les Filles de Freya

FLORIANE SOULAS

LES FILLES DE FREYA

RAGEOT

Cet ouvrage a été imprimé sur un papier
issu de forêts gérées durablement,
de sources contrôlées.

Couverture de Dimitri Jakubowski

ISBN : 978-2-7002-8102-6

Chapitre 1

Allongée dans le noir, les yeux ouverts, Inès écoutait Paris s'éveiller. Elle n'arrivait pas à dormir. Le bruit incessant de la rue craquelait son sommeil. Les klaxons des voitures, la pluie sur le bitume, les paroles incompréhensibles des passants à toute heure de la nuit. Le calme des forêts suédoises lui manquait. Le silence, doux, profond, apaisant. Inès repoussa ses mèches châtains et se tourna sur le côté. Depuis son lit, elle apercevait le lampadaire de la rue qui projetait l'ombre mouvante des arbres sur le mur de sa chambre.

Soudain un gyrophare jeta des éclaboussures rouges et jaunes alors qu'une ambulance passait sous la fenêtre. Le hurlement strident de l'alarme envoya une onde de panique dans tout son corps. Inès ferma les yeux, pressa ses paupières aussi fort que possible. Son cœur tambourinait contre ses côtes et une sueur glacée lui couvrit le corps. Sa main crocheta le pendentif autour de son cou. Le souvenir de l'accident remonta comme un torrent, embourbant sa gorge et ses membres. La peur qui rampait dans les veines. Les lumières de l'ambulance, le son strident de la sirène. L'espoir, l'envie d'y croire quand ils étaient arrivés à l'hôpital après l'appel de la police. Les regards navrés des médecins. L'odeur d'antiseptique de l'hôpital, les larmes de son père. Et le vide. Le vide et les gyrophares comme une tempête dans son crâne.

Inès haletait, piégée dans ses sensations. Pour chasser la nausée qui menaçait de la submerger, elle se concentra sur son pendentif. Elle se força à ouvrir les paupières pour le contempler. Un superbe morceau de pierre noire polie, une obsidienne d'un ovale parfait et gravée d'une rune. Un cadeau de sa mère pour son quinzième anniversaire. Le dernier cadeau qu'elle lui avait fait. Un talisman qu'elle ne quittait jamais, bien qu'Inès n'ait pas réellement cru aux prétendus pouvoirs que sa mère octroyait à ce simple pendentif. Quand elle releva légèrement la tête, les lumières de l'ambulance avaient disparu depuis longtemps. Un calme relatif régnait à nouveau dans la chambre. Inès poussa un soupir fatigué. Son téléphone indiquait six heures trente. Son père n'allait pas tarder à se réveiller.

Elle voulut basculer sur le dos lorsqu'un bruit contre le carreau attira son attention. Une forme se tenait immobile sur une branche. Une pointe d'angoisse lui serra le ventre. Inès plissa les paupières, attrapa ses lunettes sur sa table de chevet. Le monde s'éclaircit d'un coup. Un oiseau. Ce n'était qu'un oiseau. Inès sourit de sa propre bêtise mais son malaise ne se dissipa pas pour autant. Le volatile restait étrangement immobile, juché sur sa branche, comme une sentinelle. Intriguée, elle se redressa, se contorsionna pour jeter un œil par la fenêtre. Une grosse corneille au plumage d'un noir luisant était perchée sur la branche devant sa vitre. Son œil noir, cerclé de blanc, l'observait avec intérêt. Inès frissonna. Les oiseaux ne regardaient pas les gens, pas vrai ? Pas vraiment. Pas comme ça. L'adolescente se leva, rejetant ses couvertures d'un mouvement brusque. L'oiseau ne bougea pas.

Inès se dirigea vers la fenêtre et se planta face à la corneille, toujours immobile. Elles restèrent là, à s'évaluer dans le petit matin. Tout bien considéré, ses plumes n'étaient pas d'un noir uniforme. Des reflets bleus, verts et même violets dansaient selon les angles, créant une myriade de couleurs chatoyantes, comme le reflet du soleil sur une flaque d'huile. Et l'œil de cette corneille n'était pas tout à fait blanc non plus. Inès se pencha un peu plus. Le mince cercle qui encadrait l'iris sombre était bleu lui aussi. Elle se rapprocha encore. Tout le long du cadre, elle avait peint le même symbole que celui qui ornait son pendentif. Autrefois, c'était sa mère qui se chargeait de les dessiner. Une croyance à elle. Une protection encore. *Pour empêcher les mauvaises choses de rentrer.* Par habitude, Inès avait fait de même dans sa chambre, comme un rituel pour ne pas oublier. Son père avait grimacé en apercevant les dessins maladroits mais il n'avait rien dit. Inès ouvrit lentement la fenêtre. Une bourrasque glaciale lui caressa les bras. La corneille ne bougeait toujours pas.

– Tu n'es pas farouche, toi, dis donc, lui lança Inès. Je n'ai rien à manger pour toi.

L'oiseau lui rendit son regard, pencha délicatement le bec vers elle. Le vent d'automne lui fouetta le visage. La prunelle bleue semblait incrustée dans celle d'Inès. « Quel comportement étrange, pensa la jeune fille, même pour un corbeau. » En tendant le bras, elle aurait pu effleurer son bec luisant. Le temps paraissait comme suspendu. Autour du volatile, l'air crépitait et Inès eut l'impression de voir l'écorce de l'arbre briller. Elle plissa les paupières et, l'espace d'une seconde, crut apercevoir une branche recouverte de petites fleurs blanches là où se trouvait l'oiseau. Inès cligna des yeux, surprise. Mais la vision avait déjà disparu, lui laissant un début de mal de tête. Au même moment, la corneille tourna sa tête vers elle, dans un mouvement fluide, en poussant un croassement rauque. Au milieu de son front, un troisième œil sans paupière la transperça. Inès sursauta avec un cri de surprise. Dans son mouvement de recul, son poignet heurta le cadre de la fenêtre. Une onde de douleur déferla dans son avant-bras alors qu'elle chutait sur les fesses.

Quand elle se redressa, la corneille avait disparu. Un scintillement fugace s'attarda sur la branche où s'était posé le corvidé. Inès porta une main à ses yeux, rajusta ses lunettes et se pencha vers la rue. Pas de corneille, pas de fleurs blanches. Elle scruta encore l'arbre puis referma la fenêtre, les bras recouverts de chair de poule. Elle avait dû rêver, les corneilles n'avaient pas trois yeux. En tout cas, pas dans notre monde. Pourtant, l'image d'Odin s'imposa à elle, Odin accompagné de ses fidèles Hugin et Mugin, les corbeaux messagers possédant trois yeux.

Le plancher du couloir émit un couinement, l'avertissant que son père était levé. Il toqua à sa porte, et la lumière du couloir envahit sa chambre.

– Tu ne dors pas, hein ? lui demanda-t-il en entrant. Il fait drôlement froid ici.

– C'est le bruit, répondit Inès. Je n'arrive pas à m'y faire. Toutes ces voitures, ça ne s'arrête même pas la nuit.

Arthur plia ses presque deux mètres de haut et s'assit sur le rebord du lit. Il saisit le livre abandonné sur la table de chevet et le feuilleta. Inès faisait tourner le pendentif entre ses doigts.

– Je sais que c'est un gros changement, soupira son père, de quitter Stockholm et de revenir ici, mais c'était la meilleure solution, pour nous deux.

Inès regarda son père dans la lumière chiche. De gros cernes creusaient ses joues. Ses yeux étaient tristes et doux. Le cœur d'Inès se serra douloureusement à l'idée qu'il puisse croire qu'elle lui en voulait. Elle comprenait son choix, renoncer à leur vie en Suède, se réfugier dans son pays d'origine, mettre de la distance entre eux et… l'accident. Elle s'assit près de lui et posa sa tête sur son épaule.

– Elle me manque à moi aussi, dit-il simplement en lui tendant le livre.

Inès saisit le vieux recueil de contes et légendes nordiques. Sur la couverture, un homme à la longue barbe blanche, l'œil droit couvert d'un bandeau de cuir, était assis sur un trône de bois sculpté. Sur son épaule et sur le bras de son trône, deux corbeaux au regard perçant semblaient la dévisager. Inès passa une main sur ses yeux gonflés par le manque de sommeil. « Non, j'ai dû rêver. »

– Tu es prête pour ton premier jour ?

Inès fit la grimace. Elle haussa les épaules. Occupée par le souvenir de la corneille, elle avait réussi à oublier pendant une seconde qu'elle allait faire sa rentrée dans un nouveau lycée, après quatre mois de pause. Elle n'avait pas réussi à se présenter lors de la rentrée de septembre et son père n'avait pas insisté. C'était trop tôt, et il l'avait compris. Mais il était temps maintenant, elle ne pouvait pas rester enfermée chez elle à ruminer pour toujours – sa mère ne l'aurait pas accepté. Inès jeta un regard par la fenêtre, une vague d'appréhension lui contracta l'estomac. Elle se doutait que celui-ci serait bien différent du lycée francophone de Stockholm mais n'avait aucune idée de ce qui l'attendait. À quoi ressemblaient les élèves français ? Son réveil indiquait quasiment sept heures du matin à présent, elle n'allait pas tarder à le découvrir.

– Oui, ça ira, ne t'inquiète pas, acquiesça Inès avec un sourire vaillant. Tu vas rentrer tard ce soir ?

– Non, je finis tôt. Tu veux passer me chercher ? Je te montrerai le département où je travaille.

Inès acquiesça avec enthousiasme cette fois. Cette idée la rassura. Quoi qu'il arrive pendant cette première journée, la perspective de retrouver son père avait chassé l'étrange corbeau de son esprit et balayé un peu sa tristesse.

– Que dirais-tu de terminer ces kanelbulles que nous avons préparées hier soir ? demanda son père en ouvrant la marche. Il suffit de les réchauffer.

Inès sourit. Elle pouvait déjà sentir l'odeur de cannelle de ses pâtisseries préférées. Son ventre gargouilla en signe d'assentiment. Ce qui déclencha le rire de son père. Il se leva d'un bond, et lui attrapa la main.

– On dirait un oui. Allons-y avant d'affronter nos premiers jours respectifs ! s'écria Arthur avec un sourire tendre.

Inès le suivit avec un rire, le ventre gargouillant de plus belle.

Chapitre 2

Prisca évita le coup de justesse. Elle sentit la main effleurer sa pommette. Elle profita de son esquive pour matraquer son adversaire. Aucun de ses coups n'atteignit sa cible, son adversaire lui échappait, glissante comme une anguille, avec toujours un temps d'avance. Ses poings furent repoussés par des ripostes méprisantes. Le souffle court, Prisca voulut bondir en arrière. Elle trébucha, se maintint de justesse. Elle recula d'un pas, repoussant un atémi brutal, se baissa juste à temps pour éviter un coup de pied. Recula encore.

– Arrête de fuir, grinça son adversaire.

Prisca ne répondit pas. À bout de souffle, elle se repositionna en garde au centre du ring de boxe. Son cœur battait à toute allure. Elle sentait la sueur dévaler sa nuque et le bas de son dos. Elle essuya d'un geste rageur celle qui gouttait entre ses sourcils. Une douleur sourde irradiait dans ses reins et son ventre.

– Allez, recommence !

Prisca déglutit. Elle ferma les yeux une seconde pour se concentrer. Elle les rouvrit sous le regard désapprobateur de sa tante. Mains levées en garde haute, sa queue-de-cheval blonde impeccable, elle ne semblait même pas essoufflée.

– Prisca, j'attends, s'impatienta cette dernière. C'est un entraînement, pas un amusement. Attaque-moi !

L'adolescente serra les dents et les poings. Elle avait chaud. Elle en avait marre. Elle n'avait même pas réussi à la toucher depuis le début de l'entraînement. La colère enflait dans sa poitrine. Contre sa tante qui ne cessait de la pousser à bout. Contre elle-même pour être aussi nulle. Contre ses règles qui lui incendiaient le ventre et contre son jeu de jambes trop lent. Avec un grognement rauque, elle se jeta en avant.

D'un mouvement fluide, sa tante fit un pas de côté, repoussa son attaque d'une claque sèche sur le poignet. En représailles, son coude heurta les côtes de Prisca. Elle gémit tout en pivotant sur sa jambe gauche et envoya un coup de pied fouetté vers le sternum de sa tante. Elle sentit le bout de sa chaussure effleurer la veste en nylon. Ses mâchoires se contractèrent en un rictus. Une gifle claqua sur sa joue. Elle s'était laissé distraire et sa tante en avait profité. Prisca bondit en arrière et s'éloigna d'une roulade. Elle sentit le goût métallique du sang au coin de sa lèvre. Elle l'essuya du pouce. Le sang brillait, rouge, luisant, chaud. Il suffisait d'un geste. D'un seul dessin, d'une seule rune, même faiblarde, pour lui donner un petit coup de pouce.

– Pas de magie, siffla sa tante tout bas. Tu n'es pas assez forte pour l'utiliser comme il faudrait. Bats-toi avec tes poings, c'est tout ce que tu as.

Une vague de honte submergea Prisca. Elle sentait ses forces diminuer. Un sursaut d'ego l'enflamma. Elle devait toucher, au moins une fois. Elle laissa cette colère brûlante l'envahir, et jeta tout ce qui lui restait dans un ultime assaut. Oubliant tous les principes, les conseils, elle bondit en avant comme une furie. Elle enchaîna coups de pied et uppercuts à toute allure, visant la gorge, les genoux et le foie, ne prenant même plus la peine de se protéger. Elle encaissa un direct à l'estomac et un à la cuisse, continua d'avancer pour pénétrer la garde imprenable de sa tante. Elle visait les points vitaux. Sa tante souleva un sourcil, surprise par ce regain de vitalité et de vitesse.

Avec des parades efficaces, elle retourna la force de Prisca contre elle-même. Le plat de sa main claqua contre l'oreille de Prisca, l'étourdissant. Sa tante en profita pour enrouler son poignet autour de son bras et le lui tordit sauvagement. Prisca émit un feulement à quelques centimètres du visage de sa tante. Cri qui se transforma vite en gémissement de douleur. Elle fut repoussée à terre d'un coup de pied et y resta allongée. Épuisée et vaincue.

Prisca ferma les paupières. Son cœur tambourinait contre ses tempes. Elle avait la nausée. Elle sentit sa tante s'approcher et s'accroupir près d'elle. Lorsqu'elle rouvrit les yeux, deux prunelles d'un bleu trop clair la transpercèrent.

– C'est ta pire séance depuis des mois, Prisca, lâcha-t-elle d'une voix glaciale.

– Mes règles se terminent, tante Edith, tenta de se justifier Prisca du bout des lèvres. J'ai les reins en feu.

– Des excuses. Tu crois que les Égarés se soucient de savoir si tu es malade ? Prends une aspirine et serre les dents.

Prisca sentit la colère l'envahir pour de bon. Edith arqua à nouveau un sourcil en se relevant d'un mouvement fluide.

– Inutile de prendre cet air courroucé. Tu dois faire mieux que ça, c'est ton rôle et ton devoir.

– Mais je fais de mon mieux ! s'écria Prisca en sentant les larmes lui piquer le nez.

– Eh bien, ce n'est pas assez. Essaie encore, asséna sa tante. Notre mission est importante. On doit veiller à chaque instant.

Prisca baissa la tête, les joues brûlantes de honte. Elle n'était jamais à la hauteur.

– Depuis cet été, de plus en plus de créatures ne cessent de traverser, continua Edith. Mais elles n'ont rien à voir avec les Égarés habituels, qui traversent le voile par erreur. Ce n'est pas normal. Il se passe quelque chose ailleurs et ça fuite chez nous. Elles sont nombreuses, plus rapides et agressives, cela rend notre mission plus difficile mais aussi plus importante, on ne peut pas les laisser attaquer des innocents. Si seulement tu pouvais convoquer le *seidr*. Ta mère au moins, elle avait un vrai don. Je ne sais pas ce qu'il s'est passé avec toi.

La mention de sa mère embrasa sa colère comme une braise.

– Ce n'est pas ta mission, c'est la mienne ! rugit soudain Prisca en se redressant sur les coudes. Tu n'as jamais eu à te battre. Tu n'as pas le moindre pouvoir, tu vois à peine les Égarés !

Elle regretta aussitôt ses paroles. Edith Monsort l'avait recueillie à la mort de ses parents quand elle n'était qu'un bébé. À cette époque, Sophie, sa mère, avait le don. Logiquement, c'était Prisca, sa fille, qui aurait dû en hériter. Mais en grandissant, rien ne s'était passé et elle n'avait pas développé les pouvoirs tant attendus pour reprendre le rôle laissé vacant par sa mère. Malgré son incapacité à accepter Prisca comme sa fille, Edith s'était occupée d'elle et lui avait offert un toit, une famille, une éducation. Depuis, Prisca faisait de son mieux pour ne pas abandonner. Elle avait tout tenté pour aviver en elle l'étincelle des pouvoirs maternels. En vain. Oh, elle pouvait bien lancer quelques sorts, mais rien à voir avec ce dont sa mère avait été capable de son vivant, d'après sa tante. Ainsi Prisca avait grandi dans l'ombre d'un souvenir qu'elle n'avait jamais connu, jamais assez forte, ni rapide.

Edith la dévisagea un instant, ses poings contractés à s'en faire blanchir les jointures. Pendant une fraction de seconde, Prisca crut qu'elle allait la gifler. Finalement, sa tante laissa échapper un long soupir et la fusilla du regard.

– Je t'ai tout donné et je fais de mon mieux pour t'aider. J'ai sacrifié ma vie, mon indépendance pour toi. Il n'y a rien de pire que l'ingratitude, Prisca.

L'adolescente ravala sa colère et le sentiment d'injustice qui lui obstruait la gorge.

– Pardonne-moi, tante Edith. Je m'entraînerai plus longtemps demain.

Sa tante hocha la tête, satisfaite. Elle lui tendit une main que Prisca accepta pour se relever. Sa paume était sèche et tiède – comme si elle n'avait pas passé une heure à se démener dans la salle d'entraînement. Prisca ne put retenir une grimace agacée. Elle faisait de son mieux, vraiment, pour se rendre digne de sa mère et de cette famille. Mais le perfectionnisme de sa tante rendait sa tâche difficile, presque impossible. Parfois, elle en venait même à se dire que sa tante aurait dû hériter du pouvoir familial à sa place. Et toute cette colère, ce sentiment d'injustice qui paraissait imprimé en elle, ne l'aidaient pas. Souvent lors des entraînements, ses échecs déclenchaient une sorte de rage à peine contrôlable. Dans ces instants, elle se sentait capable de tout détruire autour d'elle. Prisca devait convoquer toute sa volonté pour ne pas briser ce qui lui passait sous la main.

– C'est vrai que tu es pâle, dit Edith en signe d'apaisement. Ça ira mieux demain.

– Oui, sûrement, maugréa Prisca.

Sa tante consulta sa montre connectée et fit la grimace.

– Je dois filer au bureau. Va prendre une douche, tu vas être en retard en cours. On se retrouve ce soir pour patrouiller.

Prisca acquiesça sans rien dire. Sa tante sauta à bas du ring en saluant Jean, le patron de la salle, qui s'apprêtait à ouvrir pour la journée. Prisca la vit partir à petites foulées et tourner au coin de la rue sans un regard en arrière. L'adolescente essuya le sang qui commençait à sécher sur sa lèvre. Elle observa quelques instants ses mains, les marques blanches qui striaient ses paumes et l'intérieur de ses bras. Autant de tentatives ratées, ou trop peu puissantes, de convoquer le *seidr*. Que ce soient les invocations de soin ou d'attaque, aucune ne fonctionnait comme elle aurait dû.

Prisca n'y arrivait tout simplement pas. Elle soupira, récupéra sa serviette et se dirigea vers les vestiaires.

Les premiers sportifs se présentaient devant la porte. Deux femmes pénétrèrent dans le vestiaire alors que Prisca ôtait son tee-shirt trempé de sueur. L'une d'elles émit un sifflement admiratif en apercevant les bleus qui ornaient ses côtes et ses bras. Prisca baissa la tête, honteuse. Chacune de ces marques symbolisait ses propres erreurs, ses propres faiblesses. Elle se dépêcha de rejoindre la douche sous les chuchotements bas, les yeux toujours fixés au sol.

Quand elle ressortit, elle était seule. Elle s'habilla rapidement, enfilant un jean et un sweat noir et moelleux sous sa veste en cuir, échangea son sac de sport contre son sac de cours. En quittant la salle, elle croisa Jean, qui lui adressa un sourire encourageant.

– Tu t'en es bien sortie, petite, lui dit-il avec un clin d'œil.

– Merci Jean. À demain.

Prisca émergea dans l'air frais du mois de novembre. Le vent glacial lui remit les idées en place. Une lumière grise, légèrement jaune, chargée de pollution, couvrait Paris comme une chape. L'odeur des pots d'échappement l'écœura. Un fin crachin se mit à tomber. Prisca enfouit sa tête sous sa capuche et prit le chemin du lycée.

Lorsqu'elle franchit l'imposante porte en bois qui séparait la cour de la rue, Prisca marqua un léger temps d'arrêt. Elle observa les petits groupes d'élèves qui attendaient le début des cours. Tous semblaient heureux de se retrouver après les longues vacances de la Toussaint. Prisca, elle, était simplement soulagée que les vacances prennent fin car cela signifiait qu'elle n'aurait plus qu'un entraînement par jour. À cette pensée, la douleur des coups reçus au petit matin commença à s'épanouir dans ses bras et ses jambes, s'ajoutant à celle dans son ventre. Une bise glaciale soufflait entre les arbres aux branches nues et les vieux bâtiments réhabilités en lycée, et elle frissonna d'avance en songeant aux courants d'air qui circulaient dans les salles mal isolées. L'idée de rester enfermée toute la journée lui donna la nausée.

Réticente, elle prit la direction du bâtiment principal. Un frisson lui démangea la nuque alors qu'elle s'apprêtait à en passer les portes. L'espace d'une seconde, tous les sons s'évanouirent. Aussitôt, une sérénité nouvelle l'envahit et sa colère s'évapora. Prisca voyait des élèves discuter et se chamailler mais elle n'entendait plus rien. Elle fronça les sourcils, perturbée. La démangeaison s'accentua. Prisca tourna la tête, encore sonnée. Une jeune fille aux longs cheveux châtains bouclés et aux lunettes dorées la dépassa, le regard fixé sur un plan de l'établissement. Malgré le froid mordant, elle ne portait pas de manteau, juste un épais pull tricoté en laine blanche. Elle continua sa route et disparut de son champ de vision. Le brouhaha de la petite cour revint à plein volume, chassant l'irritation qui parcourait sa nuque. Prisca cligna des yeux, comme si elle venait de recevoir une gifle. Tout sentiment de sérénité envolé, elle eut l'impression que ses muscles fatigués l'élançaient encore plus. Que venait-il de se passer ?

– Salut Prisca. Tu as vu un fantôme ou quoi ? lui lança un garçon brun au visage couvert d'acné.

Prisca réalisa qu'elle se tenait seule, debout au milieu de la cour qui se vidait.

Chapitre 3

Prisca écoutait d'une oreille distraite le cours d'histoire. Elle jeta un coup d'œil à l'écran de son téléphone. Encore quinze minutes à tenir. Elle n'avait qu'une hâte, quitter le lycée et aller marcher. Sa tante lui avait asséné de nombreuses fois que ces marches étaient des patrouilles, qu'elles cherchaient des Égarés à renvoyer dans leur monde ou à éliminer. Mais Prisca aimait bien ces moments de solitude. Arpenter Paris, surtout à l'automne, avait le don de l'apaiser. Les couleurs, les arbres jaunissant contre les beaux immeubles haussmanniens du Quartier latin, cela formait un cocon agréable, calme. Ses mains s'agitaient toutes seules, impatientes. La professeure leur posait des questions sur les principales religions.

– Bien, Lola, dit la professeure en se tournant vers le tableau pour écrire. Donc maintenant que nous avons vu les religions monothéistes, voyons les autres. Lesquelles connaissez-vous ?

Les réponses se mirent à fuser. Au tableau, la jeune professeure encourageait les élèves à répondre. C'était une bonne enseignante, Prisca l'avait déjà eue l'année précédente et elle l'aimait bien. Elle se redressa légèrement pour écouter. Une voix s'éleva soudain parmi les rangs du milieu, vers la fenêtre.

– Il y a aussi l'Ásatrú.

Prisca se figea. Ses entrailles se glacèrent de surprise. Elle tourna la tête si vite que ses cervicales craquèrent. Elle reconnut la jeune fille châtain aux lunettes dorées, croisée le matin même, et dut faire un effort pour se rappeler son prénom. Inès. Une nouvelle élève, à laquelle elle n'avait plus prêté attention. Sauf que là, tout venait de changer. Personne ne connaissait l'Ásatrú, à part Prisca et sa tante, car plus personne ne le pratiquait.

– Le quoi ? demanda la professeure sous les rires des autres élèves.

Inès rougit mais, contrairement à ce que Prisca attendait, elle ne se démonta pas.

– L'Ásatrú, elle fait partie des religions néopaganistes scandinaves. Elle est liée aux Eddas nordiques et à leur mythologie, répondit-elle d'une voix hésitante malgré tout.

– Eh bien, tu nous apprends à tous quelque chose, Inès, la remercia la professeure, mais nous ne traiterons pas de ce genre de choses malheureusement. C'est tout de même bien de savoir que cela existe. Reprenons, d'autres exemples ?

Prisca regarda Inès baisser la tête alors qu'une vague d'indignation lui soulevait le cœur. *Ce genre de choses.* Voilà comment sa prof parlait de sa religion. Elle se sentit humiliée, rabaissée. Elle jeta un coup d'œil vers la nouvelle. Cette dernière aussi semblait mal à l'aise, voire un peu triste. Inès serrait entre ses doigts un pendentif, les lèvres jointes en une ligne pâle. Prisca plissa les paupières. Elle n'avait peut-être pas beaucoup de pouvoir mais sa lignée bénéficiait d'une bonne vue et de sens plus développés que la moyenne, assez pour repérer la rune gravée sur le pendentif. Son cœur refit un bond dans sa poitrine. Cette fille pratiquait l'Ásatrú ?

À ce moment, comme si Inès avait senti qu'on l'observait, elle tourna la tête pour lui rendre son regard. Deux prunelles disparates, une vert clair, l'autre marron, se fichèrent dans les siennes. La fille la dévisagea avec une lueur de défi au fond des yeux. Une nouvelle démangeaison lui électrisa la nuque. Un picotement étrange la saisit, comme lorsqu'elle invoquait le *seidr*, la magie runique. « Impossible », pensa Prisca. Au bout d'une seconde qui lui parut durer une éternité, Inès baissa à nouveau les yeux. Prisca resta figée sur place, le cœur battant la chamade.

Quelques minutes plus tard, la sonnerie retentit, libérant les élèves de cette première journée de reprise. Prisca se redressa d'un bond. Mais le temps qu'elle rassemble ses affaires, Inès était déjà partie. Les questions se bousculaient dans sa tête. Elle devait absolument retrouver cette fille. Elle balança son sac sur son dos et se mit à courir dans les couloirs. Elle bouscula plusieurs adolescents, ne se retourna pas pour s'excuser.

Un flot ininterrompu d'élèves passait la porte en criant et en rigolant. Prisca aperçut la chevelure ondulée d'Inès au milieu de la foule. Elle la rattrapa sur le trottoir devant le lycée.

– Eh, attends ! l'appela-t-elle. Inès ? C'est ça ?

La jeune fille s'arrêta et la dévisagea de ses étranges yeux vairons. Perturbée, Prisca ne sut pas dans quel œil la regarder. Ses longs cheveux encadraient son visage rond, mangé par ses lunettes trop grandes. Elle avait des cernes noirs sous les paupières et semblait fatiguée, et un peu perdue.

– Oui ? demanda Inès, sourcils froncés.

– Désolée, je suis Prisca, on est dans la même classe. Je voulais te poser une question.

– Non, je ne porte pas de lentilles. Oui, c'est un truc de famille. Et oui, tu t'y habitueras.

Prisca resta bouche bée devant la tirade. Inès avait parlé d'une voix lasse et tendue, comme si elle avait l'habitude qu'on l'interroge sur ses yeux et qu'elle en avait marre de s'expliquer. Voyant son expression étonnée, le visage d'Inès se détendit et le rouge lui monta aux joues.

– Ce n'est pas ça que tu voulais me demander et je viens de me ridiculiser, pas vrai ? marmonna-t-elle avec une grimace désabusée.

– Eh bien, non, ce n'était pas ça, confirma Prisca avec un sourire. En fait, j'ai vu ton pendentif, c'est la rune Jera dessus ?

– Oui, tu connais les runes ? s'étonna Inès. C'est la rune de la joie et du succès.

– Oui, je... me passionne pour la mythologie nordique, choisit de révéler Prisca.

Ce n'était qu'un demi-mensonge, et puis la mythologie nordique était devenue à la mode depuis que le cinéma s'était emparé des dieux scandinaves. Elle pouvait avoir lu ça n'importe où. Pourtant, l'étrange démangeaison à l'arrière de sa nuque avait repris, comme pour lui donner tort. Le sourire d'Inès s'élargit et la boule de bien-être s'agrandit dans la poitrine de Prisca. Elle resta là, à observer la nouvelle, sans trop savoir quoi dire.

– Alors, tu viens d'arriver de...

– Suède, oui, compléta Inès.

– Ce n'est pas trop dur de débarquer en cours d'année?

– Un peu, avoua Inès.

Prisca hocha la tête. Le sentiment de bien-être s'installa au creux de son ventre et se mit à irradier dans tout son corps. Sa tête devenait légère. Sa colère se tut, l'espace d'un instant. Son cerveau semblait englué dans du coton. Elle se sentait bien, elle n'avait pas envie de réfléchir. Tous les élèves étaient partis, il ne restait plus qu'elles deux sur le trottoir.

– Il doit faire froid là-bas, réussit-elle à articuler.

Inès ouvrit la bouche pour lui répondre quand un glapissement aigu retentit dans l'air humide. Les deux filles se figèrent. Un frisson angoissé hérissa les poils sur les bras de Prisca. L'atmosphère se rafraîchit d'un coup et la démangeaison se répandit de sa nuque jusqu'à ses omoplates. Un mauvais pressentiment l'étreignit. Un mouvement furtif passa dans sa vision périphérique. Prisca retint sa respiration et scruta le trottoir, à la recherche du bruit.

– C'était quoi, ça? demanda Inès. On aurait dit un animal agonisant.

Elles se tournèrent vers la rue dans un même élan. Le flot des voitures et des bus ne s'interrompit pas et elles n'aperçurent aucune carcasse sur le bitume. Les arbres rachitiques laissaient tomber leurs feuilles ternies par la pollution, et une demi-douzaine de pigeons au plumage sale et aux pattes abîmées roucoulaient à leurs pieds en quête de nourriture. Pendant une seconde, il ne se passa rien.

Alors que Prisca allait se détourner, persuadée d'avoir rêvé, une boule de poils sombres bondit depuis les poubelles entassées au bord du trottoir. Le corps élancé de la bestiole ressemblait à celui d'un lièvre particulièrement grand. Sa fourrure était tachetée comme celle d'un marcassin. Sur son crâne étrangement allongé, deux petites cornes pointaient, tordues, couleur de suif. Deux paires de dents affûtées étaient visibles hors de sa bouche. Prisca tressaillit en croisant le regard de la bête. Ses iris noirs irradiaient de malveillance. Elle crut l'entendre feuler dans sa direction. L'animal tourna sa tête pointue vers Inès. Prisca prit une inspiration sifflante. Elle avait complètement oublié sa camarade. Heureusement, les humains ne pouvaient pas voir les Égarés.

– Qu'est-ce que c'est que ça ? murmura soudain Inès. Il est malade ?

– Tu le vois !?

– Euh... oui, répondit Inès. Tu crois qu'il s'est enfui de chez quelqu'un ? Attends... Pourquoi il a des cornes ?

Prisca eut une moue sceptique. Non, ce lapin bizarre n'appartenait à personne. La vraie question, c'était de savoir pourquoi Inès avait réussi à le voir et ce que cela signifiait. Inès se pencha et tendit une main vers le lièvre, toujours immobile. Le sang de Prisca ne fit qu'un tour.

– Non ! Ne le touche pas !

Sa main fusa pour saisir celle d'Inès. Lorsque leurs peaux se frôlèrent, Prisca sentit un courant électrique lui piquer l'épiderme. Elle retira vivement sa paume alors qu'Inès se rejetait en arrière, surprise. L'animal cornu poussa un nouveau glapissement aigu et fit volte-face. Il s'enfuit entre les jambes des passants et remonta la rue par bonds erratiques. Prisca hésita une fraction de seconde. Puis elle se mit à courir.

– Je dois y aller, souffla-t-elle en attrapant les bretelles de son sac à dos.

– Prisca ! Attends !

Alors qu'elle remontait la rue à toute allure derrière la créature, elle entendit Inès lui courir après.

Chapitre 4

Inès courait derrière Prisca. Elle détestait courir, elle détestait le sport et pourtant, elle remontait la rue aussi vite que possible, en essayant de ne pas perdre la jeune fille des yeux. Ses muscles protestaient à chaque pas, elle n'arrivait pas à retrouver son souffle et elle avait un goût de sang dans la bouche. Mais elle ne s'arrêtait pas. Une intuition lui soufflait de ne pas perdre Prisca, qu'il fallait la suivre, qu'elle savait quelque chose d'important. Elle avait senti une étrange sensation de bien-être en étant proche de Prisca, un sentiment de calme qui avait réussi à atténuer sa propre tristesse, pourtant profondément ancrée en elle.

Inès essuya d'un revers de poignet la sueur qui lui coulait dans les yeux, faillit faire tomber ses lunettes et manqua bousculer une vieille dame munie d'une canne. Elle cria une excuse en reprenant sa course.

Elle rattrapa la jeune fille à un feu rouge, tout en haut du boulevard Saint-Michel. Elle pila, les deux mains sur les genoux, haletante. Prisca scrutait l'intersection, les sourcils froncés. Ses prunelles couleur noisette semblaient capables de voir à travers le flot des voitures. Elle tourna la tête pour dévisager Inès. Un éclat dur passa sur son visage. Inès réalisa à quel point elle était belle. Son visage mince était tendu sur ses pommettes très hautes. Une cicatrice ancienne marquait sa tempe gauche, prenant naissance au coin de sa paupière mais, loin de la défigurer, cette marque attirait le regard sur ses yeux.

– Tu n'aurais pas dû me suivre, dit Prisca avec une moue.

– On l'a perdu ? parvint à hoqueter Inès en réponse. Le lapin mutant ?

– Il n'est pas loin, dit-elle en levant le visage vers le ciel. Je le sens.

D'un geste du menton, elle désigna les hautes grilles de fer, de l'autre côté du passage piéton. Inès connaissait de nom le jardin du Luxembourg, mais ne l'avait jamais visité. Elle se redressa, encore essoufflée, et fixa les grilles et les gens qui attendaient à un feu rouge.

– Ils ne le voient pas ? demanda-t-elle.

– Non, ils ne voient rien.

– Qu'est-ce que c'est, alors ? Il s'est échappé d'un laboratoire ? Il va répandre un virus et provoquer la fin du monde ? Un deuxième Covid ? Et pourquoi on lui court après ?

Inès se mordit la lèvre. Elle lisait vraiment trop de romans de science-fiction.

– Parce que c'est un Égaré, répondit Prisca.

Elle avait dit ça comme s'il s'agissait d'une évidence. Inès se renfrogna. Elle voulut demander ce qu'était un

Égaré, lorsque le feu passa au vert pour les piétons. Prisca fila comme une flèche. Inès gémit et remit en mouvement ses jambes tremblantes.

Elle franchit les grilles du jardin du Luxembourg juste derrière Prisca. Son sac bringuebalait sur son dos et les bretelles lui cisaillaient les épaules. Elle avait chaud malgré le petit nuage blanc qui s'échappait de ses lèvres à chaque respiration. Prisca zigzaguait entre les badauds, les évitait à la dernière seconde d'un mouvement fluide ou d'un pas de côté rapide. Inès, elle, ne cessait de percuter des épaules et de marmonner des excuses. Le soleil déclinait déjà alors qu'elle suivait la jeune fille de son mieux. L'éclairage public jetait des ombres sur les arbres aux branches dénudées. Inès sentait son cœur tambouriner dans sa poitrine. L'effort collait ses cheveux contre son cou. Un mauvais pressentiment l'étreignit en même temps qu'une étrange certitude, celle d'être au bon endroit.

Quelques pas devant elle, Prisca transpirait à peine. Inès se força à accélérer en dépit de la sensation que ses jambes allaient s'arracher de son corps. Ses cuisses la brûlaient et une sueur glacée lui coulait dans la nuque. Son épais pull de laine la grattait. Elle voulut éviter un enfant qui déboula entre ses jambes et trébucha. Une main ferme la rattrapa par le coude et lui évita de s'étaler au sol.

– Fais attention. Et si tu me suis, dépêche-toi, la morigéna Prisca. C'est au crépuscule qu'ils sont les plus forts. Quelqu'un pourrait être blessé.

Les poumons d'Inès se gelèrent dans sa poitrine à cette perspective. Elle déglutit et acquiesça en silence, suivant Prisca à travers les arbres. Plus loin, elle aperçut une place découverte au centre de laquelle se trouvait une large fontaine de pierre, flanquée d'un beau bâtiment. Et deux yeux noirs luisants qui les observaient d'un air méchant. Quelques passants flânaient en profitant des derniers rayons du soleil. Aucun d'entre eux ne semblait remarquer le lapin mutant, même lorsque celui-ci bondit sur le rebord de la fontaine.

Prisca accéléra le pas, remonta les manches de sa veste et de son sweat pour libérer ses mains. Inès aperçut des dizaines de marques blanches sur la peau de ses bras mais son regard fut happé par la créature. Le lapin feula dans leur direction. Sa fourrure mouchetée se mit à onduler, comme si ses muscles étaient secoués de spasmes. Dans un soubresaut, les cornes qui ornaient son front grandirent, ses dents s'allongèrent et il atteignit la taille d'un gros chat. Et il continuait de grandir. Inès retint un hoquet de surprise.

– On arrive trop tard, murmura Prisca.

Le temps qu'elle rejoigne la créature, celle-ci avait désormais la taille d'un grand chien. Elle redressa la tête vers les deux adolescentes et émit une plainte aiguë. Lorsqu'Inès parvint à la margelle, un froid glacial la saisit à la gorge et lui coupa le souffle. Elle eut l'impression que des milliers de feuilles gelées lui entaillaient la peau des joues et des doigts. Le monstre sauta à bas de la fontaine. Inès retint un haut-le-cœur en le voyant de près. En dépit de son allure familière, cette créature avait quelque chose de terriblement étrange et de beau à la fois. Les dents acérées brillaient sous la lumière des lampadaires, promesses de coupures mortelles. Le corps tonique et les muscles tendus trahissaient la vitesse de l'animal, et la lueur sauvage dans ses yeux, son intention de blesser. Prisca lui fit signe de ne plus avancer, laissant plusicurs mètres entre elles et la créature.

– Mais qu'est-ce que c'est que cette chose ? murmura-t-elle tout bas. Pourquoi les gens ne peuvent-ils pas la voir ?

– Le *seidr* les aveugle, expliqua Prisca. Reste en arrière, n'interviens pas.

Prisca plongea la main dans sa poche et en ressortit un Opinel. Elle fit jaillir la lame et Inès sentit la peur lui serrer l'estomac. Cette fille allait-elle se battre avec ce monstre ? Pendant une fraction de seconde, le temps sembla suspendu. La bête et Prisca se jaugeaient en silence. Puis la créature bondit en avant. Prisca trancha dans le gras de sa paume gauche. Inès vit le sang couler, rouge écarlate. Elle poussa un cri de surprise. Prisca trempa son index dans le sang et traça quelque chose sur sa main blessée.

– Heimdall, gardien du pont, je t'invoque par cette rune qui est tienne, scanda-t-elle. Protège-nous des nuisibles qui tentent de passer le voile.

Inès recula d'un pas. Heimdall. Le nom jaillit dans sa mémoire. Il s'agissait du gardien du pont Bifröst, c'était un dieu. Prisca évoquait un dieu. Cela n'avait aucun sens. Pourquoi faisait-elle ça ?

Soudain, un souffle de vent souleva ses cheveux encore humides de sueur. L'air crépita, un goût de métal lui emplit la bouche. La paume de Prisca se mit à briller. La lumière mourante du soir parut alors reprendre de la force. Un bourdonnement invisible emplit l'atmosphère tandis que les derniers rayons de soleil se transformaient en arc-en-ciel juste au-dessus de Prisca. Inès leva un regard émerveillé vers ce phénomène impossible. Son œil gauche la tirailla désagréablement alors qu'il lui semblait qu'une pluie d'or ruisselait de l'arc-en-ciel. Le temps qu'elle cligne des yeux, la créature était sur elle. Elle se fracassa contre un mur invisible, un chatoiement multicolore et évanescent, situé un mètre devant Prisca, et fut renvoyée en arrière, roulant au sol, comme foudroyée. Prisca observa ses mains, l'air ahurie.

Inès crut voir fleurir un sourire sur les lèvres fines de la jeune fille, qui s'évanouit aussitôt lorsque l'animal se crispa avant de se remettre sur ses pattes, s'ébrouant avec rage. Il tourna à nouveau son crâne cornu vers les deux adolescentes et laissa échapper un couinement agressif.

– Il n'a pas l'air content, fit remarquer Inès.

Mais Prisca ne répondit pas. Inès l'entendit murmurer tout bas des formules rituelles, sommer les runes de lui conférer leur puissance. Ses yeux prirent une teinte jaune. La créature se figea, comme consciente que la situation avait changé. Elle fit un bond en arrière, tenta de fuir. En vain. D'un bond prodigieux, Prisca la rattrapa. D'un coup de pied, elle lui faucha les pattes arrière. La créature tomba lourdement au sol. Prisca saisit ses deux cornes et tordit violemment son cou. Ses cervicales émirent un craquement sordide. Ses yeux devinrent vitreux. Prisca se dégagea et l'étrange lapin glissa au sol, inerte. Déjà, la carcasse maigre s'étiolait comme de la fumée dans le vent. Il ne resta aucune trace de son passage.

Prisca se redressa, essuya sa main sur son jean en y laissant une traînée sombre. Elle contemplait l'espace vide où s'était trouvé le lapin. Inès l'observait, indécise. Trop de pensées tournaient sous son crâne. Un lapin mutant, un dieu nordique, Prisca avec les yeux jaunes…

Inès fit un pas en avant, lorsqu'un mouvement attira son regard. Deux prunelles rouges s'étaient allumées dans un buisson à quelques mètres de là. Elle sentit son cœur louper un battement quand une silhouette furtive se jeta vers Prisca, toutes dents pointues dehors. Un second lapin jaillit des fourrés mais il n'avait rien à voir avec le premier. Celui-là était famélique, et des taches claires exposaient sa peau là où les poils étaient tombés par paquets. Une bave rouge coulait de ses babines pleines de croûtes, et une odeur de sang s'éleva dans l'air. Du pus suintait de sa peau tavelée. La créature ressemblait à un cauchemar vivant.

Prisca observait toujours le sol à ses pieds, inconsciente du danger. Inès se précipita vers elle.

– Prisca ! hurla-t-elle.

Elle n'arriverait pas à temps. Un chuchotement emplit ses oreilles. *Thurisaz.* Dans un geste désespéré, elle se jeta en avant. Elle percuta la jeune fille qui se retournait, faisant barrage de son corps contre le monstre. Celui-ci poussa un piaillement aigu et ouvrit les mâchoires. Inès leva un bras pour se protéger. Soudain, un flash lumineux l'éblouit. Elle plissa les paupières. La créature fut traversée par un éclair d'un bleu céruléen alors qu'un grondement sourd emplissait l'atmosphère. Inès sentit tous les poils de son corps se hérisser. La bête était recroquevillée au sol, la fourrure et les chairs carbonisées. Un symbole flottait dans les airs. Un triangle sur une ligne droite. Inès reconnut une rune nordique. Thurisaz, la rune des éclairs. *Inès !*

L'adolescente crut entendre son prénom prononcé tout bas mais elle reporta son attention sur le symbole. La lumière provenait du pendentif à son cou, qui irradiait comme un phare. Le symbole lumineux flotta au-dessus d'elles jusqu'à ce que le monstre expire et disparaisse en lambeaux de fumée.

Un vent glacial souffla sur le parc désert, chassa les relents méphitiques de l'étrange animal. Comme si une tempête avait nettoyé l'atmosphère, la laissant plus pure. Inès resta pantelante, les yeux écarquillés. Que venait-il de se passer ?

– Tu vas bien ? demanda Prisca.

– Oui, je crois... je n'ai rien, hoqueta Inès sans lâcher des yeux l'endroit où s'était tenue la créature difforme. Il est... il est... Qu'est-ce que j'ai fait ?

– Tu viens de tuer un... une sorte d'Égaré avec une rune, dit Prisca. Tu as invoqué Thurisaz, une puissante rune d'attaque et tout ça sans respecter aucune des formules sacrées...

Inès se tourna vers elle. La jeune fille blonde semblait elle aussi sous le choc. Du sang gouttait de sa main entaillée. Ses yeux avaient repris leur teinte grise.

– Tu es blessée, réalisa Inès en désignant la paume de Prisca.

– Ce n'est pas grand-chose, éluda la jeune fille en cachant sa main. Comment as-tu fait ?

– Je... je ne sais pas, bredouilla Inès. Il allait t'attaquer, j'ai juste...

– Tu as juste invoqué Thurisaz, une des runes d'attaque les plus puissantes, répondit Prisca. Qui es-tu ? Tu fais partie du clan ?

– Le clan ? J'ignore de quoi tu parles, dit Inès en reculant d'un pas. Je te le jure !

La moue sceptique de Prisca s'adoucit. Ses yeux se fixèrent sur ceux d'Inès.

– Pourtant, il y a forcément quelque chose. Tu peux voir les Égarés et utiliser les runes. Sans parler de tes yeux – j'aurais dû y voir un signe tout de suite.

– Mes yeux ? répéta Inès.

– Chez moi, on dit que ceux qui ont des yeux comme les tiens sont marqués par les dieux.

La voix de Prisca était à peine un murmure. Inès l'entendit aussi clairement que si elle avait crié. Des dieux ? Le souvenir d'une après-midi d'été la saisit. La main chaude de sa mère sur sa joue pour sécher ses larmes. À l'école, les autres enfants s'étaient encore moqués de ses yeux. L'odeur rassurante de sa mère l'enveloppait comme une couverture alors qu'elle lui caressait les cheveux. *Tes yeux voient bien plus que tu imagines, ma chérie. Les dieux se sont penchés sur toi.* Inès sentit son cœur se serrer. Sa mère lui répétait souvent des phrases étranges lorsque, enfant, elle était triste et que ses camarades se moquaient d'elle. *Odin a perdu un œil mais il a gagné la sagesse.* Inès repoussa ce souvenir pour empêcher les larmes de lui piquer les paupières.

– Ces Égarés, que sont-ils ? demanda-t-elle en esquivant le sujet de ses prunelles. On risque de voir d'autres lapins mutants, c'est ça ?

– Ce sont des créatures qui ont traversé le voile par erreur, dit Prisca. Mais cette deuxième chose… j'ignore ce que c'était exactement…

– Le voile ? De l'au-delà ? demanda Inès sans comprendre.

– Non, ils viennent d'ailleurs, répondit Prisca, prudemment. D'un autre monde.

– Un autre monde, répéta Inès. Tu te moques de moi, pas vrai ?

Mais Prisca affichait une mine très sérieuse, et inquiète.

– Écoute, je ne sais pas si j'ai le droit de te parler de tout ça. Je dois d'abord en discuter avec ma tante. C'est trop important. J'ai besoin que tu me répondes honnêtement. Est-ce que tu as déjà vu ce genre de créature avant ?

– Non ! dit Inès avant de réfléchir. Enfin... ce matin, j'ai vu une corneille à trois yeux. Mais c'est différent, non ? Qu'est-ce qui se passe ?

Inès sentait la panique enfler en elle. La nuit était à présent tombée sur le parc désert et les ombres qui s'allongeaient lui paraissaient soudain très menaçantes. Elle avait l'impression de voir des yeux rouges dans tous les buissons. La main de Prisca se posa sur son épaule.

– Calme-toi, lui intima la jeune fille. Respire doucement.

Inès prit une inspiration profonde, qu'elle relâcha avec lenteur. Elle se concentra sur la sensation de la main de Prisca pour ne pas céder à la terreur.

– Ça va mieux ?

Inès hocha la tête, reconnaissante.

– Je dois parler avec ma tante, il y a forcément une explication, dit Prisca. Donne-moi ton téléphone.

Inès obéit sans discuter. Malgré le pli soucieux qui barrait son front et le sang qui maculait ses doigts,

Prisca semblait savoir quoi faire. « Elle a l'habitude de ces monstres », réalisa Inès tandis que Prisca saisissait rapidement son numéro dans son répertoire.

– Si tu revois un Égaré, appelle-moi ! lui ordonna-t-elle. Tu ne l'approches pas, tu me préviens immédiatement, d'accord ?

Inès acquiesça. Elle enregistra le numéro et avisa l'heure. Il était presque dix-huit heures. Elle allait être en retard pour retrouver son père.

– Je dois filer, dit-elle en rempochant son téléphone. Fais soigner ta main !

– Ne t'inquiète pas pour ça, ce n'est rien. N'oublie pas : appelle-moi tout de suite si jamais il se passe quelque chose.

Inès acquiesça une fois de plus, et partit en courant.

Chapitre 5

ᚦ

La nuit tombait vite sur Paris. Un vent frais et humide glaçait le cou d'Inès. Elle enfonça ses mains dans les manches de son gros pull en laine alors qu'elle redescendait le boulevard Saint-Michel en direction de la place de la Sorbonne. Les passants, pressés de rentrer avant la pluie qui s'annonçait, encombraient les trottoirs. Elle zigzagua de son mieux, contournant un kiosque à journaux aux belles couleurs vertes, et manqua glisser sur les dernières feuilles mortes qui parsemaient le trottoir. Le sifflement des pneus sur la chaussée humide et les carillons des vélos emplissaient l'air. Les décorations d'Halloween subsistaient encore dans quelques vitrines mais déjà celles de Noël apparaissaient.

Sa tête fourmillait. Des images n'arrêtaient pas de surgir dans son esprit et sa main triturait, sans qu'elle s'en aperçoive, le pendentif autour de son cou. Inconsciemment, elle scrutait chaque oiseau qu'elle croisait, craignant de lui découvrir un troisième œil, ou pire, une paire de cornes. Le souvenir du lapin déformé dansait encore sur sa rétine. Elle frissonna tout en tournant sur sa droite en face du lycée Saint-Louis pour aller attendre son père dans l'un des cafés de la place de la Sorbonne où ils avaient pris leurs habitudes depuis leur arrivée en août. Les terrasses installées l'été avaient disparu et la fontaine éteinte faisait peine à voir. Les derniers étudiants quittaient les bancs, frissonnant dans l'air du soir. Inès dépassa la statue d'Auguste Comte et s'avança jusqu'à la margelle de pierre. Face à elle, la chapelle Sainte-Ursule la toisait, illuminée par en dessous, semblant surgir dans la nuit comme un édifice fantastique.

Inès adorait cet endroit. Elle tendit le cou à droite et à gauche mais son père n'était visible nulle part. Elle scrutait les cafés afin de choisir celui d'où elle serait le plus facilement repérable, lorsqu'un scintillement attira son attention près de la librairie qui flanquait la place. Inès cligna des yeux. Probablement un reflet sur le bitume détrempé. Pourtant, dès qu'elle se détourna, le scintillement se produisit une fois de plus. Elle tourna la tête vers la petite ruelle pavée. Plissa les paupières. Rien. Elle ferma son œil droit, le bon. Rien, pas de scintillement. Par acquit de conscience, elle ferma ensuite l'œil gauche, son œil myope.

Aussitôt, l'air se mit à scintiller. Les arbres bruissèrent et un vent chaud souffla jusqu'à ses pieds. Un vertige la saisit. Des arbres gigantesques ? Un vent chaud ? En plein milieu de Paris ? Impossible. Et pourtant, elle les voyait. Comme une image en surimpression posée par-dessus la ruelle. Une forêt. Un courant d'air glacé lui caressa la nuque alors qu'elle quittait la lumière des lampadaires pour la pénombre de la ruelle. La caresse du vent se fit plus prégnante. Des odeurs de sous-bois et de fleurs lui montèrent aux narines. Inès avança, hypnotisée. C'était comme passer au travers d'une toile d'araignée. Soudain, les sons du boulevard furent assourdis et lointains. L'air sembla miroiter, comme saupoudré de paillettes brillantes. Sa mère appelait ça de la poudre de fée. Inès pénétra dans la ruelle.

Le scintillement s'accentua. Une lumière diffuse illuminait les pavés, répandait une chaleur douce dans l'air glacial du mois de novembre. Inès fronça les sourcils, rajusta ses lunettes et s'approcha prudemment. Le chatoiement ressemblait à une déchirure dans un drap tendu. Les bords du mur tremblaient légèrement dans la brise. À travers, elle aperçut, plus nettement que jamais, des feuilles, puis une branche, puis un arbre. Inès cligna plusieurs fois des yeux. Elle posa une main contre la paroi. Elle avait la texture d'un voile fin et fragile. Elle écarta prudemment l'un des pans et dévoila une forêt bruissante, aux couleurs éclatantes. La chaleur des rayons du soleil lui réchauffa le bout des doigts, baigna son visage. Elle ferma les paupières, savoura cet instant suspendu, persuadée qu'il aurait disparu sitôt qu'elle les rouvrirait. Mais lorsque ses paupières se soulevèrent, la forêt était toujours là.

Inès glissa son autre main dans l'interstice et écarta les pans de l'ouverture. Puis, elle fit un pas en avant. Son pied droit s'enfonça dans un épais tapis d'aiguilles. La lumière du soleil l'éblouit alors que l'odeur des pins et de la sève lui montait au nez. Inès s'enfonça entièrement à travers le passage. Le son clair d'une cascade lui parvint, le pépiement joyeux des oiseaux dans les branches. Entre les troncs, d'étranges lucioles d'un blanc pur flottaient et dansaient gaiement. Une brise chaude souffla dans ses cheveux. Il faisait bon, elle se sentait bien. L'adolescente fit quelques pas en tournant sur elle-même, au milieu des arbres immenses. Elle éclata d'un rire émerveillé.

– C'est incroyable ! s'exclama-t-elle.

Prisca avait parlé d'un autre monde, séparé du nôtre par un voile. Était-ce possible ? Inès ne parvenait pas à y croire et pourtant tout paraissait réel. À travers le passage, elle apercevait les pavés parisiens, humides et gris, ainsi que le mur de béton de la rue. La brèche semblait flotter dans le vide et, de l'autre côté, la forêt continuait de s'étaler à l'infini. Son regard glissa sur les arbres majestueux. Au bord du chemin, à quelques mètres de la brèche, elle repéra une stèle de pierre brillante. Elle s'approcha.

La pierre, haute d'environ un mètre, avait été gravée de runes argentées qui luisaient dans la lumière. Inès passa un doigt sur la surface. On aurait dit de l'argent. Son index suivit le tracé d'un symbole qu'elle connaissait bien pour l'avoir souvent vu dans les livres de sa mère. Deux V emboîtés. Jera, la rune associée aux dieux jumeaux Freyr et Freya. Qui s'amusait à tracer des runes en plein milieu de Paris ? Enfin… si elle était toujours à Paris…

Une boule blanche traversa le sentier sur lequel elle se trouvait. L'animal s'arrêta pour la dévisager avec intensité. Inès s'immobilisa pour ne pas l'effrayer. Il s'agissait d'une sorte d'écureuil, au museau allongé, à peine plus grand que le poing, au pelage duveteux. Ses petites pattes avant reposaient sur une grosse queue touffue. Sa fourrure irradiait, comme illuminée de l'intérieur. Il sautilla vers Inès et se retrouva à ses pieds en quelques bonds. La jeune fille s'accroupit et tendit une main vers lui. L'animal s'approcha et se mit à renifler le bout de ses doigts.

– Comme tu es mignon ! Qu'est-ce que tu es ?

Comme s'il avait compris sa remarque, l'écureuil bondit sur sa main et remonta le long de son bras. Inès se redressa. L'animal avait atteint son cou et ses poils lui chatouillaient la nuque. Elle se contorsionna en rigolant. La boule de poils semblait apprécier le jeu et cavalait le long de ses bras et sur sa tête, légère comme une plume.

– C'est un alfe, dit une voix dans son dos. Nous sommes sur Álfheim, tu devrais le savoir, Astrid.

Inès sursauta si fort qu'elle manqua trébucher. Elle se retourna, le cœur battant. Sur le sentier se tenait une femme à la beauté éclatante. Ses cheveux, d'un blond presque doré, irradiaient comme un soleil. Droite et fière, elle était enveloppée dans une robe blanche, une cape chatoyante toute de plumes grises et argentées couvrait ses épaules et dévoilait ses biceps ceints d'anneaux d'or et le large collier ornant sa poitrine. Elle transperça Inès de ses yeux bleus. Le monde se troubla et plus rien n'eut d'importance à part elle. Malgré son admiration, les mots de la femme finirent par se frayer un chemin dans l'esprit d'Inès.

– Álfheim ? Astrid ? Je ne suis pas...

La femme se pencha en avant. Une odeur de fleur et de terre humide enveloppa Inès.

– Tu n'es pas Astrid, mais tu lui ressembles. J'avais cru sentir… Serais-tu sa fille ?

– Ma mère s'appelait Marine Sondberg. Elle est morte.

La femme se figea, sous le coup de la surprise. Elle ferma lentement les paupières, le visage crispé par la douleur, et une larme dévala sa joue. Elle prit une grande inspiration et quand elle rouvrit les yeux, ses prunelles brillaient de tristesse.

– C'est une perte terrible, chuchota la femme, l'air peinée. Je comprends à présent pourquoi elle ne répondait pas à mes appels.

Elle s'interrompit et la scruta avec encore plus d'intensité. Inès, la bouche sèche, voulut répondre mais aucun mot ne lui vint. Elle cligna des yeux et, lorsqu'elle les rouvrit, la femme se tenait devant elle. D'un geste doux, elle caressa l'une de ses épaisses boucles châtains. Inès tenta de reculer mais ses pieds restèrent rivés au sol. Et puis pourquoi aurait-elle souhaité s'éloigner de cette femme ? Il lui semblait l'avoir toujours connue, avoir toujours désiré être avec elle. Si radieuse, si lumineuse, si…

– Pardon, j'oublie parfois que j'ai cet effet sur les mortels. Même si tu n'en es pas tout à fait une.

Elle retira sa main et la passa rapidement devant le visage d'Inès. La lumière qui l'englobait comme un voile diminua. Inès cligna à nouveau des yeux, comme si un masque venait de les quitter. Elle s'ébroua, soudain assoiffée, vidée. La femme l'observait avec un sourire amusé.

– Qu'est-ce que… commença Inès avant de s'interrompre. Comment ça « pas tout à fait humaine » ?

Malgré l'incongruité de ces mots, Inès ne ressentait pas d'inquiétude, et la sensation de connaître cette femme ne la quittait pas. Parce qu'elle l'avait déjà vue, en peinture, en gravure, dans les livres de légendes qui s'entassaient sur sa table de nuit. Auréolée de soleil et d'arc-en-ciel, son collier de gemmes brillantes comme des étoiles et son épais manteau de plumes, la première déesse du panthéon nordique.

– Freya, vous êtes Freya, balbutia Inès, choquée.

– Et toi, tu es une de mes filles, que je croyais perdue. Même si mon sang est dilué, tu en portes une goutte en toi.

Sa voix était comme une brise, douce et apaisante. Inès dut se faire violence pour ne pas fermer les yeux et se laisser bercer.

– Comment ça, « une de vos filles » ? Je ne comprends pas. Vous connaissiez ma mère ?

Freya sourit aimablement.

– Ta mère est la dernière de mes enfants ayant quitté ma terre. La dernière de mes magiciennes. Je sens sa présence en toi. Notre rencontre n'est pas anodine. Je cherchais Astrid car j'ai besoin de son aide, elle doit me rapporter ma gemme, mais c'est toi qui as répondu à mon appel. Il n'y a pas de hasard avec le *seidr*.

La déesse s'avança de nouveau vers elle et posa une main sur sa joue. Un vertige la saisit à ce contact. Sa chaleur l'enveloppa comme une chaude journée d'été. L'odeur des fleurs et de la terre humide lui envahit les narines, le son d'une fraîche pluie de printemps crépita dans ses oreilles.

Les longs doigts fins de Freya plongèrent vers le col d'Inès et en ressortirent la pierre brillante de son pendentif.

– Ceci m'appartient, un morceau de mon collier, dit-elle en désignant le lourd bijou à son cou. Il appartenait à ta mère, c'est moi qui le lui avais donné pour lutter contre le mal qui se répand. Il représente la force des Vanes, l'une des quatre familles de dieux.

Aussitôt, des images s'imposèrent dans l'esprit d'Inès. Les forêts enneigées de Suède apparurent devant ses yeux grands ouverts, le soleil bas, le froid mordant. Comme dans un rêve éveillé, elle vit sa mère déambuler parmi les troncs, appareil photo à la main. Sur ses pommettes hautes, deux runes étaient tatouées. Inès reconnut Jera et Dagaz, la rune de protection que sa mère dessinait partout dans leur maison. Les yeux vairons de Marine, identiques aux siens, captèrent un mouvement. Inès, la gorge serrée par l'émotion, la vit sourire puis courir à travers le bois silencieux. Freya se tenait là, assise sur un rocher couvert de givre. Ses doigts caressaient un minuscule perce-neige d'un blanc immaculé. La déesse rendit son sourire à Marine, décrocha une gemme de son collier et la lui tendit.

– Les Égarés sont de plus en plus nombreux, se désola Marine en prenant le bijou. Et je suis seule...

– Tu en auras besoin, pour défendre Midgard, dit Freya. Et pour me rejoindre, le moment venu.

– Comment... comment va Solveig ? Et les autres ? demanda sa mère avec une appréhension palpable.

– Ils vont bien, tu leur manques.

Une expression de tristesse balaya les yeux vairons de Marine qui sembla vouloir ajouter quelque chose avant de renoncer. Au moment où sa mère saisit le bijou, la vision s'évanouit, laissant Inès les yeux remplis de larmes. Freya essuya celles qui perlaient sur ses joues avec douceur.

– Ta mère, Astrid, était une grande magicienne.

Alors qu'elle faisait de son mieux pour retrouver ses esprits, Inès vit qu'il manquait quatre pierres au collier de la déesse, à quatre emplacements vides. Freya fit rouler la pierre gravée entre ses doigts et une douce chaleur se mit à en irradier.

– Les trois autres pierres sont liées aux Ases, aux Dises et aux Jötunn. Tous, nous dépendons du *seidr*. Tu en auras besoin pour me retrouver.

– Vous retrouver ?

La déesse sourit tristement et s'éloigna d'un pas. Son image parut perdre en consistance.

– Oui, ta mère devait me rejoindre pour m'aider à combattre les Égarés. Je ne suis pas vraiment ici. Je suis prisonnière sur...

Elle s'interrompit en plein milieu de sa phrase.

– Tiens, voilà qui est curieux, quelqu'un a posé un interdit sur mon monde. Je ne peux plus prononcer son nom. Cela complique considérablement les choses. Inès, j'ai besoin que tu m'apportes ce bijou et les trois autres pierres manquantes. L'une a été confiée à une amie chère, les deux autres m'ont été dérobées par la ruse. Elles te guideront vers moi.

Sa voix se faisait de plus en plus faible et lointaine, comme une brise qui s'éloigne. Ses mots se perdirent dans le vent et le grondement menaçant qui enflait.

– Le temps me manque, dit Freya. Ta mère était la Gardienne de Midgard. Maintenant ce rôle te revient. Et il est plus important que jamais.

– À cause du lapin mutant, comprit Inès. Ils ne sont pas normaux, n'est-ce pas?

– Non, confirma Freya. Une menace est apparue depuis plusieurs mois. Elle se répand et absorbe ma magie. J'ai tenté de la combattre mais j'ai été piégée. J'ai besoin de toi, que tu m'apportes les quatre pierres manquantes avant que ma magie disparaisse définitivement. Je ne pourrai plus la maintenir très longtemps.

– Je ne comprends pas, répéta Inès. Comment voulez-vous que je vous retrouve?

– Inès, fais confiance à ton pouvoir. Les pierres te guideront. Et sache que tu n'es pas seule. Mes filles vont toujours par deux: celle qui voit et celle qui protège.

Inès ouvrit la bouche pour poser une nouvelle question, encore ébranlée par ce contact, quand le petit rongeur sur son épaule émit un couinement apeuré. Elle tourna la tête. La créature s'était comme statufiée, tout son petit corps tendu. Il humait l'air, son museau plissé, ses yeux jaunes fixés sur le sentier. Inès comprit qu'il fixait le passage menant à Paris. Freya se tourna majestueusement à son tour vers la source du bruit.

– C'est ce que je craignais. Ils ont senti ta présence. Tu devrais partir, vite, dit-elle à Inès.

– Que se passe-t-il?

– N'oublie pas: trouve ta moitié, trouve les pierres et apporte-les-moi. Le temps presse. Le mal se répand et ma magie s'éteint. Dépêche-toi, avant qu'elle ne disparaisse totalement. Trouve He...

Freya ne finit pas sa phrase. La lumière qui émanait de son corps se fit de plus en plus brillante jusqu'à devenir aveuglante. Inès se couvrit le visage d'un bras et la déesse disparut.

Un nouveau grognement jaillit de l'arrière de la brèche. Les arbres touffus bruissèrent. La créature blanche poussa un petit cri aigu avant de dégringoler le long de ses bras pour s'enfuir dans les fourrés. Un mouvement entre les arbres attira son attention. Un mauvais pressentiment l'étreignit. Inès crut apercevoir une masse sombre au milieu des troncs. Énorme. Elle recula d'un pas. Une chaleur se mit à pulser autour de son cou. Un grondement sourd, presque inaudible s'éleva du sol. Le cœur d'Inès loupa un battement. Dans le ciel, des nuages noirs s'amoncelaient à toute vitesse et bientôt une inquiétante pénombre nimba la forêt. Une silhouette noire se matérialisa à la lisière du sentier. Ce qui ressemblait à un chien de la taille d'un poney, aux pattes arquées, émergea des ombres, bave sanglante aux babines. Et surtout, deux yeux rouges obliques qui plongèrent dans les siens. Un poil roux et sale flanquait ses flancs maigres. Son échine était recouverte de plaques écailleuses munies de protubérances. Inès réprima un frisson de terreur. L'image du lapin purulent s'imposa dans son esprit et elle se remémora l'inquiétude de Prisca.

Elle fit un nouveau pas en arrière. Une peur primale secoua tout son corps. Les grondements résonnèrent de plus belle. Elle sentit la panique l'envahir, et prit ses jambes à son cou. Elle tourna la tête et le macadam gris de Paris lui apparut en plein milieu d'un tronc aussi large qu'une voiture. Tremblante, elle s'engouffra dans le passage soyeux et trébucha dans la ruelle humide.

Dans son dos, le grondement atténué du monstre lui parvint, comme le roulement d'une marée lointaine et menaçante. Son téléphone sonna dans sa poche. Elle décrocha par réflexe.

– Inès ? Où es-tu ?

La voix de son père résonna dans son oreille.

– Papa ? J'arrive, je suis sur la place de la Sorbonne.

– Tout va bien ? Tu as l'air paniquée. Je suis juste à côté de la chapelle Sainte-Ursule.

– Non, tout va bien, répondit Inès en quittant le petit passage.

Une pluie fine s'était mise à tomber. Elle aperçut la grande silhouette dégingandée de son père à quelques mètres de là. Elle lui fit signe de la main, rangea son téléphone et se retourna pour jeter un coup d'œil inquiet derrière elle. Pendant une seconde, elle vit les prunelles carmin du chien monstrueux continuer d'avancer vers elle.

Inès se détourna, enfonça sa tête dans ses épaules et courut rejoindre son père.

Chapitre 6

ᚠ

Inès claqua la porte derrière son père, l'esprit plein de monstres aux yeux rouges. Rouge comme le sang de Prisca. *Fille de Freya. Fille qui voit.* L'image de la déesse s'imposa à elle, solaire, magnifique, terrifiante. Un autre monde. Elle avait marché dans un autre monde. *Touchée par les dieux.* Les mots se mélangeaient dans son esprit, cognaient contre son crâne. Inès ressentit une brusque envie d'éclater en sanglots pour évacuer ce trop-plein de peur et d'émotions qu'elle n'arrivait pas à identifier.

– Inès, tu viens m'aider à ranger les courses ?

La voix de son père avait jailli depuis la cuisine, faisant taire toutes celles qui encombraient sa tête. Comme on appuierait sur un interrupteur. Inès lâcha un soupir épuisé et reconnaissant.

– Oui, j'arrive, cria-t-elle en retour.

Le ventre d'Inès grommela, lui rappelant qu'elle était affamée. Elle retira son pull de laine et abandonna son sac au sol pour rejoindre la petite cuisine de leur appartement. Son père avait déjà changé la photo de sa mère. Sur celle-ci, elle tenait Inès sur ses genoux, encore bébé. Leurs yeux vairons, l'un brun et l'autre d'un vert très clair, étaient identiques. À côté, il avait encadré une de ses photos animalières, un cerf majestueux dans une forêt blanche de neige. Inès sourit en apercevant le cliché et son père referma ses bras autour d'elle, l'enveloppant dans un cocon doux. Inès sentit la tension de la journée quitter ses épaules et son cœur. Ici, elle était en sécurité. Elle repoussa toutes les pensées de monstres et de danger qui planaient au-dessus de son crâne comme d'avides nuages sombres et se laissa réconforter.

– Tu lui ressembles beaucoup, tu sais ? lui chuchota-t-il. Tu es aussi courageuse qu'elle l'était.

Inès retint sa respiration. Son cœur se serra alors que la voix de Freya dansait dans son esprit. *Ta mère était la dernière de mes magiciennes.* Soudain une grande tristesse l'envahit. Si les paroles de la déesse étaient vraies, qu'ignorait-elle de sa propre mère ? Que lui avait-elle caché pendant quinze ans ? Son père était-il au courant ? Une magicienne. « Arrête, se morigéna-t-elle. C'est du délire tout ça. »

– Alors, ce premier jour ? Comment ça se passe ? Tu t'es fait des amies ? lui demanda son père en s'affairant avec les sacs pleins de victuailles.

Inès observa son père. L'inquiétude plissait son visage. Une partie d'elle avait envie de lui parler, de savoir si tout ce qu'elle venait de vivre était vrai, normal. Mais la tristesse qui s'était ancrée dans ses traits depuis la mort de sa mère l'en dissuada. Il n'avait pas besoin d'une fille qui voyait des choses. Il avait besoin de calme, que tout aille bien. Inès ressentit une énorme vague d'amour pour lui et le besoin de le protéger.

– Super journée, mentit-elle en souriant. J'ai rencontré une fille sympa, Prisca.

Elle lui raconta les menus détails de sa journée en passant sous silence les créatures étranges, les forêts mystérieuses et la douleur persistante qui lui tenaillait l'œil gauche.

Puis elle aida son père à préparer le repas tout en mangeant des bonbons, comme ils en avaient l'habitude depuis qu'elle était enfant. Elle pouvait encore entendre sa mère pester contre ces cochonneries industrielles dont ils adoraient se gaver. Mais des images de sa soirée ne cessaient de s'imposer à sa mémoire. Les runes qui brillaient. La peur qui continuait de ronger son estomac quand elle repensait aux yeux rouges de la créature tapie dans l'ombre de la forêt. Dans l'étroite cuisine encombrée par toutes les casseroles et les odeurs de bons petits plats de son père, elle avait chaud et une nouvelle migraine essayait de s'agripper à ses tempes. Elle se sentait faible, drainée de toute énergie. Des étoiles noires dansaient dans son champ de vision, et elle dut poser une main sur la table quand un vertige la saisit.

– Inès, tu vas bien ? Tu es toute pâle.

– Juste une migraine qui commence.

Arthur fit glisser vers elle le paquet de marshmallows ouvert et elle piocha dedans sans appétit. Le sucre lui fit néanmoins du bien. Elle tendit la main pour en attraper un second lorsqu'un tintement cristallin retentit dans son oreille.

– *Inès.*

Inès tourna la tête, sourcils froncés. Elle était certaine d'avoir entendu quelqu'un prononcer son nom. Mais son père était affairé avec la préparation du repas.

– *Inès !*

Inès se statufia. Elle connaissait cette voix. C'était celle de la femme de la forêt, Freya, qui l'avait mise en garde. Une partie d'elle voulait à tout prix oublier cette aventure. Oublier aussi l'étrange créature combattue dans l'après-midi. Pourtant un frisson coupable la parcourut quand elle repensa à la main blessée de Prisca. Tout cela avait été si réel. Inès contempla sa propre main alors que les paroles de la déesse lui revenaient. Possédait-elle vraiment du sang divin en elle ? Était-il possible que sa mère descende d'une lignée de magiciennes et que son propre père n'en sache rien ? Il y avait une manière d'en avoir le cœur net.

– Dis, papa, pourquoi maman ne parlait jamais de sa famille ?

Son père suspendit son geste au-dessus des bonbons, l'air surpris. Son visage se teinta de mélancolie mais il se recomposa rapidement un visage souriant. Il attrapa une guimauve et la goba.

– Elle n'en avait aucune, je crois. Même avec moi, elle en parlait très peu. De ce que je sais, sa mère – ta grand-mère – est morte quand elle était très jeune. Elle avait une cousine, il me semble, Solveig, qui vit dans un autre pays, mais elle disait toujours que sa seule famille, c'était nous.

Inès le scruta une longue seconde. Il paraissait sincère.

– C'est normal que tu te poses des questions, continua-t-il. J'aurais aimé pouvoir te faire rencontrer d'autres personnes qui l'ont connue. Je suis désolé.

– Je suis curieuse, c'est tout. Parfois, j'ai l'impression de ne rien savoir d'elle.

Pour oublier la boule qui grandissait dans sa gorge, Inès se pencha en avant pour saisir une nouvelle friandise... quand un claquement sourd retentit dans l'appartement. Elle bondit de surprise en poussant un petit cri apeuré.

– Qu'est-ce que c'était ? s'étrangla-t-elle.

– Tu as laissé la fenêtre de ta chambre ouverte ce matin ?

– Je vais aller vérifier.

– Profites-en pour commencer tes devoirs, le repas sera prêt dans une grosse demi-heure.

Des images de monstres et d'yeux rouges se superposèrent à sa vision. Une vague d'angoisse lui tordit l'estomac. Elle se précipita dans sa chambre sous l'œil inquiet de son père.

Inès poussa prudemment la porte de sa chambre. Le volet claqua contre le mur. Elle s'approcha de la fenêtre et observa la rue en contrebas. Des voitures étaient garées dans l'impasse, le trottoir recouvert de feuilles mortes et humides. Inès passa une main sur son visage et expulsa un gros soupir. Un malaise persistant lui nouait l'estomac. Elle se sentait observée. Elle n'arrivait pas à chasser les yeux rouges de sa tête. Elle avait chaud et le nœud d'angoisse dans sa poitrine faisait battre son cœur anormalement fort. Elle se pencha, inspira une grande goulée d'air frais.

Cela lui fit du bien. Elle referma le volet et s'assit à son bureau.

Malgré tous ses efforts, des souvenirs erratiques lui revinrent. Freya. Le lapin monstrueux. Les pupilles de la créature dans la forêt. La lumière vive qui émanait de son pendentif. La rune flottant dans les airs, identique à celle gravée sur le pendentif et sur le cadre des fenêtres. Le cadeau de sa mère pour la protéger. Les derniers mots qu'elles avaient échangés. *Il y a plus que ce que l'on croit voir.* Ceux de Prisca. *Chez moi on dit que les gens aux yeux vairons ont été choisis par les dieux.* Et les paroles de Freya. *Fille de Freya. Trouve ta moitié.* Cette femme connaissait sa mère. *La dernière de mes magiciennes.* Un sentiment d'urgence la saisit. Un mauvais pressentiment lui chuchotait qu'il y avait du sens dans tout cela. Inès fouilla sa mémoire à la recherche d'une histoire mentionnant des yeux comme les siens. En vain. Elle se rappelait qu'Odin, le roi des dieux nordiques, avait perdu un œil. Dans un livre de contes, elle relut rapidement la légende selon laquelle le dieu abandonnait un de ses yeux en échange du savoir. Rien à voir avec son propre cas. Elle devait chercher ailleurs.

Inès reposa le livre sur sa table de chevet et s'installa à son bureau. Elle sortit des livres qui avaient tous appartenu à sa mère d'une pile de cartons encore à moitié pleins, éparpillés dans sa chambre. Mais que cherchait-elle exactement ? Les mains posées à plat, Inès ferma les yeux pour ordonner son esprit agité. Ses pensées ne cessaient de revenir aux runes. Celles de son pendentif, celles que sa mère dessinait sur les portes.

Inès défit l'attache de son pendentif et en retira la pierre gravée. Elle la fit rouler entre ses doigts, pensive. Sur l'une des faces, le même symbole que celui gravé sur les linteaux de ses fenêtres, celui que sa mère disséminait partout autour d'elle : Dagaz. Elle fit tourner la pierre entre ses doigts. Les pictogrammes ne cessaient de revenir. C'était un bon point de départ. Inès avait grandi avec les histoires des dieux et des déesses nordiques. Sa mère lui racontait leurs légendes chaque soir avant de s'endormir.

Inès fouilla dans ses souvenirs en même temps que dans le carton éventré à ses pieds. Les runes avaient des significations, des sens cachés. Son regard s'égara dans le carton et trouva un petit sac en velours rouge. Elle le déposa sur son bureau et l'ouvrit. Vingt-quatre pierres polies, du même noir que son collier, se déversèrent devant elle, toutes gravées d'une rune différente.

– Un jeu de runes divinatoires, murmura-t-elle en les reconnaissant.

Aussitôt un souvenir revint à sa mémoire. Sa gorge se serra. Sa mère lui avait offert ce jeu de runes pour son treizième anniversaire. Elles s'amusaient à prédire ensemble les notes d'Inès et le temps qu'il ferait le lendemain. Inès caressa les galets brillants et en prit un entre ses doigts. Ansuz, la rune d'Odin, dieu de la sagesse et du savoir. Elle laissa échapper un rire doux en réalisant que sa mère invoquait toujours son pendant féminin et presque inconnu de tous, Snotra, et ne s'en remettait jamais au roi des dieux.

Inès fit défiler les symboles, se souvint que chacun était associé à un dieu ou à une déesse et avait une signification. Elle se remit à fouiller le carton à la recherche du livret qui accompagnait le jeu. Elle ne mit pas longtemps à trouver les secrets contenus dans chacun des symboles.

Jera était associée à la joie mais aussi à Freya, la déesse de la magie et de la fertilité. Dagaz, la rune de protection que l'on gravait habituellement autour des entrées des maisons et que sa mère avait dessinée partout où ils emménageaient. Elle se souvint du lapin qui la fixait sans oser l'approcher, de la chaleur du pendentif contre sa peau lorsqu'elle avait été en danger. Une idée saugrenue lui traversa l'esprit. « Maman m'a laissé de quoi me défendre. » Cette pensée s'incrusta en elle aussitôt.

Elle feuilleta le livre jusqu'à la page où figurait Thurisaz. À nouveau, l'image de la rune flottant dans l'air, repoussant le monstre d'ombre, s'imposa à son esprit, accompagnée de l'odeur de la chair brûlée de l'Égaré frappé par la foudre. Une rune qui pouvait représenter l'attaque et la défense.

Inès expulsa tout l'air de ses poumons, serra les poings pour les empêcher de trembler alors que l'image des yeux rouges de la créature de ténèbres se frayait un chemin derrière ses paupières fermées. Elle se força à chasser cette vision de son esprit et entreprit de parcourir les informations disponibles sur le reste des runes du futhark, l'alphabet runique. Lorsqu'elle arriva à Ansuz, elle découvrit une note griffonnée dans la marge. Ansuz symbolisait l'intelligence et la connaissance mais aussi l'inspiration et la magie. Quelqu'un, sa mère probablement, avait souligné ce dernier mot et en avait ajouté deux autres : *seidr* et *passage*.

– *Seidr*, répéta Inès.

Le mot lui procura un frisson agréable. Il roulait sur sa langue comme un bonbon à la saveur longtemps oubliée et retrouvée par hasard. Elle se souvenait d'avoir entendu Prisca le prononcer pendant son combat. Freya aussi l'avait mentionné. Mais que signifiait-il ? Ne sachant pas où chercher dans les livres de sa mère, Inès attrapa son téléphone et tapa le mot dans la barre de recherche. Aussitôt le nom de Freya, la déesse de la magie et de la fertilité, apparut. *Fille de Freya.* L'image de la déesse brilla dans son esprit.

Le volet claqua. Inès sursauta. Un coup de vent violent s'engouffra dans la chambre, projetant de l'eau froide sur son passage. Inès se releva pour empêcher le battant de cogner encore une fois contre le mur. Des feuilles volèrent dans la chambre. Elle leva les yeux. Au-dessus de la maison, des flashs lumineux striaient les nuages noirs. Le vent se mit à siffler furieusement, agitant les branches du frêne dans la ruelle. Face à elle, des choucas criaillaient en rythme avec l'orage naissant, comme pour l'avertir.

Inès dut batailler pour rabattre les volets de bois, que le vent plaquait contre le mur extérieur comme une main. Alors qu'elle s'apprêtait à refermer le loquet qui maintenait les battants, elle capta un mouvement du coin de l'œil. Son souffle se gela dans sa poitrine. Les corbeaux s'en donnèrent à cœur joie en s'envolant, terrorisés. Inès se figea, elle aussi. Cligna des yeux. L'éclair illumina brièvement les voitures garées dans l'impasse. Une zone entre deux véhicules demeura plongée dans l'obscurité. Inès se pencha, aiguillonnée par le phénomène. On aurait dit que cet espace avait absorbé la lumière. Comme si les ténèbres l'avaient avalée. Le tonnerre rugit à ce moment-là. Beaucoup trop proche, pensa Inès, sans lâcher l'étrange puits de noirceur du regard. Elle eut l'impression de le voir onduler. La pluie se mit à tomber dru d'un seul coup.

Pendant une longue minute, rien ne bougea. La rue était calme sous son rideau de pluie, les voitures, immobiles. Les branches craquaient violemment dans l'air automnal. Inès expira d'un coup, retint un rire nerveux. Elle devenait paranoïaque. Elle allait refermer le battant quand un nouveau mouvement, furtif, presque invisible entre deux voitures, la figea sur place. Quelque chose bougeait. Inès agrippa le rideau. Une sueur glacée la saisit. Une forme noire remua imperceptiblement et, pendant une fraction de seconde, elle aperçut deux pupilles rouges qui se fixèrent sur elle. Sur le montant de la fenêtre, les runes commencèrent à luire faiblement.

Inès se rejeta en arrière, le cœur tambourinant. Sa main se referma sur le pendentif en pierre autour de son cou. Il pulsait d'une douce chaleur. Lorsqu'elle s'approcha du cadre, elle vit les runes dessinées sur le bois briller plus fort. Un mauvais pressentiment l'envahit. D'une main tremblante, elle saisit la fenêtre et l'immobilisa. Le vent rugissait dans les feuilles malmenées. Inès chassa d'une main les gouttes froides échouées sur son visage. Deux yeux rouges dans une masse noire lui rendirent son regard. À quelques mètres d'elle à peine, fondue entre les poubelles et les voitures garées sur le trottoir. Elle sentit son corps se glacer d'un coup. La créature feula dans sa direction. Son cœur manqua un battement.

La créature bougea, sembla se couler dans la nuit. Les yeux disparurent un instant pour réapparaître, deux pas plus près. Inès retint le cri de terreur qui montait dans sa gorge. Elle tenta d'appeler à l'aide mais sa langue s'était racornie entre ses dents. Les pupilles carmin rougeoyèrent dans le noir. Un frisson parcourut la nuque d'Inès jusqu'à ses joues trempées. Un seul mot réussit à franchir la barrière de ses lèvres :

– Non.

La nausée et la peur se disputaient son estomac. Les prunelles vacillèrent dans le noir.

Inès saisit le volet alors qu'un feulement rageur soulevait les sacs-poubelles. Elle rabattit le rectangle de bois si vite qu'il lui heurta le front. Le loquet en fer s'abattit comme le marteau du jugement. Les runes gravées dans le bâti brillèrent un peu plus fort. À cet instant, elle eut la certitude que tous les symboles s'étaient allumés en même temps, comme une barrière protectrice. La lueur des runes s'intensifia, brillant tel un feu, puis reflua lentement jusqu'à s'éteindre. Le souffle court, les cheveux dégouttant sur son tee-shirt, Inès tendit l'oreille, retenant sa respiration. Elle sentait la présence de la créature qui rôdait, qui l'attendait. Fébrile, elle sortit son téléphone et tapa rapidement un message.

Prisca, il y en a un autre.

Chapitre 7

ᚠ

– *Prisca.*

Prisca redressa la tête de sa sculpture, couteau dressé, prête à se défendre. Il lui avait semblé entendre son prénom, chuchoté tout bas. Elle fronça les sourcils. Elle avait dû se tromper. Le crépitement de la pluie sur les volets brouillait ses sensations. Et pourtant, elle était persuadée d'avoir entendu Inès. Depuis le départ de la jeune fille quelques heures plus tôt, elle ne pouvait s'empêcher de s'inquiéter pour elle. C'était peut-être pour cela qu'elle s'imaginait l'entendre. Quand son téléphone vibra dans sa poche, elle sut que quelque chose n'allait pas.

Son cœur loupa un battement lorsque le nom d'Inès s'afficha sur l'écran. Le message qui suivit la glaça. Elle hésita. Devait-elle prévenir sa tante ? Cette dernière avait prévu de rentrer tard dans la soirée. Prisca se tordit les mains sur son téléphone. Que faire ? Inès ne savait rien des créatures qui traversaient les mondes ni comment utiliser les runes. Si elle la laissait seule, qui sait ce qu'il pourrait lui arriver ? Puis, une certitude implacable s'imposa à elle. Elle n'avait pas rêvé la voix d'Inès. Celle-ci l'avait appelée à l'aide.

La peur au ventre, Prisca replia son couteau et abandonna la petite sculpture sur laquelle elle travaillait. Semant des copeaux de bois partout, elle bondit hors de son lit et se dirigea vers l'entrée de l'appartement. Elle rejoignit la porte tout en pianotant sur son téléphone : *Quelle adresse ?* La réponse arriva alors qu'elle laçait ses Converse. Inès habitait dans le même quartier. Prisca enfila sa veste par-dessus son sweat-shirt et s'évada sans un bruit.

Lorsque Prisca arriva à destination, la pluie continuait de tomber comme un rideau opaque. En s'engageant dans l'impasse, elle eut l'impression de passer à travers une chute d'eau glacée. De l'autre côté, la température déjà fraîche était plus basse de plusieurs degrés. Un nuage blanc s'échappa de sa bouche. Elle frissonna, autant de peur que de froid. Tout son corps se hérissa. Il y avait un Égaré dans les parages. Elle guettait les ombres entre les voitures, sur ses gardes. Dans la rue close, on n'entendait que le crépitement des gouttes sur les feuilles et les sacs plastique des conteneurs pleins. La façade était illuminée. Tous les habitants restaient cloîtrés chez eux, à l'abri. Prisca se réfugia sous le porche et envoya un message :

Je suis en bas. Tout va bien?

Inès répondit aussitôt.

J'arrive.

Une minute à peine s'écoula et la lourde porte de bois vert s'ouvrit, révélant une Inès terrorisée. Elle ne portait qu'un pantalon de jogging et un vieux sweat-shirt trop grand pour elle. Elle l'attira au sec dans la petite cour intérieure mais garda la porte ouverte pour surveiller la rue. Ses mains tremblaient de manière incontrôlée, contractées autour de son téléphone.

– Merci d'être venue, lui dit-elle d'une voix à peine audible sous le déluge qui s'acharnait dehors. Je ne savais pas qui appeler.

– Tu as bien fait, la rassura-t-elle. Tu es sûre que c'est un Égaré ?

Prisca posait la question alors qu'elle connaissait la réponse. La chair de poule qui lui couvrait les bras constituait un indice suffisant que quelque chose n'allait pas. Inès hocha la tête.

– Il était là-bas, entre les voitures. Il a essayé d'entrer par la fenêtre mais les runes se sont mises à briller et j'ai réussi à fermer, débita Inès d'une voix tremblante.

Prisca scruta les bennes à ordures. Inès lui tendit un livre ouvert. Une rune s'étalait sur la page, que Prisca reconnut immédiatement. Dagaz, la rune de protection des foyers.

– Ta maison est protégée par des runes ?

– Oui, ma mère en traçait partout. Prisca, je crois que tu avais raison à propos de la magie.

– On l'appelle le *seidr*, précisa Prisca.

Un grondement boursoufla l'air, roulant depuis le fond de l'impasse jusqu'aux deux jeunes filles.

– C'était quoi, ça ? murmura Inès en reculant d'un pas.

– Ça pourrait être n'importe quoi, répondit Prisca de la même façon. Toutes sortes de créatures traversent.

Un mouvement capta son attention. Prisca crut voir les ténèbres frémir en un ondoiement fluide. Un grondement, plus proche, résonna, près d'une voiture rouge garée à vingt mètres de là. De nouveau, Prisca crut voir une silhouette massive se déplacer parmi les ombres. Une créature bien plus imposante que les petits Égarés qu'elle avait l'habitude d'affronter. L'image du second lapin combattu au Luxembourg s'imposa à elle. Malade, énorme et effrayant. La terreur lui tordait le ventre. Un éclair zébra le ciel et, l'espace d'un battement de cœur, une lumière intense éclaira toute la ruelle. Les ténèbres retombèrent d'un coup, les laissant aveugles pendant quelques secondes. Deux yeux rouges s'allumèrent entre les carrosseries. Le temps se figea. Une patte crochue, terminée par des griffes effilées, prit appui sur le rétroviseur qui grinça dans un son de métal tordu.

Bouge.

Prisca, tétanisée, ne parvenait pas à quitter cette apparition des yeux. Elle se sentit glisser dans les pupilles rouges. Elle entendit Inès lui poser une question mais fut incapable de lui répondre. La créature avança. Elle se glissa comme un reptile de voiture en voiture jusqu'à atteindre le conteneur qui leur faisait face. Sa silhouette souple ressemblait à celle d'un chien immense, caparaçonné. Prisca n'arrivait pas à réfléchir, tétanisée.

Bouge.

Pas à pas, le monstre se rapprochait, rampant dans les ombres comme un mauvais rêve. Les éperons chitineux sur son dos luisaient de pluie. Lorsque sa griffe effleura le bitume, un nouveau tintement éclata dans les airs, assez fort pour faire tourner la tête à Prisca.

Mais bouge, sombre idiote. Tu vas pas te laisser bouffer sans rien faire !

La voix hargneuse de sa tante retentit dans ses oreilles. Combien de fois l'avait-elle bousculée, encouragée, poussée ? Prisca aperçut les yeux écarquillés de terreur d'Inès et sa voix lui parvint finalement.

– Qu'est-ce qu'on fait ?

Prisca plongea la main dans sa poche et récupéra son Opinel. Elle l'ouvrit d'un mouvement fluide et arracha le pansement qui couvrait sa paume. D'un geste rendu sûr par l'habitude, elle rouvrit la plaie qui commençait à peine à cicatriser. L'acier mordit dans sa chair. Un éclair de douleur la transperça alors que l'odeur métallique du sang emplissait l'air. Malgré la brûlure de la blessure, elle appuya sa plaie sur la paume de sa main droite et traça la rune de protection tout en invoquant son gardien.

– Heimdall, dresse ta barrière !

Un arc-en-ciel se forma dans la lumière jaune des lampadaires. Elle sentit tout de suite que son invocation était trop faible. L'air crépita entre elles et le monstre. La bête se ramassa sur elle-même, sa fourrure rousse parcourue d'un frémissement. Prisca perçut son intention comme si c'était la sienne. Elle allait bondir et faire éclater sa barrière à la première attaque. Tant pis. Prisca écarta les pieds, prête à encaisser le choc.

Le chien infernal banda ses muscles et s'élança. Il percuta le voile invisible à un mètre des deux adolescentes. Le choc fit reculer Prisca d'autant. Inès la rattrapa par les épaules pour l'empêcher de chuter. La barrière avait tenu. Elle brillait même un peu plus fort, visible à présent entre les gouttes de pluie. En face, le monstre gronda et repartit à l'attaque. Prisca ferma les paupières. C'était la fin, elle le savait. Elle ne faisait pas le poids. Elle se plaça en position de combat, jambes écartées, genoux pliés, mains levées devant son visage. *Frapper à la gorge, aux yeux, aux articulations.* Elle sentait Inès dans son dos. Ses mains posées sur ses épaules, sûres, solides, confiantes. Une boule de chaleur s'alluma dans sa poitrine. Elle voulait la sauver. Elle voulait prouver qu'elle n'était pas l'incapable que sa tante voyait en elle, la pauvre petite Prisca sans pouvoir, la déception de sa famille.

– Prisca... balbutia Inès d'une voix tremblante.

Main tendue, Prisca écarta les doigts au moment où la bête percutait sa protection.

– NON!

Le rugissement avait jailli de sa poitrine comme un hurlement. Toute sa rage, toute sa colère et son impuissance s'étaient mêlées dans ce cri désespéré. Un flash lumineux les éblouit. Entre ses paupières baignées de larmes et de pluie, Prisca vit la rune apparaître, vibrante, d'une blancheur pure dans son halo de lumière multicolore. Une douleur insoutenable embrasa sa main droite.

La créature heurta le symbole comme un boulet de canon et fut projetée en arrière avec toute la puissance d'un coup de foudre. Son corps d'ombre s'écrasa contre le bâtiment d'en face, imprimant une trace noire sur les pierres blanches. La pierre était fendue à l'endroit de l'impact. Le chien monstrueux glissa dans les ombres avec un couinement pitoyable. Pendant une seconde, plus rien ne bougea.

Prisca resta là, le souffle court. Elle fixait ses mains, pleines de sang, ahurie. Le dessin de la rune s'était incrusté dans sa chair comme une brûlure. Les lignes étaient nettes et profondes mais déjà cautérisées. Une odeur de chair calcinée entourait sa main engourdie et noircie. Une douleur sourde pulsait dans ses doigts, comme ancienne et en voie de guérison. La pluie froide lui faisait du bien.

– Ta main, dit Inès en se rapprochant.

– Je n'ai presque pas mal, répondit Prisca, elle-même surprise.

– On l'a tué ? balbutia Inès.

– Je ne sais pas, cette chose n'est pas un Égaré, et je n'avais jamais invoqué une telle puissance avant.

Comment avaient-elles fait ça ? Le souvenir des mains d'Inès sur son dos lui revint. Elle avait ressenti la même chose quelques heures plus tôt lors de l'attaque de la première créature. C'était quand Inès l'avait touchée que les runes avaient fonctionné. C'était elle qui l'avait aidée.

– Tu te rappelles quand tu m'as dit que ces créatures, ces Égarés, venaient d'autres mondes ? demanda Inès en observant anxieusement la rue silencieuse. Eh bien, je crois que j'en ai visité un, d'autre monde.

– De quoi tu parles ?

Inès lui rapporta en quelques phrases une histoire de forêt en plein Paris. Quand elle prononça le nom de Freya, Prisca tressaillit. Elle avait déjà entendu ces mots, on se les répétait de mère en fille dans sa famille depuis des générations.

– Freya m'a dit que je n'étais pas seule, ajouta Inès. Que je devais trouver mon autre moitié : celle qui voit et celle qui protège.

– « Celle qui voit et celle qui protège », tu es certaine que c'est ce qu'elle a dit ? répéta Prisca.

– Oui, confirma Inès. Tu sais ce que ça signifie ?

– Je ne suis pas certaine, mais il y a des légendes à propos d'un clan, des femmes qui pouvaient voir les failles et les traverser. Mais on raconte que ces femmes sont maudites, qu'elles attirent les Égarés.

Elle vit Inès tressaillir, serrer contre elle le petit livre abîmé.

– Alors il y en aura d'autres ?

Prisca hocha la tête et lui tendit la main. Dès qu'Inès la saisit, elle sentit le courant chaud qui circulait entre elles. La douleur dans sa paume disparut totalement et sa blessure pulsa quelques secondes avant d'achever sa cicatrisation. Il ne resta plus sur sa peau que la marque rouge et un peu gonflée d'une ancienne brûlure en forme de rune.

Inès écarquilla les yeux de surprise.

– Il faut qu'on parle à ma tante, dit Prisca. Elle sait peut-être quelque chose.

– Comment ? demanda Inès. Tu as déjà l'air d'en savoir beaucoup plus que moi, comment est-ce possible ?

– Parce que je suis une Gardienne. Ma famille possède le pouvoir des runes, nous les utilisons pour empêcher les Égarés de blesser les gens. Nous...

« Nous pouvons nous transformer partiellement, emprunter les attributs de certains animaux. » Prisca garda ces derniers mots pour elle. Car elle n'aurait même pas pu métamorphoser son auriculaire si elle l'avait voulu. Elle était faible et, en cet instant, elle ne voulut pas qu'Inès, qui l'observait avec espoir, s'en rende compte.

– Freya a dit que ma mère aussi était une Gardienne, celle de Midgard, révéla Inès l'air perdue.

– Alors on va trouver des réponses, d'accord? l'encouragea Prisca.

Le sourire reconnaissant d'Inès se liquéfia en une grimace d'horreur. Prisca se retourna au moment où le grondement sourd du chien purulent lui parvenait aux oreilles. Inès tendit la main et fit un geste étrange tout en criant. Elle agrippa le vide et tira. Prisca eut la vision fugace d'une forêt alors que le corps massif de la créature les heurtait de plein fouet.

Chapitre 8

ᚠ

Elles s'écrasèrent dans un maelström de jambes et de bras. Prisca grimaça quand les cailloux glacés s'enfoncèrent dans sa joue. De la poussière lui chatouilla les narines – et une odeur rance de pourriture et de bois vermoulu. Elle réalisa qu'elle était allongée sur un corps, la tête dans la terre. Inès se tortilla sous elle.

– Prisca, tu m'écrases, geignit-elle en tentant de se dégager.

– Pardon.

Prisca prit appui sur ses bras pour se relever. Tout lui revint d'un coup. L'attaque, le chien monstrueux, l'impasse chez Inès, sa main tendue dans le vide. Le monstre ! Elle se redressa d'un coup. La créature les avait percutées au moment où elle basculait, elle en était certaine. Elle pivota sur ses pieds, jambes fléchies, prête à se battre, le corps soudain électrisé par la peur.

Mais elles étaient seules. Seules dans un paysage silencieux.

– Le monstre… il a disparu, constata-t-elle.

– Tu es sûre ? Il se cache peut-être.

Inès se releva à son tour et se rapprocha d'elle, l'air paniquée, ses yeux balayant l'espace autour d'elles. Elle tenait toujours, serré dans ses mains, son téléphone. Prisca l'imita, scruta les environs, le corps tendu, comme prêt à rompre. Pourtant elle n'aperçut aucune trace de la créature. En fait, elle ne voyait presque rien. La brume grise et épaisse avalait le paysage au bout de deux mètres. Elle devina qu'elles se trouvaient au milieu d'une large plaine. Sous leurs pieds, un chemin de pavés gris serpentait, posé là au milieu d'une terre nue et poussiéreuse où peinait à pousser une herbe décolorée, sous un ciel gris acier. Une lumière blafarde éclairait à peine le paysage, comme malade.

– C'est quoi, cet endroit ? C'est ici que tu es venue, la dernière fois ?

Inès fit non de la tête, blême.

– Tu penses qu'il est toujours là ? chuchota-t-elle d'une voix tremblante.

– Aucune idée, c'est la première fois que je… change de monde.

Les deux adolescentes se dévisagèrent une seconde. Puis le visage terrifié d'Inès se dérida et un fou rire incontrôlable les saisit. Prisca laissa son rire se déployer dans sa gorge, libérer sa poitrine d'un poids, quelques larmes dévalèrent même ses joues. Ça faisait du bien. Un vent glacial se mit à souffler, faisant voler la poussière grise entre leurs chevilles. Leur hilarité prit fin aussi vite qu'elle avait commencé. Inès lâcha un soupir las. Le mauvais pressentiment de Prisca s'intensifia.

– Que fait-on ? demanda Inès.

Prisca sortit son téléphone portable de la poche de sa veste. Pas de réseau, bien sûr. Elle balaya à nouveau la plaine brumeuse du regard. Un vent frais traversa les arbres en hurlant. Elle resserra sa veste et Inès frissonna dans son sweat trop fin. Quand le vent disparut, il ne resta qu'un silence absolu. Un mauvais pressentiment étreignit Prisca.

– Je ne sais pas, mais ça ne me dit rien qui vaille. On devrait partir. Tu peux retrouver la sortie ? D'ailleurs comment tu as fait pour ouvrir ce passage ?

– Je n'en sais rien. J'ai paniqué et j'ai vu ce miroitement, presque rien, comme la dernière fois sur la place de la Sorbonne. Je ne sais pas pourquoi mais je l'ai senti et je l'ai attrapé.

Elle tourna sur elle-même, plusieurs fois avant de s'arrêter, livide. Elle tendit la main en l'air, sembla caresser le vide. Ses sourcils étaient froncés par la concentration et la peur derrière ses lunettes.

– Le passage, je ne le vois plus. Il n'y a plus rien.

Prisca plissa les yeux dans la direction indiquée par Inès. Puis vers le monde étrange qui les entourait. Son estomac se contracta alors qu'une sensation désagréable lui effleurait la nuque. Elle se sentait observée. Le monstre rôdait-il encore dans le coin ? Elle n'allait pas attendre de le savoir.

– On n'a qu'à suivre le sentier. Il doit bien mener quelque part, suggéra Prisca. De toute manière, on a intérêt à s'éloigner de notre point de chute.

Inès acquiesça et elles se mirent en route.

Elles marchèrent en silence pendant plusieurs minutes. Le sentier de pavés sinuait au milieu d'une lande déserte. À intervalles réguliers, des bornes de pierres gravées émaillaient le sentier. Prisca reconnut des runes qu'elle n'utilisait jamais car elles représentaient la mort ou des chemins incertains.

Très vite, elles perdirent toute notion du temps. Prisca avait l'impression de marcher depuis des heures, mais quand elle se retournait, elle ne voyait que le sentier qui disparaissait dans le brouillard. Un paysage toujours identique.

Parfois, un bosquet d'arbres ou les restes d'un bâtiment en ruine émergeaient de la brume, comme des fantômes immobiles. Elles traversèrent un village envahi de cendres et de champignons. L'architecture était ancienne, les maisons de bois et de chaume parfois recouvertes de terre et d'herbe. Prisca jeta un œil à l'intérieur d'une des masures et y trouva des assiettes encore dressées sur une table, des lits défaits, comme si les occupants étaient partis en hâte en abandonnant tout derrière eux. Tout était gris, froid et silencieux. L'odeur de pourriture s'intensifiait, écœurante. Dans cette étrange désolation, aucune d'elles n'osait parler. Au-dessus de leurs têtes, le ciel se couvrait de nuages noirs.

Une forme imposante commença à se dessiner au loin, dans la brume. Des angles arrondis dépassaient la cime des arbres. Mais Prisca eut beau plisser les paupières, elle ne parvint pas à l'identifier. À ses côtés, Inès peinait, essoufflée. Instinctivement, elles prirent la direction de ce qui semblait être un bâtiment.

Elles dépassèrent un petit bois. Les nuages, de plus en plus nombreux, allongeaient les ombres des arbres, rendant celles qui bordaient le chemin plus sombres et inquiétantes. Un vent furieux soufflait à présent dans les ramures, arrachant feuilles et brindilles. Des corneilles au plumage bleuté les observaient en silence. Quand Inès les aperçut, elle détourna rapidement le regard. Prisca, elle, les fixa avec intensité. Ainsi voici celles qui les espionnaient.

Le vent forcit. Inès tremblait, le visage rougi par le froid. Elles devaient trouver un endroit où s'abriter. Entre les troncs qui bordaient le sentier, Prisca discerna de nouveau la construction massive et crut déceler un bâtiment. Elle fit un pas vers le bosquet et découvrit qu'un sentier plus étroit menait aux piliers de bois enrobés de brumes, à demi dissimulés entre les arbres.

– Viens, on va faire une pause, là-bas, dit-elle en désignant la ruine.

Inès acquiesça, visiblement soulagée, et la suivit avec un regain d'énergie. Plus elles avançaient, plus les arbres et les plantes présentaient des marques de décrépitude. Sur sa droite, Prisca repéra plusieurs troncs zébrés de marques marron, comme si l'écorce avait brûlé. Une sève noire et visqueuse suintait des branches basses dont la plupart ne portaient plus aucune feuille. Au fur et à mesure, elle remarqua la présence de champignons bruns, qui parasitaient la base des troncs puis remontaient vers les branches, recouvrant les arbres à la manière d'un linceul. « Cette forêt est morte, pensa-t-elle. Elle pourrit de l'intérieur. » Les arbres avaient colonisé un ancien village d'une dizaine de maisons, poussant sur les murs et crevant les toits de paille. Un seul bâtiment semblait avoir échappé à l'avancée de la forêt malade.

– On dirait une maison viking, lâcha Inès en s'arrêtant devant le porche.

Prisca se détourna des arbres pour observer le bâtiment. Rectangulaire à première vue, surmonté d'un toit de chaume et d'un fronton fait de deux énormes poutres croisées, on y entrait par une ouverture basse. Une porte de planches de bois gisait au sol. Inès s'engouffra à l'intérieur avant que Prisca n'ait eu le temps de la retenir.

Elle entra à son tour, prudente. Les épais murs de bois coupèrent aussitôt les sifflements furieux du vent. Une température agréable régnait à l'intérieur de la maison. Prisca se frotta les mains pour y faire revenir la chaleur, tout en inspectant l'endroit. Pas d'autre sortie, pas de fenêtre, des ombres partout mais aucune menace évidente. Elles étaient seules. La jeune fille se détendit.

– Regarde, un foyer central et une ouverture pour la fumée, s'exclama Inès en lui désignant successivement le trou creusé à même le sol au centre de la pièce et celui qui perçait le plafond juste au-dessus. Et un autel pour les dieux ! C'est un *skali*, une salle commune. On y célébrait des banquets dans les pays du nord de l'Europe, au Moyen Âge, les gens se rassemblaient ici pour discuter, échanger, prendre des décisions.

– Comment tu sais tout ça ? s'étonna Prisca en la rejoignant au centre de la pièce.

– Ma mère était historienne, spécialisée dans la mythologie nordique, répondit Inès. Je suis fascinée par les légendes et les civilisations disparues.

– Était ? Elle est...

Le visage d'Inès se froissa et Prisca se mordit l'intérieur des joues. « Idiote », persifla la voix de Prisca dans sa tête.

– Elle est morte, cet été, lâcha Inès en baissant les yeux. Un accident de voiture.

La tristesse balaya les traits de la jeune fille. Elle s'assit au sol, les pieds dans le trou qui avait servi de foyer, et laissa échapper un soupir las. Un croassement perçant les fit sursauter. Prisca jeta un coup d'œil suspicieux aux ombres qui se massaient au niveau du plafond. Perchée sur les larges poutres qui soutenaient le toit, une corneille les fixa de ses trois yeux. Elle criailla une fois de plus puis, dans un battement d'ailes soyeux, elle s'échappa par l'ouverture du toit.

Prisca s'assit à côté d'Inès, silencieuse. Elle-même connaissait une certaine forme de cette souffrance. Elle sortit son Opinel, attrapa un morceau de bois à moitié consumé qui gisait dans l'âtre froid, et entreprit de le tailler à petits coups de lame.

– Je suis désolée. J'ai perdu mes parents, moi aussi, révéla Prisca sans lever les yeux de sa sculpture. Je ne les ai jamais connus, ils sont morts juste après ma naissance, c'est ma tante Edith qui m'a élevée.

– Je l'ignorais, dit Inès tout bas. Ça a dû être difficile.

– Un peu, avoua Prisca. Surtout au moment de la fête des mères et des pères, je n'avais personne à qui ramener les cadeaux qu'on me forçait à réaliser en classe.

Sous ses doigts, le morceau de bois s'était transformé en lapin muni de deux petites cornes. Elle le posa à côté d'Inès qui le saisit avec des yeux émerveillés.

– Tu es très douée !

– Je voulais m'inscrire dans un lycée spécialisé en ébénisterie, avoua Prisca. Mais tante Edith a refusé. Elle me parle de mes parents parfois, mais plutôt pour me rappeler que je ne suis pas à la hauteur.

Prisca s'interrompit, soudain gênée d'avoir partagé autant de choses aussi intimes. Elle n'avait parlé de sa passion pour la sculpture et le bois à personne avant Inès.

Et elle ne parlait jamais de ses parents chez elle. Il était admis que ce sujet était tabou. Le regard d'Edith se voilait lorsque, enfant, Prisca évoquait sa mère. Elle avait vite arrêté de poser des questions. Mais en parler avec Inès paraissait naturel. Une main froide se glissa dans la sienne et elle releva la tête pour trouver le sourire d'Inès.

– À la hauteur de quoi ?

– De ma mission de Gardienne, chuchota Prisca presque malgré elle.

– Je trouve, moi, que tu t'en sors bien, lui dit Inès avec un sourire. Je n'aurais jamais osé mettre des coups à cet étrange lapin mutant et dès que j'ai vu ce monstre en bas de chez moi, je t'ai appelée et tu es arrivée à la rescousse. C'était très courageux.

Prisca releva la tête. Courageuse ? Elle ? C'était la première fois qu'on lui disait une chose pareille. Une boule chaude enfla dans sa poitrine. Inès n'était décidément pas une fille ordinaire.

– On fait la paire, on dirait. Peut-être plus qu'on ne l'imagine, ajouta Inès.

– Qu'est-ce que tu veux dire ?

Inès hésita une seconde.

– Tu te souviens de ce que cette femme, Freya, m'a dit : trouver ma moitié, celle qui protège. Ça pourrait être toi, tu ne crois pas ? Depuis qu'on se connaît, il se passe beaucoup de choses étranges, je ne pense pas qu'il s'agisse d'une coïncidence.

Prisca sentit son souffle se geler dans sa poitrine. Au-dessus de leurs têtes, la corneille poussa un croassement rauque, comme pour ponctuer les mots d'Inès. Soudain, Prisca eut la bouche sèche. Elle avait eu le temps de réfléchir pendant leur marche silencieuse et de creuser sa mémoire, à la recherche d'informations sur ce que lui avait raconté Inès. Elle se rappelait bien la légende qui mentionnait celles qui voient. Mais comment dire à Inès que les mythes racontaient que les Gardiens pensaient que ces femmes apportaient le malheur et qu'on les avait chassées jusqu'à la dernière ? Que les plus fortes d'entre elles arrivaient à soumettre des femmes de leur propre clan afin d'en faire leurs protectrices ? Les dyades maudites.

– Tu sais quelque chose, ajouta Inès.

– Pas beaucoup plus que toi, finit par avouer Prisca sans la regarder. Je n'ai pas été initiée.

– Initiée ? Initiée à quoi ? Je n'y comprends rien.

– Ce qu'il se passe ici n'existe que dans les légendes obscures de ma famille. Depuis aussi loin que je le sache, ma famille combat les monstres venus d'autres mondes. Des mondes vers lesquels on pourrait voyager grâce aux runes. Comme celle que j'ai utilisée pour repousser cette créature. Notre magie est liée à ces symboles. Mais je n'en sais pas beaucoup plus, comme je t'ai dit, je n'ai pas été initiée.

Inès fut saisie d'un vertige à ce dernier mot. Encore et toujours ces runes.

– Pourquoi ? demanda-t-elle.

– Parce que je suis la dernière et la plus faible de ma lignée. La précédente Gardienne était ma mère et elle est morte avant d'avoir pu m'enseigner quoi que ce soit. Ma tante a fait de son mieux avec ce qu'elle savait mais ce n'est pas suffisant. Je me contente de surveiller la ville et d'intervenir quand quelque chose traverse.

– Je vois. Donc des créatures venues d'autres mondes peuvent traverser. Et des humains aussi ? demanda Inès.

– Jusqu'à présent, je pensais que c'était impossible. Personne ne peut voir les failles. En tout cas, je n'ai jamais rencontré personne qui en soit capable. Mais il existe des légendes.

– Et que disent ces légendes ? Prisca, je sais que tu me caches quelque chose, insista Inès. J'ai besoin de savoir. Tout ça est trop effrayant.

Elle désigna la maison silencieuse autour d'elles. Prisca soupira. Inès avait raison, elle avait le droit de connaître la vérité.

– Il existait deux clans : ceux qui voient et ceux qui marchent. Ma famille fait partie des descendants du clan de ceux qui marchent. Notre mission est de protéger les mondes des choses qui traversent. Nous pouvons prendre l'apparence d'animaux, marcher dans leur peau pour combattre les monstres. Dans l'Ásatrú, nous sommes...

– Des berserkers, chuchota Inès. Et les autres, ceux qui voient ?

– Les *völva*. Je n'en ai jamais rencontré.

– Et ces filles de Freya ?

– C'était le nom d'un clan particulier. Uniquement des femmes mais je n'en sais pas plus. À part... qu'elles étaient considérées comme puissantes et encore plus dangereuses que les autres. Les miens racontent qu'elles laissaient passer les monstres, qu'elles attiraient les désastres. Les héritières de Freya ont toujours été peu nombreuses et nous avions tendance à les éviter, dit Prisca d'une petite voix.

Inès la regarda sans rien dire pendant un moment. Du bout des pieds, elle ratissait la poussière et la cendre qui s'étaient entassées dans le foyer à leurs pieds. Inès se pencha en avant et traça la rune Dagaz dans la cendre froide.

– Freya est la maîtresse de la magie, tu le savais ? dit-elle finalement. C'est elle qui a créé les runes. Elle a un équivalent dans presque toutes les grandes religions polythéistes : Isis, Hécate, Mahādevī, Trivia...

– Non, je l'ignorais, avoua Prisca. Tu es vraiment calée.

– Je trouve ça passionnant, les mythologies et leurs ressemblances, et ça m'a toujours agacée de voir que la plupart des runes magiques sont associées à des dieux et non des déesses, alors que c'est l'une d'elles qui les a créées. On ne parle jamais d'elles.

– C'est vrai, réalisa Prisca. Je n'invoque jamais de déesse. Je n'y avais même pas fait attention.

– Comment ça marche, ta magie des runes ?

C'était une bonne question à laquelle Prisca n'était pas certaine d'avoir la réponse. Même si elle avait appris les runes et leur pouvoir, elle avait toujours senti la magie en elle. Comme un fil au creux de sa poitrine. Quand elle voyait les runes, elle n'avait qu'à tirer sur ce fil, le tordre à l'intérieur d'elle pour lui donner la forme voulue. Mais son don s'arrêtait là.

– C’est difficile à dire avec des mots.

Elle sentit le regard attentif d’Inès, alors qu’elle sortait le couteau de sa poche. De la pointe, elle entailla le bout de son index. Une goutte de sang rouge se forma aussitôt à son extrémité.

– Fehu, feu de Freyr, viens à moi par ce sacrifice, chuchota-t-elle tout bas.

Une minuscule flamme jaillit au bout de son doigt. Inès écarquilla les yeux, surprise.

– Incroyable ! Mais pourquoi le sang ?

– Chaque dieu demande un sacrifice pour utiliser le *seidr*, s’approprier le pouvoir runique n’est pas gratuit.

– *Pourtant, toi, tu n’as pas peur de le convoquer dans ces lieux maudits.*

La voix était tombée du plafond, profonde, rauque, avec une pointe de menace.

Prisca leva les yeux. Sur la poutre où dansaient les ombres, une femme était à présent assise. De longs cheveux châtains encadraient son visage à l’ovale parfait. Ses yeux noisette étaient braqués sur Prisca. Elle portait des chausses noires sur une tunique bleue et un corset de métal recouvrait sa poitrine. Elle se laissa tomber au sol avec une grâce féline et ses bottes heurtèrent la terre meuble en soulevant un peu de poussière. « Une guerrière. Une menace. » Prisca bondit aussitôt sur ses pieds et se plaça devant Inès en position défensive. Face à elle, la guerrière sourit et attaqua.

Chapitre 9

Inès resta bouche bée, derrière Prisca. La guerrière se jeta sur elles. Prisca réagit avec une vivacité étonnante. Elle repoussa Inès en arrière tout en bloquant d'un bras celui de la femme. Son poing vola vers le visage adverse. La guerrière recula d'un pas, attrapa le poignet tendu et tira d'un coup sec. Prisca bascula en avant et, tout en dégageant son bras, prit appui sur ses deux mains au sol. Ses pieds fouettèrent l'air. La femme brune dut bondir en arrière pour éviter un coup de talon. Prisca se redressa et se repositionna en garde, poings levés.

Elle fonça en avant. Un éclair argenté la fit piler net. La guerrière tenait la pointe de sa lance à quelques centimètres du visage de l'adolescente, et son sourire amical contredisait son geste menaçant. Du bout de sa lame, elle indiqua à Prisca de reculer mais la jeune fille ne bougea pas. Tout son corps tremblait et il fallut une seconde à Inès pour réaliser que ce n'était pas de peur mais de colère. La voix de Prisca claqua dans l'air.

– Vous espionnez souvent les gens de cette manière? C'est très impoli.

Inès se tordit les mains mais le sourire de la femme ne fit que s'élargir un peu plus.

– Par ma lance, une vraie guerrière, la félicita-t-elle sans baisser son arme. Je sais reconnaître le courage quand je le croise et je ne vois pas de peur en toi.

– Qu'est-ce que vous nous voulez? reprit Prisca.

– C'est plutôt à moi de poser cette question. Qui êtes-vous et que faites-vous ici?

Inès et Prisca échangèrent un regard incertain. Que pouvaient-elles dire à cette étrangère? Elles ignoraient tout de l'endroit où elles avaient débarqué, cette femme pouvait aussi bien être une amie qu'une ennemie.

– D'où venez-vous? Comment êtes-vous arrivées sans être repérées?

Prisca écarquilla les yeux, l'air complètement dépassée par la situation. Inès se concentra sur la femme. La guerrière, bien qu'armée, n'était pas hostile, plutôt circonspecte. De plus, les deux jeunes filles étaient seules, perdues, glacées et affamées. Elles avaient besoin d'aide. Inès s'approcha de Prisca et lui jeta un regard insistant. *Aie confiance en moi.*

– Nous venons de la Terre, dit simplement Inès.

À ses côtés, Prisca s'étrangla de stupeur mais la guerrière l'écouta sans rire ni broncher. Ses sourcils se froncèrent imperceptiblement.

– Comment? Vous avez ouvert un passage? Les passages sont surveillés et fermés, on ne peut plus les utiliser. Alors comment? répéta la guerrière.

– Je ne sais pas mais nous n'avons pas eu le choix, dit Inès en haussant les épaules.

– Pourquoi ?

– Nous fuyions un monstre, un Égaré qui nous a attaquées sur la Terre, expliqua Prisca.

– J'ai ouvert le passage au hasard, je ne savais pas où nous allions, je voulais juste nous mettre à l'abri, ajouta Inès.

– Je vous ai vues utiliser le *seidr*, ce qui constitue déjà une anomalie. Ou un miracle, car ce que tu dis est impossible, lâcha la guerrière en resserrant sa prise sur la hampe de son arme. Parle-moi de ce monstre.

Inès entreprit de lui décrire la créature aperçue depuis le monde de la forêt et qui semblait l'avoir suivie jusqu'à Paris. Au fur et à mesure qu'elle racontait, les sourcils clairs de la combattante se froncèrent ostensiblement et un pli apparut sur son front lisse.

– Tu es certaine qu'il est passé avec vous ?

Inès haussa les épaules et se tourna vers Prisca.

– Il n'était pas avec nous quand on a atterri ici mais je l'ai senti basculer avec nous quand le passage s'est ouvert, précisa son amie.

Cette fois, la femme haussa un sourcil appréciateur et, d'un geste fluide, baissa son arme qu'elle rengaina entre ses omoplates. Elle se tenait très droite et observa longuement les deux adolescentes. Inès sentait son regard la scruter de l'intérieur, la juger.

– Si un monstre vous a prises en chasse, c'est que vous possédez quelque chose qui l'attire : du pouvoir. Si ce que vous rapportez est vrai, alors je dois prévenir ma reine. Suivez-moi.

– Vous suivre où ? s'exclama Prisca. On ne connaît même pas votre nom.

– Je suis Brynhild. Quels sont vos noms ? Quel est votre clan ?

– Elle s'appelle Inès, je suis Prisca, les présenta cette dernière. Nous venons de Paris.

– Très bien, alors. Prisca et Inès de Paris, il est temps de partir. La nuit va tomber et l'endroit n'est pas sûr. Nous devons rejoindre le palais. C'est un ordre, ajouta-t-elle en les voyant hésiter à nouveau.

Inès retint un hoquet de surprise et Prisca se statufia à son tour. Brynhild était le nom d'une des plus célèbres valkyries des Eddas nordiques, les contes narrant les aventures des dieux. La guerrière leur indiqua la sortie du *skali* et elles retrouvèrent la bise glaciale et le silence morbide qui régnait sur les lieux. Brynhild les orienta sur le chemin pavé et passa devant elles.

Les trois femmes cheminaient en silence. La brume semblait s'écarter devant Brynhild, ce qui leur permit de mieux appréhender la désolation qui les entourait. La route s'élargissait et les villages devinrent des bourgs abandonnés. La pourriture avalait tout et laissait ses miasmes derrière elle pour dévorer ce qu'il restait. Une odeur de charnier s'élevait de la terre humide, les prenant à la gorge.

– Où on va, à ton avis ? chuchota Prisca.

– Aucune idée. J'ai déjà du mal à croire à ça, dit Inès en balayant des yeux la lande morne.

Prisca ne répondit pas. Elle marchait, les sourcils froncés et l'air inquiète. Ses yeux scrutaient tout, le paysage, le dos de la guerrière, le moindre mouvement autour d'elles, comme si elle s'attendait à voir surgir un Égaré derrière chaque fourré. Inès avait espéré que Prisca aurait des réponses, elle découvrait que la jeune fille en savait aussi peu qu'elle sur ses propres pouvoirs et leurs origines. Elle jeta un coup d'œil au dos de Brynhild. Celle-ci avait mentionné le fait que circuler entre les mondes était devenu impossible mais sans en préciser la cause. Elle ouvrit la bouche pour poser une question lorsque Brynhild s'arrêta, au milieu du chemin. Inès leva le regard vers l'horizon qui s'était dégagé.

Une rivière placide, large de plusieurs centaines de mètres, s'étalait devant elles et leur coupait le passage. Brynhild se décala légèrement et un pont apparut. Inès garda la bouche ouverte, de surprise cette fois. Elle n'avait jamais rien vu d'aussi grandiose. La passerelle s'élevait à plusieurs dizaines de mètres au-dessus de l'eau grise et projetait son toit sculpté à l'assaut du ciel d'acier. Les piliers, qui plongeaient dans la rivière, étaient d'or et brillaient de mille feux, réverbérant la lumière chiche de tous les côtés. Une aura de puissance et de beauté émanait de cette construction surréelle. Prisca, stupéfaite, saisit la main d'Inès dans la sienne. Inès la serra en retour, comme pour s'assurer qu'elle ne rêvait pas.

– Incroyable, dit Prisca, les yeux écarquillés.

– Gjallarbrú, dit Brynhild avec respect, il mène au palais.

Ces quelques mots ramenèrent Inès à la réalité.

– Gjallarbrú ? répéta Inès en fronçant les sourcils. Le pont qui traverse la Gjöll ?

– Comment connaissez-vous cela ? s'étonna Brynhild. Je croyais que vous n'étiez jamais venues ici ?

La guerrière lui renvoya un regard plein de doute et Prisca lui fit les gros yeux. Mais Inès n'y prêta pas attention. Elle se tourna à nouveau vers la guerrière.

– La route que nous empruntons, elle porte un nom, n'est-ce pas? Le Helveg, le chemin des morts?

Cette fois-ci, la guerrière se figea, une main portée sur sa lance. Ses yeux lançaient des éclairs de colère mêlée d'incompréhension.

Inès saisissait mieux à présent pourquoi le paysage semblait si morne. Une valkyrie, le chemin des morts, et maintenant la Gjöll, le pont mythique aux piliers d'or dont on ne revenait jamais. Elle connaissait tous ces noms car elle les avait lus dans de nombreuses histoires. Et selon ses lectures, elles se trouvaient sur Helheim, l'un des neuf mondes de la mythologie nordique, où régnait Hela, la déesse de la mort. Freya lui avait dit que sa mère était la Gardienne de Midgard, le nom de la Terre dans l'Ásatrú. Se pouvait-il que le Helheim mythique soit réel lui aussi et qu'elles y soient tombées à travers la faille?

– Votre monde s'appelle Helheim?

La guerrière sortit sa lance. Et Prisca lâcha un juron avant de se placer devant Inès, les bras levés. Inès sentit que la situation dérapait.

– Attendez, on se calme. Inès, de quoi tu parles?

– Nous venons de Midgard, la Terre. Prisca, je crois que les runes nous ont menées dans un des neuf mondes de la mythologie scandinave: Helheim. Tout correspond: le pont, le chemin, la rivière et même la brume éternelle.

– L'Ásatrú n'est pas qu'un mythe, murmura Prisca en réalisant que ses croyances étaient réelles.

Brynhild baissa légèrement son arme. Le nom de Midgard semblait l'avoir rassérénée. Une lueur triste traversa cependant ses prunelles noisette. Elle observa un long moment les deux adolescentes avant de jeter une œillade inquiète vers la lumière qui diminuait à l'horizon.

– Notre pays a beaucoup changé, beaucoup souffert. Ne traînons pas, la nuit est porteuse de danger. Je vous emmène chez ma maîtresse. Elle pourra démêler les raisons de votre présence ici et confirmer que vous venez vraiment de Midgard. Venez, elle nous attend.

Une pointe d'angoisse glaça les entrailles d'Inès. Il n'y avait qu'une seule déesse régnant sur les enfers. Hela, la terrifiante fille de Loki, le dieu fourbe. Un souvenir de Freya s'imposa aussi à elle. Lors de leur rencontre, la déesse lui avait conseillé de trouver quelqu'un, mais elle n'avait pas eu le temps d'achever sa phrase. «Trouve He...», pouvait-il s'agir de Hela? Inès essaya de se rappeler les descriptions qu'elle avait lues sur la déesse. Prisca était blême mais suivit la guerrière sans rien dire.

Le chemin se divisait à nouveau en deux et elles laissèrent la ville qui bordait le fleuve pour traverser le pont majestueux. La pente était raide et Inès se mit rapidement à haleter et à transpirer. Au point le plus haut, la brume s'éclaircissait suffisamment pour leur donner une vue plongeante sur les rives de la Gjöll et les landes alentour. Un paysage triste et morne, sans vie, s'étala sous leurs yeux. Comme si tout le pays s'était vidé d'un coup. La rivière elle-même paraissait figée, ses eaux grises immobiles et silencieuses. De l'autre côté du pont, une immense construction de bois et de fer trônait sur un tertre surélevé, flanqué d'une forêt de pins aux épines noires de trois côtés. Le chemin de pierres en constituait le seul accès.

Brynhild se dirigea droit dessus. Des corneilles, au plumage d'un noir d'encre et munies d'un troisième œil sans paupière, croassèrent sur leur passage. Inès avançait, perdue dans ses pensées. Voyant qu'elle se laissait distancer, elle trottina pour rattraper Prisca. Un nouveau *skali* se dessinait au bout du chemin et la valkyrie accéléra, visiblement pressée d'arriver. Cette nouvelle demeure, bien que semblable à la précédente, était beaucoup plus grande. Elle s'élevait sur deux étages et ses linteaux étaient gravés de runes. Les poutres étaient renforcées de plaques de fer et de métal brillant qui réfléchissaient les derniers rayons du soleil. La porte, gigantesque et cloutée de fer, dégageait une impression de puissance. Inès y retrouva de nombreux symboles gravés. Brynhild les guida jusqu'au seuil.

– Nous sommes arrivées.

Alors qu'elle leur faisait gravir le perron, deux femmes surgirent de la halle, armes au clair. Elles portaient des bustiers identiques à celui de Brynhild, ainsi que des casques ailés qui retenaient leurs longs cheveux blonds en arrière. La plus âgée, aux yeux verts et au nez busqué, tendit sa lance en direction des deux adolescentes. La seconde, plus jeune, hocha la tête avec curiosité.

– Brynhild, ma sœur, que se passe-t-il?

– Olrun, Sigrún, les salua Brynhild, sans se départir de son calme, voici Inès et Prisca, des voyageuses de Midgard. Je les ai trouvées errantes au milieu de la plaine. Elles clament avoir traversé par elles-mêmes depuis leur monde pour échapper à un Égaré.

Inès resta bouche bée en entendant ces noms, tout droit issus des contes et légendes qu'elle lisait le soir. Des femmes dont sa mère lui avait raconté toutes les aventures.

– Encore des noms de valkyries, chuchota Prisca, sans parvenir à y croire.

– Elles mentent. Plus personne ne peut traverser, répliqua Olrun, sa lance toujours braquée devant elle, ignorant Prisca. Elles pourraient être des Corrompues.

– Je sais, mais je les ai vues utiliser le *seidr*. Elles doivent Lui parler. Une créature semble avoir traversé avec elles, il est possible qu'il s'agisse d'un Corrompu.

– Qu'est-ce que c'est, un Corrompu ? demanda Prisca, soudain intéressée.

– Un nouveau monstre ? demanda Sigrún, la plus jeune, sans lui répondre.

– Nous ne pouvons pas écarter cette possibilité.

Olrun se tourna vers sa compagne qui hocha la tête en signe d'assentiment. Sans attendre, Sigrún disparut dans la forêt. Olrun rangea sa lance et se pencha vers la porte entrouverte dans son dos. Elle ferma les yeux une fraction de seconde, soupira.

– Venez, Elle vous attend.

Olrun s'écarta d'un pas et la porte du *skali* s'ouvrit sans un bruit, exhalant une odeur de charnier âcre qui fit monter les larmes aux yeux d'Inès. Elle fixa le trou noir qui était apparu devant elle, aussi sombre que l'œsophage d'une créature gigantesque prête à l'avaler, et sentit la peur lui hérisser tous les poils du corps. Une voix sépulcrale jaillit des ténèbres et glaça Inès jusqu'aux os.

– Entrez, avant que les monstres ne sortent des ombres.

Chapitre 10

Sur le seuil de la porte, Prisca hésita. Les lueurs d'un feu étaient visibles depuis l'entrée, jetant des éclats miroitants dans les ténèbres qui semblaient peupler le bâtiment. Inès plissa les yeux, rajusta ses lunettes. Près de la porte, Brynhild demeurait immobile, son regard braqué sur les deux adolescentes.

– À votre place, je ne la ferais pas attendre.

– J'ai un mauvais pressentiment, chuchota Prisca en se rapprochant de son amie.

– Eh bien, si j'en crois les mythes, nous allons rencontrer Hela, la déesse des morts, répondit Inès avec un rictus mi-stupéfié, mi-terrorisé.

– C'est bien ce que je dis, répliqua Prisca. Ça ne me dit rien qui vaille.

Une bourrasque leur souleva les cheveux avant de forcir. Soudain, ce fut comme si l'air s'enroulait autour d'elles. Prisca laissa échapper un cri de surprise. Elle ne pouvait plus bouger, les bras collés le long de ses flancs, prisonnière d'un étau invisible. Inès se débattait à ses côtés, tout aussi impuissante. Une nouvelle bourrasque les poussa en avant, comme si un crochet avait été planté dans leur nombril et les attirait inexorablement.

Elles furent projetées à l'intérieur du *skali*, au milieu des ombres épaisses et inquiétantes, à une telle vitesse que tout leur parut flou. Puis le poing qui les avait attrapées les relâcha d'un coup. Inès réussit à maintenir son équilibre de justesse. Des bougies étaient disposées un peu partout et, au centre de la pièce, brûlait un grand feu au milieu d'un foyer semi-enterré. L'odeur de la cire, épaisse, roula sur sa langue. Les flammes se reflétaient dans des dizaines de boucliers en argent poli. La sensation démultipliée d'espace lui donna le tournis. Elle avait l'impression d'être entourée de centaines de chandelles tremblotantes. Sa peur se mua en agacement.

Brynhild les rejoignit à grands pas en les fusillant du regard. Prisca refusa de baisser les yeux, ce qui ne lui valut qu'une moue amusée de la part de la valkyrie qui les dépassa de deux pas, avant de s'agenouiller. Prisca suivit son regard et se pétrifia. Derrière les flammes qui brûlaient vives se trouvait un trône gigantesque en bois sculpté de serpents et de loups, recouvert de fourrures grises. Et sur ce trône était installée une jeune femme à la peau diaphane, aux longs cheveux noirs, qui les observait, légèrement tournée de profil. Elle était très belle avec des traits fins et des yeux gris d'orage. Elle portait une robe noire et ses pieds nus paraissaient blancs contre le bois. Elle ouvrit les lèvres et sa voix sonna comme une bise glaciale par une nuit d'hiver.

– Que m'as-tu amené là, Brynhild ?

Prisca frissonna et saisit la main d'Inès par réflexe. Elle eut l'impression que la température de la pièce venait de chuter de plusieurs degrés. La valkyrie baissa la tête en signe de respect.

– Hela, ma reine immortelle, voici deux femmes que j'ai trouvées errantes sur le Helveg. Je pense que ce qu'elles ont à dire pourrait t'intéresser.

Prisca ne put s'empêcher de dévisager Inès. Hela leur jeta un regard de biais.

– Leurs vêtements sont étranges. Elles ne ressemblent pas à nos sujets, dit la femme de sa voix craquante comme de la glace. Et elles ont l'air à moitié mortes.

– Nous sommes vivantes, affamées et gelées, lâcha Prisca.

– Nous sommes arrivées là par hasard, tempéra Inès.

La femme se tourna complètement vers elles. Prisca ne put retenir un hoquet de terreur. Tout le côté gauche du visage de Hela paraissait avoir fondu. La peau, d'une couleur rougeâtre, formait des grumeaux épais qui dégoulinaient de ses tempes jusqu'à son cou. Hela, déesse de la mort, était représentée dans les Eddas avec une moitié du corps pourrissant. Inès porta une main à sa bouche. La femme sourit et Prisca grimaça malgré elle face à ce visage ravagé par les brûlures.

– Elles prétendent être venues seules, reprit Brynhild. Depuis Midgard, qu'elles appellent Terre. Elles ont mentionné Freya. Et j'ai vu la plus grande pratiquer le *seidr*.

Hela suspendit un geste et plissa les paupières. Prisca sentit sa colère enfler dans sa poitrine. D'abord on les traînait de force jusqu'ici, ensuite on les traitait comme de vulgaires sacs de sable et on les accusait d'être des menteuses. Sa patience s'érodait. Valkyrie, déesse ou peu importe.

– Elles auraient fui un monstre, intervint Olrun. Leur description correspond à un Corrompu, il les aurait suivies jusqu'ici. J'ai envoyé Sigrún à sa recherche. Si elles disent vrai, elle le trouvera.

Hela resta silencieuse un instant. Elle se leva et s'avança vers Inès. Une vague de froid se propagea dans son sillage, et du givre fleurit sous chacun de ses pas. Inès voulut reculer mais elle ne lui en laissa pas le temps. Sa main gauche sortit des replis de sa tunique. Ses doigts décharnés aux ongles effilés ressemblaient à des serres alors que sa main droite était normale. Prisca ne put retenir un frisson en pensant à la souffrance que cette femme avait dû ressentir pour finir brûlée de la sorte. Mais la pitié qu'elle ressentait ne l'empêchait pas de se méfier. Hela se pencha vers Inès pour saisir son menton entre ses phalanges osseuses.

– Quels yeux étranges cependant. Les dieux se seraient-ils penchés sur toi ?

– Ne la touchez pas !

La main de Prisca jaillit en même temps que le pendentif d'Inès s'illuminait soudain. Une lumière aveuglante inonda le *skali*, formant un bouclier entre Inès et la déesse. Une rune en forme de deux V emboîtés brilla un instant fugace dans les airs. Hela recula, surprise. Son regard s'assombrit. D'un geste, elle stoppa Brynhild qui s'était avancée, lance en main.

– La marque de Freya. Voilà qui change tout, murmura la reine.

Elle examina sa main comme si elle la voyait pour la première fois. Puis ses pupilles d'acier se reportèrent sur les adolescentes. Prisca sentit la déesse la dénuder du bout des cils, ce qui ne fit qu'augmenter sa colère. Elle connaissait ce regard par cœur. C'était celui de sa tante, qui la jugeait, et qui la trouvait faible, lente, inapte – une déception. Le visage de la déesse se tourna à nouveau vers les valkyries.

– Trouvez la bête si elle est vraiment là mais soyez prudentes. Je vais m'occuper d'elles. Leur présence est un signe.

– Mais ma reine, on ne peut vous laisser seule avec elles, elles sont peut-être dangereuses ! s'emporta Olrun.

– Que pourraient faire deux humaines face à une déesse ? riposta Hela, sa voix tranchante comme un rasoir. Allez, maintenant.

Olrun hocha la tête à contrecœur et Brynhild se releva d'un mouvement souple. Sa tunique flotta autour de son corps musclé alors qu'elle faisait demi-tour pour quitter le *skali*. Au moment de partir, Brynhild se retourna et adressa un clin d'œil à Prisca, avant de disparaître en claquant la lourde porte cloutée.

– J'aurais préféré qu'elle reste, dit Inès tout bas. Sa présence était rassurante en quelque sorte.

Prisca acquiesça. Aussi bizarre que cela puisse paraître, le départ de Brynhild laissait un vide. La guerrière dégageait une aura de calme et d'assurance, quelque chose de solide, de sûr, alors que tout son monde semblait voler en éclats.

– Tu penses qu'elle va le trouver ? demanda Inès. Le monstre...

– S'il est là, mes guerrières le trouveront, répondit Hela de sa voix glaciale. Venez !

L'ordre claqua comme une gifle. Ce fut trop. Trop de tension et de colère accumulée. La déesse avait à peine contourné son siège, sans plus les regarder, certaine d'être obéie, quand les mots jaillirent de la bouche de Prisca.

– Non ! J'en ai marre de suivre sans rien comprendre.

– Prisca, s'étouffa Inès.

– Non, il n'y a pas de Prisca. Je suis fatiguée, j'ai faim, j'ai froid, on nous menace et on nous ordonne des choses, eh bien, ça suffit. Vous êtes peut-être une reine ici, mais nous ne sommes pas vos sujettes.

Hela se retourna. Son masque d'autorité et de froideur se dissipa. Un sourire doux fleurit sur son visage à la fois beau et abîmé, et l'espace d'un instant elle parut très jeune à Prisca. Un pli inquiet barrait son front pâle. Elle semblait un peu essoufflée et des cernes noircissaient ses joues. Une jeune femme seule dans un monde glacé. Sa voix résonna, rajeunie elle aussi, douce comme une brise de printemps.

– Utiliser le peu de pouvoir qu'il me reste m'épuise, leur révéla-t-elle. Je voulais juste vous proposer de quoi vous restaurer et vous réchauffer dans un endroit plus agréable pour discuter. Car nous avons beaucoup à nous dire, voyageuses.

– Les règles de l'hospitalité sont sacrées dans l'Ásatrú, intervint Inès. On devrait accepter.

Elle posa une main sur l'épaule de Prisca et aussitôt celle-ci ressentit le lien entre elles, comme un courant électrique qui la réchauffa au creux du ventre. Ses poings serrés se relâchèrent et elle haussa les épaules en signe de capitulation. Hela leur fit signe de l'accompagner derrière l'imposant trône. Inès, sa main toujours posée sur Prisca, la poussa gentiment devant elle.

La déesse leur fit passer une arche et monter un escalier en bois. À l'étage, des bougies dessinaient un chemin à même le sol, plantées dans leur cire et éclairant les murs de bois d'une lumière jaune. Les deux adolescentes suivirent Hela dans une pièce plus petite où régnait une agréable tiédeur. Une alcôve, au fond, contenait un lit couvert d'épaisses fourrures. Au centre, dans un trou creusé à même le sol, un feu crépitait joyeusement. Une agréable odeur de nourriture s'élevait du chaudron en étain suspendu juste au-dessus. Des écuelles et des cuillères attendaient à côté sur un plateau de bois. Hela leur désigna la nourriture qui mijotait.

– Installez-vous. Mangez. Je vous promets que rien n'est empoisonné, ajouta-t-elle devant la mine suspicieuse de Prisca. C'est un simple ragoût.

La déesse déposa deux épaisses fourrures sur leurs épaules et des vêtements propres près du feu. Prisca chercha Inès du regard, quand son ventre émit un grommellement furieux. Inès dissimula son sourire derrière ses longs cheveux châtains.

– Mourir de faim ne nous aidera pas, dit la jeune fille en essuyant la buée sur ses lunettes. Et je suis frigorifiée.

Prisca grommela et s'assit près du foyer. Les deux adolescentes se changèrent avec délice et s'emmitouflèrent dans les peaux tièdes. Inès ne parvint pas à se séparer de son vieux sweat-shirt troué et l'enfila par-dessus sa chemise de lin. Aussitôt la douce chaleur des flammes la réconforta et elle tendit les mains pour se réchauffer. Hela saisit un bol en bois et la louche qui se trouvait dans le chaudron pour servir de généreuses portions de bouillon. L'odeur était divine. Prisca sentit la salive lui monter à la bouche. La première bouchée manqua la faire défaillir de bonheur. La viande fondait sous la dent, les petits légumes croquaient, le bouillon explosait de saveurs. Toute la chaleur de la soupe brûlante se répandit dans son corps, relaxant ses muscles tendus. Inès poussa un soupir près d'elle, la bouche pleine, les yeux dans le vague et l'air béate. Hela les scrutait depuis l'autre côté des flammes. Son regard gris les transperça. Prisca se trémoussa, mal à l'aise.

– J'ai besoin que vous me racontiez la vérité, leur demanda Hela. Vous portez la marque de Freya. Ce qui m'intéresse, c'est de comprendre comment vous êtes arrivées ici. Car depuis la disparition de Freya, les portes sont fermées, définitivement.

– Les portes ? répéta Inès. Freya a disparu ?

– Entre les mondes. Ce ne sont pas seulement les portes qui sont fermées, c'est tout accès à la magie qui m'est refusé. Le peu de pouvoir qu'il me restait, je l'ai employé à protéger mon palais et à vous impressionner. C'est grâce à la magie de Freya que nous pouvons voyager d'un monde à l'autre. Grâce à elle que j'ai pu sauver ce qu'il restait de mon peuple et l'envoyer ailleurs. Avec sa disparition, toute utilisation du *seidr* est vouée à l'échec.

– Je vois. Donc nous sommes toutes bloquées ici, déclara Prisca. C'est bien ça ?

– Peut-être pas. Vous avez fait de la magie, vous avez utilisé le *seidr* alors même que je ne le peux plus. Pour une raison que j'ignore, vous ne semblez pas affectées. Comment pouvez-vous l'invoquer ?

– Nous ne pouvons pas, dit Prisca. Enfin, pas totalement. Chez nous, peu de gens peuvent utiliser la magie des runes. En fait, il n'existe que deux clans le pouvant : celles qui voient et celles qui protègent.

Voyant que Hela fronçait les sourcils sans comprendre, Inès intervint.

– Pour vous, cela correspondrait à des *völva* et des berserkers.

Prisca acquiesça et entreprit de leur exposer la différence entre les deux clans. Inès écoutait, captivée.

– Des filles de Freya, murmura Hela, pensive.

– Vous avez dit que votre peuple se trouvait ailleurs ? C'est à cause des Égarés à l'allure... pourrissante ? demanda Prisca, un peu gênée en observant le profil abîmé de la déesse.

Hela les observa un instant de plus sans rien dire. Elle semblait perdue. Une lueur d'espoir brillait au fond de ses prunelles mais comme étouffée par la peur.

– Mon peuple a été massacré et les survivants ont fui, dit Hela, avec une pointe de tristesse dans la voix. La plupart sont morts quand ces créatures sont arrivées. Nous les appelons Corrompus. Ils ressemblent à des Égarés. Comme eux, ils traversent les portes, mais ils envahissent des planètes qu'ils laissent détruites derrière eux. J'ai essayé de contacter Freya, je l'ai sentie se déplacer vers la menace, nous avons dépêché des émissaires à travers les passages mais personne n'a répondu. J'ai fini par envoyer les survivants sur Svartálfheim, un monde voisin, avant qu'il soit trop tard. Ici, à Helheim, il ne reste que moi et mes valkyries.

– Pourquoi n'êtes-vous pas partie ?

– Je n'abandonnerai pas mon royaume, même si la terre est morte et desséchée, s'exclama Hela avec ferveur. Je suis liée à lui, et lui à moi, et ce jusqu'à la fin des temps. Je ne peux pas partir, c'est ainsi.

Elle les observa avec un éclat sauvage au fond des yeux, puis se radoucit.

– Je suis désolée de m'être emportée. Mais votre venue m'apparaît comme un espoir, un signe de Freya.

– Je l'ai vue, Freya, murmura Inès. Elle veut que je la retrouve et que je réunisse les pierres disparues de son collier. Mais je ne sais pas où chercher, je ne sais pas quoi faire. Je crois qu'elle m'a conseillé de venir vous voir. Possédez-vous une pierre ?

Hela sourit, ce qui plissa la partie tordue de son visage en une grimace étrange.

– Reposez-vous. Vous semblez épuisées. Nous parlerons demain de votre quête. Dormez à présent, la nuit n'est pas l'heure de parler des monstres et des choses de pouvoir.

Inès acquiesça, la mine inquiète. Prisca se serra contre elle. Aussitôt, elle fut enveloppée par une douceur agréable et ses paupières devinrent lourdes. Elle avait le ventre plein et elle n'avait plus froid. Une immense fatigue s'abattit sur elle. Inès somnolait elle aussi et se roula en boule dans la fourrure, le haut de son crâne en dépassant à peine. Prisca fit un effort pour ouvrir les yeux. Elle croisa le regard gris de Hela qui les observait sans rien dire. Elle dormait dans la chambre d'une déesse, dans un autre monde. Prisca n'en revenait pas. Tout cela lui paraissait excitant et inquiétant. La déesse se leva en silence et quitta la pièce sans un bruit.

– Tu crois qu'on peut lui faire confiance ? chuchota Prisca en luttant contre sa fatigue.

– Je pense qu'on n'a pas beaucoup d'autres options, murmura Inès dans un long bâillement. Ce monde est très étrange, si différent et pourtant si familier.

Prisca voulut protester, dire qu'elle le trouvait terriblement inquiétant, mais ses paupières refusèrent de se relever et elle sombra dans un sommeil sans rêve.

Chapitre 11

Inès émergea d'un sommeil paisible. Elle se sentait en pleine forme et l'esprit clair. Une odeur de pain chaud se fraya un chemin jusqu'à ses narines, délicieuse. Elle guetta les bruits de son père préparant le petit-déjeuner dans la cuisine. Le feu crépitait doucement. Elle se redressa d'un coup. Pourquoi y avait-il un feu dans sa chambre ?

Elle repoussa brutalement l'épaisse fourrure brune et l'air frais la fit frissonner. Les souvenirs affluèrent d'un seul coup. Le monstre, la faille, le monde inconnu qui ressemblait aux enfers de Helheim, Brynhild et Hela. Et son père, resté sur Terre et qui devait se faire un sang d'encre. Par acquit de conscience, Inès chercha son téléphone portable mais se rappela qu'il n'y avait pas de réseau. Elle sentit son cœur se serrer.

Avec un soupir, elle balaya la pièce des yeux. Tout était flou. Elle récupéra ses lunettes qui s'étaient perdues dans les replis de sa couverture et les chaussa sur son nez. Elle cligna plusieurs fois des yeux mais le monde resta légèrement flou sur les bords. Inès retira ses lunettes, se frotta les yeux avant de les remettre. Ce qui ne provoqua aucun changement. Sa vision avait encore baissé. Tous les ophtalmologues qui s'étaient penchés sur son cas avaient dû avouer ignorer pourquoi Inès perdait peu à peu la vue de l'œil gauche. Elle avait essayé de nombreux traitements, en vain. Elle soupira, frissonnante.

Un soleil pâle filtrait à travers l'ouverture du plafond. Des nuages blancs moutonnaient dans le ciel. La chambre était moins grande qu'elle ne l'avait imaginé la veille, dans la pénombre. Dans son alcôve, le lit était défait et vide. Des vêtements propres attendaient au sol près d'une carafe d'eau. Inès se servit un grand verre qu'elle avala avec reconnaissance. Allongée contre sa jambe, Prisca dormait. Son visage détendu ne lui avait jamais paru aussi calme. Elle qui fronçait toujours les sourcils avait l'air, en cet instant, d'une adolescente normale, endormie, sans soucis.

Inès se leva aussi délicatement que possible pour ne pas la réveiller et descendit les marches pour rejoindre la grande salle. Elle était arrivée au milieu de l'escalier lorsqu'elle entendit des voix qui filtraient depuis une porte qu'elle n'avait pas encore remarquée, dissimulée derrière le trône de bois. Elle acheva sa descente à pas de loup et s'avança vers la porte. Des odeurs d'infusions et de plantes s'en échappaient ainsi que des voix murmurées. Elle reconnut le timbre un peu rauque de Brynhild.

– Tu crois vraiment que ce sont elles ?

Leurs voix diminuèrent jusqu'à devenir un murmure incompréhensible. Inès s'approcha un peu plus, retenant sa respiration.

– Olrun et les autres n'y croiront pas, se désola la valkyrie. Elles ne voudront pas confier leur destin à des enfants.

– Alors tu devras les convaincre.

Inès se pencha en avant pour jeter un œil discret dans la pièce. Assises face à face sur deux tabourets recouverts de fourrures, au milieu de ce qui semblait être un cellier à nourriture empli de pommes de terre et de légumes rabougris, Hela et Brynhild, les mains jointes, se tenaient si proches que leurs fronts se touchaient. Inès recula aussi vite que possible. Elle sentait qu'elle venait de voler un moment intime, qui ne la regardait pas. Son coude heurta le mur avec un léger bruit.

– Il y a quelqu'un ?

Inès ferma les yeux, se maudissant pour sa maladresse, et s'avança dans l'encadrement de la porte, les joues en feu. Brynhild se tenait debout, un couteau de boucher à la main. La valkyrie se détendit en reconnaissant Inès, reposa son arme. Elle salua l'adolescente d'un signe de tête amical. Ses yeux soulignés de lourds cernes noirs et ses vêtements froissés témoignaient d'une nuit passée sans dormir.

– Désolée, j'ai entendu des voix, s'excusa précipitamment Inès.

– Tout va bien, Brynhild, dit Hela en posant une main sur son épaule.

– Je vais aller voir où en sont les recherches, réagit la valkyrie.

Inès se décala pour la laisser passer alors que Hela lui faisait signe de prendre le siège libre.

– Une infusion ?

Inès accepta d'un hochement de tête et la reine lui tendit une tasse pleine d'un liquide fumant. Des arômes de miel et de thym s'en échappaient en volutes épaisses.

– Hier soir, tu as dit que tu avais vu Freya, commença Hela. Est-ce que tu peux me raconter ?

Inès but une gorgée d'infusion. Une chaleur agréable se répandit dans sa bouche. Elle fit tourner les mots dans sa tête sans parvenir à trouver les bons. Elle soupira et se lança.

– La première fois que j'ai... traversé, elle était là. Freya. Elle a dit que le monde d'Álfheim était condamné et qu'elle avait essayé d'appeler ma mère parce qu'elle avait besoin de son aide pour retrouver les joyaux de son collier, débita Inès d'une traite.

Hela l'écouta sans l'interrompre décrire la déesse et la créature qui l'avait attaquée.

– Vous savez ce que sont les filles de Freya, n'est-ce pas ? demanda Inès.

– Freya est la mère de toute magie. Les filles de Freya sont les Gardiennes des passages entre les mondes. C'est un don qui peut parfois être vu comme une malédiction car il exige de lourds sacrifices.

– Lesquels ?

– Je l'ignore car elles ont toujours farouchement protégé leurs secrets. Elles ont longtemps été adulées puis traquées pour leur pouvoir. Elles sont capables d'ouvrir des passages entre les mondes mais aussi à l'intérieur d'un même espace. Tu pourrais, en un clin d'œil, te transporter à l'autre bout de ce palais si tu le souhaitais.

Inès déglutit avec difficulté. Hela venait de confirmer les légendes dont Prisca se souvenait.

– Vous devez faire erreur, je ne connais aucune magie, répondit Inès d'une voix mal assurée.

La déesse sourit avec une douceur infinie.

– Pourtant, tu as déjà utilisé les runes de ton collier, je le sens, la pierre vibre encore de *seidr*, de magie. Je ne connais peut-être pas ton pouvoir mais je suis une déesse et je fréquente beaucoup de *völva*, de voyantes, et j'ai rencontré plusieurs Filles. Et tu as trouvé une faille menant à cet endroit. N'as-tu pas des souvenirs étranges ? Des choses que tu étais la seule à remarquer ?

– Non, je…

« Non ? murmura la petite voix dans sa tête. Tu es sûre ? Ou tu as juste oublié ? La corneille. Le lapin. » Des dizaines de souvenirs flous de sa petite enfance remontèrent soudain à sa mémoire comme des bulles à la surface d'une eau calme. La sensation des flocons de neige sur ses joues, pendant un jour d'été, et de sa mère qui courait derrière elle, le visage inquiet. Elle se revit jouant dans un bac à sable avec des lézards étranges à deux queues et d'un beau violet sombre, sous l'œil amusé de sa mère. Puis plus grande, à l'école, elle avait souvent été cette enfant un peu étourdie qui trébuchait beaucoup parce qu'elle observait les oiseaux multicolores dans le ciel. Jusqu'à ce qu'on lui fasse remarquer qu'il n'y avait pas d'oiseaux. Pas de chat aux rayures bleues, pas d'insecte ressemblant à un croisement entre un scarabée et une grosse fourmi. Sa mère lui avait conseillé de n'en parler à personne, jusqu'à ce qu'elle oublie.

Après l'accident, elle n'avait plus rien vu, ou bien, repliée sur son chagrin, elle n'avait plus fait attention. Ses pensées revinrent sur la créature qu'elle avait affrontée avec Prisca. Cette bête-là ne ressemblait pas à celles de ses souvenirs. Elle paraissait malade, pourrissante, malfaisante. Lorsqu'elle s'extirpa de ses pensées, Hela l'observait toujours avec un air entendu sur son visage abîmé.

– Oui, tu sais de quoi je parle. Les Égarés, ces créatures qui passent la frontière d'un monde à un autre par inadvertance, sont attirés par ton pouvoir. Par celui des *völva* aussi, parce que vous avez la force des runes en vous.

– C'est aussi la conclusion à laquelle je suis arrivée, fit une voix derrière elle.

Inès se retourna et aperçut Prisca, adossée contre le chambranle de la porte, le visage encore gonflé de sommeil mais le regard alerte. Elle rejoignit les deux femmes.

– Quand es-tu arrivée à Paris? demanda Prisca.

– Début août, répondit Inès, étonnée par la question. On a eu un peu de mal à trouver un établissement pour me reprendre en cours d'année. Je n'étais pas capable d'aller en cours après... l'accident. Pourquoi?

– Avec ma tante, on a remarqué que le nombre d'Égarés avait augmenté depuis le milieu de l'été, ça coïnciderait avec ton arrivée à Paris. Les Égarés sont assez rares, mais tout d'un coup, on s'est mis à en repérer plusieurs par semaine, c'est énorme.

Hela confirma d'un hochement de tête. Inès repensa au monstre qui l'avait suivie jusque chez elle. À ses yeux rouges malveillants, à sa rage, aux ténèbres qui l'enveloppaient comme un linceul. Une pointe de culpabilité lui tordit l'estomac. Elle n'avait pas l'impression d'utiliser les runes. En fait, c'était plutôt l'inverse. Elle avait la sensation d'être un outil, un vecteur, et que les runes agissaient à travers elle. Sauf quand Prisca était là. Elles avaient peut-être ramené ce monstre ici, dans un endroit qui avait déjà subi des attaques. Les paroles de Prisca lui revinrent. *On raconte que ces femmes sont maudites, qu'elles attirent les Égarés.*

Inès ferma un instant les paupières, essaya de rassembler ses pensées au milieu de toutes ces informations. Les mots de Freya lui revinrent en mémoire. Elle devait trouver les autres joyaux et la rejoindre sur son monde. C'était le seul moyen de rouvrir les passages, de mettre fin à cette menace et de rentrer chez elle. Mais comment trouver ces pierres et ce monde?

– Freya m'a demandé de retrouver les quatre pierres manquantes de son collier. J'en possède déjà une, dit Inès en sortant son pendentif de sous son tee-shirt.

– La pierre des Vanes, reconnut Hela.

D'un geste, elle dégagea son propre cou autour duquel pendait un collier de pierres noires. Elles s'entremêlaient à des perles en os et, au centre, une pierre plus grosse, gravée de runes, était enchâssée dans un pendentif en argent. La gemme centrale était brisée en deux.

– Voici la pierre des Dises.

– Elle est incomplète, remarqua Inès.

– C'est ma *völva* qui en possède l'autre moitié. Elle me l'a laissée en espérant que son pouvoir m'aiderait à sauver ce qu'il reste de ce monde.

– Où est-elle à présent ?

– Skuld se trouve sur Svartálfheim avec le reste de notre peuple.

Inès hocha la tête. Dans la mythologie nordique, Skuld était l'une des trois Nornes qui prédisent le destin des habitants des neuf mondes.

– Et vous, à quel groupe appartenez-vous ? Les Ases ? osa demander Inès avec espoir. Vous possédez leur pierre ?

Si Hela se trouvait, elle aussi, en possession d'une obsidienne, alors tout serait si simple, se prit à espérer Inès.

– Ma famille est celle des Jötunn.

– Les Jötunn ? répéta Inès. Je ne crois pas les connaître, désolée.

– Nous sommes les moins célèbres. Nous représentons les forces de la nature incarnée. La mort, par exemple, est une force majeure, sourit Hela avec un air d'excuse. La pierre de mon monde a été détruite quand la magie en a disparu. Mais il est possible d'en trouver une sur Svartálfheim, car les Nains et les Géants sont également des Jötunn.

– Freya a aussi parlé d'un interdit, posé sur son monde. Qu'est-ce que c'est ?

Hela passa une main sur son visage abîmé. Elle prenait soin d'en masquer le côté gauche avec ses longs cheveux bruns, aussi souvent que possible. Elle reposa sa tasse d'une main tremblante.

– Un interdit est une forme de magie très avancée. Généralement, on jette des interdits sur une personne, elle devient alors une paria, une exilée. Son nom ne peut plus être prononcé et son existence est effacée, comme si elle n'avait jamais existé. C'est une magie extrêmement rare et puissante, seuls quelques dieux peuvent l'utiliser.

– Savez-vous où se trouve Freya? demanda Prisca.

– Freya se trouve sur...

Sa voix se brisa d'un seul coup et Hela porta une main à sa gorge. Une lueur paniquée passa dans ses yeux sombres alors qu'elle tentait une seconde fois de prononcer un mot qui lui échappait.

– Par tous les dieux, murmura-t-elle encore sous le choc, j'ai oublié. Un interdit qui englobe un monde entier? C'est impensable. Cela nécessiterait une puissance magique démesurée...

Inès sentit la peur se répandre dans ses veines comme un poison. Si quelqu'un avait effacé le monde de Freya, comment le retrouver?

– Il faut que vous voyiez Skuld. Elle pourra lire les runes pour vous et vous aider. Elle vous remettra l'autre moitié de la pierre des Dises.

Chapitre 12

Prisca marchait dans une vaste forêt aux arbres si hauts qu'elle n'en voyait pas les cimes. Une brise fraîche se perdait dans ses cheveux. Ses sens exacerbés percevaient les oiseaux dans les branches, les insectes sur les troncs et les petits animaux dans les fourrés. Elle entendait également les pas légers, si légers, des prédateurs, dissimulés dans l'épaisse végétation. Pas assez discrets.

Elle s'arrêta au centre d'une clairière. Le soleil se répandant à travers une trouée de la canopée l'enveloppait de ses rayons chauds. Elle ferma les yeux, oreilles dressées, nez au vent, tous les sens en alerte. Elle compta dix intrus, aux pattes de velours. Ils arrivaient de toutes les directions, convergeaient vers elle d'un pas sûr. Prisca sursauta en sentant une présence frémir en elle. Une odeur de musc animal envahit ses narines, la sensation d'une fourrure épaisse pressa l'intérieur de sa peau. La bête, qu'elle n'identifia pas encore, gronda doucement, mais pas de peur. Elle ne ressentait aucune agressivité de la part de la meute qui convergeait dans sa direction. Prisca s'assit sur la mousse épaisse et moelleuse et les attendit, guettant la chose vivante qu'elle découvrait au cœur de sa poitrine.

Ils sortirent un à un des bois. Des loups. Pelage gris, noir, brun. Dents blanches, langue rouge et yeux jaunes. Ils l'encerclèrent. Prisca ne bougea pas. Elle n'avait pas peur. Elle ressentait une familiarité. Elle tendit la main vers le mâle dominant. Une bête au pelage argenté, large d'épaules, s'avança. Son œil droit était fermé, barré par une ancienne cicatrice, son autre pupille fauve ne la lâchait pas. Le loup renifla les doigts tendus avant de les lécher. À *moi.* Le mot fusa dans l'esprit de Prisca. Ou plutôt une multitude d'images, de sons et d'odeurs qui transmettaient ce simple message. Alors, elle comprit.

– Vous êtes des berserkers.

Le loup l'examina encore avec attention puis s'assit sur ses pattes arrière. Sa fourrure se mit à onduler, son corps se tordit, son museau se rétracta. Mais son iris ambré resta fixé sur Prisca. Un homme à la chevelure argentée se débarrassa de la peau du loup avec un frisson. Ses cheveux collaient à son visage et des cernes noircissaient ses paupières. Un bandeau de cuir masquait son œil droit et sa longue barbe blanche tombait sur sa poitrine. Il portait une simple tunique brune et une cape noire, ainsi que de nombreux anneaux dorés aux bras et un épais torque d'or autour du cou.

– Tous les berserkers m'appartiennent, ne l'oublie pas.

Prisca s'éveilla d'un seul coup.

Elle se redressa en repoussant la couverture. Des odeurs de musc, de sang chaud et de forêt sous la neige emplissaient ses narines. Son cœur battait la chamade. Elle s'assit et passa une main sur son visage. Pendant une seconde, elle crut voir des poils sur ses phalanges, des griffes plutôt que des ongles.

– Qu'est-ce que...

Elle plissa les yeux mais sa main était normale, humaine. Les réminiscences de son rêve s'étiolaient déjà mais le visage du vieillard persistait contre sa rétine. Un vieil homme, borgne, entouré de loups... Venait-elle de rêver d'Odin ? Du maître des dieux. Prisca secoua la tête pour chasser cette idée absurde, constata qu'elle était seule. Des bruits lui parvinrent depuis l'extérieur. Intriguée, elle se leva et descendit les marches. La grande halle était vide, les braises rougeoyaient encore dans le foyer, attendant d'être rallumées. Elle ne vit aucune trace d'Inès. Des rires et des cris reprirent.

Prisca se dirigea jusqu'à la porte et se faufila hors du *skali*. Elle suivit les rires et le bruit mat des armes jusqu'à l'orée de la forêt, à droite du grand bâtiment. Un rond de terre avait été dégagé et entouré de branches de bouleau blanches. À l'intérieur, Sigrún et Brynhild luttaient à l'aide de leurs lances. Olrun, à l'extérieur du cercle, les encourageait.

– Tes pieds, Sigrún, tes pieds ! hurla-t-elle. Foutue lance, fais attention !

Mais la jeune valkyrie n'eut pas le temps d'esquiver le bout de la lance qui lui faucha les chevilles. Elle chuta lourdement sur le sol de terre battue.

– Relève-toi !

– Je crois que ça suffit, temporisa Brynhild.

Olrun émit un grognement déçu et releva la tête. Son visage s'assombrit encore plus quand elle vit Prisca.

– Qu'est-ce qu'elle fait là, elle ? lança-t-elle d'une voix acerbe.

Prisca sentit la colère lui chauffer les joues. Elle serra les poings et s'avança jusqu'au cercle de branches, sans pour autant le franchir. Elle savait reconnaître un ring quand elle en voyait un.

– Je ne voulais pas vous interrompre, dit-elle d'une voix qu'elle espéra aussi calme et indifférente que possible. Est-ce que vous avez trouvé l'Égaré ?

Ce fut Brynhild qui répondit. Sa voix lui parut aussi lasse que son visage. Elle tendit une main à Sigrún pour l'aider à se relever.

– Oui, le Corrompu a traversé avec vous, mais nous avons perdu sa trace au matin. Nous reprendrons la traque ce soir.

– Dire qu'ils avaient tous quitté Helheim et qu'on en était enfin débarrassées, dit Sigrún.

L'adolescente ressentit une vive envie de lui rabattre le caquet mais une petite voix lui souffla qu'Inès n'aurait pas apprécié. Elle se força à respirer. Au fond, cette femme avait raison, c'étaient elles qui avaient amené cet Égaré, non *ce Corrompu*, dans ce monde.

– Je suis désolée, dit Prisca du bout des lèvres. Nous ne savions pas ce qui nous suivait. Nous ne connaissons que les Égarés, c'était la première fois que je combattais un monstre de ce genre.

– Combattre ? répéta Olrun d'une voix moqueuse. Toi, une gamine, tu dis avoir combattu un Corrompu ? Je n'y crois pas une seule seconde.

Prisca dut se faire violence pour contenir la colère qui enflait en elle.

– Et pourtant, je le dis, lâcha-t-elle d'une voix sourde de rage.

– Prouve-le, siffla Olrun. Bats-toi contre Sigrún, elle est la plus jeune d'entre nous.

Elle saisit sa lance et la projeta en direction de Prisca. Avant que celle-ci puisse s'en saisir, elle fut interceptée par Brynhild. Sa main se referma sur la hampe de la lance.

– Olrun, arrête, ce n'est qu'une enfant. Elle ne va pas nous affronter, c'est ridicule.

Prisca sentit une bouffée de colère lui chauffer les joues. Elle n'avait pas envie de se cacher derrière quelqu'un d'autre. Elle ne mentait pas, elle n'avait pas à se sentir honteuse.

– Je veux me battre, dit-elle d'une voix glaciale.

Brynhild se tourna lentement vers elle alors qu'Olrun haussait un sourcil narquois.

– Au moins, elle n'a pas peur, elle, s'amusa-t-elle.

– Elle n'a pas de lance et ne sait pas la manier correctement, opposa Brynhild. C'est une invitée officielle de la reine, on ne voudrait pas la blesser.

– On va prendre les bâtons alors, trancha Olrun.

Sigrún était elle aussi rouge de colère. Elle tendit sa lance à l'une de ses compagnes et récupéra deux longs bâtons de bois. À son tour, elle en projeta un vers Prisca qui le saisit au vol. Le bois était poli par l'usage, épais, emplissant toute sa paume. Elle le soupesa. Elle s'était déjà entraînée avec ce genre d'arme, mais le combat à mains nues avait sa préférence. Elle s'efforça de faire remonter ses souvenirs d'entraînement, empêcha ses mains de faire tourner le bâton entre ses doigts pour les échauffer. *Ne laisse pas ton ennemi découvrir tes compétences. Surprends-le.* Brynhild s'approcha d'elle.

– Tu n'es pas obligée de faire ça.

– Au contraire, je crois que si, répondit Prisca en raffermissant sa prise sur son arme.

Elle franchit le cercle sans un regard pour la valkyrie. Sigrún se plaça face à elle, fit tourner son bâton au-dessus de sa tête et le pointa vers Prisca.

– À la première touche, proposa-t-elle.

– D'accord, accepta Prisca. Tous les coups sont permis.

La jeune valkyrie écarquilla les yeux de surprise puis haussa les épaules.

– Je m'en voudrais d'abîmer un si joli visage, répondit-elle avec un rictus.

– Ne t'inquiète pas pour moi, fanfaronna Prisca avec plus d'aplomb qu'elle n'en ressentait vraiment. Quel sera le prix de la victoire ?

Les guerrières échangèrent un rire, comme si elles avaient un peu pitié de Prisca.

– Tu n'as aucune chance, ton humiliation sera notre récompense, persifla Olrun. N'est-ce pas, les filles ?

Les autres femmes éclatèrent d'un rire tonitruant.

– Très bien, alors si je gagne, vous m'entraînerez au combat. Voilà ce que je veux.

Le visage d'Olrun se pinça en une grimace offensée. Brynhild soupira. Sigrún fit un pas en avant. Ses traits étaient déformés.

– Une étrangère ne peut pas recevoir l'entraînement des valkyries. Tu ne le mérites pas.

Prisca n'attendit même pas qu'elle finisse sa phrase, elle se jeta en avant. Son bâton heurta celui de Sigrún tout près de son oreille. La valkyrie répondit avec célérité. Son arme s'enroula autour de celle de Prisca pour tenter de la désarmer, mais l'adolescente esquiva habilement. Le combat s'emballa. Les bâtons pointaient et frappaient. Les deux jeunes filles voltaient l'une autour de l'autre, contrant et contre-attaquant. Le bruit des bâtons s'entrechoquant emplissait l'atmosphère. Prisca avait l'impression de danser. Sa vision, déjà excellente, lui parut plus affûtée que jamais. Elle lisait les mouvements de Sigrún avec une acuité remarquable. Comme si elle pouvait deviner chacun de ses gestes une seconde avant qu'elle l'exécute. Elle ne ressentait aucune fatigue, au contraire, ses muscles en demandaient plus. Elle se sentait puissante, en contrôle.

Galvanisée, elle accéléra le rythme de ses attaques. Sigrún recula. Elle s'approchait dangereusement du bord du cercle de combat. Prisca poussa son avantage. Sortir du cercle signifiait la défaite ou l'abandon. Son bâton fusa vers les chevilles de son adversaire. D'un geste vif, elle interrompit son attaque et le bout de son arme remonta brutalement vers le menton de Sigrún. La valkyrie, déséquilibrée, recula encore d'un pas pour éviter le coup. Son talon fit craquer l'une des branches de bouleau. Elle tourna la tête, paniquée. Prisca projeta son bras en avant. Le bout du bâton percuta l'épaule de Sigrún qui laissa échapper un cri étouffé. Son pied franchit la limite du cercle. Prisca se figea, bras tendu, crispée sur son arme. Elle avait gagné. Un silence de mort tomba sur la clairière. Sigrún tourna son visage vers Prisca, une grimace choquée déformant ses traits.

– Comment… Tu as triché ! C'est impossible, tu…

Olrun se précipita à l'intérieur du cercle. D'un geste brusque, elle arracha son bâton à Prisca et le leva au-dessus de sa tête, prête à frapper. Prisca se redressa mais ne recula pas. Un applaudissement lent se fit entendre au même instant. Quatre paires d'yeux se tournèrent vers le *skali* où Hela continuait d'applaudir, ses yeux gris braqués sur Olrun. Inès apparut derrière la silhouette élancée de la reine et plongea ses yeux vairons dans ceux de Prisca. L'adolescente la rassura d'un hochement de tête. La valkyrie lâcha le bâton qui tomba au sol dans un bruit mat.

– Voilà une victoire qui restera dans les annales, dit la reine sans quitter la jeune guerrière du regard. Nous pourrons régler les détails de ce *holmgang* plus tard. Venez, nous devons agir et vite.

Chapitre 13

Prisca s'assit près d'Inès à côté du feu qui ronflait dans la halle. Elles attendaient depuis une journée que Hela se décide sur la meilleure marche à suivre et, pour les tenir à l'écart, la déesse leur avait ouvert sa bibliothèque. Inès referma le livre de contes pour enfant qu'elle lisait. Les valkyries s'installèrent autour des tables qui flanquaient le centre de la pièce, tandis que Hela s'asseyait sur son trône.

– C'est quoi, un *holmgang*? demanda Inès.

– Un combat rituel, répondit-elle sans quitter Olrun des yeux.

– Qu'est-ce qui s'est passé?

Inès dut forcer Prisca à la regarder. Celle-ci laissa échapper un soupir tendu.

– Rien d'important, elles se sont moquées de moi et je les ai remises à leur place.

– C'est-à-dire, elles se sont moquées de toi?

Prisca lui raconta rapidement sa conversation avec Olrun et le défi de Sigrún. Inès émit un sifflement admiratif avant de jeter un œil vers le groupe de valkyries.

– Elles n'ont pas l'air contentes, remarqua-t-elle.

Les guerrières leur renvoyèrent une œillade peu amène, tout en chuchotant entre elles. Sigrún gardait la tête baissée. Hela fit signe à Olrun et Brynhild de s'avancer. Les deux guerrières s'approchèrent du haut siège sculpté et se mirent à converser tout bas avec Hela.

Prisca détourna la tête alors qu'Olrun ne cessait de lui jeter des regards colériques par-dessus son épaule. Elle contempla ses doigts. Elle peinait encore à croire à ce qu'elle avait fait. Le souvenir de la puissance dont elle avait fait preuve pendant le combat palpitait encore dans ses muscles. Même au meilleur de sa forme, elle n'avait jamais été capable d'une telle prouesse. Elle avait senti une force primale courir contre sa peau et se répandre dans son corps, ainsi qu'une colère saine et intense embraser ses réflexes. La voix douce d'Inès la sortit de ses pensées.

– Je pense qu'elles parlent de notre départ.

Prisca releva la tête. Inès paraissait minuscule dans les habits trop grands prêtés par les valkyries et ses lunettes incongrues dans ce décor de bois. L'air sentait la fumée.

– Il n'y a rien ici, confirma Prisca.

– Nous devons retrouver la deuxième demi-pierre, celle des Dises, nous devons changer de monde, trouver la *völva* qui pourra nous en dire plus sur notre quête et qui possède l'autre moitié de la gemme. Reste à savoir comment nous rendre sur Svarthálfheim.

– De toute manière, si on cherche des informations, je ne pense pas que c'est ici que nous les trouverons. Hela l'a dit, ce monde est détruit, tous ses habitants ont fui. Les réponses sont ailleurs, dit Prisca l'air soucieuse.

Inès acquiesça, le visage enfoui dans le col de son sweat-shirt.

– J'ai encore du mal à croire à tout ça, dit-elle en balayant le *skali* des yeux.

Prisca se mordit l'intérieur des joues, tout en regardant Hela et son visage à moitié ravagé. L'image du vieil homme de son rêve lui revint en mémoire. Des déesses et des dieux. Devait-elle parler de ce rêve à Inès ? Le dieu lui était-il vraiment apparu en songe ? Ce n'était qu'un rêve, décida-t-elle.

– C'est vrai que c'est perturbant. Mais logique aussi. Les runes... dit Prisca devant l'expression interdite d'Inès. Tout est lié aux runes. Il faut trouver Freya, où qu'elle soit. Si c'est bien elle qui est responsable de la magie ici, elle saura nous dire comment rétablir les passages et affronter ces monstres. Et comment rentrer chez nous.

– Et si... on n'est pas assez rapides ? demanda Inès en frissonnant malgré le feu. Si les monstres nous retrouvent avant ? Tu l'as dit, je les attire.

– Eh bien, je te protégerai. Maintenant, j'en suis capable, lança Prisca en serrant le poing.

Et elle le pensait. Pour la première fois de sa vie, elle se savait capable de soulever des montagnes. Elle avait envie de faire des miracles. Toute sa frustration accumulée depuis des années, toute la rage qu'elle avait cultivée, d'être une incapable, une déception, se transformaient soudain en un besoin dévorant de faire ses preuves. Elle pouvait affronter ces monstres, elle le sentait au plus profond de ses muscles.

Hela toussa pour attirer l'attention des adolescentes. Trois paires d'yeux les dévisageaient. Hela et Brynhild avaient l'air résignées mais Prisca ne loupa pas les lèvres pincées d'Olrun et le regard mécontent qu'elle leur accorda. Hela se pencha en avant. Les flammes jetèrent des ombres mouvantes sur la moitié brûlée de son visage qui sembla onduler dans la pénombre de la halle.

– Brynhild, peux-tu me faire un point sur votre traque du Corrompu ? demanda la déesse. La voie est-elle libre ?

– J'ignore ce qu'est un Corrompu mais cette chose n'est pas un Égaré habituel, intervint Prisca sous le regard furieux d'Olrun. Elle ne ressemble pas aux Égarés qui traversent une faille par erreur et se retrouvent perdus dans un monde étranger. Celle-là a l'air malade, comme si elle portait une souillure magique. J'ai ressenti beaucoup de haine et de douleur provenant de cette créature mais j'ignore son origine. On dirait qu'elle se décompose.

– C'est ce que sont les Corrompus : des Égarés souillés par une magie inconnue, celle-là même qui a détruit notre monde, expliqua Hela. Nous les avons déjà combattus quand ils sont apparus sur Helheim, et nous avons perdu cette guerre comme en témoigne l'absence de *seidr*.

– Le Corrompu a été repéré rôdant autour du *skali* hier soir, ma reine, dit Brynhild d'une voix où sourdait la fatigue, et nous nous sommes lancées à ses trousses mais nous l'avons perdu pendant la nuit. Il se dirigeait vers la clairière aux Arches.

Le visage de Hela se plissa d'inquiétude. Olrun affichait toujours une mine fermée et les œillades qu'elle dirigeait vers les adolescentes étaient de plus en plus appuyées.

– Que sont les arches ? demanda Prisca.

– On ne parle pas sans y être invitée, siffla Olrun avec colère.

Mais Hela leva une main en l'air en signe d'apaisement.

– Paix, Olrun, elles ne peuvent pas connaître nos règles. Il n'y a pas d'offense. Les arches sont le lieu sacré où se trouvent nos portes, celles qui permettent de voyager d'un monde à l'autre. Elles sont inutilisables depuis que la magie a quitté Helheim. Mais votre arrivée et cette information nouvelle me laissent penser que tout n'est pas perdu. Je pense qu'Inès est en mesure d'ouvrir à nouveau les portes pour vous permettre de passer en Svartálfheim.

Prisca resta silencieuse. Si le Corrompu leur interdisait le passage, comment allaient-elles pouvoir rallier le monde où se trouvait Skuld ? L'idée de rester bloquée ici, avec ces femmes qui leur étaient ouvertement hostiles, ne l'enchantait guère.

– Cela complique les choses, n'est-ce pas trop dangereux de s'y rendre maintenant ? demanda-t-elle.

– Si un Corrompu rôde, seul le *skali* est sûr, répondit Brynhild. Il doit se trouver près de la clairière aux Arches, les résidus de *seidr* l'attireront là-bas.

– Ils sont tous partis, rappela Olrun. Pourquoi l'un d'entre eux serait-il revenu ? Pourquoi pourchasser des gamines ?

– Parce qu'elles possèdent encore le *seidr*, murmura Hela. Le temps presse, vous devez absolument rejoindre Skuld et retrouver Freya. Le retour des Corrompus risque d'attirer un Destructeur…

Prisca tiqua en entendant ce nouveau terme.

– Je les accompagnerai, l'interrompit Brynhild. Si elles peuvent traverser, elles auront besoin d'aide pour trouver Skuld.

– Traîtresse, siffla Olrun. Tu veux fuir, nous abandonner toi aussi, comme tous ceux qui avaient promis de revenir et ne l'ont jamais fait. Skuld avait promis de convaincre les Nains de nous aider, on n'a jamais vu aucun d'eux!

Olrun cracha ces derniers mots avec tant de hargne que Prisca eut l'impression qu'on venait de la gifler. Brynhild fit comme si elle n'avait rien entendu mais ses doigts se serrèrent sur la hampe de sa lance.

– Aussi difficile que cela soit pour moi de l'admettre, soupira Hela, je partage l'avis de Brynhild : Prisca et Inès sont notre unique chance. Ça vaut le coup d'essayer. Vous partez immédiatement. Je vais vous faire préparer des vivres et des vêtements pour plusieurs jours de voyage. Sigrún, tu les accompagneras jusqu'à la clairière aux Arches, ce sera ta punition pour t'être inclinée durant le *holmgang*.

Sigrún, restée en retrait et muette jusque-là, lança un regard paniqué vers Olrun mais celle-ci serra les dents avant de se lever en faisant racler son siège et vint s'incliner devant Hela.

La jeune guerrière imita son aînée avant de quitter la halle. Hela descendit de son trône et s'avança vers Brynhild. D'un geste, elle la fit se redresser puis elle passa les mains dans son abondante chevelure brune et en décrocha l'obsidienne brisée en deux.

– Ma reine, je ne peux pas, bredouilla Brynhild.

– Je te la confie, répondit Hela en la lui déposant de force dans les mains. Inès et Prisca doivent retrouver Skuld et l'autre moitié de cette pierre. C'est essentiel, tu comprends ?

Brynhild hocha la tête et dissimula la pierre sous sa chemise. Olrun serrait les mâchoires à s'en faire grincer les dents.

Hela marqua une pause et leur offrit un sourire las. Prisca pouvait sentir l'espoir que la reine plaçait en elles. Elle repensa à leur marche dans ce monde désert et silencieux et imagina la Terre dans le même état. Cette pensée lui arracha un frisson d'angoisse et elle eut soudain envie de partir au plus vite. Les regards assassins d'Olrun n'y étaient pas pour rien.

– Allez, maintenant, leur ordonna Hela. Trouvez Skuld si vous le pouvez, elle saura répondre à vos questions, jeunes filles. Brynhild, tu sais quoi faire.

Elle avait parlé comme une déesse, d'une voix forte et assurée, mais Prisca pouvait déceler l'infime tremblement de ses lèvres blanches. Brynhild se redressa et salua une nouvelle fois sa reine. Inès ignorant comment se comporter s'inclina maladroitement. Prisca se contenta d'un hochement de tête. Puis Brynhild les entraîna hors du palais, laissant dans leur dos une Olrun au visage congestionné de fureur.

Chapitre 14

ᚦ

Sigrún les attendait sur le seuil du palais, trois sacs en cuir à ses pieds. Brynhild lui adressa un signe de la tête auquel elle ne répondit pas. La valkyrie leur avait donné des vestes en peaux retournées, ainsi que des bottes en cuir pour remplacer leurs baskets.

– Dépêchons-nous, dit Sigrún, nous avons plusieurs jours de marche devant nous.

La jeune guerrière descendit les marches sans les attendre et s'engagea sur le Helveg. Inès la regarda partir et une vague de tristesse la submergea.

– Je vous demande d'excuser Sigrún, dit Brynhild. Elle est jeune et impulsive mais c'est une gentille fille. Elle passe simplement un peu trop de temps avec Olrun.

– Merci d'avoir pris notre défense, dit Prisca en épaulant l'un des sacs à dos.

– C'est plutôt à moi de vous remercier, répondit la valkyrie. Vous m'avez rappelé que parfois l'aide vient de sources inattendues.

– Comme d'étrangères venues d'un autre monde et pourchassées par un monstre ?

– Par exemple, oui, leur dit Brynhild avec un clin d'œil complice. Olrun était différente avant. Elle a vu sa sœur mourir sous les assauts des Corrompus, impuissante, c'est difficile pour elle de se le pardonner. Elle en veut au monde entier.

– C'est quoi un Destructeur ? demanda Prisca. Une sorte d'Égaré ?

– Nous n'en savons rien, avant nous n'avions affaire qu'à d'occasionnels Égarés, soupira Brynhild. Nous pensons que les Destructeurs sont à l'origine de l'apparition des Corrompus. Ceux-ci n'existaient pas avant l'apparition des Destructeurs. Ils surgissent des mondes contaminés par ces monstres, comme si la seule présence des Destructeurs corrompait tout autour d'eux, y compris les Égarés qui franchissent parfois un voile par erreur. Nous ignorons leur origine mais l'arrivée des Corrompus les précède. Une fois qu'ils ont trouvé le chemin d'un monde, ils sont attirés par le *seidr* et le... dévorent. Ils se gorgent de toute magie jusqu'à en avoir vidé le monde et ses habitants. Ils répandent une odeur de soufre. Ils détruisent tout sur leur passage, c'est pour ça que nous les avons nommés Destructeurs. Je crois que nous avons été un des premiers mondes touchés. Nous savons aussi de source sûre qu'Álfheim est tombé, leur faille est inaccessible. Hela a envoyé les nôtres sur Svartálfheim car ce monde-là n'était pas encore infecté.

Prisca se tourna vers Inès.

– Nous avons tué un Corrompu sur Terre, sur Midgard je veux dire, mais c'était la première fois que je voyais un tel monstre. On aurait dit que quelque chose le rongeait de l'intérieur, qu'il pourrissait sur pattes. Un second nous a attaquées avant qu'on ne... change de monde.

– Comment auriez-vous pu survivre? s'étonna à nouveau Sigrún.

– Dois-je te rappeler qu'elle t'a battue au *holmgang*? lâcha Brynhild, l'air soucieuse. Ces deux jeunes filles sont visiblement plus fortes qu'elles en ont l'air, et on n'invente pas un Corrompu. Je la crois.

Inès saisit un des sacs, et poussa un soupir, il était plus lourd que prévu. Elle agrippa les sangles de cuir qui mordaient dans ses épaules malgré son manteau et jeta un dernier regard au *skali*. Il était déjà temps de repartir.

Sigrún avait emprunté le chemin pavé qui contournait le palais et s'enfonçait dans la forêt. Elle menait toujours la marche, silencieuse. Inès eut un dernier regard pour le pont majestueux qui enjambait la rivière inerte. Le soleil avait entamé sa longue descente et ses rayons pâles illuminaient les arches dorées. La vision, splendide dans le soleil couchant, rendait la désolation alentour encore plus inquiétante. Un vent froid et humide sifflait et soulevait de la poussière à chacun de leurs pas. Inès rabattit sa capuche fourrée sur sa tête pour protéger ses joues de la bise.

Quelques pas en retrait, Prisca marchait cheveux au vent, le menton haut, près de Brynhild, la bombardant de questions sur les valkyries. Elles ne croisèrent personne mais à mesure que la lumière décroissait, elles resserrèrent instinctivement les rangs et la conversation entre Brynhild et Prisca se tarit. Les guerrières, concentrées, inspectaient le paysage avec attention, guettant les ombres grandissantes.

L'angoisse tordait l'estomac d'Inès. Son sac à dos pesait lourd sur ses épaules et elle était fatiguée. Elle sursautait à chaque bruissement dans les branches effeuillées, persuadée de voir le Corrompu partout, dans les ténèbres de la forêt. Elle s'attendait à voir deux prunelles rouges la dévisager entre les troncs et une sensation désagréable lui chatouillait la nuque.

Un miroitement léger comme le reflet du soleil sur une goutte d'eau brilla dans la forêt. Elle tourna la tête en tous sens pour l'apercevoir, en vain. Soudain Sigrún fit une halte. De la pointe de sa lance, elle désigna une bâtisse qui bordait le chemin. Des enclos vides entouraient ce qui avait dû être une ferme.

– Arrêtons-nous là pour la nuit, le soleil décline déjà, proposa-t-elle.

Brynhild acquiesça et les quatre femmes quittèrent la route pour s'engager sur le sentier qui menait à la ferme. Inès enjamba une porte dégondée et contourna une charrette renversée. Sur les linteaux, des traces de griffes marbraient le bois, creusaient des sillons inquiétants sur les murs. Brynhild pénétra la première à l'intérieur du bâtiment. Elle ressortit au bout de quelques minutes.

– Tout va bien, venez, lança-t-elle.

Inès entra, suivie de Prisca. À l'intérieur, tout était en désordre. Une table gisait contre un mur et la plupart des chaises avaient été brisées. Les valkyries installèrent rapidement le camp autour de la cheminée encore intacte. Les meubles abîmés servirent de combustible pour le feu et Inès étala sa couverture près du foyer qui se mit à ronfler, jetant une lumière chaude et rassurante sur les murs de pierres. Elle ne put s'empêcher de se demander ce qu'il s'était passé ici, ce qu'étaient devenus les propriétaires. « Avaient-ils des enfants ? Avaient-ils eu le temps de fuir ? »

– Inès, tu veux bien m'aider pour le repas ? la sollicita Brynhild.

– Oui, avec plaisir.

Elle posa son sac et se dirigea vers le feu. Prisca regardait les flammes, perdue dans ses pensées. Sigrún lui tapa sur l'épaule.

– Viens.

– Où ça ? demanda Prisca, suspicieuse.

Inès écarquilla les yeux de surprise. Brynhild releva légèrement la tête pour observer les deux jeunes femmes qui se toisaient.

– C'est l'heure de ton entraînement, répondit la valkyrie du bout des lèvres. C'est ce que tu voulais, non ? Alors viens, avant que la lumière soit trop faible.

Prisca acquiesça et la suivit dehors. Inès voulut leur emboîter le pas mais Brynhild l'en empêcha d'une main.

– Non, ça les concerne, elles.

– Mais...

– Sigrún ne lui fera pas de mal. En tout cas, rien qu'elle ne puisse endurer.

Inès hocha la tête, jeta un coup d'œil à travers la porte entrouverte. Quelques secondes après, le bruit des bâtons s'entrechoquant résonna dans l'air du soir.

Prisca et Sigrún revinrent une fois le soleil couché. Si les deux jeunes filles ne se souriaient pas, les tensions entre elles semblaient s'être apaisées. Prisca se laissa tomber près d'Inès. Un bleu oblong marquait son avant-bras droit, recouvrant les traces blanches qui zébraient déjà sa peau. Elle affichait une mine fatiguée mais satisfaite. Brynhild leur servit deux bols du bouillon qu'elle avait préparé avec Inès. Elles mangèrent en silence, épuisées par cette journée de marche. Prisca s'installa près du feu et entreprit de sculpter en silence un bout de branche. Il sembla à Inès qu'un corbeau en émergeait, ses ailes striées par les veines du bois. Puis, tout en observant les gestes précis de son amie, elle sombra dans le sommeil.

Elles marchèrent ainsi pendant deux jours de plus. Le soir, Prisca et Sigrún s'entraînaient. Peu à peu, la jeune valkyrie se détendait et s'ouvrait aux deux adolescentes. Inès s'installait tout près, enroulée dans sa couverture, pour les regarder. Elle observait son pendentif comme pour en tirer des réponses, ou massait ses pieds endoloris par les longues marches monotones. Les progrès de Prisca étaient visibles. Les constater provoquait cependant une certaine angoisse chez Inès. Serait-elle capable de faire ce que l'on attendait d'elle ? Plus elle se rapprochait de la clairière aux Arches, plus ses doutes grandissaient.

Le claquement sec des bâtons la fit revenir à la réalité. Prisca gisait sur le dos, son arme d'entraînement, taillée dans une branche le premier jour de leur périple, roula jusqu'aux pieds d'Inès. Au même moment, Brynhild sortit du bois en tenant un lapin par les oreilles.

– J'ai trouvé ça en faisant ma ronde, lança-t-elle en agitant le rongeur mort.

– On devrait s'arrêter là pour aujourd'hui, dit Sigrún avec un sourire. À moins que tu veuilles essayer, Inès ?

Inès observa la valkyrie, qui portait à présent un pendentif en forme de corneille, puis le bâton, et fit non de la tête.

– Je risquerais de me blesser toute seule, dit-elle avec un sourire piteux.

– Si jamais tu changes d'avis, n'hésite pas, lui proposa Sigrún.

La valkyrie emboîta le pas de Brynhild pour préparer le lapin près du feu de camp. Inès se leva, toujours emmitouflée dans sa couverture, et s'accroupit près de Prisca. Son amie regardait le ciel avec un sourire vague.

– Avoue, tu aimes te faire taper dessus, lui dit Inès.

Le rire de Prisca résonna clair dans la clairière où elles avaient décidé de monter le camp pour la nuit. Un son pur, joyeux, qui réchauffa le cœur d'Inès.

– Je ne sais pas si j'aime ça, mais ça me fait du bien, oui, admit Prisca en se redressant en position assise. J'ai l'impression de progresser sur tous les plans. Et Sigrún est un bon professeur.

Elle appuya sur une des cloques qui couvraient ses mains. Un peu de sang coula. Cinq flammes apparurent alors au bout de chacun des doigts de sa main droite. Inès sentit leur chaleur près de son visage. Elle trouva cela très beau et, pendant une seconde, elle envia Prisca.

– Comment ça marche, les runes ? demanda-t-elle soudain. À part les protections, on peut faire quoi avec, concrètement ?

– Il existe plusieurs types de runes, mais trois catégories principales, récita Prisca. Les runes d'attaque, de protection et de divination.

– Comme Dagaz ? Elles peuvent toutes faire quelque chose ?

– Oui, Dagaz est la principale rune de protection. Et Thurisaz est une rune d'attaque très puissante. Il existe aussi d'autres runes qui sont utiles, comme Sowilo, la rune de lumière. On ne les utilise pas toutes, non. Je n'en connais que quelques-unes, principalement pour attaquer, dit Prisca avec une moue.

– Mon pouvoir... tu crois qu'il est lié aux runes, lui aussi ?

– Je l'ignore. Tu te sens capable d'ouvrir un nouveau passage ?

Sa question raviva les peurs d'Inès. Elle balaya un instant le paysage du regard. La forêt, malade, la terre humide et les champignons qui colonisaient tout. Elle ne voulait pas rester bloquée ici toute sa vie.

– Honnêtement, je n'en sais rien, avoua-t-elle. Tout cela est si brusque, si déroutant. J'ai l'impression d'avoir vécu dans un mensonge, et les personnes à qui je voudrais poser des questions ne sont pas là.

– Je suis désolée, répondit Prisca.

– Ma mère, reprit Inès après une pause, croyait aux signes et aux symboles. Elle disait souvent que, dans l'univers, tout est connecté. Elle aimait particulièrement l'histoire des Nornes. Chacune d'elles est liée au temps, sa préférée était Skuld, qui représente le futur. J'ai envie de croire que c'est un signe qu'elle m'envoie, pour me dire que nous allons dans la bonne direction. Qu'on trouvera des réponses.

Prisca hocha la tête et lui prit la main. D’agréables odeurs de ragoût leur parvinrent et le ventre d’Inès se mit à grommeler bruyamment. Inès se redressa en soupirant.

– De toute façon, d’après Brynhild, on est bientôt arrivées à la clairière aux Arches. On sera vite fixées.

Chapitre 15

ᚱ

Inès marchait, la tête baissée. Une pluie fine et persistante lui cinglait les joues, s'infiltrait sous sa capuche et à l'intérieur de ses manches. Elle frissonna quand une bourrasque glaciale balaya la forêt.

– Brynhild, appela-t-elle à voix basse. On est bientôt arrivées ?

– Oui, la clairière aux Arches n'est plus très loin, la rassura la guerrière.

Inès chassa l'eau qui lui coulait dans les yeux et dégouttait sur ses lunettes, puis rattrapa Prisca qui marchait quelques pas devant elle.

– Tu vas bien ?

– J'ai mal partout, grogna Prisca en pataugeant dans la boue. Aux jambes, aux bras et à tout un tas de muscles que j'ignorais posséder.

Inès ne put retenir un sourire. À travers les gouttes d'eau qui maculaient ses lunettes, elle vit le visage grognon de Prisca. Elle avait les joues rougies. Ses longs cheveux blonds étaient trempés et collaient à ses tempes. Elle avait l'air d'un chiot mouillé mécontent.

– Et toi ? Tu n'as pas les mains gelées ? Parce que moi, je ne sens plus rien, ajouta Prisca en agitant ses doigts blancs de froid.

– Ça fait un moment que je ne les sens plus. Mais c'est surtout cette forêt qui me file la frousse, répondit Inès. J'ai l'impression d'être observée.

Elle scruta la forêt à travers le crachin. Les ombres s'épaississaient entre les arbres et la brume s'élevait entre les troncs, créant une atmosphère inquiétante. Elle percevait un son étrange, comme le tintement d'un carillon au loin et des chatoiements fugaces ne cessaient de traverser son champ de vision.

Elles continuèrent d'avancer dans le sillage des valkyries, tête basse pour se protéger de la pluie. Les guerrières progressaient sans s'arrêter, ni hésiter, certaines de leur destination, même dans ce paysage noyé où tous les arbres se ressemblaient.

Petit à petit, alors qu'elles pataugeaient dans la terre boueuse, la pluie finit par diminuer, jusqu'à cesser totalement. Prisca s'ébroua et Inès essuya ses lunettes avec un soupir soulagé. Sigrún lâcha un sifflement bas. Inès plissa les yeux et soudain une clairière s'ouvrit devant les deux adolescentes. Délimitée par un cercle de bouleaux blancs, une herbe recouverte de minuscules fleurs violettes en tapissait le sol. C'était le premier endroit de ce monde où tout ne semblait pas mort ou mourant. Pourtant Inès remarqua les champignons noirs et les feuilles jaunissantes sur les bouleaux. Le mal se propageait partout. Les deux valkyries vérifièrent le périmètre, puis leur firent signe de les rejoindre.

– Voici la clairière aux Arches, dit Brynhild. Elles contiennent les failles permettant de rejoindre d'autres mondes. L'une d'elles assurait une liaison permanente avec Svartálfheim.

Inès s'arrêta à l'entrée de la clairière. Au centre, plusieurs arches de pierre s'élevaient côte à côte, hautes de près de deux mètres. Trois étaient brisées, deux restaient debout, leur pierre usée par les intempéries. Prisca, constatant qu'Inès n'avançait plus, se figea à son tour, à moins d'un mètre de la première arche.

– Inès ? Tout va bien ?

Prisca fronça les sourcils. Des runes, gravées à même la pierre, en couvraient quasiment toute la surface, certaines presque effacées par le temps et les intempéries, d'autres recouvertes de mousse grise. À leur sommet, un bas-relief représentait une femme opulente, la tête ceinte d'une couronne de fleurs. Elle se tenait debout dans un chariot tiré par deux vaches, un épi de blé dans chaque main. Et son regard bienveillant semblait s'adresser directement à Inès.

– Nerthus, dit-elle. La mère de Freya.

– Et Raidho, la rune du voyage, compléta Prisca. Je crois qu'on est au bon endroit.

Inès fit encore un pas en avant pour se retrouver face aux arches. Elle ne vit rien d'autre que deux paires de colonnes en marbre blanc, surmontées d'un fronton gravé. Le tintement continuait de résonner dans son oreille mais elle ne perçut pas cet éclat particulier, la lumière éclatante et pure, semblable à celle qu'elle avait vue dans le mur à Paris, comme cet accroc dans le vide près de chez elle, qui les avait fait basculer en Helheim. Brynhild les rejoignit. Ses sourcils froncés démentaient le ton léger de sa voix. Sigrún avait sorti sa lance.

– Alors ? Tu penses pouvoir ouvrir le passage ?

– Je sens quelque chose, mais j'ignore comment activer le passage.

Inès rajusta son sac sur ses épaules, soudain envahie par le doute. Et si elle ne trouvait rien ? Et si voir ne suffisait pas, si elle traversait et arrivait seule de l'autre côté ?

– Brynhild !

La voix de Sigrún, pleine de terreur, claqua dans l'air. La valkyrie fit volte-face en entendant son nom. Derrière la ligne des arbres, deux yeux rouges les observaient. Inès sentit son estomac se retourner et la terreur couler dans ses veines comme un liquide empoisonné. Le grondement canin à présent familier lui souleva le cœur. Sigrún se rapprocha du groupe. Inès se retrouva protégée derrière la barrière constituée des corps des deux combattantes et de Prisca. Brynhild tenta de repousser l'adolescente.

– Recule ! ordonna-t-elle.

– Non, je peux me battre, protesta Prisca.

– Ne dis pas de bêtises, tu vas te faire tuer. Protège Inès !

Prisca fit la grimace mais obtempéra. Un grondement sourd s'éleva de la forêt.

– Brynhild, qu'est-ce qu'on fait ? lança Sigrún. C'est un Corrompu !

– Inès va ouvrir le passage.

La valkyrie jeta un coup d'œil aux arches par-dessus son épaule puis à la créature toujours dissimulée dans les ombres. Le grondement reprit, menaçant.

Inès émit un gémissement apeuré et recula vers les portes. Quand elle entra dans le cercle, une douce chaleur l'envahit. La première créature fit un pas dans la clairière. Le chien, énorme, ses flancs maigres dégoulinant de pus, avança une patte, noire, suintante d'un liquide épais qui produisit un crépitement affreux en se posant sur les fleurs. Une odeur de brûlé envahit l'air. Inès recula encore d'un pas. Elle vit une seconde paire de prunelles s'allumer entre les troncs.

– Il y en a un autre, balbutia-t-elle en pointant la créature du doigt.

– Sigrún, tu sais quoi faire, dit Brynhild d'une voix calme. Nous devons les protéger. Donne-nous du temps. La lance t'accompagne, ma sœur.

Une vague de froid envahit le sous-bois et la luminosité sembla chuter d'un coup alors que la deuxième silhouette se frayait un passage vers les quatre femmes. Inès sentit ses entrailles se liquéfier. Haute de deux mètres, plantée sur deux pattes arrière musculeuses, une abomination racla ses griffes contre l'écorce des chênes centenaires, les entaillant comme du beurre. Une sorte de loup anthropomorphe, aux longs bras étrangement humains et à la gueule démesurée, le regard fou, hurla dans leur direction. Des runes gravées à même sa peau étaient visibles sur son front et ses mains. Le grondement du monstre roula comme le tonnerre. Une odeur de soufre, acide et désagréable, leur piqua le nez.

– Qu'est-ce que c'est que ça ? souffla Prisca, livide.

– Destructeur ! hurla Brynhild.

La valkyrie adressa un signe rapide à sa cadette et Inès comprit qu'elle lui interdisait de combattre le monstre aux yeux jaunes. Livide, Sigrún déglutit mais ne bougea pas, sa lance toujours pointée vers le chien corrompu. Avec un hurlement sauvage, elle s'élança, lance en avant. Avant qu'Inès puisse voir quoi que ce soit, Brynhild fit volte-face et projeta Prisca vers Inès d'une main ferme.

– Vous deux, ouvrez le passage ! Sigrún ne tiendra pas longtemps.

– Je... J'ignore comment.

Un cri sauvage retentit sur leur droite. Brynhild les abandonna et se lança à l'assaut du Corrompu. Inès la vit percuter l'épaule du chien. La lance de Sigrún s'enfonça dans son flanc. Le monstre piaula de douleur et se dégagea d'un puissant coup de patte. Les griffes crissèrent contre le métal du plastron de la guerrière. Inès resta là, tétanisée, son regard fixé sur le Destructeur qui l'observait aussi avec une lueur affamée dans les yeux, immobile, comme s'il jaugeait la scène. Prisca sortit son Opinel et entailla le bout de son pouce. Elle traça une rune sur sa paume. Aussitôt, le soleil troua les nuages d'orage et un arc-en-ciel chatoyant inonda les deux valkyries, les séparant du Destructeur mais pas du Corrompu.

– Je ne sais pas combien de temps la protection tiendra, dit-elle.

L'apparition du bouclier fit réagir le Destructeur qui se jeta en avant et s'écrasa contre la protection lumineuse générée par la rune. La créature poussa un feulement de colère et se rua de plus belle contre le halo. De leur côté, les valkyries faisaient front contre le Corrompu. Brynhild intercepta son bond et planta sa lance dans les côtes de la bête. Un hurlement inhumain déchira l'air, puis le chien démoniaque eut un ultime soubresaut avant de s'immobiliser, inerte, au sol. Les deux valkyries se tournèrent, haletantes, vers le Destructeur qui gronda. Elles avancèrent lentement vers lui, lances tendues, un pas après l'autre, menaçantes. Inès sentit son cœur louper un battement. Ses mains tremblaient. Son cerveau tournait à toute vitesse et ses pensées s'engluaient en même temps. Sa respiration était hachée, douloureuse. Le visage de Prisca apparut soudain dans son champ de vision. La jeune fille posa ses deux mains sur les épaules d'Inès, laissant un peu de sang sur sa veste.

– Inès ! Regarde-moi ! Concentre-toi sur moi. Comment tu as fait pour nous propulser sur Helheim ? Ou pour trouver la faille dans Paris, la toute première fois ?

Inès cligna des yeux, se focalisa sur les prunelles grises de Prisca pour remettre son cerveau en marche. Elle occulta de son mieux l'avancée de Sigrún et Brynhild vers l'énorme monstre aux yeux jaunes. À nouveau, l'éclat scintilla près d'elle.

– Je l'ai sentie, la faille, murmura Inès après une seconde de réflexion. Comme de la poussière de fée...

– De la poussière de fée ? répéta Prisca, incrédule.

– Oui, comme si toutes les particules de l'air scintillaient.

Le miroitement. Elle l'apercevait, en périphérie de sa vision, depuis plusieurs jours déjà. Et elle n'avait fait que s'en rapprocher. Il était lié aux failles, aux passages et donc aux arches. Inès focalisa toute son attention sur ce chatoiement qu'elle ne cessait d'apercevoir et qui persistait à se dérober.

– Quoi que tu fasses, fais-le vite, grinça soudain Prisca.

Inès sentait la panique ronger sa concentration. Elle entendait les cris de guerre des valkyries, prêtes à combattre dès que le halo de protection tomberait, mais s'efforçait de ne pas regarder. Elle devait trouver le passage, ses amies comptaient sur elle. Inès se força à respirer. « Concentre-toi. Regarde. » Ses mains se refermèrent sur la pierre autour de son cou. « Maman, aide-moi, je t'en prie. » Le pendentif entre ses doigts se mit à chauffer doucement, à vibrer.

Se fiant à son instinct, Inès fit un pas de côté et elle plissa les paupières. Une iridescence apparut, du côté de son œil gauche. Elle posa une main sur la pierre. Elle était chaude sous sa paume. Le tintement s'intensifia. Inès écarquilla les yeux. Les arches brillaient. La lumière émanait des pierres gravées, par vagues lumineuses. Elle en percevait le son, la force. Elle tendit les deux mains, saisit ce miroitement, comme une encoche dans la trame même du monde. Et tira. La faille s'ouvrit avec un bruit de déchirure imperceptible. Ses bords ondulèrent en jetant des étincelles. Une douleur sourde prit naissance dans sa tempe gauche. Inès eut l'impression d'ouvrir les yeux une seconde fois. Alors, elle les vit. Comme à travers un miroir liquide. Deux mondes aussi différents que le jour et la nuit. Une plage sous un ciel vespéral et une ville aux tours d'acier brillant sous un soleil rouge.

– Je les vois, cria-t-elle. Brynhild, je les vois !

Inès plissa les paupières. La valkyrie volta sur elle-même. Sigrún saignait du bras, visant à présent le Destructeur de la pointe de sa lance. Elles échangèrent un regard et Brynhild se mit à courir en direction d'Inès, laissant Sigrún seule face au monstre. Le Destructeur feula, se ramassa sur lui-même. Il bondit. Ses griffes aiguisées déchiquetèrent le bouclier luminescent.

Prisca se jeta en avant. Elle percuta le monstre qui bondissait par-dessus une Sigrún tétanisée et allait écraser Brynhild sous son poids. Inès hurla en voyant son amie rouler au sol, les bras emmêlés avec les pattes griffues de la bête. Sigrún, le visage congestionné par la douleur, enfonça sa lame dans la patte arrière du Destructeur. Au même moment, Brynhild dérapait pour récupérer Prisca. Elle rangea sa lance d'un geste fluide, saisit l'adolescente par le col et la tira en arrière, hors d'atteinte du monstre qui se débattait pour se libérer de l'emprise de Sigrún. En quelques pas, elle couvrit la distance qui la séparait de l'arche. De son autre main, elle saisit le bras d'Inès et, ensemble, elles plongèrent à travers le passage au soleil rouge.

Inès vit les runes briller comme des étoiles miniatures. Le tintement se transforma en une note cristalline et une chaleur brûlante l'enveloppa. « Faites que ça marche », pensa-t-elle.

– Non ! hurla Prisca.

Inès se sentit basculer. Le cri de Prisca mourut dans un éclat de lumière aveuglant.

Chapitre 16

Le cri de Prisca se répercuta dans les airs, avant de mourir sur ses lèvres. L'air sentait la fumée et l'acier. Devant elle, une vaste plaine agricole étendait ses champs à perte de vue. Les plantes, qu'elle ne reconnut pas, étaient d'un brun si sombre qu'il en paraissait noir et elles portaient d'étranges fruits à mi-chemin entre l'épi de maïs et la poire, eux aussi d'une teinte foncée, qui poussaient sur des tiges lui arrivant au visage. Sur l'horizon, une ville dressait ses tours immenses à l'assaut du ciel. Derrière les tourelles, le soleil couchant projetait une aura rouge et orange, comme des traînées de sang.

À droite, occultant une partie du paysage, une montagne noire veillait sur les champs. Un panache de fumée s'échappait de son sommet et le vent charriait une odeur de cendres encore chaudes. Un volcan. Elle resta une seconde pétrifiée par la vision. Agrippée à Brynhild et à Inès, elle tourna la tête et aperçut l'arche de pierre dans son dos. La roche claire était fendillée. Inès eut beau plisser les yeux, elle ne vit plus aucun scintillement émaner du passage. Comme si l'arche s'était éteinte. Brynhild contempla l'arche brisée sans un mot, livide. Elle ne pourrait plus repasser par-là tant que le *seidr* n'aurait pas été libéré. Ce constat fut comme un coup de massue. Inès tremblait et des larmes amères dévalaient ses joues. Lorsque la valkyrie les relâcha, Prisca tomba à genoux, secouée à son tour de sanglots silencieux. Brynhild s'agenouilla près d'elle et passa un bras autour de son épaule, le visage fermé. Une large plaie à sa tempe avait laissé une traînée de sang qui dégoulinait jusqu'à son menton. Prisca, tétanisée, observait l'arche vide. L'image de Sigrún, retenant de son mieux la créature monstrueuse, la hantait.

– On l'a abandonnée, bredouilla Prisca. C'était ça, un Destructeur, n'est-ce pas ? Ça n'a rien à voir avec un Égaré, ou même un Corrompu !

La honte la submergea. Elle se tourna vers Brynhild, les poings serrés.

– Pourquoi on ne l'a pas aidée ? On n'aurait pas dû partir ! Elle va mourir à cause de nous !

– Nous n'avions pas le choix, répondit Brynhild en se relevant.

– Bien sûr que si ! On aurait pu la forcer à venir avec nous, répliqua Prisca.

– Elle a fait son choix, lâcha Brynhild d'une voix blanche.

– Comment peux-tu dire une chose pareille ? On l'a laissée toute seule alors qu'on aurait pu l'aider, répéta Prisca, un doigt tendu vers la faille. Et on a fui, comme des lâches. Tes amies avaient peut-être raison finalement, tu as peur et tu fuis, Brynhild!

– Prisca, intervint Inès. Brynhild n'est pas...

Elle n'eut pas le temps d'achever sa phrase que la gifle claqua. Prisca porta une main à sa joue brûlante, plus surprise que vraiment blessée. Brynhild se dressait devant elle de toute sa taille. Malgré son air revêche et fermé, la souffrance faisait briller ses yeux. Sa main était crispée sur sa lance.

– Tu ne sais pas de quoi tu parles, jeune fille. Nous avons voué nos vies à défendre notre royaume, à défendre son peuple et notre reine. Il n'y a pas de plus grand honneur que de mourir au combat.

– Mais...

– Tais-toi! Je comprends ton point de vue mais Sigrún a suivi ses valeurs et tu n'as rien à en dire. De plus, tu sous-estimes grandement ses capacités. Ce n'est pas le premier Destructeur que nous croisions et nous étions toujours là pour en parler. Si elle est tombée, elle l'aura fait en accomplissant son devoir: vous donner une chance à vous deux de survivre et d'aider Helheim. Si elle est tombée, alors nous irons nous recueillir sur sa tombe à notre retour. C'est clair?

Prisca allait acquiescer à contrecœur, quand elle réalisa qu'en plus de sa joue en feu, une douleur sourde irradiait de son épaule gauche. La douleur palpitait jusqu'au bout de ses doigts. Elle leva la main devant son visage et découvrit une patte griffue à la place de sa main. Elle resta là, à contempler les poils bruns et drus qui recouvraient sa peau du bout des doigts jusqu'au poignet, et les griffes noires, acérées, qui remplaçaient ses ongles. Un sang épais en maculait le bout. Depuis quand avait-elle une patte d'ours ? Avait-elle invoqué le *seidr* ? Ou une rune de transformation ? Elle avait de plus en plus chaud. La tête lui tournait. Elle se rappela soudain être rentrée de plein fouet dans le Destructeur. Ses quelques souvenirs étaient teintés d'un voile de colère rouge. Ce monstre avait osé attaquer son amie par-derrière. Elle n'avait pas réfléchi, elle avait juste foncé.

– Je crois qu'il y a un problème, dit-elle en tendant sa main devant elle.

Un vertige fit jaillir des points noirs devant ses yeux. Son front la brûlait, sa gorge était sèche. Elle se sentait forte et faible à la fois. Elle pouvait se transformer. Une vague de joie pure la traversa tout entière. La sensation de chaleur devint désagréable et Prisca eut la sensation de brûler de l'intérieur. Elle cligna des yeux et la dernière chose qu'elle vit fut le visage d'Inès qui se précipitait vers elle.

Inès posa une main sur le front de Prisca. Il était chaud mais pas de manière inquiétante. Une petite fièvre, rien de plus. Elle laissa échapper un soupir rassuré. L'évanouissement soudain de son amie l'avait inquiétée. Brynhild avait réagi rapidement et rattrapé l'adolescente avant que sa tête heurte le sol. Elle l'avait portée jusqu'à un bâtiment abandonné qu'elles avaient trouvé près de leur point d'arrivée. Une bâtisse aux murs de métal et au toit de tôle, à l'intérieur de laquelle il régnait une chaleur moite. Des pièces mécaniques traînaient au sol et contre les murs, et l'endroit semblait servir de remise. Brynhild avait allongé Prisca dans un coin et l'avait enveloppée d'une couverture.

– Elle va se réveiller, ne t'inquiète pas, dit la valkyrie en fouillant dans son sac.

– Qu'est-ce qu'elle a ?

Brynhild se pencha et souleva légèrement la couverture. La main droite de Prisca était toujours munie de griffes et de poils. Elle rabattit le tissu et sortit une gourde de son sac. Inès la prit avec reconnaissance. Il faisait terriblement chaud dans ce monde. Elle se débarrassa de son manteau de fourrure.

– C'est sa première transformation ? demanda la valkyrie.

– Oui, enfin, je crois.

– Les premières fois sont éprouvantes pour le corps. C'est une réaction normale. Elle va bien. Je parlerai avec elle.

– Toi aussi, tu peux faire ça, comprit Inès.

– Pouvais, rectifia Brynhild avec un air triste. Les berserkers sont toujours des hommes, tu dois le savoir, liés à Odin, mais les valkyries sont une exception. Avec vous deux. Depuis que la magie a disparu de Helheim, je n'ai plus réussi à me transformer une seule fois. Sans mes pouvoirs, je suis faible, à peine plus qu'une mortelle, cela ne suffira pas à défendre mon pays. C'est pourquoi nous devons absolument trouver Skuld et des réponses. Prisca doit accomplir son rituel de l'éveil. Seule une *völva* peut l'accompagner à travers ce rite.

– Pourquoi sa main ne redevient pas normale ? s'inquiéta Inès.

Prisca marmonna dans son sommeil. Inès crut entendre son prénom. Elle se pencha pour vérifier que Prisca allait bien. Son œil gauche la lança. Une douleur aiguë qui partit du coin interne et remonta tout le long de son nerf optique. Elle porta une main à sa tempe. La douleur reflua aussi vite qu'elle était apparue. Lorsqu'Inès rouvrit l'œil, le halo flou qui entourait sa vision avait progressé. Elle cligna plusieurs fois des yeux avant de se rendre à l'évidence : sa vue se remettait à baisser, vite. Elle jugula de son mieux l'angoisse de cette découverte, se concentra sur Prisca et leur mission. L'urgence était d'aider son amie, de trouver la *völva* et de réunir la pierre des Dises.

– J'ai confiance en Skuld, dit Brynhild. Ses visions se sont toujours révélées justes. En vous rencontrant, elle aura peut-être des choses à nous apprendre.

– Ses visions ne sont pas liées au *seidr*? questionna-t-elle. Elle peut toujours en avoir ?

– Je l'espère, c'est notre seule piste, avoua la valkyrie.

– Comment va-t-on la trouver ? Elle pourrait être n'importe où.

Brynhild dégagea son col d'une main couverte de sang séché et en sortit le collier de Hela. La moitié de pierre noire brillait faiblement, comme un cœur battant entre ses mains.

– Elle est ici. Nous avons conclu un pacte avec Sindri, le roi de ce monde. Il a accepté d'accueillir nos réfugiés en échange d'or, il n'aurait pas trahi sa parole. D'après mes souvenirs, Nidavellir, la capitale de Svartálfheim, n'est pas loin. Si Skuld est toujours sur ce monde, c'est là-bas qu'on la trouvera. Dès que Prisca sera réveillée, nous irons à sa recherche.

Inès acquiesça. Elle était si fatiguée. L'avenir lui parut soudain très incertain. Elle craignait que ses espoirs de réponses ne soient déçus. Mais une petite voix la poussait en avant et la confiance de Brynhild la rassurait.

– Tu devrais te reposer, toi aussi, lui dit Brynhild. Je vais aller faire un tour pour inspecter les lieux.

Comme si ses mots avaient un effet soporifique, Inès sentit la fatigue lui tomber sur les paupières. Elle s'allongea près de Prisca et s'endormit en quelques battements de cœur.

Chapitre 17

Prisca reprit doucement conscience. Elle perçut le souffle calme et régulier d'Inès à ses côtés. Elle se redressa et observa son environnement. Il lui fallut plusieurs secondes pour se rappeler ce qu'il s'était passé. Les derniers souvenirs de Sigrún lui obstruèrent la gorge. Elle fit de son mieux pour ravaler les larmes qui lui piquaient les yeux. Son regard embué tomba sur sa main droite. Elle l'extirpa de sous la couverture. Son souffle se bloqua dans sa poitrine quand elle vit la patte animale qui remplaçait sa main au-delà du poignet. D'un doigt, elle caressa la fourrure rêche. Elle agita ses doigts, ressentit leur puissance. Elle contempla sa patte un long moment, plus émerveillée que réellement effrayée. C'était donc ça, le fameux pouvoir que sa tante avait tant espéré voir éclore chez elle. Elle jeta un coup d'œil sur Inès, endormie près d'elle. Il avait fallu que cette étrange fille débarque dans sa vie pour tout débloquer. Prisca réalisa combien sa tante avait dû composer avec son ignorance – sa sœur, morte, ayant emporté tous ses secrets avec elle. Prisca ne savait presque rien sur ses propres pouvoirs. ce qu'elle pensait connaître se révélait n'être qu'un fragment d'un ensemble bien plus vaste et fascinant.

Son ventre gronda et elle s'étira. La porte de la remise s'ouvrit en grinçant et Brynhild se glissa furtivement à l'intérieur. Le regard acéré de la valkyrie tomba sur son membre à demi transformé.

– Ah, tu es réveillée, lança-t-elle. Comment tu te sens?

– Bien. Vraiment, je le jure, ajouta Prisca en avisant la moue sceptique de la valkyrie. En fait, je ne me suis jamais sentie aussi bien.

– C'est l'effet de la première transformation partielle. Inès m'a dit que ça ne t'était jamais arrivé avant.

– Elle a dit la vérité, confirma Prisca. Je n'avais jamais rien fait de tel. Mes pouvoirs se limitaient à utiliser quelques runes, et encore, pas très bien.

Brynhild la dévisagea, pensive.

– Ça me paraît improbable. Tu en es certaine? Pas d'épisode de fièvre quand tu étais petite?

– Pas que je sache en tout cas. Pourquoi?

– On ne devient pas berserker sans passer le rituel de l'éveil, dont tu viens de vivre la première partie. C'est un rituel complexe et surtout dangereux, qui doit être supervisé par une pratiquante du *seidr* ou une *völva*. Il faut qu'on trouve Skuld avant que tu achèves la transformation.

– Me transformer? répéta Prisca, estomaquée. Tu veux dire que je vais me transformer en animal?

Brynhild la dévisagea avec surprise. Prisca fit la grimace. Elle savait que c'était possible, théoriquement...

mais aucune de ses ancêtres ne l'avait jamais fait. Sa tante lui avait révélé que sa propre mère était capable d'emprunter certains attributs animaux, comme la vitesse, la force, les griffes, mais pas de changer d'apparence.

– Eh bien oui, c'est tout le principe !

– Et je vais me transformer en quoi ?

– Chaque guerrier possède son propre animal totem qui lui est personnel. Les plus courants sont le loup ou la corneille, comme pour moi. Parfois, certains berserkers sont bénis par le totem de l'ours, dit Brynhild en désignant la main de Prisca. Ceux qui le possèdent comme animal totem sont très rares. Cette transformation est la plus douloureuse et la plus dangereuse.

Elle était redevenue très sérieuse tout d'un coup. L'inquiétude était perceptible dans la voix et l'expression de Brynhild.

– Que se passera-t-il si je me transforme en ourse avant qu'on trouve Skuld ?

– Alors il faudra prier Freya. Le rituel d'éveil a pour but de faire ressortir ta colère sacrée et de l'ancrer en toi, via ton animal totem. Il n'y a que deux issues possibles : survivre ou mourir.

Prisca déglutit, prit le temps de digérer ces informations. Étonnamment, alors que Brynhild venait d'évoquer la possibilité de sa propre mort, elle n'était pas inquiète. Prisca connaissait bien la colère. Elle était née avec la rage chevillée au corps. Elle enrageait de ne pas être à la hauteur, d'être faible, constamment comparée à sa mère morte, d'avoir failli à ses parents qu'elle ne connaissait même pas. Elle vivait avec l'impression constante de décevoir tout le monde et cela la rongeait de l'intérieur. Elle n'était ni la plus rapide, ni la plus forte mais elle savait s'accrocher, elle refusait d'abandonner. Elle continuait d'essayer, encore et encore. Elle avait confiance en sa capacité à endurer. Et l'idée de se transformer lui parut soudain séduisante et merveilleuse. Les picotements dans ses doigts reprirent, lui rappelant le sentiment enivrant de puissance qui avait déferlé en elle. Elle était prête à prendre le risque.

– Allons trouver Skuld, alors, dit-elle, ragaillardie.

Elle réveilla Inès en la secouant doucement. La jeune fille émergea avec difficulté, et pendant une seconde, Prisca eut l'impression que son amie ne la reconnaissait pas. Inès récupéra ses lunettes et les plaça sur son nez.

– Prisca ! s'exclama-t-elle. Tu es réveillée ! Comment tu te sens ? Et ta main ?

– Du calme, rigola Prisca. Tout va bien mais ma main est toujours poilue.

– Dépêchez-vous, les bouscula Brynhild qui guettait à la porte. J'ai vu des patrouilles et on doit atteindre la ville avant la nuit. Prisca, viens, on doit cacher ta main.

Brynhild déchira un bout de sa cape et tendit le tissu à la jeune fille pour qu'elle s'en enveloppe la patte. Prisca coinça l'étoffe de son mieux pour dissimuler les poils drus qui dépassaient. Puis elle aida Inès à se relever.

Les adolescentes récupérèrent leurs sacs en silence et suivirent la valkyrie hors de leur cachette de fortune pour emprunter la route rectiligne qui semblait mener vers la ville. Brynhild boitait légèrement et se servait de sa lance comme d'une canne. Au-delà de la limite des champs, dressée devant le volcan, la ville s'élevait dans le soleil déclinant. Toute une palette d'or et de rose en passant par le cuivre chatoyait dans la lumière. Le chemin était fait d'un seul bloc de pierre infini et Inès eut l'impression de marcher sur une traînée de lave durcie. La lumière orangée faisait briller les plantes qui poussaient en rangées bien ordonnées.

Au bout de plusieurs minutes, elles croisèrent une énorme machine posée sur le bord du chemin. Inès et Prisca ralentirent pour mieux l'observer. L'engin devait mesurer plus de cinq mètres de haut et Prisca se tordit la nuque pour essayer d'en voir le sommet. Il possédait des roues en acier renforcées et toute une série de pistons et de câbles complexes en bardait les flancs. D'un côté, une sorte de pince métallique, abîmée en de nombreux endroits, s'ouvrait dans le vide, comme la bouche démesurée d'un monstre repu.

– Ça ressemble à un gigantesque tracteur, dit Inès.

– Cet engin sert pour les récoltes. Les habitants de Svartálfheim adorent les machines, les informa Brynhild. Ce sont des ingénieurs réputés. De tous les peuples que j'ai rencontrés, ce sont les seuls à avoir rasé toutes leurs forêts.

– Toutes ? s'exclama Prisca.

– Ils ne sont pas très proches de la nature. Les Nains aiment l'ordre, ce qui est propre, et de préférence métallique et inerte. Leur richesse provient des minerais et de l'acier qu'ils forgent. Ma lance est de facture nidane. C'est à la capitale, Nidavellir, que se trouvent les plus grands forgerons.

Elle pencha sa lance en avant et le métal brilla de mille feux dans la lumière rougeâtre. En la rengainant, elle lança un long regard pensif à Prisca qui se tenait silencieuse sur le bord de la route.

– On va chercher un endroit en ville pour s'installer, et j'irai voir si je peux trouver Skuld.

Brynhild leur fit signe de se remettre en route. Elles s'éloignèrent de la machine et longèrent les champs en direction de la ville. Sur leur gauche, elles croisèrent d'immenses bâtiments de tôle et d'acier. Les murs étaient gravés de symboles et de signes peints couleur rouille. Des bruits métalliques s'en échappaient, résonnant depuis les entrepôts comme des coups de feu. Une odeur âcre s'envolait des cheminées dans une fumée jaune qui leur grattait la gorge.

Prisca éternua. Les vapeurs lui piquaient les yeux. Entre les bâtiments, elle aperçut un engin à roues qui s'éloignait en pétaradant et en relâchant un nuage noir dans son sillage. Elle repéra des silhouettes qui se déplaçaient en courant et plusieurs tours de garde en haut desquelles brillaient des miroirs gigantesques. Pendant une seconde, elle eut l'impression d'être observée.

– On se croirait en pleine révolution industrielle, dit Inès.

– Svartálfheim, c'est le monde des alfes sombres, non ? demanda Prisca. Mais ce monde ressemble à Nidavellir, celui des Nains, c'est étrange.

– Ils sont parfois confondus dans certains récits, dit Inès après réflexion. Svartálfheim serait le monde et Nidavellir sa capitale.

Prisca leva les yeux vers le volcan derrière lequel le soleil rouge avait entamé sa descente. La ville et la montagne qui la flanquait grandissaient sur l'horizon. Leur masse imposante semblait peser sur le paysage et attirait sans cesse son regard. Et comme l'avait annoncé Brynhild, pas un arbre en vue sur cette terre rocailleuse.

Moins d'une heure plus tard, elles atteignirent un carrefour. Une petite foule se regroupait là et avançait vers la ville. Les hautes portes d'acier, aux clous larges comme des têtes humaines, étaient grandes ouvertes. Des gens faisaient la queue, discutant et s'échangeant des nouvelles. La plupart étaient trapus, plus petits que Brynhild qui les dépassait presque tous d'une tête. Prisca et Inès se fondaient mieux dans la foule. Mais parmi eux, Prisca repéra plusieurs hautes silhouettes, des hommes et des femmes dont la peau claire tranchait avec celle, olivâtre, des natifs de ce monde, aux longs cheveux noirs et broussailleux. Son oreille affûtée capta plusieurs fois les mots « guerre » et « menace ».

Alors qu'elles se glissaient dans la foule qui attendait d'entrer dans la cité, Prisca bouscula une petite femme ronde vêtue d'une robe de velours rose. Celle-ci les dévisagea avec un intérêt mâtiné de mépris avant de chuchoter à sa voisine :

– Encore des réfugiées d'Álfheim. Ils ne vont pas tous venir ici quand même.

– La grande vient de Helheim, non ? répondit sa compagne en leur jetant une œillade critique. En même temps, où veux-tu qu'ils aillent ? Nidavellir est la seule forteresse capable de contenir les attaques.

– Que la roche les ensevelisse, ils n'ont qu'à rester chez eux et défendre leur monde, grommela la première.

– Tant qu'ils restent entre eux...

– Jamais je ne mettrais un pied au Croissant, ce quartier est trop dangereux, dit la commère avec une grimace.

Prisca la fusilla du regard et la femme tourna la tête pour continuer de murmurer à l'oreille de son amie. Puis elle se rapprocha de Brynhild et d'Inès. Elle leur rapporta la discussion qu'elle avait entendue. La valkyrie hocha la tête.

– Je connais le Croissant de nom. Il s'agit d'un quartier mal famé de la cité de la Lune, l'autre nom de la capitale. C'est une bonne piste. On m'a parlé d'un endroit où nous pourrons passer la nuit.

D'un geste, elle les encouragea à avancer. Soudainement, le chemin s'arrêta. Prisca leva les yeux. Une crevasse profonde, large de près de cinq mètres, les séparait des portes de la ville. Au-dessus, un pont de métal gris et de pierre brune enjambait ce gouffre sombre et inquiétant. Les montants du pont étaient frappés de motifs en croissant de lune, de marteaux et d'enclumes.

Inès et Prisca se trouvaient presque au milieu du pont lorsque la terre se mit à trembler. La secousse projeta Prisca contre Inès. Elles s'agrippèrent l'une à l'autre. Les ongles d'Inès s'enfoncèrent dans les poignets de Prisca. Elle pouvait sentir tout son corps tendu par la peur. La femme qui les avait dévisagées ne semblait pas importunée par la secousse et se fendit d'un rictus moqueur alors que les renforts en acier émettaient des grincements stridents.

Au loin, un grondement de tonnerre explosa dans les airs. Prisca leva les yeux et aperçut un panache de fumée jaillir depuis le sommet du volcan. Une éruption volcanique ? Pourtant ni débris ni lave n'étaient visibles. Puis, aussi vite qu'il avait commencé, le tremblement de terre s'arrêta.

– Elles ne vont pas durer longtemps si elles ont peur d'une petite éruption ! se moqua la femme replète en les dépassant.

Une fine pluie commença à tomber. Des flocons pâles et duveteux se déposèrent sur les cheveux d'Inès qui contempla le spectacle sans rien dire.

« De la cendre », comprit Prisca. Elle se redressa et s'absorba dans la vision du volcan crachant sa fumée sombre sur les champs noirs qui s'étendaient à perte de vue. Seule la cité, avec ses tours aux reflets cuivre et or, donnait un peu de lumière au paysage. Sa main toujours accrochée à celle d'Inès, elle traversa les portes de la cité de la Lune.

Chapitre 18

Inès écarquilla les yeux d'émerveillement en passant la grande double porte. Elle fut accueillie de l'autre côté par un brouhaha. L'entrée de la cité était constituée d'une immense place, un gigantesque marché où les gens s'interpellaient en criant.

Brynhild entreprit de se tracer un passage dans cette cohue humaine, Prisca et Inès sur ses talons. Des odeurs et des couleurs inconnues déferlèrent de tous les côtés mais Inès ne reconnaissait rien. En partie parce que sa vue, en dépit de ses lunettes, avait beaucoup baissé, et aussi parce qu'aucun des fruits qu'elle aperçut sur les étals ne lui était familier. La foule se déplaçait comme un être vivant autour d'elle. Le cœur battant la chamade, elle fut bousculée sans ménagement. La panique l'étreignit quand elle réalisa qu'elle avait perdu ses amies de vue.

Inès s'arrêta et se mit à tourner sur elle-même, espérant retrouver Brynhild. Mais elle était trop petite et les passants continuaient de défiler autour d'elle. Elle trébucha en voulant éviter un groupe d'enfants et se sentit partir en arrière. Une main ferme se saisit de son coude et l'empêcha de s'étaler au sol.

– Attention, si tu tombes, tu te feras piétiner ! Ils ont moins de pitié qu'une avalanche.

Le jeune homme qui venait de la sauver lui offrit un sourire doux. Il devait avoir seize ou dix-sept ans mais était à peine plus grand qu'elle et dégageait une aura bienveillante. Il portait des vêtements sombres et un chapeau informe était posé de travers sur ses cheveux longs noués en catogan, d'un beau roux. Inès remarqua qu'il lui manquait l'auriculaire de la main droite et que sa peau avait une teinte légèrement grise là où aurait dû s'attacher l'articulation du doigt. Il l'aida à se remettre sur pied, eut un moment d'hésitation en apercevant ses yeux vairons.

– C'est ta première fois à Nidavellir. Tu n'es pas d'ici.

Ce n'était pas une question. Inès acquiesça, sans se formaliser du tutoiement.

– Oui, je n'ai pas l'habitude de la foule. J'ai perdu mes amies.

– Oh, par tous les joyaux, une étrangère ! Passionnant, s'exclama-t-il. Je m'appelle Alv, je peux t'aider à les retrouver si tu veux, je connais le marché comme ma poche. À quoi ressemblent-elles ?

Inès balaya à nouveau la foule compacte du regard et comprit vite qu'elle avait tout intérêt à accepter l'aide proposée. Et puis le jeune homme lui était sympathique. Elle lui décrivit rapidement Brynhild et Prisca. Alv fronça les sourcils puis son visage s'éclaira d'un coup.

– Viens, suis-moi, on va les chercher ensemble, et comme ça, je te montre le marché.

Il lui prit la main d'autorité et l'entraîna à sa suite. Sa paume était chaude et un peu rêche. Inès se laissa faire. Alv la fit passer devant les étals de fruits aux couleurs chamarrées, la bombardant de noms. Les passants les dévisageaient avec curiosité et Inès reçut quelques œillades méfiantes. Alv salua plusieurs personnes qui tenaient des boutiques ouvertes, qui lui répondirent en retour, et s'arrêta même pour piocher un fruit qui ressemblait à une grosse pomme d'un joli violet. Il la tendit à Inès.

– Un fruit de la lune, il ne pousse que sur les pentes du volcan, lui expliqua-t-il. Goûte, c'est délicieux.

Inès fit la moue. La couleur, bien que jolie, lui paraissait étrange pour un aliment comestible. Alv lança une petite pièce trouée au commerçant en échange du fruit et, pour l'encourager, piocha un second fruit dans le panier disposé devant lui. Il le croqua à pleines dents. Un jus rose coula sur son menton.

– Délichieux, dit-il, la bouche pleine. Au fait, tu ne m'as pas dit ton nom.

Inès regarda le fruit. Il dégageait une odeur de sucre et de fleurs ainsi que quelque chose d'autre, plus minéral. Son ventre grommela. Alv continuait de mâcher d'un air de défi et Inès finit par se laisser tenter. La chair tendre céda aussitôt et fondit sous sa langue. Les saveurs explosèrent dans sa bouche, un goût qui ressemblait à celui de la fraise et de la pêche. Inès dévora son fruit avec gourmandise et se lécha même les doigts.

– Tu avais drôlement faim. Alors, j'avais raison ? demanda Alv dans un rire.

– Incroyable, dit Inès, je n'avais jamais rien mangé de tel. Merci ! Je suis Inès.

– Bon, Inès, reprenons nos recherches.

Avec un sourire, il lui offrit son bras. Inès le saisit et replongea avec lui dans la foule. Après les produits frais, ils longèrent les marchands d'étoffes et de tapis, puis les artisans. Devant tous les étals, les clients négociaient les prix, à grand renfort de gestes et de cris. Les femmes, légèrement plus petites que les hommes, n'étaient pas en reste à ce petit jeu de marchandage. Inès remarqua que les couleurs respectaient une certaine palette. Beaucoup de rouge, de rose et du orange, parfois du marron et du jaune. En quelques rares occasions du violet. Autant de couleurs qui ressortaient sous le soleil carmin.

Inès resta ébahie devant les étalages des artisans. Toutes sortes de machines, petites ou grosses, étaient disposées en vrac. Tout était rutilant, d'un beau cuivre brossé. Elle repéra une boutique qui vendait des petites sculptures en pierre. Certaines des statuettes possédaient des incrustations de bois, minuscules mais visibles, et leur prix était exorbitant. Inès repensa au lapin de bois que Prisca avait sculpté en Helheim et qui reposait au fond de son sac. L'image de la corneille autour du cou de Sigrún s'imposa à elle et une profonde tristesse l'envahit. Une voix grave la sortit de ses pensées.

– N'auriez-vous pas besoin d'aide pour démêler et tresser vos cheveux, jeune demoiselle ? l'interpella un marchand en désignant un étrange peigne qui s'agitait tout seul sur son établi. Vous n'êtes pas d'ici, alors je vous fais un prix !

– Non merci, balbutia Inès en s'éloignant, les joues rouges.

Alors qu'elle rattrapait Alv, penché sur les inventions du stand voisin, elle repéra une tignasse blonde bien connue.

– Prisca ! cria-t-elle. Prisca, je suis là !

La queue-de-cheval familière fit volte-face et le visage de Prisca se détendit de soulagement. Elle rejoignit Inès en quelques pas, Brynhild juste derrière elle.

– On t'avait perdue, on s'est fait un sang d'encre... Pourquoi tu as le menton rose ?

Inès fronça les sourcils et passa une main sur son visage. Ses lèvres étaient gluantes de jus. Elle s'essuya rapidement.

– C'est Alv, il m'a sauvée de la mort par piétinement. Alv, voici Prisca et Brynhild, les présenta-t-elle.

Le jeune homme les salua d'une main et se soumit à l'examen attentif des deux femmes.

– Merci beaucoup, dit Brynhild. J'avais oublié à quoi ressemblaient les jours de marché, ici.

– Aucun souci, c'était un plaisir. Vous êtes de Helheim, pas vrai ? demanda Alv, les yeux brillants. Vous voulez rejoindre les autres réfugiés au Croissant ?

– Oui, confirma Brynhild du bout des lèvres. Mais d'abord nous cherchons une auberge : la Lune inversée.

– Elle a fermé depuis plusieurs lunaisons, l'informa Alv. Elle a pris feu. Ça devient compliqué de se loger avec les attaques.

– Les attaques ? questionna Brynhild.

Alv lança une œillade alentour. Les passants continuaient de circuler autour de l'îlot qu'ils formaient tous les quatre. Inès prit soudain conscience de tous les regards fixés sur elles. Chaque personne qui les dépassait les observait, souvent avec une expression peu amène.

– Je n'ai pas l'impression qu'on soit les bienvenues, remarqua Prisca.

– Allons ailleurs, je connais une taverne qui acceptera de vous héberger, au moins cette nuit, proposa Alv.

Brynhild accepta. Alv les entraîna hors du marché et dans le lacis des ruelles. La cité de la Lune était construite en strates adossées à une haute colline, dont chacune portait le nom d'une des phases lunaires. Le palais siégeait tout en haut, donnant sur le volcan. Des escaliers permettaient de monter et descendre d'un quartier à l'autre. Inès aperçut plusieurs volées de marches qui s'enfonçaient sous la colline, indiquant qu'une partie de la ville se trouvait sous terre. Elle frissonna à cette idée : vivre sous des tonnes de roche lui paraissait très angoissant. Mais Alv leur fit gravir deux escaliers de pierre et emprunter une large artère. Des échoppes et des enseignes d'auberges emplissaient la rue.

– Nous sommes dans le quartier de la Gibbeuse, leur dit-il. Le premier hors du sol.

Il se dirigea vers une porte en bois surmontée d'une enseigne où s'étalaient trois étoiles peintes en jaune. Les pigments avaient terni et le sommet du panneau était recouvert de cendres. Il leur ouvrit la porte. Une douce lumière illumina le porche, accompagnée d'une bonne odeur de nourriture chaude.

– Naef est un ami, ajouta-t-il. Bienvenue aux Trois étoiles.

Inès pénétra la première à l'intérieur de l'auberge. Un feu crépitait dans l'âtre. Il n'y avait que trois clients, deux hommes et une femme, accoudés au bar, derrière lequel se tenait un homme aussi large que haut, au sourire jovial. Ils se penchèrent pour regarder les nouvelles venues puis retournèrent à leur chope sans un mot. La pièce était petite mais claire, une odeur de bois brûlé flottait dans l'air au milieu de celle de la viande cuite. Son estomac grommela. La porte claqua derrière Brynhild alors qu'elle se dirigeait vers une table libre dans un coin de la pièce. Inès s'assit avec joie, ses jambes lourdes d'avoir tant marché. D'une main, elle massa sa nuque raide. Prisca se laissa tomber à côté d'elle, la mine renfrognée. Elle observait Alv qui se dirigeait vers le bar.

– Tu es certaine qu'on peut lui faire confiance ?

– On ne connaît personne, répondit Inès en haussant les épaules. Au moins, le fait qu'on ne soit pas d'ici n'a pas eu l'air de le déranger, lui.

– Effectivement, c'est assez rare pour être noté, confirma Brynhild. Les Nains sont méfiants mais il y a toujours eu des enclaves étrangères sur Svartálfheim. C'est un peuple commerçant.

Prisca émit un grognement, sa main dissimulée contre son ventre.

– Et maintenant ? La cité est immense, comment on va trouver Skuld ?

– Vu les tensions au sujet des réfugiés, je pense que l'on n'aura pas trop de mal à les trouver. Skuld sera avec eux, elle ne les aura pas quittés, dit Brynhild.

Alv les rejoignit et s'assit sur la banquette près de la valkyrie. Un large sourire satisfait éclairait son visage juvénile.

– J'ai parlé à Naef, il accepte de vous garder cette nuit et la prochaine.

– À quel prix ? demanda sombrement Brynhild en observant la mine fermée du propriétaire.

Alv cita un chiffre qui fit s'arrondir les yeux de la valkyrie avant qu'elle grimace.

– Nous n'avons pas autant d'argent, dit-elle tout bas.

– Je peux vous avancer la première nuit, proposa Alv.

– Pourquoi tu fais ça ? demanda Prisca, suspicieuse.

– J'ai mes raisons. Les étrangers ne sont pas bien vus en ce moment, je veux aider si je le peux.

– Pourquoi ? l'interrogea Brynhild. Helheim et Svartálfheim ne sont pas en mauvais termes. Le roi Sindri a même accepté d'accueillir les miens. Que nous vaut cette méfiance ? Qu'est-ce qui a changé ?

Le jeune homme parut mal à l'aise.

– Il y a eu des frictions avec les réfugiés helmiens, dit-il tout bas. Ils ont refusé de participer à l'effort de guerre.

– Oui, j'ai cru comprendre que les gens venaient se réfugier dans la cité, lâcha Prisca d'une voix sèche. Vous êtes en guerre ?

– Des monstres ont jailli des arches, révéla Alv. L'accès au volcan est compromis, l'industrie tourne au ralenti, cela crée des tensions. Des... rumeurs circulent. Certains disent que ce sont les Helmiens qui ont amené ces créatures.

Inès échangea un regard paniqué avec Prisca. Des Corrompus se trouvaient déjà sur ce monde.

– Pourquoi nous aider, alors ? l'interrogea Brynhild.

– Je ne pense pas que ce soit vrai, ces rumeurs, dit Alv, les sourcils froncés. Et Inès avait l'air perdue sur le marché, c'était la chose à faire.

– Ça ne règle pas la question du paiement, souffla la valkyrie. Nous ne possédons pas d'or ni rien de précieux.

– Mais si ! s'exclama Inès. Nous avons la sculpture de Prisca !

– Ma quoi ? répéta la jeune fille.

Inès ouvrit son sac et en extirpa le petit lapin de bois. Ce fut au visage d'Alv de s'éclairer de stupeur et d'émerveillement.

– C'est du bois ? s'étrangla-t-il. Incroyable ! Cela couvrira largement plusieurs semaines d'auberge. Les lignes sont si... sauvages, si organiques. C'est magnifique.

– Tu vois, dit Inès à Prisca avec un grand sourire. Tu as du talent ! Tu m'en feras une autre ?

Prisca baissa la tête pour masquer sa gêne mais Inès capta son sourire ravi. Au même moment, une cloche retentit dans la cité. Son écho se répercuta pendant de longues secondes. Inès vit le visage d'Alv se crisper.

– Par les joyaux, je dois partir, mais je repasserai demain soir. Ne nous jugez pas trop durement, s'il vous plaît. Nous vivons des temps troublés, nous aussi.

Il se leva et, avec un pauvre sourire, quitta les Trois étoiles.

Chapitre 19

Inès se réveilla dans un lit douillet, le visage enfoncé dans des oreillers moelleux. Un soupir d'aise lui échappa alors qu'elle roulait sur le dos. Depuis combien de temps n'avait-elle pas dormi dans un lit ? Elle savoura un instant cette sensation, étira ses muscles courbaturés et tourna la tête. À travers sa vision floue, elle reconnut tout de même Prisca qui l'observait, les yeux grands ouverts.

– On dirait un chat qui se prélasse, lui dit son amie.

– Qui aurait cru qu'un vrai lit pouvait être un tel luxe ? répondit-elle dans un bâillement. Où est Brynhild ?

– En bas, avec Naef. Je crois qu'on devrait les rejoindre.

Inès poussa un soupir dramatique et se leva. Quand Prisca retira la couverture, elle aperçut sa main toujours transformée. Il lui sembla que les poils remontaient à présent un peu plus haut sur son avant-bras. Tout le calme que cette nuit de repos avait réussi à instiller en elle s'évapora. Elle devait trouver Skuld. Pour Prisca et pour leur mission. Inès récupéra son sweat-shirt. Il était sale et raide de transpiration. Prisca lui jeta un tas de vêtements.

– Brynhild a déposé ça tout à l'heure. C'est propre, dit-elle en enfilant elle-même une chemise grise par-dessus son jean.

– Merci, dit Inès. Comment va ta main ? On dirait que ça se propage...

Prisca resta silencieuse, observant son membre dénaturé.

– C'est étrange, finit-elle par dire. Ce n'est pas douloureux du tout. En fait, c'est presque comme si c'était ma main, je ne sens pas de différence.

Inès acquiesça en silence. Elle ne savait pas quoi dire et elle ne voulait pas contaminer Prisca avec ses propres peurs.

– Tiens, c'est pour toi.

Prisca lui tendit une petite figurine de bois. Un ourson dressé sur ses pattes arrière. Les lignes étaient vives, un peu trop franches, Inès pouvait voir que son amie avait eu du mal à sculpter avec une main en moins. Mais le petit ours la regardait avec joie, une expression très vivante.

– Merci ! s'exclama-t-elle. Il est trop mignon !

Prisca rougit, maugréa quelques mots dans sa barbe avant de hausser les épaules. Inès enfila en vitesse une chemise d'un jaune très clair. La matière, inconnue, ressemblait à du lin et était douce au toucher. Elle lui descendait presque aux genoux et Inès la rentra dans son jogging trop large puis attacha ses cheveux en une queue de cheval haute. La combinaison des deux était étrange mais cela ferait l'affaire.

– Bien, allons trouver Brynhild, dit-elle.

Prisca la précéda dans l'escalier qui menait à la salle commune de l'auberge. Une odeur de pain chaud et d'épices flottait dans l'air. Brynhild les attendait déjà, attablée devant une miche de pain jaune et ce qui ressemblait à du fromage et de la confiture. Elle leur fit signe de la main. Les deux adolescentes s'assirent à ses côtés dans la salle vide. Naef, derrière son bar, les salua d'un signe de tête avant de reprendre l'épluchage du sac de tubercules posé devant lui. Le lapin de bois trônait sur une étagère derrière lui.

Prisca se jeta immédiatement sur la nourriture, rompant le pain avec ses dents pour dissimuler sa main sous sa chemise. Inès, plus suspicieuse, attrapa un bout de la miche et le porta à sa bouche. Une symphonie d'épices enchanta ses papilles. Elle se servit de la confiture violette, prépara des tartines pour Prisca qui les accepta avec reconnaissance. Brynhild les regarda manger avec un sourire en coin. Lorsqu'elles eurent fini, Inès se laissa retomber contre le dossier de sa chaise, une main sur son ventre.

– Je ne sais pas ce que c'est, mais j'étais affamée et c'était délicieux, dit-elle, repue.

– On va chercher Skuld ? demanda Prisca. On sait où se trouve ce fameux Croissant ? D'ailleurs, qu'est-ce que c'est exactement ?

– Le Croissant est le quartier souterrain de Nidavellir, révéla Brynhild. Naef m'a confirmé que c'était là-bas que se rassemblaient les réfugiés.

– Alors ne perdons pas de temps, dit Inès en se levant. Prisca ne peut pas rester comme ça toute sa vie !

Brynhild lui fit les gros yeux mais se leva à son tour. Elles quittèrent l'auberge et retrouvèrent les rues toujours encombrées du quartier de la Gibbeuse. Brynhild prit les devants et, ensemble, elles descendirent les escaliers abrupts, parfois de pierre nue, parfois agrémentés de rambardes de fer ou de cuivre, pour descendre dans les profondeurs de la cité.

Une sensation désagréable irritait la nuque d'Inès. Elle se retourna plusieurs fois avec la désagréable impression d'être suivie, mais elle ne vit rien d'autre que des gens vaquant à leurs occupations. Le brouhaha du marché se faisait entendre dans le lointain.

Inès scruta les marches qui s'enfonçaient sous terre. Une odeur d'humus montait depuis les profondeurs. Des gens allaient et venaient, leur lançaient des regards torves ou curieux, alors qu'elles descendaient pour atterrir sur une petite place en terre battue. La température s'était refroidie de plusieurs degrés par rapport à la surface. Les murs de pierre suintaient d'humidité. Inès frissonna dans sa chemise trop fine, regrettant d'avoir laissé son pull dans la chambre de l'auberge. Prisca ne semblait pas incommodée. De rares lampes en cuivre éclairaient les ruelles tortueuses, la plupart n'émettaient plus aucune lumière. Inès prit une inspiration qui la fit tousser. L'air empestait les cendres et la poussière. Elle se sentait oppressée.

– Cet endroit me file la chair de poule, dit-elle en observant les rues étroites et basses de plafond.

– Comment les gens peuvent-ils vivre ici ? Sans soleil, sans air et dans ce froid, s'étonna Prisca.

– Parce qu'ils n'ont pas le choix, dit Brynhild. Sans magie pour maintenir les créations des Nains, le quartier souterrain s'effrite lentement. Plus de chauffage, plus de filtrage des poussières, plus de lumière artificielle.

La valkyrie désigna les lanternes éteintes. Elle avait les poings serrés à s'en faire blanchir les phalanges. Ses yeux gris lançaient des éclairs. Elle s'avança à pas raides vers le milieu de la place. Des enfants déboulèrent comme des tornades, se poursuivant en criant. Ils portaient des guenilles et étaient couverts de crasse. Ils passèrent en ignorant les trois étrangères et s'envolèrent vers l'étage supérieur. Inès sentit son cœur se serrer.

Une petite silhouette débarqua, en retard sur les autres. Un petit garçon qui devait avoir huit ans. Il fonçait tête baissée pour rattraper ses copains et trébucha en voulant éviter Brynhild. Elle le retint de justesse par son chandail troué.

– Lâchez-moi ! Lâchez...

Il releva la tête, poings tendus prêts à frapper. Son visage se décomposa. Un sourire traversa ses lèvres, révélant deux dents manquantes, puis des larmes embuèrent ses yeux. Il se jeta dans les bras de la valkyrie.

– Brynhild, tu es revenue nous chercher ! cria-t-il en pleurant.

Brynhild se statufia, les bras du petit garçon toujours serrés autour de sa taille. Elle le dégagea gentiment et le fixa. Ses sourcils se haussèrent alors qu'elle semblait avoir du mal à croire ce qu'elle voyait.

– Brynhild, tu le connais ? intervint Inès.

– Sune ? bredouilla la valkyrie, visiblement choquée.

– Oui, oui, répéta l'enfant en pleurant de plus belle. Par Hela, dis que tu nous ramènes à la maison.

– Sune, où sont tes parents ? demanda Brynhild.

Le petit garçon lui prit la main et tira de toutes ses forces.

– On devrait le suivre, dit Prisca, l'air sombre, même si je pense que ce qu'on va trouver ne nous plaira pas.

Elles suivirent Sune dans le dédale puant des ruelles souterraines. Le petit garçon s'arrêta devant un bâtiment creusé à même la pierre, dont la porte bringuebalait sur ses gonds. Il lâcha la main de Brynhild et s'engouffra à l'intérieur en criant. Quelques secondes après, un homme livide sortit sur le perron. Des larmes dégoulinèrent le long de ses joues, traçant des sillons plus clairs dans la saleté qui les recouvrait. Il se précipita vers Brynhild et lui saisit les mains.

– Hela soit louée, vous êtes là, dit-il.

– Oli, que se passe-t-il ? demanda Brynhild. Où est Skuld ?

Le regard de l'homme se voila lorsqu'elle prononça le nom de la *völva*. Une quinte de toux le secoua. Il se plia en deux en expectorant, s'éloignant d'un pas. Quand la crise fut passée, il se redressa difficilement.

– Venez, les murs ont des oreilles.

Il referma la porte branlante derrière elles. À l'intérieur, dans une pièce à peine plus grande que leur chambre à l'auberge des Trois étoiles, une vingtaine de personnes s'entassaient. Des enfants, des hommes, des femmes et des vieillards redressèrent le visage vers Brynhild. La simple vue de la valkyrie éclaira leurs traits comme s'ils avaient regardé le soleil. L'estomac d'Inès se noua douloureusement. Ces gens vivaient dans une misère absolue. Les murs étaient humides, le sol jonché de débris. La plupart étaient maigres et toussaient. Les enfants somnolaient dans les bras de leur mère, des cernes noirs et la peau trop pâle. Sune s'approcha d'Inès.

– Tu as les yeux des dieux. Tu vas nous ramener à la maison, toi aussi ? demanda-t-il, plein d'espoir. Tu vas réparer la magie ?

Inès ne put répondre, la gorge obstruée par les émotions. Elle se tourna vers Prisca qui semblait aussi démunie qu'elle devant ce spectacle. Pour la première fois, Inès prenait conscience de ce que signifiait l'absence de magie. Avant, elle ne voyait que ce qui la touchait personnellement : les Corrompus à ses trousses et la transformation de Prisca. Mais pour ces gens, la magie faisait partie de leur vie, de leur survie.

Brynhild s'avança jusqu'au milieu de la pièce, ses yeux passaient d'une personne à l'autre. Elle était blême, de tristesse et de colère.

– Où est Skuld ? réussit-elle à articuler entre ses dents serrées.

– Au palais, répondit Oli.

– Pourquoi n'est-elle pas avec vous ? Que s'est-il passé ? insista Brynhild.

Les Helmiens échangèrent des regards las. Un enfant se mit à pleurer. Inès sentit la petite main de Sune se glisser dans la sienne, la serrer avec tant d'espoir qu'elle dut retenir ses larmes.

– Sindri nous a accusés d'avoir amené des Corrompus, répondit Oli à voix basse. Il voulait nous envoyer combattre avec ses troupes pour qu'on « répare notre erreur». Mais vivre ici... Tout le monde est malade, nous ne pouvons pas combattre. Nous avons refusé. Alors ses hommes sont venus chercher Skuld. Elle peut encore convoquer le *seidr* mais je ne sais pas combien de temps cela durera. La magie s'étiole de plus en plus vite, nous le voyons chaque jour. Qui sait ce que Sindri lui fera quand elle ne sera plus utile?

Inès resta pensive, accablée par ce qu'elle venait d'entendre.

– Où veut-il que vous combattiez? On a entendu plusieurs rumeurs de guerre et vu les Nains se regrouper dans la cité mais quand nous sommes arrivées, nous n'avons aperçu aucun combat, s'étonna Prisca.

La jeune fille parlait lentement, les traits creusés. Inès vit sa main crispée par-dessus son poignet métamorphosé et elle comprit que Prisca souffrait et s'efforçait de le cacher.

– Les Corrompus ont pris les forges. Il y a une arche sous la montagne, près des hauts-fourneaux. Toute l'industrie est à l'arrêt et les passages sont clos. Nous sommes prisonniers ici et la seule arche disponible est inaccessible, se désola Oli. Un détachement doit partir demain pour une mission suicide...

– Il va envoyer Skuld là-bas, comprit Brynhild. Elle va se faire tuer.

Oli hocha la tête, son visage n'exprimait plus qu'un profond désespoir. La petite main de Sune comprima plus fort celle d'Inès.

– Skuld ne peut pas mourir, pas vrai? chuchota-t-il. C'est une grande sorcière, comme toi. Les dieux la laisseront pas mourir.

Les dieux. Qu'avaient-ils fait, les dieux, pour les aider? Inès se mordit la lèvre, submergée par l'impuissance. Hela était impuissante, et n'avait même pas pu sauver son propre monde. Freya, trompée par un mystérieux ennemi et prisonnière, avait requis l'aide de deux adolescentes. Inès avait l'impression d'être trimballée comme une feuille au vent dans cette quête qu'elle n'avait pas souhaitée. Malgré tout, une partie d'elle s'accrochait. Des réponses l'attendaient au bout du chemin, elle en était persuadée. Elle se tourna vers Brynhild.

– Qu'est-ce qu'on peut faire? Peut-on se présenter au palais de ce Sindri?

– Je ne vois pas ce qu'on pourrait faire d'autre, répondit Prisca d'une voix tendue, le visage crispé.

– Le palais de la Lune est gardé, vous n'arriverez pas à obtenir une audience, prévint Oli. Le roi est claquemuré dans sa tour, occupé à nous mettre tous les maux sur le dos. Il y a eu des attaques, des «représailles» contre les nôtres de la part des Nains. Certains pensent que nous éliminer serait la solution à leurs problèmes…

– C'est peut-être justement ce qui nous fera entrer, dit Brynhild en désignant les deux adolescentes. Après tout, nous avons deux pratiquantes du *seidr* avec nous.

– Oui, ça pourrait marcher, mais Sindri vous enverra au front.

– Nous nous occuperons de ça plus tard, l'important reste de retrouver Skuld, dit Inès. Vivante, de préférence.

Brynhild acquiesça. Elle sortit une bourse de sa poche et la tendit à Oli.

– Nous reviendrons. Ce n'est pas grand-chose mais prenez ceci, pour manger et acheter des remèdes.

Des remerciements fusèrent. Inès se détacha à regret de Sune qui la regarda partir, les yeux luisant d'espoir. Elles quittèrent le Croissant dans un silence tendu. Prisca marchait en tenant son bras transformé serré contre elle. Inès pouvait percevoir son angoisse et sa frustration.

Quand elles arrivèrent aux Trois étoiles, Inès remarqua Alv qui les attendait. Elle lui sourit et agita la main dans sa direction. Le jeune homme leva le bras pour lui répondre quand ses traits se déformèrent sous l'effet de la peur.

– Qu'est-ce que… commença-t-elle.

– Arrêtez-vous ! hurla une voix dans leur dos.

Chapitre 20

– Hela toute-puissante, il ne manquait plus que ça, siffla Brynhild en se retournant.

Elle leur fit signe de reculer vers l'auberge, saisit sa lance. Au même moment, Prisca poussa un gémissement. Sa main l'élançait. Elle sentait les poils se répandre sur sa peau, modifier ses os, ses muscles et sa chair en dessous. Elle avait tu cette douleur lancinante autant qu'elle avait pu. Mais avec la métamorphose de sa main grandissait en elle une colère ancienne, teintée de rouge et de rage, qui s'accentuait à chaque respiration, à chaque instant passé dans ce monde sans nature. Alv se précipita vers elles.

– Je peux tout expliquer, haleta-t-il, l'air paniqué.

Il n'en eut pas le temps. Cinq silhouettes armées fondirent sur elles. Certaines pointèrent des lames vers Brynhild qui lâcha sa lance et leva les mains en signe de paix. Ces soldats portaient tous une armure faite de plaques de cuivre et d'acier qui brillait dans la lumière jaune et des casques qui masquaient entièrement leurs visages.

Celui qui semblait être le chef fendit les rangs et s'arrêta devant la guerrière. Deux touffes de poils bruns couronnaient ses yeux enfoncés dans ses orbites et ressortaient de son casque. Prisca crispa sa main intacte autour de son poignet droit. Inès la vit faire, l'interrogea du regard mais un voile carmin recouvrait la vision de son amie. Un grondement enflait dans son esprit.

– Prince Alviss, le salua le garde. Votre père nous envoie vous chercher.

Trois paires d'yeux consternés se tournèrent vers le jeune homme. Prisca laissa échapper un rire.

– Prince ? répéta-t-elle, moqueuse.

Le soldat la fusilla du regard. Alviss baissa la tête, les joues rouges, alors qu'Inès ouvrait et refermait la bouche, stupéfaite.

– On nous a rapporté l'arrivée d'étrangères aux activités suspectes avec des dissidents du Croissant, dit le garde d'une voix caverneuse.

Brynhild se redressa et carra les épaules pour se redonner une contenance.

– Je suis Brynhild, valkyrie de la reine Hela de Helheim, nous venons voir votre roi.

– Helheim ? répéta le garde, interdit. Toutes les communications sont rompues. Ce monde a été dévoré.

– Pas encore, répliqua Brynhild. Je veux voir votre roi et notre *völva*.

Le garde fronça ses sourcils broussailleux. Il prit le temps de la réflexion. Son regard glissa sur Prisca qui sentait la sueur lui perler le long de la nuque. La douleur occultait sa vision et ses perceptions. Elle serra les dents pour ne pas gémir. Pendant ce temps, les gardes n'avaient pas bougé, leurs armes toujours pointées sur Inès et Prisca.

– Emmenez-les au palais !

– Bon, on aura eu ce qu'on voulait finalement, parvint à grincer Prisca entre ses dents.

Les gardes les guidèrent dans les hauteurs de la cité. Alviss marchait à leur côté, silencieux, fuyant le regard des deux jeunes filles. Plus elles montaient, plus les demeures devenaient vastes et luxueuses, aux façades de marbre et de grès, ornées de grilles d'or et d'argent. Mais les stigmates d'une magie fuyante étaient eux aussi visibles.

Elles croisèrent des dizaines de carrosses inertes, abandonnés au milieu des chaussées, trop lourds pour être déplacés. Les lumières étaient rares et la chaleur insupportable du volcan oppressait la respiration. Une fine couche de cendre poudrait le sol et les fenêtres. Les gardes obliquèrent vers un haut bâtiment, tout de pierres et de métal. Derrière le palais, le volcan crachait toujours sa fumée noire.

De gigantesques portes, semblables à celles d'une cathédrale, s'ouvrirent avec le fracas du tonnerre. Une salle rectangulaire de plusieurs dizaines de mètres de long apparut devant elles. Les pas de Prisca résonnèrent sur le marbre noir. Elle leva la tête mais le plafond se perdait dans des hauteurs invisibles. Son cœur résonnait dans ses tympans, elle avait atrocement chaud. L'écho des bottes des gardes claquait comme des balles et heurtait son ouïe sensible. Son odorat captait la moindre fragrance. Tout sentait le fer ici. Pas de nature, pas de vie, juste le métal et les minéraux.

Un garde les força à avancer. De part et d'autre de l'allée centrale, une demi-douzaine de conseillers observaient leur arrivée avec circonspection. Des murmures volaient dans l'air, inquiets et concernés. On les força à s'arrêter deux mètres devant l'estrade. Brynhild s'agenouilla devant le trône. Une bourrade projeta Prisca en avant, elle battit des bras pour ne pas tomber, dévoila sa main à demi transformée. Un silence de mort tomba parmi l'assemblée.

À l'extrémité, un imposant trône d'or et de pierres précieuses occupait une estrade. Dessus, la silhouette trapue et musclée d'un homme engoncé dans une armure d'argent rutilante patientait, les sourcils froncés. Sur son casque, orné d'un croissant de lune posé sur une enclume brillant de mille feux, reposait une couronne formée d'un simple disque d'or. Sa large barbe rousse et son imposante moustache lui dévoraient la moitié du visage. Ses yeux fauves, presque jaunes, s'écarquillèrent en apercevant Inès. Le regard qu'il adressa à Prisca la fit reculer d'un pas. Elle y lut une détermination qui frôlait la folie. Bien que plus petit qu'elle d'une tête, cet homme dégageait une aura de puissance et de royauté indiscutable.

– Mon fils, comme toujours tu me déçois. Je n'ai rien dit pour tes escapades dans la cité mais te retrouver avec des criminelles accusées de comploter avec la fange contre moi et ma cité ? Quelle désillusion. Viens ici, tu me fais suffisamment honte ainsi.

Alviss se recroquevilla un peu plus sur lui-même. Il obéit à l'ordre de son père, pâle comme un cadavre. En passant près des adolescentes, il leur lança un regard d'excuse. Prisca détourna les yeux.

– Roi Sindri, nous venons en paix, commença Brynhild. Nous sommes missionnées par Hela, reine de Helheim, pour porter un message aux représentants de notre peuple qui ont trouvé refuge ici, mais je ne les vois nulle part. Où sont-ils ?

Des murmures s'élevèrent parmi les conseillers du roi. Celui-ci la considéra pendant une éternité avant de se redresser dans son fauteuil.

– C'est impossible, rétorqua l'un des conseillers, muni d'une barbe blanche et de lunettes en cul de bouteille. Les Corrompus ont dévoré Helheim. Le *seidr* s'y est tari et le monde n'est plus accessible.

– Et pourtant nous sommes là devant vous, asséna Brynhild.

– Les arches sont closes, ce que vous dites est invraisemblable, reprit le conseiller en postillonnant.

– Qui vous envoie ? gronda alors Sindri. Hirrok des mines du Sud ? Austri de Myrk ? Ces royaumes m'appartiennent, ils sont sous mon commandement. Je ne tolérerai aucune mutinerie dans nos rangs, surtout maintenant. Nous devons faire front face à la menace.

La voix de Sindri tomba comme un coup de tonnerre. Ses yeux ne quittaient pas Inès et Prisca, s'attardant sur les prunelles de l'une et la main de l'autre.

– Nous disons la vérité, s'insurgea Brynhild. Je le jure sur ma lance ! Si vous voulez survivre aux Corrompus et ne pas finir comme Helheim, vous feriez mieux de nous écouter.

Nouvelle volée de murmures indignés et surpris. Le roi, lui, demeurait silencieux, ses sourcils broussailleux joints au milieu de son front plissé.

– J'exige de voir Skuld, je sais que vous la retenez ici contre son gré. Faites-la venir, elle vous confirmera mon identité, les *völva* ne peuvent pas mentir, elles, dit Brynhild en se redressant.

– Attention, protégez le roi ! hurla un conseiller en toge.

Une vague de panique enfla dans la salle du trône. Un garde repoussa Brynhild en arrière. Prisca saisit la main d'Inès et la tira vers elle. Dans son mouvement, le tissu qui protégeait sa main déformée glissa, dévoilant ses griffes. Un hoquet de terreur secoua les conseillers du roi. Mais quand Prisca toucha la peau d'Inès, sa peur et sa colère furent balayées par un calme serein. Ses pensées s'éclaircirent, la douleur et la fièvre refluèrent. Elle vit qu'Inès ressentait la même chose. Au même moment le roi se leva de son trône. Un silence apeuré tomba sur la salle. Il s'approcha du trio, repoussant d'une main assurée ses propres soldats. Et se planta devant Inès et Prisca. Son air soucieux se transforma en rictus de joie. Lorsqu'il parla, ce fut d'une voix grave et calme.

– Comme vous le savez, nous sommes en guerre. Et nous sommes en train de la perdre malgré les armes dont nous disposons et que certains se refusent à utiliser.

Sindri jeta une œillade colérique en direction de son fils qui se ratatina sur lui-même, sans rien dire. Le roi cracha au sol avec dédain avant de retourner son attention vers la valkyrie et les deux adolescentes, qui acquiescèrent avec réticence à sa question.

– Mais vous pouvez convoquer le *seidr*, pas vrai ? Alors avec vous, nous avons une chance de reprendre l'avantage. Je vois là une fille touchée par les dieux et une enfant d'Odin, bien qu'il préfère les petits mâles d'habitude, lâcha-t-il dans un rire tonitruant. Battez-vous pour moi et nous pourrons discuter.

– Majesté, intervint Brynhild. Ce ne sont que des enfants, vous ne pouvez pas les envoyer se battre.

Le roi se tourna vers elle et la regarda comme si elle était folle. Son index épais pointa successivement Prisca puis Inès.

– Une *völva* et une vraie berserker, nous n'en avions pas vu depuis des années. À elles seules, elles pourraient créer des ravages, je ne peux pas les ignorer.

L'estomac de Prisca se contracta. « Vraie berserker... » La silhouette du vieil homme de son rêve s'imposa dans son esprit. Berserker... enfant d'Odin. *Tu m'appartiens.* Sindri posait sur elle un regard victorieux et possessif, comme il le ferait d'un nouveau jouet particulièrement utile. La voix grondante tout au fond d'elle s'amplifia, alimenta sa colère. La main d'Inès dans la sienne était moite.

– Vous ne pouvez pas nous retenir, s'insurgea Brynhild.

– La guerre change beaucoup de choses, valkyrie, cracha Sindri. C'est de guerrières dans votre genre que nous avons besoin, pas de bouches supplémentaires à nourrir. Tous nos soldats sont sur le front, la plupart des miens sont partis au combat et nous parvenons à peine à contenir l'ennemi. Mais pour cela, les forges doivent tourner. Nous avons mis tout le monde à contribution. Nous avons besoin d'aide et cette gamine a besoin d'une *völva*, or il se trouve que je détiens la vôtre. Battez-vous pour moi et je vous rendrai Skuld.

– Non, refusa Brynhild. Nous avions des accords, vous aviez accepté d'aider les miens, vous aviez promis !

– C'était avant que vous n'apportiez la destruction sur mon royaume ! Toute notre magie est liée à ce volcan, sans lui, nous dépérissons. Mon peuple est en train de mourir, grinça-t-il. Vous disiez venir en diplomates, voici votre première leçon : tout a un prix. Je vous propose un pacte équitable, votre aide contre la nôtre. Vous semblez capables d'utiliser le *seidr* pour vous transformer et venir jusqu'ici par je ne sais quel moyen magique. Aidez-nous à vaincre ces monstres et je libérerai les vôtres. Marché conclu ?

Prisca vit Inès hésiter, jeter un coup d'œil incertain vers Brynhild, mais la valkyrie resta silencieuse, le visage fermé.

– D'accord, accepta Prisca.

Chapitre 21

Après l'éclat de Prisca, tout alla très vite. Brynhild essaya bien de protester mais les deux adolescentes firent bloc.

– Tu l'as dit toi-même, objecta Inès. Skuld est la priorité. Pas seulement pour Prisca ou moi, mais aussi pour Oli et Sune. Ils ont besoin d'elle !

La valkyrie continua de s'opposer à cette décision mais le cœur n'y était pas. Elle savait qu'Inès avait raison. Le roi Sindri, satisfait, les fit conduire hors du palais. Inès commençait à être fatiguée d'être trimballée d'un côté et de l'autre. Sa main ne lâchait pas celle de Prisca. Son amie était pâle, ses yeux fiévreux, et elle sentait que ce lien entre elles, peau à peau, l'aidait à ne pas craquer. Ses yeux furetaient sans cesse du côté de la patte d'ourse, dont les poils bruns remontaient à présent jusqu'au coude.

Alviss vint se poster de l'autre côté d'Inès alors que le roi les entraînait par une porte dérobée dans les entrailles du palais, ses gardes fermant la marche derrière ses prisonnières.

– Je suis désolé, murmura le jeune prince, la tête basse. Ce n'est pas ce que je voulais.

Inès le considéra plusieurs secondes. Son visage défait n'avait plus rien de celui souriant et enjoué qu'elle avait rencontré la veille au marché. Il exprimait une réelle contrition. Les mots du roi à l'encontre de son fils continuaient de danser dans son esprit. Jamais son père ne se serait adressé à elle de la sorte.

– Je sais, finit-elle par dire. Ce n'est pas ta faute, la situation est compliquée... De quelle arme parlait ton père ? Pourquoi ne l'utilisez-vous pas ?

Alviss baissa la tête, l'air plus dépité que jamais. Ses lèvres formaient une fine ligne blanche. Inès le vit masser sa main droite, celle à laquelle il manquait un doigt.

– Je me rachèterai, je te le promets.

Inès ne répondit pas.

Plusieurs lourdes portes, incrustées et presque invisibles dans les murs de pierre, furent poussées, et ils se retrouvèrent dehors, de l'autre côté de la colline, face au volcan. Une plaine rase, dénuée de la moindre trace de verdure, s'étendait entre le palais et la montagne. Le paysage autour n'était que pierres acérées et terre nue. Un vent chargé de cendres et d'odeurs soufrées soufflait et faisait claquer les bannières.

Sur ce terrain rocailleux, tout en nuance de orange et de pourpre, une demi-douzaine de tentes avaient été installées en arc de cercle, face au volcan en éruption à quelques kilomètres de là. Un panache de fumée noire s'échappait toujours de son sommet. Une activité fébrile régnait sur le camp. Des protections entouraient les tentes et des gardes patrouillaient. Des soldats en armure allaient et venaient en courant. Dans un enclos proche, d'énormes bouquetins aux cornes torsadées paissaient, l'air méfiants. Des créatures ailées, plus semblables à des chauves-souris au pelage brun-rouge qu'à des oiseaux, observaient ce ballet de leurs yeux noirs.

Inès suivit Alviss au milieu de toute cette agitation. Le miroitement dans sa vision périphérique s'amplifia. Ainsi que la douleur dans son œil gauche. Inès percevait la présence de multiples failles autour d'elle. Comme si le monde n'attendait qu'elle pour lui ouvrir ses portes. Elle se concentra sur son environnement immédiat pour faire taire les crépitements qui enflaient dans son esprit. Les expressions étaient fermées et soucieuses, et les yeux se levaient vers le volcan qui répandait son ombre inquiétante sur le camp. Sur leur droite, une tente plus imposante et richement décorée avait été installée à l'écart. Inès y reconnut les emblèmes du roi Sindri, la lune et le marteau.

Sa curiosité aiguillée, elle fit le compte de tout ce qu'elle savait de ce nouveau monde, de ce qu'elle y avait vu et de ses habitants. D'évidence, il ressemblait beaucoup à Nidavellir, le monde des Nains de la mythologie nordique, avec ses champs noirs et sa population de forgerons. Quant à Sindri, il s'agissait d'un autre nom communément donné à Eitri, le Nain qui avait forgé le célèbre marteau de Thor. Inès connaissait mal ce monde mais elle savait que les habitants de Nidavellir étaient orgueilleux et fiers de leurs talents, et qu'ils ne refusaient jamais un défi. Un portrait qui semblait correspondre à Sindri. Le prince ouvrit le battant de lourd velours qui servait de porte à la tente royale. Inès pénétra dans une pénombre étouffante.

Un feu brûlait dans un brasero au centre de l'unique pièce. Le roi se tenait debout derrière une table de bois massif sur laquelle était étendue une carte et posée une corbeille de fruits de la lune. Deux généraux les observaient avec réprobation, et Alviss, qui avait rejoint son père, lui adressa un clin d'œil d'encouragement. Inès hocha la tête en signe d'assentiment et rejoignit les autres près de la table. Sur la carte, elle reconnut le palais et le volcan. Des figurines en acier noir incrusté de bois blanc représentaient les Corrompus, et d'autres en or, les Nains. Sindri se racla la gorge et désigna la carte d'une main.

– Comme vous pouvez le voir, l'ennemi a investi l'intérieur du volcan. La situation est critique. Nous avons beau lancer des assauts, nous subissons des pertes considérables. Les soldats sont épuisés. Nous ne pourrons pas continuer longtemps ainsi.

Inès étudia la carte avec plus d'intérêt. Trois grandes salles en enfilade menaient au cœur de la montagne. Une demi-douzaine de figurines noires étaient disséminées dans les diverses pièces. Au fond, dans une pièce plus petite, un arc de cercle était dessiné. Elle comprit qu'il s'agissait de l'arche.

– Où mène l'arche ? demanda-t-elle.

– Vers Muspellheim, dit Alviss. Un monde de feu et de chaos qui alimente le volcan et nos forges.

– Un feu magique, insista son père, essentiel à nos créations. C'est un endroit sacré pour mon peuple, il contient une magie puissante. Sans lui, pas de forge.

Les mots du roi firent écho à ceux de la déesse dans l'esprit d'Inès. Trouver les pierres, des objets chargés de magie, afin de pouvoir la sauver. Elle échangea un regard entendu avec Prisca et la remercia intérieurement d'avoir accepté l'offre du roi. Même si cela ressemblait à une mission suicide.

– Mais si les Corrompus sont arrivés par l'arche, dit Brynhild, ça ne peut pas être notre faute ! Muspellheim est tombé et vous nous accusez à tort !

– À la guerre comme à la guerre, se justifia Sindri. J'ai une population à tenir, je ne peux pas gérer à la fois une invasion et une révolution. Nous avons maintenant un nouvel atout. Avec une berserker à nos côtés, nous serons capables de traverser leurs lignes jusqu'à la faille, vos Corrompus ne sont sensibles qu'au *seidr*. Encore une magie maudite venue de Helheim !

– Et une fois que nous aurons atteint l'arche ? demanda Inès. Que devrons-nous faire ?

– Comment comptez-vous récupérer l'arche si les Corrompus s'en servent comme passage ? Tous ceux que vous tuerez seront remplacés par d'autres monstres, renchérit Brynhild. Quelle est votre solution à tout ça ? À part envoyer deux adolescentes à la mort.

Personne ne lui répondit. Inès examina les visages des hommes en présence. En dépit de leurs armures brillantes et de leurs armes tranchantes, ils dégageaient tous un sentiment de défaitisme.

– Si nous n'arrivons pas à reconquérir la forge, alors vous détruirez l'arche, dit le roi, blême de rage.

Un silence lourd tomba sur la petite assemblée. Le prince était livide lui aussi. Détruire l'arche signifiait la fin de tout commerce pour le peuple de Svartálfheim.

– Détruire une faille ? Il s'agit d'une magie très dangereuse et surtout définitive, répliqua Brynhild, songeuse. Après cela, vous ne pourrez plus la rouvrir, jamais, vous en avez conscience ? Vous allez vous couper du reste des mondes ?

– Skuld m'a informé des dangers. C'est la seule solution qu'il nous reste. Je dois protéger mon peuple, asséna Sindri, l'air soudain fatigué. C'est tout ce que nous avons trouvé pour tarir l'arrivée de nos ennemis. Mieux vaut être isolés qu'exterminés, vous ne croyez pas ?

Inès haussa un sourcil surpris. Sindri était un homme si empreint de fierté qu'elle n'aurait pas été étonnée qu'il sacrifie son peuple pour sa gloire personnelle. Il était peut-être un père horrible mais il n'était pas un despote totalement égoïste. Elle s'en voulut de l'avoir si mal jugé. Brynhild, elle, blanchit au sous-entendu. Inès vit sa mâchoire se contracter et la valkyrie lutter pour ne pas laisser échapper une réponse acerbe. Cela signifiait qu'ils seraient tous bloqués ici, pour toujours.

– Bien, alors, nous avons un plan, conclut le roi de Nidavellir d'une voix ferme. Nous allons pénétrer dans le volcan demain à l'aube, cela nous permettra de traverser les premières salles qui possèdent des ouvertures sur l'extérieur, elles devraient être vides puisque les Corrompus préfèrent les ténèbres et les ombres. Ensuite, la berserker et la petite *völva* essaieront d'atteindre la salle de l'arche et de sauver ce qui peut encore l'être… ou la détruire.

Inès tiqua. Elle n'aimait pas cette manière qu'avait le roi de les nommer par leur fonction. Elle lui donnait l'impression de n'être qu'un outil et non une personne.

Sindri déroula un parchemin par-dessus la carte. Un plan détaillé de l'intérieur du volcan reconverti en mines et en forges s'étala sur la table. Il leur indiqua l'entrée qu'ils allaient emprunter et la salle contenant l'arche. Celle-ci se trouvait au cœur du volcan, derrière les hauts-fourneaux.

Les adultes entamèrent des discussions techniques sur le meilleur itinéraire à emprunter, le nombre de soldats à envoyer. Prisca écoutait avec attention, une lueur farouche au fond des yeux. Ses prunelles ne cessaient de changer de couleur, passant du brun au jaune comme sous l'effet d'un courant secret. Inès frémit, la peur retrouva sa place dans son estomac.

Prisca trépignait d'impatience, elle percevait une force nouvelle grandir dans ses muscles et bien qu'elle se sente aussi fiévreuse, elle avait hâte de tester ce nouveau pouvoir. Elle avait envie de se battre. Quelques minutes après la fin de la réunion, les Nains se dispersèrent. On déplaça les deux adolescentes et Brynhild dans une tente plus petite, un peu à l'écart, et une collation leur fut servie. Prisca se jeta sur la nourriture. Une faim insatiable lui dévorait les entrailles. Inès picorait, les traits tendus par l'angoisse.

– Tu ne manges rien ? demanda Prisca, la bouche pleine.

– J'ai peur, finit par avouer Inès. J'ai peur des Corrompus et de ce qui nous attend sous cette montagne. J'ai peur qu'on n'y arrive pas, que vous soyez blessées... ou pire.

Elle baissa la tête, penaude, mais visiblement soulagée de s'être épanchée.

– Et c'est la seule réaction sensée, la rassura Brynhild. Ne t'inquiète pas, je serai là, je veillerai sur vous.

– Et je serai là aussi, dit Prisca en observant sa main métamorphosée. Tout ira bien, je le sens.

Elles finissaient à peine de manger quand Alviss apparut, accompagné de gardes. Le prince salua la valkyrie et les adolescentes. Il portait une armure argentée qui mettait en avant ses cheveux roux et ses yeux clairs. Un lourd marteau de guerre pendait à sa hanche et se prenait dans ses jambes lorsqu'il marchait. Il paraissait mal à l'aise dans cet accoutrement.

– Si vous êtes prêtes, nous allons nous mettre en route.

– Tu viens avec nous ? s'étonna Prisca.

– J'ai proposé de mener cette mission pour effacer la honte que j'ai causée à mon père, expliqua Alviss. Il est du devoir d'un prince de prendre ses responsabilités et je dois me racheter une popularité aux yeux de mon peuple.

Inès fronça les sourcils, sans comprendre de quoi il parlait. Se racheter pour quoi ? Mais avant qu'elle ait pu l'interroger, le prince dissimula de son mieux son incertitude derrière un salut officiel, jambes serrées et poing sur le dessus de son marteau, et fit demi-tour, encadré par sa garde rapprochée. Prisca le regarda sans rien dire. Elle le tenait pour responsable de leur situation mais elle avait aussi vu comment le roi lui avait parlé. Elle avait lu sur son visage des sentiments qu'elle connaissait bien, la honte de ne jamais suffire, d'être une déception. Une vague de pitié l'envahit, pour Alviss et un peu pour elle-même.

– Allons-y alors, dit Brynhild d'une voix résignée.

Chapitre 22

Elles accompagnèrent le prince hors de la tente. À l'extérieur, leur expédition, composée de dix gardes nains, les attendait. Le roi Sindri les observait avec un mélange de mépris et d'espoir, entouré de son armée. L'entrée des forges était visible à quelques dizaines de mètres, en haut d'un chemin creusé dans la lave noire qui avait coulé là des millénaires plus tôt, logée dans une fracture du volcan. L'air sentait le soufre. Il faisait chaud et sec, et une légère pluie de cendres continuait de tomber du ciel comme autant de flocons gris et poudreux.

Prisca n'écouta pas le discours du roi. Toute son attention était focalisée sur le volcan. La chose en elle s'ébrouait doucement, elle sentait la fourrure lui piquer la peau, progresser vers le creux de son coude. Elle réalisa qu'elle pouvait les renifler. Les Corrompus. Ils pullulaient à l'intérieur de la montagne. Leur présence exacerbait sa colère, excitait sa volonté de détruire ce qui menaçait les siens. Prisca sentait une présence en elle essayer de repousser les limites de sa peau humaine pour prendre sa place.

– Prisca ? Tout va bien ?

La voix d'Inès la ramena à la réalité. La troupe s'était mise en marche et remontait l'allée de lave qui conduisait à l'entrée du volcan. Prisca hocha la tête et s'élança en trottinant pour retrouver sa place dans les rangs. La faille qui servait d'entrée s'élevait à plusieurs centaines de mètres au-dessus du sol, en forme de triangle. Prisca se rapprocha de Brynhild. La valkyrie avait dégainé sa lance et son casque masquait presque tout son visage. Mais ses yeux brillaient du même désir de se battre que ceux de Prisca.

– Rappelez-vous notre mission, leur dit Alviss en se tournant vers ses hommes. Nous devons atteindre la salle de l'arche avec la berserker et la *völva* vivantes. Si elles meurent, cette opération n'aura aucun intérêt. Est-ce clair ?

Les soldats répondirent par un cri simultané, tout en effectuant le salut traditionnel, main courbée en forme de croissant sur le cœur. Prisca vit Inès blêmir à la mention de sa mort potentielle. Elle lui offrit un sourire réconfortant et leva son pouce intact dans sa direction en signe d'encouragement silencieux. *Tout ira bien.* Inès acquiesça lentement et força un pauvre sourire sur ses lèvres exsangues. Le prince Alviss leur adressa à tous un regard avant de se tourner vers la montagne.

– Pour Svartálfheim et le Roi Forgeron !

Son cri fut repris en chœur par les soldats. Prisca fut la seule à voir l'œillade triste qu'il lança vers le camp en contrebas. Dans la lumière orange qui commençait à baigner la plaine, l'armure étincelante de son père brillait comme une étoile. Ils se mirent en marche.

Brynhild se rapprocha de Prisca et posa une main sur son épaule.

– Reste près de moi, d'accord?

Prisca hocha la tête et dut se retenir de partir en courant. Elle n'eut pas besoin de se contempler dans un miroir pour savoir que ses iris avaient changé de couleur. Le monde avait gagné en définition et en netteté, elle pouvait voir chaque nuance de couleur, chaque grain de poussière voletant dans l'air. Ils pénétrèrent dans la montagne.

Une vaste salle, au sol de lave noire, s'ouvrait comme une halle. Des ouvertures, creusées à même le flanc du volcan, illuminaient à peine l'immense pièce dont le plafond se perdait dans les ténèbres. Le palais du roi Sindri aurait tenu tout entier dans cet espace démesuré. Les pas des soldats résonnaient sur le sol, malgré leurs tentatives pour passer inaperçus.

Alviss leur désigna du doigt un couloir au fond à droite. Prisca tendit son esprit dans cette direction. À nouveau, son odorat lui indiqua que les monstres se trouvaient devant eux. Et qu'ils étaient nombreux. Cette constatation, loin de l'effrayer, attisa son excitation. Prisca sentit les poils drus lui piquer la peau, alors qu'elle avançait en trottinant derrière les gardes. Brynhild se mit à sa hauteur en réduisant sa foulée.

– Ne t'emballe pas. Si la métamorphose se poursuit, préviens-moi tout de suite.

Prisca hocha la tête. Ses dents lui faisaient mal. Elle se concentra de toutes ses forces pour contenir la colère sauvage qui menaçait de prendre le dessus.

Ils quittèrent la première salle et s'engouffrèrent dans un long couloir qui s'enfonçait dans les entrailles du volcan. La lumière du soleil orange de Svartálfheim éclairait leur chemin sur une centaine de mètres. Au-delà, seule la pénombre les attendait.

Alviss, son marteau dégainé, ordonna à ses hommes de sortir leurs lampes. Dix mécanismes d'acier furent rapidement montés et dix flammes surgirent, jetant leur clarté contre les parois creusées à même la pierre. Une lumière blanche les accompagna bientôt.

– De la magie runique, s'étonna Brynhild. Je croyais que vous ne pouviez plus utiliser le *seidr*?

– La vieille Skuld a rechargé quelques-unes de nos pierres. Je ne sais pas combien de temps cela va durer, nous devons nous hâter.

Alviss se tourna vers le mur d'ombre devant eux. Prisca se rapprocha de lui.

– Les Corrompus sont plus loin, dit-elle. Nous pouvons avancer.

– Plus loin ? demanda le prince en fronçant les sourcils.

Les gardes reculèrent tous d'un pas, s'éloignant de Prisca en murmurant entre eux. Elle perçut des « sorcière » et « anormale » s'échapper de leurs moustaches.

– Je les sens, répondit-elle en levant le nez vers le tunnel et en ignorant les chuchotements. Je crois qu'ils savent que nous sommes là et ce que nous venons faire.

– Voilà qui n'est guère rassurant, grimaça Alviss. Tu en es sûre ?

Prisca ferma les yeux et inspira profondément. Elle ignorait comment, et comprenait encore mal pourquoi, mais elle savait que ses ennemis se trouvaient devant eux. Qu'ils se rassemblaient pour les arrêter. Elle acquiesça d'un mouvement du menton. Alviss expira d'un coup tout l'air de ses poumons et avança. Ils quittèrent la lumière pour les ténèbres, que seules les lampes runiques tranchaient.

Ils remontèrent le couloir en silence, aux aguets, lances dressées, marteaux et haches aux poings. Mais comme l'avait prédit Prisca, ils ne croisèrent aucune créature. Un malaise persistant commença à enfler dans les rangs. Les soldats murmuraient entre eux des formules de protection et des jurons. Le moindre bruit étrange les faisait sursauter. Prisca progressait en tête, accompagnant Alviss. Brynhild restait en retrait pour protéger Inès.

Ils traversèrent des ateliers de fonderie, des centaines d'établis alignés les uns à côté des autres, la plupart portant encore des objets inachevés. Tout avait été abandonné en l'état. Des gerbes de sang séché souillaient le sol et les paillasses. Ils quittèrent les ateliers pour s'enfoncer, toujours plus loin, toujours plus profondément dans le volcan qui grondait sous leurs pieds.

Régulièrement des secousses remontaient du sol et faisaient trembler la montagne tout entière. Prisca avait de plus en plus de mal à contenir son impatience. Elle ignorait d'où lui venait cette rage mais elle savait l'utiliser comme un avantage. Elle avait fait ça toute sa vie pour ne pas craquer. La colère était une vieille amie qu'elle accueillit avec joie.

Alviss les guida au milieu des hauts-fourneaux des forges naines. Des braseros éteints furent rallumés par les soldats afin d'éclairer l'immense pièce dans laquelle ils venaient de pénétrer. Au centre, une gigantesque structure d'acier en forme de silo, connectée à d'innombrables tuyaux, attendait comme un monstrueux menhir endormi. Tout autour, des conteneurs de minerai et de combustibles étaient éparpillés, la plupart renversés au sol avec leur chargement. Une odeur de cendre flottait encore dans l'air. Alviss ralentit. De l'autre côté de la pièce, une minuscule lueur bleutée vibrait dans le noir.

– Là-bas, c'est la salle de l'arche, chuchota-t-il.

– On dirait qu'il n'y a personne, remarqua l'un des soldats.

Alviss se tourna vers Prisca. À l'intérieur de l'esprit de la jeune fille une présence grandissait. Elle voulait se battre. Prisca devait lutter pour ne pas perdre le contrôle. Soudain, un râle furieux perça les ténèbres.

Le chaos s'abattit sur leur groupe.

Prisca vit le garde sur sa droite se faire faucher par une patte monstrueuse.

Quelqu'un hurla.

Alviss se jeta sur sa lampe et actionna un mécanisme. Un clac sonore retentit, répercuté en écho dans la caverne, et la lampe répandit une lumière d'un blanc pur sur plusieurs mètres à la ronde, dévoilant une douzaine de monstres. La plupart ressemblaient à des lézards difformes avec six pattes ou plus, d'une couleur marronnasse comme de la boue séchée. Ils dardaient leur langue bifide hors d'une gueule pleine de crocs. Une bave verte, probablement empoisonnée, suintait de leurs gencives. Prisca repéra également deux félins à la peau mauve et aux griffes longues comme des couteaux, qui se déplaçaient souplement dans les ombres, ondulant comme des serpents. Parmi eux, un énorme loup à la fourrure sale, la mâchoire garnie de crocs surnuméraires, et marchant sur deux pattes. Une odeur de soufre la prit à la gorge. Un Destructeur. Une lueur de concentration presque humaine, calculatrice, passa dans ses yeux jaunes alors qu'il observait les Nains et se focalisait sur les adolescentes. Les runes gravées dans sa peau perlaient de sang noir et épais. Les cris de Sigrún résonnèrent à nouveau dans les oreilles de Prisca. Mais, comme celui qu'elles avaient rencontré en Helheim, il restait pour l'instant en retrait, observateur avant d'attaquer.

Les Corrompus reculèrent en feulant de rage face à la lumière solaire. Prisca se porta à leur rencontre, galvanisée par la haine qu'elle lisait dans leurs prunelles. Soudain, elle sut quoi faire. C'était comme respirer. Les runes défilèrent dans son esprit, celles qu'elle avait l'habitude d'utiliser au combat. Première règle : protéger les humains.

D'un coup de griffe, Prisca entailla sa paume humaine. Du sang gicla, elle s'en servit pour tracer des symboles sur ses bras. Aussitôt une barrière translucide entoura Inès. Elle fit miroiter la lumière des lampes en créant des arcs-en-ciel. Sur les ordres d'Alviss, les gardes se placèrent en cercle, lances pointées vers l'extérieur. Brynhild prit position dans leur défense, au côté d'un Alviss désespéré.

– Prisca, qu'est-ce que tu fais ? lui demanda-t-elle.

– Ce pour quoi je me suis entraînée toute ma vie, souffla l'adolescente.

Puis elle retira ses bottes et ses chaussettes, tout en marchant vers le reptile le plus proche qui la contemplait, ramassé sur lui-même, prêt à bondir. Ses yeux rouges fixés sur elle. Ses orteils s'allongèrent et se pourvurent de griffes qui l'ancraient au sol. Prisca serra puis desserra son poing humain. Du sang coulait entre ses doigts qui s'étaient allongés pour former de longues griffes de corne. Elle possédait à présent deux pattes griffues ! Elle entendit Inès hoqueter de surprise.

– Tes mains...

Prisca était tendue comme un arc, tout son être concentré sur le combat à venir. Une silhouette difforme s'avança dans la lumière des lampes. Les gardes reculèrent d'un pas, resserrant les rangs. Les lèvres de Prisca s'étirèrent en sourire alors que le pouvoir affluait en elle, irriguant chacune des fibres de son corps. Elle planta ses yeux dans ceux, fendus, du reptile le plus proche.

– Allez, viens là, sale bête ! cria-t-elle.

Et d'un bond prodigieux, elle se jeta en avant. Ses griffes luisirent, comme les runes de protection qu'elle avait tracées à même sa peau. Prisca cisailla l'air de ses mains, forçant la créature à reculer. Son épaule percuta la bête de plein fouet. Elles roulèrent au sol jusqu'à s'effondrer contre un conteneur de minerai qui s'enfonça avec un froissement de tôle.

Prisca se remit sur ses pattes, esquiva de justesse un coup de griffes du monstre. Elle grogna quand les crocs jaunes claquèrent à un centimètre de son visage. Mais elle était rapide, bien plus rapide qu'elle ne l'avait jamais été. Elle s'échappa d'un bond. La jeune fille s'ébroua, et repartit à l'attaque. D'un revers, elle arracha un morceau de chair de la gueule boursouflée de la créature. Sonné, le monstre tituba. Prisca en profita pour enfoncer ses griffes dans sa mâchoire dégoulinante de sang.

Le cuir se déchira, les os cédèrent avec un craquement sourd. Le lézard s'effondra. Un rugissement sauvage enfla dans la poitrine de l'adolescente qui le libéra avec une joie primaire.

Cette victoire alimenta sa colère et sa soif de vengeance. Elle tourna la tête. Les sons de la caverne s'entrechoquèrent dans ses oreilles. Inès n'était nulle part en vue. Les Nains combattaient de leur mieux les monstres en hurlant. Le Destructeur, tapi dans les ténèbres, restait en retrait et rôdait en quête d'une ouverture. Ses prunelles fauves ne lâchaient pas Prisca. Du sang formait des flaques rouges au sol.

Brynhild repoussait du bout de sa lance un félin mauve, aux membres arqués et à la gueule pleine de bave. Un soldat muni d'un casque orné de cornes tentait de lui prêter main-forte. Une épaulière de la valkyrie était enfoncée et du sang coulait de son bras gauche. Prisca vit les crocs du monstre louper de peu le bras de Brynhild. Le Corrompu bondit. D'un geste, il enfonça ses dents dans la gorge du soldat, trouvant la jugulaire, et se mit à le secouer en tous sens jusqu'à ce qu'il cesse de bouger. Il le rejeta d'un mouvement sec et fondit sur Brynhild qui se précipitait pour rejoindre l'infortuné. Sa tête massive percuta l'estomac de la guerrière qui s'écrasa au sol. Sa patte s'abattit sur le dos de la guerrière qui étouffa un gémissement de souffrance. Une vague de peur et de colère l'embrasa.

Prisca se précipita vers la guerrière vaincue. Lorsque le monstre tourna sa tête difforme vers elle, Prisca sentit sa peau prendre feu. Elle tomba à genoux, se plia en deux avec l'impression qu'on venait de lui briser la colonne vertébrale. « Non, non, non, je veux me battre.

Que m'arrive-t-il ? Je dois sauver Brynhild. » Ses ongles s'enfoncèrent dans la roche noire. Elle poussa un hurlement alors que chacun de ses doigts se brisait. Une douleur lancinante lui traversa les omoplates et le crâne. Puis ce fut comme si la foudre la traversait de part en part, laissant une ligne de feu et de force dans tous ses muscles.

Prisca frémit de la tête aux pieds. Sa vision devint d'un coup extrêmement claire. Elle percevait les muscles puissants du félin monstrueux, sa mâchoire développée et la tension de la chasse qui l'habitait. Ses épaules roulèrent, solides. Elle redressa la tête pour se retrouver face à face avec le monstre. Qui recula d'un pas. Il ne lui parut plus si imposant ni effrayant. Une puissance nouvelle l'habitait, lui dictait de se battre, de massacrer cet ennemi qui s'en prenait aux siens. Elle s'élança.

À cet instant, le Destructeur se jeta en avant. Prisca prit la charge en plein estomac. La puissance de son adversaire la fit reculer de plusieurs mètres, l'éloignant de Brynhild et du Corrompu félin. Mais ses pattes arrière, fermement plantées dans le sol, encaissèrent une partie de l'attaque. Le Destructeur hurla de rage, sa mâchoire puissante claqua dans le vide. Ses griffes labourèrent les épaules de Prisca. La jeune fille sentait la force de cet adversaire et surtout sa colère. Elle pouvait la goûter sur sa langue aux papilles surdéveloppées. Une haine brûlante, sauvage, avec des relents de souffrance et de tristesse, dirigée spécifiquement contre elle. Ce Destructeur, cette créature quelle qu'elle soit, ressentait une douleur si intense qu'elle le rendait fou.

Prisca sentit le sang couler sur sa fourrure. « Ma fourrure ? » Oui ce monstre était fort, mais elle sentait une force encore plus grande irriguer ses muscles. D'un geste, elle repoussa l'attaque suivante et se mit à larder son adversaire de coups précis. La colère et la frustration de centaines d'entraînements guidèrent ses frappes. « Regarde, tante Edith, regarde de quoi je suis capable. » Elle frappa, mordit, grogna, submergeant le Destructeur sous ses assauts. Ses bras puissants se refermèrent sur le monstre et sa gueule déchiqueta la nuque offerte. La créature se cabra, tenta de se dégager, en vain. Ses longues mains griffues lui labourèrent le dos. Mais Prisca ne recula pas et sa mâchoire se referma petit à petit jusqu'à ce que l'os cède avec un craquement morbide. Avec un soubresaut, la bête s'affaissa au sol comme une poupée de chiffon. Ses yeux jaunes lui renvoyèrent un ultime regard plein de souffrance, étrangement humain. Prisca s'ébroua, les babines colorées d'un sang noir et épais. Elle émit un rugissement sauvage, dressée sur ses pattes arrière.

En retombant, elle croisa le regard pétrifié d'une jeune fille, retroussa les babines. Une voix, une toute petite voix tout au fond de sa tête, lui souffla : *amie*. Dans son dos, elle sentait d'autres ennemis, entendait d'autres hurlements de terreur. Avec un dernier regard pour la jeune fille aux étranges yeux disparates, elle se détourna pour reprendre le combat.

Chapitre 23

I

Les Corrompus étaient trop nombreux. Ils continuaient d'arriver, telle une marée vengeresse, un flux ininterrompu de crocs, de griffes et d'écailles. Brynhild transpirait et haletait, tout son corps couvert d'estafilades sanglantes, son visage crispé de douleur, protégeant Inès de son mieux, avec son seul bras valide. Mais Inès se rendait bien compte qu'elle ne pourrait pas continuer ainsi longtemps. La protection runique de Prisca s'était évanouie d'un seul coup, sans qu'elle comprenne pourquoi, et Inès se sentait vulnérable. Quatre des gardes nains avaient disparu, emportés par les Corrompus. Deux autres, grièvement blessés, poursuivaient le combat aux côtés de leur prince.

Inès entendit Alviss hurler des ordres de sa voix éraillée, vacillante. Ses hommes étaient en train de mourir. À cause d'elle, pour elle, pour la protéger. Des images de la voiture de sa mère, en flammes, envahirent son esprit. Ses yeux se posèrent sur Brynhild, blessée.

Quelque part, elle percevait Prisca, sa douleur, qui décuplait sa rage. Et elle, qui ne pouvait rien faire. Qui devait être protégée, qui était faible. Elle ne supporterait pas de perdre l'une d'elles.

Inès sentit l'urgence de la situation lui tordre les entrailles. Les attaques incessantes des Corrompus les avaient repoussés au centre de la vaste salle. Ils étaient encerclés. Dans la lueur vacillante répandue par les lanternes, elle avisa un passage au pied du haut-fourneau. Là où le minerai, une fois fondu, ressortait. Brynhild semblait elle aussi avoir repéré l'endroit.

– Alviss ! hurla-t-elle pour couvrir le fracas du combat. Au silo ! Au silo !

Le prince pirouetta et son marteau enfonça le cou d'un des étranges lézards. Alviss avait perdu son casque et une large entaille barrait sa joue droite. Repoussant du pied le cadavre de sa victime, il volta vers la guerrière qui courait déjà vers le refuge de fortune. D'une voix cassée, il exhorta ses hommes à la suivre. D'un même mouvement, les soldats rompirent le combat et coururent vers Brynhild. Alviss s'assura que tous s'exécutaient avant de les rejoindre. Il abandonna derrière lui une des lampes pour retarder la nouvelle vague de Corrompus.

Inès trottait aussi vite que possible vers le silo. Ses poumons la brûlaient. Elle avait l'impression de respirer des braises. Elle avait chaud, et ses muscles hurlaient sous l'effort. Ses jambes faiblissaient et elle entendait à peine les encouragements de Brynhild.

La valkyrie la poussa en avant et elle s'écrasa au sol dans une glissade, rapidement suivie par Alviss, le visage couvert du sang qui coulait de sa joue ouverte.

Des dix soldats qui les avaient accompagnés, seuls quatre avaient atteint le silo. Ils postèrent leurs boucliers en rempart contre l'ouverture et deux lampes pour repousser les monstres. Des feulements rageurs s'élevèrent de l'autre côté du halo lumineux. Prisca manquait à l'appel.

Inès se releva en trébuchant sur les jambes d'un Nain à moitié inconscient et voulut sortir du silo. Des bras solides la saisirent par la taille et l'empêchèrent de se ruer en avant. Elle se débattit de toutes ses forces, donnant des coups de pied, griffant les mains qui la ceinturaient.

– Prisca ! hurla-t-elle. Prisca est encore là-bas !

– C'est trop dangereux, dit le prince. Je suis désolé.

Elle cessa de s'agiter et sentit qu'on la reposait au sol. Autour d'elle, tout le monde semblait à bout de forces. Les soldats survivants étaient affalés à terre, sans plus aucun souci de dignité, du sang coulant de multiples blessures.

– Que le Grand Marteau m'écrase, je ne les regarderai pas mourir sans rien faire, marmonna le prince.

Alviss, la mâchoire serrée, s'accroupit au sol et y apposa ses mains. Il se mit à fredonner. Une mélodie râpeuse et gutturale. Aussitôt, Inès sentit le *seidr* se contracter autour de lui, sous forme de miroitements dans l'air et dans la pierre. Le sol trembla, d'abord très légèrement puis plus franchement. La terre ondula et des pics de roche jaillirent du sol, comme des épines, bloquant l'entrée du silo. Quand le chant du prince cessa, le calme revint dans la montagne. Alviss secoua sa main droite, une grimace de douleur plissant ses lèvres. Inès jeta un regard par l'ouverture du silo. Des rugissements bestiaux résonnaient en écho dans la montagne.

– Où est-elle ? Pourquoi n'est-elle pas revenue ? continua Inès.

– La fureur du berserker peut être difficile à contenir, expliqua Brynhild. Si Prisca s'y perd, elle ne nous entendra pas.

Brynhild paraissait tiraillée elle aussi. Un de ses yeux était fermé par un hématome noir et du sang coulait de son dos lacéré et de son épaule droite. Inès tendit son esprit vers Prisca, remonta le long de ce lien qui les unissait, qu'elle sentait fermement ancré dans sa chair. *Prisca ! Reviens !* Ses appels se heurtèrent à une montagne de muscles et de rage. Des pensées confuses se déversèrent dans son esprit alors qu'elle se sentait repoussée. *Combattre. Être utile. Prouver à Edith que je suis forte. Transformer cette rage en puissance. Protéger. Anéantir la menace. Exterminer les ennemis. Tuer. Tuer. Tuer.* La force et la colère qui alimentaient ces pensées effrayèrent Inès.

– Je dois aller la chercher, elle a besoin de moi !

– Non. Je vais y aller, Inès. Tu vas te faire tuer.

La valkyrie lui sourit, assura sa prise autour de sa lance. Inès vit sa main trembler imperceptiblement. Sa gorge se serra. La certitude que Brynhild ne reviendrait pas l'assaillit soudain. Non, elle refusait de perdre la jeune femme. Elle tendit ses perceptions vers Prisca. Elle s'ouvrit aux possibles qui l'entouraient. Ses oreilles s'emplirent de tintements et sa vision de scintillements colorés. Elle puisa dans ce lien intangible qui les unissait et qu'elle sentait, comme un fil tiré à l'arrière de sa nuque. *Prisca ! Où es-tu ? Réponds, tout de suite !*

hurla-t-elle aussi fort qu'elle le pouvait à travers ce fil de pouvoir. Au même moment, le grognement de l'ourse se transforma en un cri de rage très humain. Une terreur absolue tordit les entrailles d'Inès. Brynhild blêmit.

– La métamorphose est complète, dit-elle dans un souffle.

Sans réfléchir, Inès s'ouvrit entièrement à ses perceptions. Devant ses yeux, des dizaines de passages lui apparurent. Le silo se trouvait illuminé de leurs lumières, visibles d'elle seule. Elle se laissa guider par le cri de Prisca. Un gémissement de douleur lui revint, à peine perceptible. Inès sentit la douleur de Prisca, sa colère, la tracter en avant. Alors, elle sut. Parmi toutes les destinations possibles, elle trouva celle qui la mènerait à Prisca. Un des éclairs cristallins brilla d'une lueur éclatante.

Inès leva la main et, d'un coup d'ongle, ouvrit la réalité. Son buste bascula en avant. Son visage émergea dans le noir à l'autre bout de la salle. Seule la légère lumière de son pendentif lui permit de déceler Prisca. Une ourse de près de deux mètres, au pelage miel, était accroupie au sol, les lèvres retroussées sur ses crocs, les babines pleines de sang et les yeux fous de colère et de douleur.

Le pendentif d'Inès se mit à luire plus fort, répandant une lumière immaculée autour de lui. L'entrée de la salle de l'arche n'était qu'à quelques mètres. Inès se sentait inexorablement attirée là-bas. Son sang palpitait dans ses veines. Elle percevait une aura familière, un cœur battant à l'unisson du sien et de celui de Prisca. Freya. Une des pierres perdues se trouvait tout près, elle en eut la certitude. Elle fit face à l'ourse blessée, qui remua la tête de haut en bas avec un soupir. Inès ne put s'empêcher de l'admirer. Ses muscles robustes roulaient sous sa fourrure claire. Elle dégageait une impression de puissance, de sauvagerie animale, et, en même temps, son regard n'avait pas changé. Ses prunelles noisette rencontrèrent celles d'Inès et d'un nouveau soupir bas elle l'invita à s'approcher. La jeune fille plongea ses mains dans l'épais pelage. Prisca s'ébroua doucement, pressa son museau contre l'épaule d'Inès. Un rire lui échappa alors qu'elle caressait ses oreilles duveteuses.

– Prisca, je suis là, souffla Inès du bout des lèvres.

Des images percutèrent son esprit. Un maelström d'odeurs, de sensations, de sentiments. Elle sentit que Prisca s'accrochait à elle comme à son prénom. *Prisca, je suis Prisca, je ne dois pas l'oublier.* Une bataille faisait rage en elle, entre l'esprit de l'ourse, sauvage, affamée, en colère d'être encagée, et la personnalité de l'adolescente.

– Je suis là, répéta Inès. Tu es Prisca, je suis avec toi.

Prisca s'agrippa à cette pensée comme à une bouée de sauvetage. Les assauts de l'ourse en elle se faisaient de plus en plus forts, elle luttait. Inès comprit que si elle abandonnait, Prisca ne pourrait plus jamais reprendre le dessus. Inès enfouit une de ses mains dans sa fourrure. Aussitôt, l'ourse cessa de gronder. La voix de Prisca chuchota dans son esprit, lointaine, mais présente.

Comment tu as fait ? Pour me retrouver ?

– Je ne suis pas sûre, avoua Inès en portant une main à son cou pour serrer le pendentif. Je te cherchais, je ne pouvais pas te laisser toute seule. Et j'avais si peur, si peur qu'on te fasse du mal... et soudain, je l'ai vue. La faille. Elle était différente, plus petite, moins brillante, mais je savais qu'elle me mènerait à toi. Hela a dit que c'était possible d'ouvrir des passages à l'intérieur d'un même monde.

Je suis en train de perdre le contrôle. Elle est trop forte.

– Il faut tenir encore un peu, l'encouragea Inès. L'arche est toute proche. Ensuite nous irons voir Skuld, elle t'aidera !

Comme pour lui donner raison, une créature pourvue de deux pattes surnuméraires et ressemblant à un tigre au pelage rouge feula dans leur direction. Inès se tourna instinctivement vers lui et la lumière de son pendentif le fit reculer de plusieurs pas.

– Allez, debout, on y va, ordonna-t-elle à Prisca. Écoute ma voix, d'accord ?

L'ourse souffla par les naseaux et se leva péniblement. Une large balafre barrait son museau et du sang dégouttait au sol, formant une petite flaque d'un rouge éclatant. Inès la pressa vers la petite salle d'où jaillissait une lumière bleutée familière. Les mâchoires de l'ourse claquèrent plusieurs fois pour effrayer les Corrompus qui tentaient de s'approcher en douce.

Un cri de guerre retentit dans leur dos. Inès reconnut la voix d'Alviss, éraillée d'avoir tant hurlé. Un rapide coup d'œil par-dessus son épaule lui fit comprendre que les Nains survivants se lançaient dans une diversion. Ils leur offraient la chance d'atteindre l'arche. Un chant guerrier s'éleva dans la salle des hauts-fourneaux. Les Corrompus se jetèrent sur ce nouvel ennemi.

Le cœur serré, Inès poussa Prisca en avant. L'arche répandait une lumière sur deux mètres de diamètre.

Dès qu'elles pénétrèrent dans ce halo, les derniers monstres à les suivre s'enfuirent en grondant.

– Ils ne peuvent pas approcher, comprit-elle en les voyant rôder à la périphérie.

Elle se tourna vers l'arche. De l'autre côté, elle discerna, l'espace de quelques battements de cœur, une falaise abrupte. Les rochers étaient recouverts d'un lichen noir et gris, une odeur de varech pourri lui monta aux narines. La mer, d'un bleu si sombre qu'il paraissait noir lui aussi, charriait une écume terne. Il se dégageait de ce paysage une impression de mort et de néant. Toute vie avait été annihilée, dévorée. Un frisson lui glaça le cœur. Était-ce le monde d'où venaient ces créatures ? La surface de la faille ondula. Deux pupilles jaunes s'allumèrent dans les ténèbres de l'autre monde. Puis la vision s'effaça pour ne laisser que la surface brillante de l'arche. Prisca secoua la tête. Sa voix jaillit des profondeurs de l'esprit d'Inès, un peu plus distante que la fois d'avant.

Ils arrivent. Il faut détruire l'arche.

– Mais si on fait ça, les Nains n'auront plus accès au feu de Muspellheim, les forges s'arrêteront de fonctionner pour toujours, répéta Inès. Et nous n'avons toujours pas trouvé la pierre ! Elle est là, je l'ai sentie !

« Je dois trouver cette pierre. Montrez-moi la pierre », implora Inès en pensée. Quelque chose s'enclencha dans son esprit. Elle avait l'impression que la gemme l'appelait, la guidait jusqu'à elle, qu'elle désirait être retrouvée. Elle se dégagea de l'ourse et s'avança. Sa main effleura la surface argentée. La pierre de son pendentif se remit à palpiter et sa lumière enfla jusqu'à répandre un halo d'une clarté presque aveuglante qui emplit toute la salle et se déversa même à l'extérieur. La surface de l'arche se brouilla une fois de plus et les ténèbres inquiétantes laissèrent place à une chaleur étouffante, qui lui assécha les yeux. Inès crut que sa pupille gauche s'embrasait de douleur mais elle persista, appela Freya en pensée de toutes ses forces. Devant elle, le paysage se précisa. Elle se trouvait dans un autre volcan, un monde rougeoyant et colérique. Muspellheim. Le chaos primordial. Le monde des Géants, des Jötunn aussi. Hela lui avait dit que la pierre des Jötunn était cachée ici. Inès projeta ses pensées vers Prisca.

– Prisca, retiens-moi, je dois traverser !

Elle sentit les griffes de l'ourse crocheter sa veste. Inès fit un pas à travers l'arche. Sa pupille gauche se mit à pleurer sous l'effet de la douleur qui lui vrillait le nerf optique. Inès leva un bras pour protéger son visage et traversa. La chaleur était presque insoutenable. Ses cheveux chauffaient contre ses joues tant l'air lui-même était brûlant. L'ourse grogna dans sa tête. Inès perçut la voix lointaine de Prisca invoquer Isa, la rune de glace, et la brûlure infernale de Muspellheim se radoucit.

Ouvrant les yeux, Inès balaya ce monde torturé du regard. La pierre à son collier chantait une mélodie ancienne. La pierre des Vanes appelait celle des Jötunn. Alors Inès la vit. Enchâssée dans la roche en fusion, l'obsidienne luisait, frappée de la rune Dagaz. Un immense soulagement l'envahit. Elles avaient trouvé la deuxième pierre du collier. Des veines plus claires en rayaient la surface. Muspellheim était tombée sous les assauts des Destructeurs et sa magie se mourait, se rappela Inès. Elle arrivait juste à temps pour la récupérer avant que celle-ci ne disparaisse comme la pierre de Hela. Bravant l'air épais comme de la mélasse et la chaleur qui lui brûlait la peau, Inès s'avança vers la pierre des Jötunn. Lorsqu'elle approcha sa main, le joyau tomba dans sa paume. À son contact, une brûlure insoutenable s'imprima dans sa chair. Inès referma le poing et sa vision se brouilla. Un souvenir émergea de la gemme et se déroula dans son esprit. Inès vit Freya, accompagnée de plusieurs femmes, arpenter un chemin de pierre au cœur du volcan. De part et d'autre des courants de lave en fusion, des Géants surveillaient l'avancée de la déesse, culminant à presque trois mètres de hauteur. L'un d'eux possédait des défenses de sanglier et un autre plusieurs têtes sur son corps aussi massif qu'un arbre. Inès en dénombra neuf. De nombreux dieux et déesses étaient également présents, l'observaient et murmuraient sur son passage. Inès reconnut Odin, majestueux et borgne, entouré par ses fidèles loups géants et ses deux corbeaux. Ses fils Thor et Loki se tenaient à ses côtés, le second arborait un sourire mauvais plaqué sur son visage pointu. Freya se présenta devant Odin mais ne s'inclina pas. Le dieu, sourcils froncés, lui désigna un des Géants à la chevelure hirsute et aux yeux d'un bleu céruléen.

– Voici ton mari, femme, tonna la voix d'Odin. Ainsi en ai-je décidé.

– Non, refusa simplement Freya. J'ai déjà un mari, Ód.

– Un mari qui a choisi de disparaître juste après vos noces, rappela Odin dans un rire tonitruant.

– Un mari malgré tout, insista la déesse, le visage crispé de rage. Je vois clair dans ton jeu, Odin, roi des dieux. Tu essaies de m'humilier parce que j'ai refusé tes avances.

Un silence de mort tomba sur l'assemblée des dieux, des déesses et des Géants. S'il blêmit, Odin ne se laissa pas aller à sa colère pourtant légendaire. Loki s'avança d'un pas et chuchota quelques mots à l'oreille de son père. Les yeux du dieu de la ruse étaient fixés avec convoitise sur le collier de Freya. Les lèvres d'Odin s'étirèrent en un sourire mauvais.

– En refusant cette noce, tu humilies les Jötunn. Ne sont-ils pas assez bien pour toi ? Pour laver cet acte impardonnable, que proposes-tu ?

Freya soutint le regard du roi des dieux pendant plusieurs secondes avant de se tourner vers le Géant auquel elle avait refusé de s'unir.

– Que voulez-vous ?

Le Géant jeta un coup d'œil rapide vers Odin et son fils.

– Votre collier, dit-il d'une voix claire. Le légendaire collier des Brísingar, forgé par les Nains, apporte la victoire aux armées qui le portent. Il sera décisif lors du Ragnarök.

Freya porta une main à sa gorge où était suspendu le collier. Inès vit qu'il possédait encore toutes ses gemmes. La déesse en détacha une unique pierre et la déposa dans la main démesurée du Géant avec réticence.

– Je reviendrai la chercher, promit-elle, car elle ne vous sera d'aucune utilité. Ce qui est pris sous la contrainte ne peut rien produire de bon.

Puis sans rien ajouter, sans un regard vers les autres dieux, elle se drapa dans sa cape de plumes et se changea en corneille. Dans un battement d'ailes soyeux, elle s'envola. Des plumes voletèrent dans les airs et la vision s'estompa.

Au moment où elle reprenait conscience, Inès fut attirée en arrière.

Elle retraversa la faille et de sa main libre agrippa les rebords. La matière immatérielle se solidifia dans sa main. Comme un voile de velours épais et doux, qu'elle pouvait déplacer à sa guise. Elle pouvait les ouvrir et les refermer ! Elle serra le poing et s'agrippa plus fort à cette idée. Refermer la porte. Mais le passage résistait. La surface de l'arche se brouilla à nouveau et les pupilles jaunes au milieu d'un visage de loup géant se rapprochèrent, lui lançant un regard chargé de haine et très humain. Une patte griffue commença à passer à travers l'arche pour s'incarner du côté d'Inès. La pierre dans sa paume irradia de plus belle et une odeur de chair brûlée envahit l'atmosphère.

– Je peux le fermer. Le passage, je peux le fermer.

Quoi ? Tu es sûre ?

– Oui ! Mais je n'y arrive pas, grogna Inès en saisissant la matière de la brèche à deux mains. C'est comme si la faille était bloquée.

De l'autre côté du passage, le Destructeur tendit une patte griffue qui entama sa traversée vers Inès.

Soudain, une douce chaleur l'enveloppa. Prisca se tenait dans son dos, sa fourrure épaisse l'enveloppant comme une couverture. L'ourse posa sa patte sur ses bras tendus et son museau poisseux sur le sommet de son crâne. Inès sentit le sang chaud lui couler sur le visage et une force nouvelle affluer en elle.

Elle tira d'un coup sec et la faille se ferma avec un claquement. Un hurlement résonna et une patte monstrueuse tomba au sol dans une gerbe de sang noir. Inès recula d'un pas et s'écrasa sur Prisca. La lumière de l'arche s'évapora et elles se retrouvèrent plongées dans l'obscurité. Pendant une seconde, rien ne se passa. Inès se colla contre l'ourse, ferma les paupières en attendant l'attaque des monstres. Le pendentif autour de son cou émettait une lumière faible. Mais les créatures ne se jetèrent pas sur elles. Inès sentait son cœur battre dans ses tempes.

Un vent printanier souffla alors dans la grotte, répandant une odeur de fleurs et de terre humide. La bourrasque forcit et déferla sur les Corrompus. L'air se chargea d'électricité et d'une odeur d'ozone qui fut rapidement remplacée par celle de la chair brûlée quand des éclairs foudroyèrent les monstres. Inès écarta les doigts. La pierre avait laissé une marque rouge au creux de sa paume, comme un miroir de la marque qui ornait celle de Prisca. Ignorant la douleur, elle se précipita à l'extérieur de la salle.

Dans la lumière des dernières lampes et de son pendentif, elle vit Alviss redresser la tête, les yeux écarquillés par l'incrédulité, au milieu d'un charnier. Les deux créatures d'ombre, que la disparition du passage avait immobilisées, encaissèrent le plus gros des éclairs. Elles s'envolèrent en fumée, laissant derrière elles les Corrompus paniqués. Le prince hurla un ordre d'une voix brisée et les derniers soldats à l'accompagner se jetèrent à l'assaut des créatures encore en vie. La voix de Brynhild se joignit à la leur. Le fracas des armes se répercuta contre la chair et la carapace des monstres.

Inès leva les deux pierres aussi haut que possible. C'était tout ce qu'elle pouvait faire pour les aider. Elle détourna les yeux de la curée. Le combat fut rapide. Ce qu'il restait du détachement nain, mené par son prince, fondit sur les Corrompus que la lumière runique et la magie de Freya avaient affaiblis. Leurs rangs, déjà bien amoindris par le passage de Prisca, ne résistèrent pas à la colère des Nains. Ils furent balayés comme de la paille dans le vent.

Chapitre 24

I

L'ourse s'ébroua en piétinant le dernier adversaire. Ses pattes puissantes écrasèrent la tête du félin difforme. Le crâne plia avec un craquement de tonnerre et de la cervelle jaillit entre ses griffes. Des cris de joie retentirent dans la montagne, se répercutèrent en écho. L'ourse marqua une pause. Elle sentait toujours la présence de Corrompus. Ils se dissimulaient dans les entrailles du volcan. Leur odeur nauséabonde lui piquait la truffe et ravivait son envie de les déchiqueter. Elle se rappelait encore la sensation de ses griffes labourant le cuir de leur étrange peau et ses crocs faisant plier les écailles qui les recouvraient. Le goût salé, aigre, artificiel, s'attardait sur sa langue comme de la poix. Les odeurs de mort et de poudre noyaient son museau trop sensible. Son regard balaya les alentours. Des cadavres jonchaient le sol. Des hommes en armes l'observaient avec stupeur et méfiance. L'air puait la mort et la peur.

D'autres hommes se déversèrent dans la montagne. Les vivats reprirent de plus belle, agressèrent ses oreilles sensibles, emplirent l'air d'une odeur d'acier. Un homme l'observait. Il portait une peau de métal lui aussi et un casque orné d'un croissant de lune. Sa fourrure rousse ne couvrait pas l'entièreté de son visage plat. Elle lut dans ses yeux qu'il avait peur et, en même temps, qu'il la méprisait. Une vague de colère embrasa ses entrailles et fit tressaillir ses muscles. Une envie ancienne, ancrée dans ses veines et chacune de ses fibres, de se ruer sur lui, gueule ouverte, menaça de la submerger. Et elle voulait céder. Piétiner cet homme minuscule et quitter cet endroit maudit, retrouver sa liberté. Mais une voix dans sa tête, ténue, presque inaudible, lui chuchota de se contenir. *Calme-toi. Attends.* Elle ignorait d'où venait cette voix mais elle lui était familière, comme un morceau d'elle oublié. Une parente peut-être. Une sœur ourse.

Les lèvres de l'homme bougèrent. Il essayait de lui parler. L'ourse secoua la tête et ouvrit grand les yeux, fichant ses prunelles jaunes dans celles brunes de son interlocuteur. De sa proie. Les babines de l'ourse se retroussèrent. L'homme tressaillit imperceptiblement. *Oui, crains-moi. Approche-toi, que je t'étripe.* Mais l'homme d'acier ne s'avança pas. L'ourse souffla par les narines, agacée. Visiblement déçue, sa proie se détourna pour rejoindre les siens. Il entama une discussion avec ses semblables, tout en lui lançant des œillades fâchées et en la désignant du doigt.

L'ourse laboura le sol de ses pattes. En inspirant, elle capta une odeur incongrue et familière. Une masse fluette vint se blottir tout contre son flanc. Pendant une fraction de seconde, elle envisagea d'avaler tout cru cette source de protéines providentielle. Mais la voix dans sa tête l'en dissuada. *Attends. Je t'en supplie, attends.* Alors elle attendit. L'ourse plaqua son mufle contre la chose vivante, et inspira.

– Prisca ?

L'ourse s'immobilisa, interdite. Ses oreilles frémirent. Prisca. Elle connaissait ce nom. Elle connaissait cette voix. Une boule chaude enfla dans son estomac.

Inès ? demanda la petite voix rassurante tout au fond de sa tête.

La voix avait répondu dans une hésitation.

– Prisca !

L'ourse plissa le museau. La boule continuait d'enfler dans ses entrailles. Sa chaleur se répandant dans ses pattes, ses flancs, son cou. L'ourse eut l'impression d'être aspirée en elle-même. Prisca. C'était son nom. Elle s'appelait Prisca. Une image s'imposa à elle. Une jeune fille blonde, aux yeux noisette. Elle. Prisca. Bientôt une autre jeune fille apparut. Châtain, d'étranges yeux vert et marron. Inès. Son amie. Humaine, pas ourse. Elle s'ébroua alors que ses souvenirs revenaient par flashs douloureux. Elle poussa un grognement bas et son regard tomba sur ses pattes, énormes et poilues. Elle ne s'était pas retransformée. Et l'ourse en elle prenait toute la place, s'imposait.

Prisca vit Inès hésiter, jeter un coup d'œil incertain vers Brynhild, mais la valkyrie resta silencieuse, le visage fermé. Les yeux disparates d'Inès se tournèrent vers elle mais Prisca n'arrivait plus à formuler de pensée cohérente. Inès se mit à parler avec l'homme en armure. Celui-ci cracha, secoua la tête, tendit un doigt vers

Prisca. Inès fronça les sourcils. Sa voix s'éleva dans les aigus. Même si Prisca n'arrivait pas à comprendre ses paroles, elle sentait la colère qui émanait de son amie. Et cette colère résonnait avec celle de l'ourse. Un grognement sourd montait dans sa poitrine qu'elle n'arrivait pas à retenir. L'ourse en elle en avait assez. Elle voulait se jeter sur cet homme arrogant qui la regardait avec hostilité, qui faisait de la peine à ses amies, et le réduire au silence à grands coups de griffes. Son poil se hérissa, ses pattes et ses abdominaux puissants se contractèrent. Elle pouvait déjà sentir la furie de l'attaque inonder ses veines. Prisca paniqua.

Je perds... le contrôle... je... ourse... trop forte... Inès, aide-moi.

Prisca s'écarta de son amie, de peur de la blesser. Elle n'arrivait plus à lutter contre la volonté de l'animal. Sa rage, sa soif de liberté et d'espace résonnaient en elle. Les yeux d'Inès se mirent à rouler dans ses orbites sous l'effet de la panique. Le mâle dominant vêtu de fer fit signe à ses gardes. Prisca se redressa sur ses pattes arrière. Sa main droite gifla un soldat qui décolla pour aller s'écraser trois mètres plus loin dans un fracas de métal froissé. Des cris jaillirent dans tous les sens. Excitèrent la colère de l'ourse. Le roi brandit son marteau ciselé au-dessus de sa tête. Inès poussa un hurlement et s'interposa entre lui et l'ourse.

Prisca perçut l'arrivée d'une nouvelle personne à sa fragrance de forêt et de pluie, presque entièrement masquée par celle de la poussière qui la recouvrait. Une chanson s'éleva dans le volcan, à peine un murmure mais audible par tous. Cette fois, les paroles touchèrent l'ourse et l'humaine en elle. Le chant parlait des forêts anciennes qui ont vu naître les aurores boréales et de la première neige d'hiver qui craque sous le vent. Il charriait avec lui une odeur de neige fraîche, de terre humide après la pluie et celle, verte et tendre, des premiers bourgeons au printemps. La mélodie calma un peu la furie qui l'embrasait. La scène se figea.

Inès vit les Nains s'écarter pour laisser passer le roi. Sindri affichait un sourire triomphant. Derrière lui, la marée resta ouverte et une femme âgée s'avança. Ses longs cheveux blancs lui descendaient jusqu'aux pieds, tressés de manière complexe, et son visage ridé exprimait une générosité de grand-mère. Un bracelet d'argent entourait son biceps droit et deux autres cliquetaient à son poignet. Ses bras et sa gorge étaient recouverts de tatouages, de runes et de spirales.

Elle marchait en s'aidant d'une canne et en s'appuyant de l'autre sur l'épaule du jeune homme qui ressemblait tant à Sindri. La chanson s'éteignit. L'ourse gronda mais sa rage fut repoussée, juste assez pour permettre à Prisca de reprendre un peu de contrôle. Les paroles reprirent du sens dans son esprit. La femme s'avança d'un pas royal, menton levé.

– Merci Alviss, dit-elle à son escorte d'une voix chaude et douce. Roi Sindri, je vais m'en occuper, si vous le voulez bien.

Le jeune prince s'inclina et recula. Le roi la dévisagea avec un mépris à peine dissimulé.

– Allez-y, sorcière.

La vieille femme lui sourit avec bienveillance, comme si les mots ne l'atteignaient pas, et se tourna vers Brynhild dont elle saisit la main.

– Brynhild, tu as bien fait de me les amener, dit la vieille femme à la valkyrie.

– *Völva* Skuld, répondit Brynhild en inclinant la tête. J'ignorais comment on vous traitait ici, pardonnez-moi d'arriver si tard.

Skuld secoua le poignet dans un geste de refus gracile avant de reporter son attention vers l'adolescente et l'ourse. Elle les contempla avec un nouveau sourire. Prisca sentait sa conscience s'étioler une fois de plus. Elle fit un effort pour contenir l'ourse qui tentait de s'imposer. Petit à petit, elle reprit le dessus. Elle se concentra sur le visage ridé de la vieille femme et l'odeur d'Inès. Comment l'avait-elle appelée déjà ? Une Norne. L'une des trois plus importantes, qui tissent le destin des hommes vivant dans les neuf mondes de la mythologie nordique. Une *völva* aux pouvoirs de vision encore plus grands. Skuld ne ressemblait pas à l'idée que Prisca s'était faite de ces sorcières mythologiques. Elle ressemblait plus à une druidesse, proche de la nature, qu'à une fileuse machiavélique qui peut prévoir le futur.

– J'arrive juste à temps. Une minute de plus et il était trop tard, pour vous deux.

– Nous deux ? répéta Inès. Comment ça ?

– Vous ne savez vraiment rien, alors, dit Skuld. Mais le temps des réponses viendra plus tard. D'abord, je dois aider ton amie.

Elle marqua une pause en considérant Inès et Prisca. Ses yeux s'élargirent de surprise puis de satisfaction.

– Je sens la force de Freya en toi. Tu as trouvé quelque chose qui lui appartient, n'est-ce pas ?

Inès tendit la paume et dévoila une pierre noire, semblable à celle de son collier mais frappée de la rune

Dagaz. La pierre des Jötunn luisait doucement. L'ourse approcha son mufle, et aussitôt les pensées de Prisca se précisèrent, repoussant l'animal un peu plus loin de sa conscience.

– Bien, donne-lui la pierre. Elle en aura besoin pour survivre au rituel de l'éveil. Elle aura aussi besoin de toi, car je sens que vos âmes et vos destins sont liés. Ne perds pas ton amie.

Inès acquiesça. Tout au fond d'elle-même, Prisca poussa l'ourse à tendre la patte. Inès y déposa la pierre, qu'elle recouvrit de ses doigts. Au même moment, Skuld lâcha sa canne et apposa une main sur le front de l'ourse et l'autre sur l'épaule d'Inès. Un flash lumineux éblouit les pupilles de Prisca et elle sentit sa conscience être extirpée du corps massif de l'ourse.

Chapitre 25

N

Prisca ouvrit les yeux dans une forêt de cèdres et d'ifs. Un ciel d'un bleu céruléen, moutonné de nuages blancs, la surplombait. Une brise fraîche souleva l'herbe moelleuse dans laquelle elle était allongée et lui caressa le visage. Elle n'avait ni chaud, ni froid, ni faim, ni soif. Elle se sentait bien, reposée, calme comme jamais auparavant. Elle resta un long moment à contempler la valse des nuages. Aucune colère, aucune tristesse. Juste un apaisement agréable. Et une légère démangeaison à l'épaule, qu'elle ignora. Des bruits l'entouraient comme un cocon. Le bruissement des insectes, les trilles des oiseaux, le froissement de l'herbe et le craquement des branches sous les pas des animaux. Elle ne chercha pas à les surprendre. Elle n'était pas inquiète, elle n'avait pas peur, tout allait bien. Un mouvement sur sa droite attira son attention.

Prisca se redressa sur les coudes, curieuse. Entre les arbres, une brume épaisse montait du sol. Quelque chose brillait au milieu, comme une étoile lointaine. Elle plissa les paupières et reconnut la silhouette d'Inès. Elle se tenait debout près d'une arche et une femme l'accompagnait. Pendant un bref instant, la femme se tourna vers elle et planta ses yeux bleus dans les siens. Très grande, sa crinière blonde lui descendait en boucles épaisses jusqu'à la taille. Ses yeux turquoise pétillaient de malice. Elle portait un imposant collier fait d'ambre et d'obsidienne auquel Prisca remarqua qu'il manquait quelques pierres. Par-dessus sa robe d'une blancheur immaculée, elle portait une armure dorée. Son casque reposait au creux de son bras, calé contre sa hanche. Prisca remarqua que celui-ci ainsi que ses épaulières possédaient des éraflures et des marques de combats passés. Prisca sut immédiatement qui elle était. Freya. La déesse lui sourit et lui tendit la main. Prisca se leva et fit un pas vers la forêt.

Au même moment, elle perçut un raclement dans son dos. Un souffle chaud près de sa main et une ombre lui masquant le soleil la firent se retourner. Une imposante ourse se tenait devant elle. Ses yeux jaunes plantés dans les siens. Prisca jeta un coup d'œil par-dessus son épaule mais la brume avait disparu, emportant Inès et Freya, comme si elles n'avaient jamais été là. L'ourse la poussa doucement de la truffe. Des balafres et de vieilles cicatrices labouraient ses flancs et le sommet de son crâne. Une de ses oreilles avait été déchiquetée par une morsure. Elle dégageait une aura de puissance et de dangerosité. Prisca pouvait sentir sa force et une colère ancestrale fourmiller sous sa fourrure épaisse, comme si l'ourse se tenait prête à attaquer à tout instant. Pourtant, l'animal pencha la tête, curieux, et s'approcha pour la renifler.

Prisca se laissa faire. Aucune peur. Une part intime d'elle-même reconnaissait le plantigrade. Le museau soyeux se pressa contre sa poitrine et Prisca l'accueillit entre ses bras, enfouit son visage dans le poil dru. Une douce chaleur se propagea dans son ventre et se diffusa en elle, remplissant des vides qu'elle connaissait bien et d'autres dont elle avait ignoré l'existence jusque-là. Elle lâcha un soupir de bien-être et l'ourse gronda doucement contre elle, faisant résonner sa cage thoracique.

– Bonjour Prisca.

La voix s'éleva depuis l'orée des arbres, rauque. Prisca et l'ourse se tournèrent vers elle d'un même geste qui arracha un rire au nouveau venu. L'homme était vêtu d'une longue cape grise et seule sa barbe était visible hors de son capuchon. Ses pieds, munis de bottes en cuir mou, ne faisaient aucun bruit. Large d'épaules, de nombreux bracelets s'entrechoquaient à ses poignets.

– Où suis-je ? Où sont Inès et Brynhild ? demanda Prisca. Qui êtes-vous ?

– Ah, voilà une bonne question, Prisca. Ne peux-tu pas deviner qui je suis, toi qui te réclames de mes guerriers ? renchérit l'homme avec un sourire malicieux.

Il repoussa sa capuche, dégageant son visage à l'œil manquant. Prisca le reconnut, elle l'avait déjà vu en rêve.

– Vous êtes Odin.

Le dieu acquiesça avec une moue appréciatrice.

– Il est rare qu'une femme possède l'ours pour totem. Il est bon de se sentir complète, n'est-ce pas ?

D'un geste sec du menton, il désigna l'ourse qui s'était allongée au sol, sa tête reposant contre les tibias de Prisca. Elle contempla l'animal. Oui, elle se sentait entière. Toute sa colère, sa rage, s'était envolée.

– Oui, dit-elle en caressant l'ourse. Je ne comprends pas pourquoi mais c'est ce que je ressens.

L'ourse frotta son museau contre ses jambes, sa gorge émit un bruit proche du ronronnement. Les souvenirs de Prisca se mirent à affluer d'un coup dans son esprit. Elle s'était transformée dans le volcan quand elle avait vu les monstres attaquer Brynhild. Elle voulait tellement les défendre, les protéger. Mais elle n'avait pas réussi à redevenir humaine, son esprit se fondait dans celui de l'ourse. Brynhild avait parlé d'un rituel, d'un éveil, qui pouvait la tuer ou la changer en berserker. Odin s'approcha et caressa l'ourse. À la grande surprise de Prisca, elle se laissa faire.

– C'est parce qu'elle incarne ta rage. Elle est ton totem de berserker. En l'acceptant, en lui confiant ta colère, tu peux t'en libérer. Elle sera toujours là, en toi, mais elle deviendra un outil, une alliée que tu pourras appeler quand le moment sera venu. Tu possèdes un grand pouvoir.

Prisca contempla le dieu, absorbant chacune de ses paroles.

– Alors j'ai réussi l'épreuve de l'éveil?

Odin hocha la tête en signe d'assentiment. Une vague de soulagement envahit Prisca. Aussitôt remplacée par une urgence alors que ses souvenirs s'imposaient de nouveau à elle. Elle avait tant de questions.

– Alors il y a vraiment des femmes berserkers. Je croyais ce pouvoir réservé aux hommes, aux guerriers.

– C'est vrai mais il existe des exceptions, répliqua Odin. Le *seidr* a reconnu en toi une de mes guerrières. Regarde.

De sa main, ridée mais puissante, il caressa l'épaule de Prisca. Un léger picotement enflamma ses nerfs alors qu'un dessin runique apparaissait sur sa peau. Un symbole complexe, fait de traits et de demi-cercles noirs, s'encra sur son épaule.

– Ce symbole est l'*ægishjálmur*, lui apprit Odin. La plupart des guerriers berserkers se le font tatouer lors de leur éveil. Il représente l'invincibilité à la bataille.

Prisca contempla le symbole avec joie. Il épousait parfaitement la forme musclée de son épaule et luisait joliment dans la lumière.

– Je croyais que la magie disparaissait, dit-elle sans quitter le tatouage des yeux.

Odin l'interrompit d'un claquement de langue agacé. Un corbeau croassa de manière agressive dans un arbre, comme pour soutenir le dieu.

– C'est moi qui ai créé les runes, dit-il d'une voix dure. Freya a peut-être trouvé le *seidr* mais c'est moi qui l'ai rendu accessible !

– Mais sans elle, la magie disparaît, souffla Prisca, perturbée par le regard colérique du dieu.

Les yeux du dieu s'étrécirent. Il s'approcha de Prisca, posa une main sur son épaule.

– Et j'imagine qu'elle t'a demandé de voler à son secours, non ? À moins qu'elle l'ait demandé à cette gamine qui t'accompagne ?

Odin pencha sa tête sur le côté, attentif.

– Comment savez-vous...

L'ourse secoua la tête et plongea son regard fauve dans celui du dieu avant de souffler et de fermer les paupières à nouveau. Le ronflement qui s'échappa de ses babines fit bâiller Prisca. Une vague de fatigue tomba sur ses paupières qui devinrent lourdes. Elle lutta pour garder les yeux ouverts.

– Je sais tout. J'ai sacrifié ma vie et mon œil pour cela. Ton Inès dit qu'elle a vu Freya, n'est-ce pas ? Mais toi ? Pourquoi t'envoyer dans une quête impossible et ne jamais venir à toi ? Parce que tu ne lui appartiens pas. Inès est une de ses magiciennes, mais toi, tu es à moi, ma berserker, mon pouvoir. Tu n'es qu'un outil pour elles, ne l'oublie pas.

Prisca fronça les sourcils, interdite. Les mots du dieu se frayaient un chemin dans son esprit, semaient le doute. Depuis le début, elle suivait Inès. Inès qui avait vu Freya et lui avait parlé. Elle n'avait pas remis sa parole en doute. Mais maintenant... Elle secoua la tête.

– Non, Inès est venue à mon secours quand je perdais pied, dit-elle.

– Parce qu'elle a besoin de toi, insista Odin. Toi qui peux tuer les Destructeurs, toi qui es puissante. Tu verras, elle s'éloignera quand tu ne lui seras plus utile. Alors, tu comprendras mon avertissement. Cherche l'arche cachée et rejoins-moi ! Je te montrerai tout ce dont tu es capable. Ensemble, nous pourrons sauver la magie. Tu es la guerrière que j'attendais, Prisca.

La voix d'Odin se fit lointaine. Prisca fronça les sourcils pour mieux se concentrer mais son corps était mou. Elle avait envie de s'allonger dans l'herbe et de dormir.

– Une arche cachée ? répéta Prisca. Où ça ?

– Dans le palais de Sindri. Je t'attendrai, ma fille...

Prisca cligna des paupières, épuisée. L'image du dieu se brouilla. L'herbe l'accueillit comme un oreiller et ses paupières s'abaissèrent.

Inès ouvrit les yeux devant une arche. Elle tourna sur elle-même. Le cercle flou qui entourait sa vision s'était encore étendu, masquant une grande partie de son œil gauche et grignotant sur le droit. Elle dut plisser les yeux pour réussir à y voir clair. Elle se tenait au centre d'une pièce vide, hexagonale, recouverte par un toit en ogive, tout de pierres noires et blanches. Des reliefs montagneux étaient visibles par-dessus un parapet. Elle se trouvait en haut d'une tour de marbre blanc. Inès s'approcha pour jeter un œil mais le bas de la tour disparaissait dans une mer de nuages cotonneux.

Inès frissonna et retourna vers le centre de l'hexagone. En haut de l'arche, le visage bienveillant de Nerthus, gravé dans la pierre, l'observait depuis son char. Des runes brillaient d'une lueur bleutée sur toute la longueur du portail. Le centre de l'arche répandait une lumière blanche, légèrement mouvante, comme la surface d'un lac. Un miroitement fugace brilla au sommet de la tour. Fascinée, Inès s'avança vers le passage. Elle connaissait bien cet éclat, il résonnait à l'intérieur de sa poitrine comme un appel. Il lui parlait d'autres mondes à visiter. Elle eut l'impression que la déesse de pierre la suivait des yeux et la couvait d'un regard doux, protecteur, qu'elle l'encourageait presque.

Elle hésita devant la surface miroitante. L'arche l'appelait, comme si elle n'attendait qu'Inès pour lui montrer son plein potentiel. À chaque fois qu'elle avait traversé un passage, cela s'était mal terminé. Elle avait mis son père en danger, puis Prisca et Brynhild, Sigrún. Elle repoussa la tentation, replia la main qu'elle avait tendue en avant.

– Tu as peur.

Inès fit volte-face. Une femme l'observait, assise sur le parapet, les jambes croisées, un air soucieux sur le visage. Son large collier de pierres brillait sur le plastron de son armure. À son propre cou, la pierre léguée par sa mère se mit à luire elle aussi. Inès la reconnut tout de suite.

– Freya, souffla-t-elle.

La déesse hocha la tête et sauta à bas de son perchoir. Les pavés s'illuminaient sous ses pieds à chacun de ses pas. Elle dépassa Inès et s'approcha de l'arche.

– Tu n'es pas la première de mes filles à craindre son pouvoir, dit Freya avec un air triste.

Inès baissa les yeux sur ses mains tout en méditant les paroles de la déesse. Ses pouvoirs l'effrayaient, elle ne savait pas comment les utiliser. À chaque fois, cela s'était soldé par une catastrophe et elle comprenait à peine comment elle détectait les failles.

– Je vais te guider, lui dit Freya en glissant sa main dans la sienne.

Inès se laissa faire et Freya la plaça devant l'arche. Sa surface se mit à onduler comme la fourrure d'un chat, comme si elle percevait la présence d'Inès.

– Ouvre les yeux, deux fois, lui chuchota la déesse. Ouvre tes sens et ouvre ton cœur. Tous les mondes sont là, à portée. Il suffit de les chercher, de les vouloir, de les accueillir. Tu n'as plus qu'à choisir. Tu peux décider où tu veux aller et appeler la brèche à toi.

– Mais comment ? se désola Inès, les paupières écarquillées à s'en faire mal.

– Aie confiance en toi. Ta mère savait comment faire, et sa mère avant elle. Tu possèdes ce savoir en toi.

La voix de Freya l'apaisa, lui insuffla la confiance que la déesse plaçait en elle. Ce fut comme si quelque chose dans son cœur se tendait vers la faille et cherchait, cherchait parmi des millions, des milliards de possibles, l'endroit où son cœur l'appelait. Freya guida sa main vers l'arche. Ses doigts entrèrent en contact avec la surface et une sensation de froid l'étreignit en même temps qu'une immense fatigue. Inès ouvrit les yeux et reconnut la clairière aux Arches de Helheim. Des traînées de sang brunissaient au sol, ultimes vestiges du combat entre Sigrún et le Destructeur. Le cœur d'Inès battit un peu plus vite mais aucune trace de la jeune guerrière n'était visible.

– Je sais que tu crains ce pouvoir, je sens ta réticence. Ta mère aussi rechignait à s'en servir, révéla Freya. Sauf quand il s'agissait de te protéger.

– Ma mère ? répéta Inès, la gorge nouée, en se remémorant les images aperçues lorsque Freya avait touché la pierre de son collier, sur Álfheim.

– Je connais chacune de mes filles. De toutes celles à qui j'ai confié ma magie, ta lignée est la plus étrange, la plus proche de moi aussi, un peu de mon sang coule dans vos veines. Je sais que ce pouvoir peut faire peur, qu'il s'agit d'un lourd fardeau, mais je vous l'ai donné car je vous sais capables de l'utiliser de la meilleure manière qui soit. Pour protéger les autres. Comme Astrid qui s'est sacrifiée pour vous protéger, toi et ton monde.

Inès prit une inspiration sifflante. Son cœur tambourinait entre ses côtes. Évoquer sa mère, même en la nommant par son deuxième prénom, était douloureux et agréable à la fois. Agréable d'en parler avec quelqu'un d'autre que son père. Mais les mots de Freya tranchaient dans sa chair, lui rappelaient ce qu'elle avait perdu. Une mère, une amie, un monde entier d'amour.

– Nous protéger ? Mais de quoi ?

– Des Destructeurs, bien sûr. Je lui ai donné la pierre pour protéger Midgard. Malheureusement, son sacrifice n'a fait que nous accorder un répit. Ils sont revenus, plus forts, plus nombreux et plus affamés que jamais. Mes guerrières berserkers et mes *völva* n'ont pas suffi à les empêcher de se répandre.

– Hela dit que vous avez disparu, répondit Inès. Et que sans vous la magie meurt. Mais je peux toujours l'utiliser, et Prisca aussi.

Soudain, elle prit conscience que Prisca ne se trouvait pas avec elle. Pourtant Skuld l'avait prévenue qu'elles auraient besoin l'une de l'autre. Une onde de tristesse traversa le beau visage de Freya.

– Hela a raison, et elle a bien fait de vous envoyer retrouver Skuld. Vous possédez deux des pierres de mon collier et la troisième est à portée, rappela Freya, il ne vous en manque plus qu'une à découvrir. Elles contiennent la magie la plus pure. C'est grâce à elles que vous pouvez puiser dans le *seidr*, mais rien n'est gratuit. Tu t'en es rendu compte, n'est-ce pas ?

Inès porta une main à son œil gauche. La zone floue qui envahissait sa vision ne cessait de croître. Alors elle se souvint. Invoquer le *seidr* réclamait un sacrifice.

Prisca donnait son sang, son énergie vitale. Inès perdait la vue. À chaque utilisation, sa vision s'enfuyait un peu plus.

– Je vais devenir borgne, dit-elle la gorge nouée, peut-être même aveugle. Mais si je ne vois plus, je ne pourrai plus trouver les failles.

– Le temps presse en effet, confirma Freya. Tu vas devoir utiliser ton pouvoir avec parcimonie pour arriver jusqu'à moi à temps. Skuld pourra t'aider.

Plus Inès réfléchissait, plus la fatigue lui embrumait l'esprit. Derrière le parapet de la tour, le soleil se couchait, bordant les nuages de rouge et de orange.

– Prisca est importante, garde-la près de toi. Ton pouvoir te permet de détecter les failles déjà existantes et de les traverser, mais une dyade unie peut ouvrir et fermer des brèches. Un tel duo n'a plus existé depuis mon frère et moi. C'est parce que vous êtes deux que votre magie fonctionne encore, parce que plus qu'aucune de mes autres enfants, vous êtes mes filles, pas seulement toi, mais toutes les deux. C'est pour ça que vous devez me rejoindre et m'aider à combattre ce fléau. Vous êtes les seules à en être capables.

– Une dyade, répéta Inès en clignant des yeux. Mais Prisca est une berserker, et les guerriers-ours sont liés à Odin.

– Les guerriers oui, mais les femmes sont sous mon égide, répliqua la déesse, toutes sans exception. Elle aurait dû être là avec toi, son absence m'inquiète, tu dois t'assurer que votre lien soit solide. Elle est celle qui protège ma création, tout comme toi. Ensemble, vos pouvoirs grandissent, vous avez dû le remarquer, ne vous séparez pas, sous aucun prétexte !

– Rester ensemble, répéta Inès. Trouver la dernière pierre. Skuld.

– C'est bien, l'encouragea la déesse. Maintenant, va, et rappelle-toi : demande à Skuld de t'aider. Restez unies.

Les yeux d'Inès clignèrent. Elle vit une dernière fois le visage soucieux de la déesse. Puis elle sombra.

Chapitre 26

ᚺ

Prisca ouvrit les yeux dans une chambre rectangulaire, pourvue d'un unique grand lit à baldaquin. Sur les montants du sommier, des oiseaux mécaniques battaient des ailes en silence et des fleurs de métal ouvraient et refermaient leurs pétales luisants. Un globe lumineux, suspendu au plafond, répandait une lumière tamisée. Un poids léger reposait entre ses clavicules. Ses doigts trouvèrent la petite pierre polie, enchâssée dans un filet et attachée autour de son cou. La pierre des Jötunn, qu'Inès avait trouvée sous le volcan.

Elle la reposa contre sa peau. Ses muscles lui faisaient mal et une douleur sourde pulsait contre sa tempe et sa mâchoire, sinon elle se sentait bien, reposée. Les lambeaux de son rêve s'attardaient encore sur ses paupières. *Trouver la faille cachée dans le palais.* L'image du dieu persistait dans son esprit. Penser à Odin la mettait étrangement mal à l'aise. Prisca tourna la tête. Par la fenêtre, la ville était visible et s'étendait comme une marée rouge brique à perte de vue. La moitié du panorama était bloquée par le volcan.

Prisca frémit. L'ourse en elle s'agita un peu au souvenir de la bataille mais, trop épuisée, s'endormit en ronflant. Un froissement de drap attira son attention. Allongée en position fœtale, Inès gémissait. Ses yeux roulaient sous ses paupières fermées. Soudain, elle les ouvrit dans une inspiration brutale. Inès resta pantelante. Prisca posa une main sur la sienne pour la rassurer mais son amie eut un mouvement de recul instinctif. Prisca fronça les sourcils alors qu'Inès la dévisageait sans paraître la reconnaître.

– Inès ? demanda-t-elle. C'est moi, Prisca.

– Prisca ? répéta Inès, les paupières réduites à deux fentes.

D'un geste brusque, elle chassa les mèches de cheveux qui lui tombaient sur le front et chercha ses lunettes d'une main hésitante. Elle les chaussa sur son nez et son expression s'éclaira. Mais la ride inquiète à son front ne disparut pas.

– Tu es sûre que ça va ? insista Prisca. On aurait dit que tu ne me reconnaissais pas.

– Prisca… ton visage…

– Eh bien quoi, mon visage ?

Inès fit la grimace derrière ses montures dorées. Elle tendit un doigt vers le menton de son amie et le remonta lentement, sans jamais toucher sa peau, jusqu'à l'aile de son nez.

– Prisca, tu as une cicatrice…

– Arrête, tu me fais peur, lâcha Prisca en bondissant hors du lit.

La chambre n'était pas grande. En face du lit, des habits propres avaient été posés sur deux fauteuils jumeaux. Une petite porte donnait sur une salle d'eau. Prisca porta une main à son visage. Une douleur lancinante lui traversa le nez et la mâchoire alors que le bout de ses doigts trouvait le bord de la plaie. Sa grimace de douleur tira sur les croûtes, envoyant de nouvelles ondes palpitantes dans tout son visage. Ça ne pouvait pas être aussi grave que ça. Elle ne se rappelait même pas avoir reçu cette blessure. En fait, elle se rappelait peu le combat.

Sur le mur face à la fenêtre, Prisca repéra un miroir en étain poli dans un coin de la pièce. Elle s'avança, la boule au ventre. Son reflet la pétrifia. Une longue balafre partait de l'aile de son nez et s'étirait jusqu'à son menton. Large de presque un centimètre, aux bords irréguliers, elle traçait un cratère dans sa joue ronde. Un cataplasme blanc comme de l'argile recouvrait la boursouflure. Inès avait raison : c'était impressionnant mais, vu les dégâts, elle s'était attendue à quelque chose de plus moche. La blessure avait été désinfectée et soignée, et avec un peu de chance, elle cicatriserait bien. Ses bras et ses jambes étaient recouverts du même cataplasme. Des souvenirs fous, des impressions violentes du combat de l'ourse lui revinrent. Son animal totem se battait sans se soucier des dégâts que les adversaires lui infligeaient. Emportée par la transe, elle ne les sentait même pas. Mais sa part humaine, elle, les subissait a posteriori.

– Tu ne te souviens de rien ? demanda Inès. Tu as combattu des Corrompus et même un Destructeur. Tu as aussi agressé un garde, le roi n'était pas content.

– Non, je ne m'en souviens pas, murmura Prisca en s'arrachant à son reflet pour rejoindre le lit. Tout est flou... je me souviens d'une forêt et de...

– Freya ? J'ai rêvé d'elle, dit alors Inès.

Prisca s'assit sur le lit. Inès l'imita. Prisca voyait les rides qui marquaient son front. Ses épaules étaient tendues. C'était la première fois qu'elles se retrouvaient seules depuis qu'elles avaient atterri ici. Prisca pouvait presque faire rouler la nervosité d'Inès sur sa langue. Elle déglutit plusieurs fois pour se débarrasser de ce goût désagréable. Il n'y avait pas que des bons côtés à posséder des sens surdéveloppés. Une pointe de jalousie l'aiguillonna. Inès avait encore vu la déesse.

– Parle-moi de ce que tu as vu pendant la transe, ajouta-t-elle, soudain curieuse. Que t'a dit Freya ?

– C'est un peu flou dans mon esprit, mais je me souviens d'une tour et d'une arche. J'avais peur, avoua Inès. Puis Freya est arrivée et elle m'a rassurée. Elle m'a parlé de ma mère, des femmes qui possèdent le même pouvoir que moi. Et toi ?

Prisca écouta en acquiesçant. L'expérience d'Inès faisait écho à la sienne mais comme en opposition. Là où Inès avait hésité, elle avait tout de suite accepté cette part d'ombre en elle, elle l'avait reconnue. Prisca lui raconta la forêt et l'ourse. Elle omit de citer Odin.

– Je crois que je savais depuis le début qu'il y avait quelque chose en moi, à l'origine de toute cette colère.

– Freya m'a parlé de toi, ajouta Inès, de nous deux. Nous formons une dyade, mais j'ignore ce que cela signifie. Elle a dit qu'une « dyade unie pouvait ouvrir et fermer les brèches » ! Je crois que c'est ce que nous avons fait avec l'arche du volcan. C'est quand tu m'as touchée que j'ai compris comment fermer la brèche sans la détruire. C'est ça, le pouvoir des filles de Freya.

Inès parlait avec excitation. Ses joues se coloraient de rouge. Mais Prisca n'arrivait pas à partager sa joie. Parce qu'elle n'avait pas vu Freya, parce qu'elle avait été réclamée par un autre, Odin, qui l'avait mise en garde contre son amie et sa déesse mystérieuse.

– À nous deux, on doit pouvoir trouver une brèche capable de nous mener à Freya, continua Inès. Il faut reconstituer la pierre des Dises, ensuite il ne nous manquera plus qu'une gemme. Ensuite, nous pourrons rentrer chez nous.

Sa voix s'érailla en prononçant ce dernier mot. Prisca resta silencieuse. Un maelström d'émotions contradictoires s'agitait en elle. Elle réalisa qu'une partie d'elle se sentait bien ici, mieux que sur Terre. Chez elle, elle se sentait faible et inutile. Et tout le temps en colère. Ici, elle débordait de pouvoir, on comptait sur elle. Sa colère incarnée dans son animal totem devenait utile, une force. Et contrairement à Inès, personne ne l'attendait à la maison. Prisca prit conscience qu'elle n'avait quasiment pas pensé une seule fois à sa tante depuis leur départ. Sans avoir négligé Prisca, celle-ci ne s'était jamais intéressée ou occupée d'elle.

Cependant, une toute petite voix dans son esprit se tendit vers Brynhild. Prisca se remémora l'expression de désespoir qui avait fleuri sur son visage quand la destruction de l'arche avait été proposée. Comme si son monde s'écroulait. Prisca savait que l'honneur de la guerrière était en jeu. Elle avait juré à sa reine de revenir, de sauver son pays, son monde. Rompre sa promesse équivalait à se parjurer, et Brynhild ne se le pardonnerait jamais. Pourtant, elle n'avait pas protesté quand on lui avait ordonné de quitter Helheim pour les escorter, elle savait que c'était la seule solution. Une bouffée de tendresse et d'admiration envahit Prisca. Ainsi qu'une pointe de culpabilité. Brynhild avait tout abandonné derrière elle pour les accompagner et les aider.

– D'accord, capitula Prisca. Alors, comment on s'y prend ?

– Freya a mentionné Skuld. Elle possède la seconde moitié de la pierre des Dises, on doit la récupérer. Elle voudra te revoir, pour ta blessure. Les *völva* sont des guérisseuses.

Prisca acquiesça. Sa main trouva celle d'Inès et, ensemble, elles quittèrent la protection de la chambre.

Elles débouchèrent dans un immense corridor, assez large pour laisser passer dix hommes de front, percé de fenêtres aux montants chromés. Des vitraux colorés dessinaient des scènes de bataille et de chaudronnerie. Un immense vitrail représentait le roi Sindri, marteau dressé vers le ciel au sommet d'un volcan. Un éclair jaillissait des lourds nuages noirs qui le surplombaient et rejoignait le marteau d'argent. Elles avaient à peine fait quelques pas dans le couloir que Brynhild sortit d'une chambre voisine.

– Ah parfait, vous êtes là. Skuld veut vous voir avant la cérémonie.

– La cérémonie ? Quelle cérémonie ? l'interrogea Prisca.

– Combien de temps avons-nous dormi ? demanda Inès en même temps.

– Quasiment deux jours et une nuit, leur apprit la valkyrie.

Inès cligna des yeux plusieurs fois avant de bien intégrer l'information. Prisca resta bouche bée, elle aussi.

– Deux jours ? s'étouffa Inès. Mais il a dû se passer tellement de choses ! Et Sune ? Et Oli ? Et tous les Helmiens ? Sont-ils toujours au Croissant ? Le roi a-t-il tenu sa promesse ?

– Tout va bien, la rassura Brynhild. Alviss s'est assuré que le roi ne se parjure pas. Tous les réfugiés ont été relogés dans le quartier de la Gibbeuse et Skuld est passée les voir pour les soigner. Alviss vous a régulièrement rendu visite aussi, il était inquiet, pour vous deux. Bon, dépêchez-vous, on n'a pas beaucoup de temps avant le début du banquet, et vous n'êtes même pas habillées.

D'un geste, elle ouvrit la porte par laquelle elle était sortie et les pressa d'entrer.

À l'intérieur de la chambre, identique à la leur, Skuld les attendait. Assise en tailleur devant la fenêtre ouverte, la *völva* sourit. Le soleil couchant jetait une lumière orange et mouvante sur sa chevelure blanche. Un petit feu brûlait dans l'âtre. Une infusion achevait de chauffer au-dessus des braises, et Brynhild en versa dans trois timbales d'acier. Des herbes brûlaient dans un coin de la pièce, répandant une fumée odorante. Prisca reconnut l'odeur apaisante de la sauge.

D'un geste, la *völva* les invita à s'asseoir et leur tendit une tasse chacune. Des bracelets d'os tintaient à ses poignets. Prisca s'installa face à la vieille femme, et Inès l'imita en silence. Son visage était plissé par la concentration et, Prisca le devinait, l'appréhension.

– Je suis contente que vous ayez survécu au rituel de l'éveil, leur dit Skuld en buvant une gorgée d'infusion. Je vois que tu as reçu un tatouage totem, Prisca.

Ses yeux perçants se fixèrent sur la jeune fille. Prisca rougit et remonta la manche de son tee-shirt sale. Sur son épaule, le symbole runique était toujours visible, tatoué sur sa peau.

– Tu ne me l'as pas dit, fit remarquer Inès, d'une toute petite voix.

– J'avais oublié, avoua Prisca, mal à l'aise.

Elle détourna les yeux et prit une gorgée d'infusion. Elle sentait sur elle les regards insistant de la *völva* et d'Inès. Même Brynhild semblait interloquée.

– Je sais ce que vous êtes venues chercher, dit Skuld.

Elle fouilla dans les replis de sa robe et en extirpa une gemme noire. Brynhild sortit de sa besace un autre fragment identique.

Skuld récupéra les deux morceaux et les assembla, tout en chantant une mélopée douce. Un vent printanier souffla par la fenêtre, une brise chaude portant l'odeur des fleurs de printemps. La gemme se mit à briller et les bords brisés se ressoudèrent. Elle redevint une obsidienne complète, identique à celles que portait Inès autour de son cou, mais frappée de la rune Mannaz. Skuld la tendit à Prisca qui la prit avec respect.

Aussitôt, un voile tomba devant ses yeux. Sa vision s'éclaircit à nouveau et elle aperçut deux hommes debout sur les landes rases qui surplombaient l'océan déchaîné. Du sang coulait de nombreuses blessures qui marbraient leurs bras, leurs jambes, leurs dos, visibles à travers leurs guenilles déchirées. Sous les croûtes, Prisca reconnut des runes, gravées au couteau dans les chairs meurtries. « Qu'ont-ils fait ? » se demanda-t-elle.

Ils se soutenaient mutuellement, tremblants, le visage déformé par la terreur. Le plus jeune, à peine un adulte, tourna son visage ensanglanté vers son ami. Tous les doigts de sa main droite étaient brisés et il lui manquait deux dents. En voyant leurs visages si semblables, Prisca comprit qu'ils étaient frères. Chacune des blessures qui émaillaient leur corps disloqué racontait une histoire de souffrance. Lorsque le plus jeune parla, ses cordes vocales abîmées d'avoir trop hurlé émirent un chuintement discordant.

– Laisse-moi, Aren. Je ne vais pas y arriver.

– Non, Leif, souffla son frère en raffermissant sa prise sur ses épaules. On reste ensemble.

Leif laissa échapper un soupir épuisé. Ses genoux cédèrent et les deux frères chutèrent. À peine avait-il touché le sol que le corps de Leif fut pris de soubresauts incontrôlables. Sa colonne vertébrale se tordit alors que sa peau se couvrait de plaques de fourrure. Ses yeux virèrent au jaune alors que sa mâchoire se déformait. Et Leif hurlait, hurlait, hurlait de douleur. Aren tenta de le maintenir droit.

– Tu dois lutter, Leif, écoute-moi !

Mais son jeune frère développait une puissance nouvelle. D'un geste, il repoussa Aren et bondit sur ses pieds dans une position accroupie que Prisca reconnut tout de suite. Lorsqu'il releva sa tête mi-humaine, mi-lupine, et braqua son regard jaune dans celui de son frère, terrorisé, Prisca comprit. Un Destructeur.

La vision s'estompa, la laissant essoufflée. Prisca lâcha la pierre avec un mouvement dégoûté. Elle roula au sol et Inès la récupéra.

– La pierre des Dises, murmura Inès.

– Tu as vu quelque chose, dit Skuld en fixant Prisca. Tu as eu la vision que j'ai eue de ces monstres qui nous attaquent.

Prisca acquiesça.

– J'ai vu deux hommes, ils ont gravé des runes sur leur peau, l'un d'eux s'est transformé en Destructeur.

– Des hommes ? répéta Inès avec horreur. Ces créatures étaient des êtres humains ?

– Oui, c'est aussi ce que j'ai vu, confirma Skuld. Comment et pourquoi, je l'ignore mais cette vision est véridique. Mannaz représente l'humanité tout entière mais surtout le besoin d'entraide, la solidarité. Ne l'oubliez pas, leur rappela Skuld. Ne nous oubliez pas.

– Promis, répondit Inès, les yeux brillants en se tournant vers Prisca. Tu devrais la garder, elles aident à canaliser le *seidr*, deux pierres te seront utiles si jamais l'ourse essaie de reprendre le dessus.

– Je n'en veux pas, dit Prisca en lançant un regard écœuré à la pierre. Ce que j'ai vu... ce qu'on a fait à ces hommes, c'était horrible.

Inès acquiesça et rangea la précieuse gemme dans sa poche. Puis elle se tourna vers Skuld.

– Qu'est-ce que cela signifie pour vous, de nous laisser la pierre des Dises ?

– En vous cédant cette gemme, je renonce au peu de pouvoir qu'il me restait, mais je le fais de bonne grâce car je sais quel destin vous attend. Pendant la transe, qu'avez-vous vu ? demanda alors Skuld.

– Freya, répondit aussitôt Inès. Elle m'a dit de rester proche de Prisca, que notre dyade ne pouvait fonctionner que si nous étions deux. Nous possédons trois des quatre gemmes à présent.

Inès entreprit de relater son rêve. Skuld l'écouta sans l'interrompre mais Prisca la vit pâlir alors qu'Inès rapportait sa discussion avec la déesse. Plus son amie racontait, plus Prisca sentait grandir son malaise. Pourquoi n'avait-elle pas parlé d'Odin ? Elle était incapable de dire pourquoi elle gardait cette information pour elle. Les mises en garde du dieu tournaient dans sa tête comme une nuée de mouches, insistantes, dérangeantes.

Lorsqu'Inès eut fini son récit, Skuld resta silencieuse un long moment. Prisca jeta un coup d'œil inquiet à Inès qui haussa les épaules.

– Alors Freya ne nous a pas abandonnées, finit par murmurer Skuld. Elle est partie se battre pour nous et elle a été piégée. Mais par qui ? Et surtout qui prendrait le risque de voir le *seidr* disparaître ?

– Elle nous a demandé de l'aide mais il y a tant de choses que nous ne comprenons pas, répondit Inès. Cette dyade ? Où trouver la dernière pierre ? Comment retrouver son monde si personne ne s'en souvient ?

– Je peux répondre à certaines questions seulement, l'interrompit Skuld en levant une main apaisante. Freyr et Freya, les dieux jumeaux, forment une paire, une dyade. Leurs pouvoirs sont liés l'un à l'autre et s'accroissent lorsqu'ils sont ensemble. Vous deux formez une dyade, vous partagez votre magie, et donc votre transe simultanée. Avez-vous remarqué une augmentation de vos pouvoirs lorsque vous les utilisez à proximité l'une de l'autre ?

Prisca se mordit la lèvre, acquiesça. Ses pouvoirs avaient réellement commencé à se révéler lorsqu'Inès avait fait son apparition dans sa vie. Ses runes étaient devenues plus puissantes et elle avait enfin pu se métamorphoser. Inès hocha la tête en même temps qu'elle.

– Il y a des mythes et des histoires sur des paires telles que la vôtre, dit Skuld. Cependant, ce ne sont que des histoires et vous êtes les premières que je rencontre, je ne sais pas quel crédit on peut leur accorder. Toutefois, certains motifs reviennent toujours lorsqu'on évoque les dyades. Notamment la notion d'unité. Vous devez rester alignées, ensemble, faire front, ou le pouvoir que vous partagez ne pourra pas s'exprimer. Vous êtes les deux faces d'une même pièce.

Ces paroles contredisaient celles d'Odin. Prisca but une gorgée d'infusion tout en réfléchissant. Les arômes fleuris éclatèrent sur ses papilles, l'aidèrent à se concentrer. Rester unies. Elles étaient déjà unies. Elles avaient sombré ensemble dans la même transe. Pourtant, le regard en coin que lui jeta Inès sema une graine de doute. Inès voulait rentrer, quand elle-même serait bien restée ici, où ses pouvoirs s'épanouissaient et où elle était enfin considérée, appréciée, utile.

– Comment s'en assurer? demanda Inès.

– Malheureusement, je ne peux guère vous en dire plus, se désola la voyante. Freya est la seule qui possède la réponse à cette question.

– Freya qui nous est inaccessible, intervint Prisca.

– Elle a suggéré de vous demander une prédiction, ajouta Inès, cela pourrait nous aider à la localiser.

– Mon pouvoir diminue, les informa Skuld, mais avec les trois pierres que vous possédez, je peux essayer de convoquer le *spá*, l'art de la divination. Vous devrez choisir une question, une seule, et je ne peux pas garantir que la réponse sera claire, j'espère que vous le comprenez. Ce sera à vous de décrypter le message. Je vous y aiderai, si je le peux.

Sur ces mots, elle adressa un regard entendu à Brynhild qui quitta la pièce sans un mot.

– Ce que les runes ont à vous dire ne concerne que vous, expliqua la *völva* devant leur air interrogateur.

– Une seule question ? C'est compliqué, lança la jeune berserker.

– On sait déjà que l'endroit où demeure Freya ne peut être prononcé, à cause de l'interdit, rappela Inès. Mais notre mission préalable est de trouver la quatrième pierre. La pierre des Ases.

Prisca et Inès échangèrent un regard déterminé et acquiescèrent de concert. Skuld se leva et alla récupérer deux bourses en peau sur son lit de camp. Elle se rassit et fit signe aux filles d'approcher. Elle se resservit une tasse d'infusion et sortit de la plus petite pochette des pétales duveteux d'une couleur blanc-gris. Aussitôt une odeur fétide leur sauta aux narines.

– Quelle puanteur ! se plaignit Prisca en portant une main à ses narines. Qu'est-ce que c'est ?

– De la jusquiame, répondit Skuld en plongeant les fleurs dans sa tasse. Cela aide à entrer en transe.

– La jusquiame est un hallucinogène toxique, non ? fit remarquer Inès. N'est-ce pas dangereux ?

– On ne convoque pas les dieux avec de la soupe de pois, jeune fille ! Maintenant placez-vous là et sortez vos gemmes. Je vais lancer les runes.

Inès ouvrit la bouche pour protester mais un regard acéré de la *völva* l'en dissuada. Les deux jeunes filles retirèrent leurs pierres pour les poser devant elle, Prisca ajouta celle des Dises, tout juste reformée. Hochant la tête, Skuld fit tourner plusieurs fois sa mixture de l'index avant d'avaler d'une traite le contenu de sa timbale. Elle la reposa et saisit la bourse restante. Elle dénoua le cordon rouge et, dans un cliquètement mélodique, des pierres blanches gravées de runes s'étalèrent au sol. Skuld les rassembla entre ses paumes ouvertes et les tendit vers Inès et Prisca. Son regard était devenu trouble et l'odeur surie des fleurs de jusquiame s'attardait dans son haleine.

– Soufflez dessus, chacune votre tour, puis formulez votre question, dit-elle d'une voix affectée.

Voyant Inès hésiter, Prisca souffla légèrement sur les galets polis. Aussitôt, les trois runes en leur possession se mirent à luire. Une lueur identique émana de la poche de Prisca. Leur lumière se propagea à celles rassemblées dans les mains ridées de Skuld. Encouragée par ce résultat, Inès souffla à son tour. La lumière s'intensifia. La tête de Skuld se mit à dodeliner alors qu'une litanie basse, presque une chanson, s'échappait de ses lèvres. Elles devaient à présent poser une question. Prisca pinça doucement Inès, lui fit les gros yeux.

– Vas-y, toi, je ne suis pas douée avec les mots.

Inès eut une moue mais capitula. Elle prit une seconde de réflexion. La litanie de Skuld s'amplifiait et Prisca reconnut certains mots liés aux runes et à la magie de la prophétie. Inès expulsa tout l'air de ses poumons avant de prononcer clairement :

– Où se trouve la pierre des Ases ?

À peine avait-elle terminé que les yeux de Skuld se révulsèrent. Ses lèvres s'entrouvrirent, mettant fin à ses murmures rituels. Son cou partit en arrière et elle ouvrit les mains d'un geste brusque. Les runes dégringolèrent au sol comme une pluie. Lorsque le dernier galet s'immobilisa, Skuld ramena sa tête en avant et, d'une voix grave, différente de la sienne, se mit à parler.

– Cinq runes sur les vingt-quatre du futhark forment la réponse. Raidho parle d'un voyage à entreprendre, mais Ehwaz, retourné, indique une instabilité. Je vois des dangers, portés par Hagalaz, dont la rune chevauche Mannaz, la rune qui évoque le lien entre vous, qui ne doit pas être brisée. Si vous restez ensemble, vous triompherez.

– Et celle-ci ? demanda Prisca en désignant la dernière rune. Thurisaz est une rune d'attaque ! Parle-t-elle de nos pouvoirs ?

Les yeux de Skuld se révulsèrent à nouveau, devinrent d'un blanc laiteux alors que la lumière des runes s'accentuait.

– La rune est tombée à l'envers. Un danger vous guette. Je vois quelqu'un, une entité qui veut vous empêcher d'accomplir votre quête.

Les paroles de la voyante s'incrustaient en Prisca. Un danger, un ennemi. Elle fronça les sourcils en détaillant les runes brillantes et en se remémorant les prédictions. Aucune ne semblait liée à la question qu'Inès avait posée.

– Qui ? Pourquoi ? Où est la quatrième pierre, celle des Ases ? On n'a obtenu aucune réponse, s'exclama Prisca, frustrée.

Les mains de la *völva* survolèrent les runes tombées face cachée sur le sol. Ses doigts semblaient se muer contre sa volonté et saisir le petit sac abandonné sur le lit. Ils en extirpèrent une pierre oubliée. Prisca reconnut tout de suite la rune qui y était gravée. Son cœur loupa un battement avant de s'emballer. Ansuz. La rune d'Odin.

– Qu'est-ce que ça signifie ? demanda Inès.

– C'est votre réponse, souffla Skuld d'une voix rocailleuse, les yeux toujours blancs. Odin.

Chapitre 27

Inès grogna, les doigts emmêlés dans les fils. Elle ne comprenait rien à ce laçage complexe. Les bandes de cuir passaient-elles par-dessus ou par-dessous celles en tissu ? Prisca semblait aussi perdue qu'elle et abandonna avec un râle. La porte s'ouvrit sur une Brynhild lavée et peignée de frais. Son armure, quoiqu'un peu cabossée, brillait de mille feux. Dessous, elle portait une tunique identique à celle d'Inès, mais nouée correctement. Derrière elle, appuyée sur son bâton gravé de serpents, Skuld les salua. Sa longue cape grise, tressée à la main, jurait avec les vêtements rouges que les Nains lui avaient offerts, créant un contraste saisissant entre les deux cultures. Des cernes noirs ourlaient ses paupières lasses après la séance de divination.

– Par la Lance, vous n'êtes pas prêtes ? s'étonna Brynhild en refermant la porte derrière elle.

– On ne s'en sort pas avec ces vêtements, se plaignit Inès, les mains encore entortillées dans ses lacets.

Brynhild eut un rire. En deux temps trois mouvements, elle dénoua le paquet de nœuds qu'était devenue la tunique d'Inès et renoua tout dans le bon sens. Prisca la regarda faire avec des yeux ronds, oubliant même que Skuld lui tenait le menton pour mieux voir sa cicatrice.

– Comment tu as fait ça ? s'exclama la jeune berserker. Ça fait des heures qu'on essaie !

– C'est une histoire de pratique, répondit la valkyrie. Allez, ne traînons pas. Skuld ?

– Tu vas garder une trace mais si tu hydrates bien ta peau, elle conservera sa souplesse et la cicatrice s'atténuera. Tu es encore jeune. Continue d'appliquer du baume tous les soirs pendant au moins un mois.

Skuld glissa à Prisca un petit pot d'onguent qui sentait la vase. L'adolescente fit la grimace mais remercia la *völva*. Brynhild l'aida à achever sa tenue.

Inès les observait, adossée près de la porte. Même avec Brynhild, elle sentait une retenue chez Prisca qui ne s'atténuait pas. Depuis la transe de l'éveil, quelque chose clochait. Prisca ne lui disait pas tout. Inès lisait une hésitation dans le pli de sa bouche et ses yeux luisaient d'une peur mâtinée de colère. « Mais tu ne lui dis pas tout non plus », chuchota une petite voix dans son esprit. « Tu ne lui as pas avoué quel sacrifice requérait l'utilisation de ton pouvoir... »

Inès passa une main sur ses yeux fatigués. Ses lunettes ne suffisaient plus à corriger sa vue défaillante et elle devait sans cesse se concentrer et plisser les paupières pour y voir clair. La migraine ne la quittait plus. Quand tout le monde fut prêt, les quatre femmes prirent la direction du banquet.

Dans le couloir, Alviss les attendait. Le jeune prince portait une tenue d'apparat en cuivre rutilant. Une armure de cérémonie brillante et légère, par-dessus une tunique de la couleur de l'aurore. Ses cheveux roux étaient repoussés en arrière, dégageant son visage et les marques encore visibles du combat contre les Corrompus. Son œil droit était violacé et à moitié fermé, et sa main droite enveloppée dans un bandage. Il souriait pourtant avec sincérité en accueillant les quatre femmes. Inès se rappela soudain ce qu'il avait fait dans la montagne, mais le moment semblait mal choisi pour l'interroger à ce sujet. D'un geste habitué, Alviss décala le lourd marteau d'apparat suspendu à sa hanche pour les saluer.

– Je suis heureux de vous revoir, leur dit-il avec une joie non dissimulée.

– Moi aussi, Alviss. Ce n'est pas trop douloureux? demanda Inès en désignant son œil.

– Rien de grave, la rassura-t-il. Je me suis dit qu'une petite visite du palais sur la route de la réception pourrait vous intéresser.

Inès accepta avec joie. Elle ne put s'empêcher de remarquer que Prisca restait silencieuse. Le prince les guida dans le palais de métal, dévoilant des anecdotes sur les différents étages qu'ils traversaient.

Lors de leur première visite, Inès n'avait pas pris le temps d'admirer le palais. Ils remontèrent de longs couloirs percés de fenêtres aux montants chromés. Des vitraux colorés racontaient l'histoire de Svartálfheim. Inès reconnut les hauts-fourneaux et le volcan, tout en nuances de gris et de rouge. Des rubis carmin et des jaspes noirs, incrustés dans les lustres, faisaient miroiter la lumière. Le sol en basalte mat absorbait tous les sons.

Inès ne vit aucun escalier. Des monte-charges en cuivre rutilant permettaient de monter et de descendre entre les étages. Les rouages des appareils faisaient légèrement trembler les fondations du palais. Un bourdonnement constant semblait flotter dans l'air. Brynhild avançait sans un mot, les lèvres serrées. Skuld aussi avait l'air mal à l'aise dans cet environnement minéral et métallique.

Alviss les fit monter sur une plateforme ornée de ferronneries en argent d'une finesse exquise. L'acier s'enroulait sur lui-même en dessinant des feuilles et des fleurs dont le cœur était constitué de pierres précieuses. Alviss apposa un lourd pendentif sur le tableau de contrôle et la plateforme s'ébranla.

– Nous quittons les quartiers des invités pour les salles publiques, leur expliqua-t-il. C'est en bas qu'ont lieu les audiences et les réceptions.

Ils débouchèrent dans un environnement très différent des étages supérieurs. Les pieds d'Inès s'enfoncèrent dans un tapis moelleux. Les murs étaient lambrissés de panneaux de bois et de tapisseries épaisses aux couleurs chatoyantes, allant du blanc au rouge en passant par toutes les nuances de jaune et de orange. La jeune fille eut la sensation d'être enveloppée dans un coucher de soleil.

Alviss les guida le long d'un interminable couloir. De nombreuses armures reconstituées émaillaient le corridor. Des armes étaient accrochées aux murs, des coffres d'acier aux serrures complexes conservaient des secrets.

– Des reliques ou des héritages familiaux, dit Alviss en avançant sans regarder. Nous allons traverser la galerie aux portraits.

Ils tournèrent à gauche dans un nouveau couloir tout aussi richement décoré. D'un côté, une rangée de fenêtres dispensait une lumière diffractée par des milliers de carreaux colorés. De l'autre, des dizaines de portraits s'alignaient d'un bout à l'autre du corridor.

Prisca regarda défiler ces hommes et ces femmes à l'air martial, qui posaient en armes. La ressemblance entre eux était frappante et se retrouvait sur le visage juvénile d'Alviss. Même rousseur, mêmes taches de son et sourcils épais. Même menton fort, visible chez les femmes, et des yeux bruns pétillants.

– Tu as ton portrait, toi aussi ? demanda Prisca, curieuse.

– Non, il faut s'illustrer au combat pour mériter cet honneur, dit Alviss, les lèvres blanches.

– Alors on va faire le tien bientôt, s'exclama Inès. *Alviss sous la montagne*, ça fera un bon titre pour raconter tes exploits contre les Corrompus.

Un éclair de tristesse traversa les prunelles brunes du jeune homme et un pauvre sourire étira ses lèvres. Il massa sa main droite d'un air distrait.

– On verra, éluda-t-il.

Ils remontèrent le couloir à pas lents. Le regard d'Inès fut attiré par une imposante statue. La sculpture portait les symboles traditionnels nains, le marteau et la lune, et représentait un dragon enroulé autour d'un trésor.

Elle se pencha pour mieux l'observer. Un anneau tout en or incrusté dans le bois surplombait le reptile aux ailes déployées. Elle reconnut Fáfnir, le célèbre gardien de l'anneau maudit Andvari, abattu par Sigurd dans les Eddas poétiques. Alviss avait ralenti lorsqu'elle s'était approchée de la statue. Inès remarqua alors un portrait, accroché derrière cette dernière, à peine visible. Il représentait un petit homme en habits pourpres, aux sourcils broussailleux d'un roux tirant sur le brun, et à l'épaisse moustache qui masquait sa bouche. Il tenait à la main une pierre noire, ovale et luisante. Une pierre qui ressemblait étonnamment à celle de son pendentif. Inès s'arrêta.

Elle contourna le dragon sculpté pour s'approcher du portrait. La gemme portait une rune. Elle reconnut Sowilo. Son cœur s'emballa alors que son œil gauche devenait douloureux et qu'un tintement familier résonnait à son oreille. La pierre des Ases, la dernière pierre de Freya. Alviss la rejoignit, suivi par Prisca. Il était pâle et hésitant.

– Tout va bien ? lui lança Prisca.

Inès désigna la pierre sur le portrait.

– Qui est-ce ? demanda-t-elle à Alviss.

– Il s'agit de mon oncle Brokk, répondit-il après un long silence. On ne parle pas de lui. Mon père a interdit de prononcer son nom dans le palais.

– Pourquoi ?

– Prisca ! chuchota furieusement Inès.

– Ce n'est pas grave, la rassura Alviss, vous ne pouviez pas savoir. En fait, moi-même j'ignore pourquoi mon père a instauré cette règle. Dépêchons-nous, il n'aime pas les retardataires.

Il reprit sa marche d'un pas raide, les épaules crispées.

– C'est la pierre qu'on cherche, chuchota Prisca, avisant la gemme sur le portrait. Il faut parler à Sindri.

Les deux adolescentes échangèrent un regard intrigué avant de rattraper le prince.

Ils débouchèrent dans une grande pièce tout en marbre, percée de nombreuses ouvertures. Au bout, une porte en ogive, toute de pierre sculptée, comme une dentelle minérale. Des rires et de la musique s'échappaient de la salle. Un tapis rouge et moelleux leur montrait le chemin. Alviss les précéda jusqu'à la porte. Inès et Prisca firent un pas dans une vaste salle qui semblait elle aussi creusée à même la roche. Des dizaines de tables avaient été dressées face à une estrade sur laquelle le roi Sindri présidait.

– On se croirait dans le volcan, chuchota Prisca.

Inès acquiesça avec un tremblement. Des images des Destructeurs remontèrent de sa mémoire comme autant de souvenirs douloureux. Elle fit un pas en arrière, le souffle court. La main de Prisca se glissa dans la sienne.

– Ça va aller. On est au palais, on ne risque rien.

– Oui, bredouilla Inès. Oui, je vais bien.

Respirer. Ne pas laisser son angoisse la contrôler. Se concentrer sur ce qu'elle entendait. Les rires, le grondement du palais, la musique. Se concentrer sur ce qu'elle sentait. La paume chaude de Prisca, le sourire de Brynhild, l'odeur alléchante de la nourriture.

Elle pressa ses doigts contre ceux de Prisca et suivit la valkyrie qui marchait vers l'estrade au rythme saccadé de Skuld, précédée par Alviss. Les rires et les conversations diminuèrent au fur et à mesure qu'elles remontaient la salle jusqu'au roi. Celui-ci reposa sa coupe et se leva, bras ouverts.

Alviss leur adressa un clin d'œil avant de rejoindre son père sur l'estrade. Ce dernier ne lui accorda même pas un regard. Skuld s'arrêta devant le roi, Brynhild à sa droite. Inès et Prisca se placèrent sur sa gauche. Un silence feutré emplissait la vaste salle de réception.

– Mes amis, tonna le roi. Une ovation pour celles sans qui nous serions encore en train de combattre et de mourir en vain.

Le silence se fractura comme un coup de tonnerre. L'assemblée se leva en faisant racler les chaises sur le sol de pierre. Les applaudissements fusèrent ainsi que les cris de joie. Une tempête de remerciements fit trembler les murs du palais. Inès, émue, serra plus fort la main de Prisca. Une vague de fierté l'envahit. Elle avait fait quelque chose de bien. Elle avait aidé des gens grâce à ce pouvoir qu'elle apprenait encore à apprivoiser. Pour la première fois, elle ressentit de la gratitude envers cette partie d'elle qu'elle connaissait si mal. Une voix qu'elle connaissait bien, celle de Freya, chuchota dans son esprit. *Ta mère serait fière de toi.*

La fête donnée en leur honneur battait son plein. Les mets défilaient, tout comme les boissons. Sindri avait installé les quatre femmes à sa propre table, les dispersant au milieu de ses invités d'honneur : les survivants du volcan.

Inès se trouvait assise à côté d'Alviss, et le prince était de bonne compagnie. Il lui expliquait l'origine de la nourriture qui ne cessait de passer devant elle et l'empêcha de vider une coupe de vin épicé. Prisca mangeait en discutant avec un des gardes nains rescapés de la montagne. Malgré la méfiance évidente que la berserker inspirait, ses exploits s'étaient propagés. Brynhild, elle, restait silencieuse. Inès remarqua que la valkyrie n'avait pas ouvert la bouche depuis leur arrivée. Elle semblait soucieuse. Inès se pencha vers elle pendant que le prince se resservait à boire.

– Tout va bien ? Tu as l'air pensive.

– Je vais bien, merci de t'en inquiéter.

– Elle a une décision à prendre et elle n'arrive pas à choisir entre son cœur et son devoir, glissa Skuld avec un sourire compatissant.

Inès fronça les sourcils. Un choix entre son cœur et son devoir ? Pendant une seconde, elle ne comprit pas, puis le regard de Brynhild éclaira tout. Les yeux de la valkyrie étaient posés sur Prisca et un pli soucieux barrait son front.

– Tu ne veux pas nous laisser seules, comprit Inès. Tu envisages de nous accompagner ?

La culpabilité laissa une boule acide dans son estomac. Brynhild avait juré de retourner en Helheim une fois qu'elle aurait conduit les deux jeunes filles à Skuld. Et elle avait accompli sa mission. Inès porta instinctivement une main à son œil. Si elle utilisait son pouvoir pour la renvoyer chez elle, qui sait combien de temps encore sa vision tiendrait le coup ? Et elle n'avait toujours aucune idée de l'endroit où trouver Freya. Que se passerait-il si elle perdait la vue avant qu'elle et Prisca ne localisent la déesse ?

– J'y pense, répondit la valkyrie entre ses dents. Mais vous êtes si jeunes et elle est particulièrement fragile, même si elle ne s'en rend pas compte.

Brynhild désigna Prisca du menton. Prisca qui argumentait à présent avec le roi comme s'il s'agissait d'un vulgaire garde. Inès ne put retenir un sourire. Prisca, la sans-peur.

– Ma conscience m'empêche de vous abandonner de la sorte.

– Ta conscience seulement ? interrogea la *völva*.

Brynhild rougit et marmonna une réponse à peine audible. Malgré ses grognements bas, Inès entendit clairement Brynhild prononcer les mots « attachement contre mon gré ».

– Tu devrais rentrer chez toi.

La voix de Prisca fit sursauter Brynhild.

– Je ne peux pas vous laisser, murmura la valkyrie. Vous avez besoin de...

– Nous avions besoin de toi pour nous montrer la voie et, grâce à toi, nous avons compris que nous étions plus fortes que nous le pensions. Ensemble, nous ne craignons rien, dit Prisca en posant une main sur l'épaule d'Inès. Pas vrai, Inès ?

Celle-ci eut une pensée pour Hela, qui attendait du secours dans son monde. Elle se souvint de ce moment volé entre la reine et sa valkyrie, à la tristesse qui marquait leurs visages à l'idée d'être séparées, à l'amour qu'elles concentraient dans leurs mains unies. Son cœur se serra à l'idée de les maintenir ainsi éloignées l'une de l'autre. La honte l'envahit. Comment pouvait-elle hésiter à aider Brynhild alors que celle-ci avait tout abandonné, s'était battue et avait risqué sa vie pour les accompagner ? Alors qu'elle-même n'était qu'un poids au combat, un fardeau à protéger.

Les yeux d'Inès balayèrent les blessures et les bleus qui parsemaient le corps de la valkyrie. C'était le moins qu'elle puisse faire. Elle sourit gentiment à Brynhild et acquiesça aux paroles de Prisca.

– Ton serment est trop important pour que tu le rompes, renchérit Inès. Et Hela t'attend. Elle a besoin de toi. Helheim a besoin de toi. Demain, nous rouvrirons la brèche pour vous.

– Tu vois, je te l'avais dit, se moqua gentiment Skuld. Les Nornes ont toujours raison. Chacune d'entre nous a son rôle à jouer dans cette histoire mais ce sont Inès et Prisca qui retrouveront Freya. Pas toi, ni moi.

La *völva* adressa un clin d'œil complice à Brynhild qui acquiesça en silence.

– Ce sont des filles de Freya, elles sauront s'en sortir, ajouta Skuld. Maintenant, profitons de cette dernière soirée toutes ensemble.

Chapitre 28

Inès ouvrit les yeux sur un monde plus flou que jamais, chercha à tâtons ses lunettes. Le paysage s'éclaircit légèrement, juste assez pour qu'elle constate qu'elle était seule. Sa tête pulsait, à la fois à cause du vin qu'elle avait bu la veille et de la migraine qui ne quittait plus ses tempes. Elle se rappela alors que c'était aujourd'hui qu'elle devait renvoyer Brynhild en Helheim. Elle avait en mémoire l'avertissement de Freya mais sa décision était prise. Elle aiderait son amie à rentrer chez elle, en priant pour ne pas finir aveugle dans la manœuvre. Elle savait que c'était la bonne chose à faire. Pourtant une angoisse sourde se logea au creux de son ventre.

Inès s'extirpa du lit en se tenant le crâne. Ses habits avaient été lavés et déposés sur l'un des fauteuils. Les affaires de Prisca gisaient en boule au pied du second. Elle prit un bain rapide dans la baignoire en cuivre. L'eau chaude lui délassa les muscles. Elle lava ses longs cheveux avec un savon violet à l'odeur piquante.

Une fois propre, elle enfila avec délice le pantalon que lui avaient offert les Nains et son vieux sweat-shirt râpé et délavé. Il avait perdu l'odeur de la lessive qu'utilisait son père mais le porter lui fit du bien. Son ventre gronda, affamé, et Inès décida de commencer par partir à la recherche d'un petit-déjeuner.

Elle s'engagea dans le long couloir désert en espérant croiser Prisca sur le chemin. Elle erra un moment dans les étages avant de tomber sur un serviteur en livrée orange.

– Excusez-moi, l'interpella-t-elle. Je cherche... euh... à manger ?

Le Nain la regarda par-dessous ses épais sourcils roux et lui fit signe de le suivre. Il la conduisit aux cuisines en descendant trois étages via les plateformes mécaniques. Là elle fut installée devant une grande table recouverte de pain, de confitures et de pâtés. Une armée de cuisinières et de domestiques s'égaillèrent en souriant pour servir l'adolescente.

Inès s'installa en les remerciant, voulut se tourner pour chuchoter une remarque à Prisca, et se rappela que son amie n'était pas là. Avec une moue triste, elle picora du bout des doigts les tartines qu'on lui avait préparées, se demandant où pouvait bien être tout le monde. Sans trop savoir pourquoi, elle sortit la petite sculpture d'ours que lui avait offerte Prisca. Il lui sembla que c'était des semaines auparavant. Il s'était passé tant de choses depuis. Des éclats de rire résonnèrent dans les couloirs de pierre et un Alviss au large sourire pénétra dans la cuisine. Inès rangea le jouet dans sa poche.

– Ah tu es là ! s'exclama-t-il. Je te cherchais. J'ai quelque chose pour toi.

Il s'assit à ses côtés avec un sourire malicieux. Les bleus sur sa mâchoire avaient pris une teinte verdâtre qui tirait sur le jaune en jurant avec sa tignasse rousse.

– Alviss, le salua Inès. Tu sais où se trouve Prisca ?

– Il me semble l'avoir vue dehors s'entraîner avec Brynhild. Le départ est prévu dans peu de temps, on n'attendait que toi. Tiens, cadeau !

Il sortit de sa veste un objet brillant qu'il déposa sur la table au milieu des confitures. Inès fronça les sourcils et le prit délicatement pour le porter dans son champ de vision clair. Il s'agissait de montures dorées, extrêmement fines. Des fleurs étaient gravées sur les branches avec une délicatesse qu'elle n'avait encore jamais vue. Des verres très fins y étaient montés. L'ensemble ne pesait presque rien entre ses doigts.

– Je ne comprends pas, dit Inès. Ce sont des lunettes ?

Le sourire d'Alviss s'élargit. Il plongea à nouveau les mains dans sa poche et ressortit plusieurs petits sachets de velours. Chacun contenait des verres parfaitement transparents.

– Je me suis rendu compte que tu plissais beaucoup les yeux, expliqua le jeune prince, et je me suis dit que tes verres n'étaient peut-être plus adaptés. Le soufflage du verre est une de nos spécialités alors j'ai pris la liberté de faire préparer plusieurs corrections. J'espère que l'une d'entre elles t'ira. Tu dois avoir mal à la tête avec des lunettes qui ne te conviennent pas et...

Il s'interrompit. Inès le dévisageait, abasourdie par tant de gentillesse. Sans qu'elle puisse les arrêter, des larmes roulèrent sur ses joues. Le sourire d'Alviss se transforma en grimace quand elle se mit à pleurer. Autour d'eux, la cuisine était soudain devenue très silencieuse. Inès crut même voir la cuisinière faire les gros yeux au prince.

– Je suis désolé, s'excusa-t-il en rangeant précipitamment les verres. J'ai encore cru... Je pensais bien faire... je ne voulais pas...

Inès posa une main sur la sienne.

– Merci, dit-elle en reniflant. C'est exactement ce dont j'avais besoin.

– Vraiment? s'exclama Alviss, soulagé. Essaie-les!

Inès retira ses propres lunettes et chaussa celles fabriquées par Alviss. Ils changèrent les verres deux fois avant de trouver une correction qui améliorait sa vue. Inès rangea son ancienne paire dans sa poche, incapable de s'en séparer, et remercia à nouveau son ami. Elle balaya la pièce du regard, découvrant plein de détails qui lui avaient échappé. La dorure du pain, les miettes sur la grande table, les rayons colorés du soleil à travers les vitraux bleu et violet, les taches de rousseur sur les joues d'Alviss.

– Puisqu'on en est à parler de nos petits secrets... tenta Inès. Ce que tu as fait dans le volcan, c'est ça, l'arme dont parlait le roi, n'est-ce pas? Je t'ai vu faire jaillir la roche du sol. Tu peux utiliser le *seidr.*

Alviss devint translucide. Il hésita puis sembla capituler.

– C'est différent, plutôt comme un don de famille, expliqua-t-il. Je suis un chanteroche. Je peux moduler la pierre avec ma voix. Mais je refuse d'utiliser ce don.

– C'est incroyable, dit Inès. J'imagine que ton père ne doit pas apprécier de devoir se passer d'un tel pouvoir. Est-ce que je peux te demander pourquoi?

Alviss posa sa main droite sur la table et en retira le bandage qui l'enveloppait. Inès ne fut pas étonnée par son doigt manquant mais elle haussa les sourcils de surprise en constatant que la première phalange de son annulaire avait également pris une texture grisâtre. Il tapota la table avec son doigt, ce qui émit un claquement sec. Inès écarquilla les yeux. Son doigt se changeait en pierre.

– Tout usage de la magie demande un sacrifice, dit Alviss.

– C'est terrible, s'exclama-t-elle. Mais alors, plus tu l'utilises plus tu te...

– Pétrifies, oui, confirma le prince. Ce qui ne devrait pas m'arrêter pour autant, selon mon père.

L'horloge suspendue au mur émit un tintement aigu. Le visage du prince se ferma.

– Il faut qu'on aille le voir, soupira Alviss. Vous allez repartir avec Brynhild ?

– Non, les réponses que nous cherchons ne se trouvent pas à Helheim, lui dit Inès. Je voudrais parler de cet homme à ton père. Celui qui avait la pierre des Ases, sur le portrait.

– Mon oncle Brokk ? Il refusera d'en parler.

– Mais pourquoi ?

– Tout ce que je sais, c'est que c'était un grand voyageur, un diplomate. C'était un forgeron de talent avec une forte affinité avec la magie. Il était... proche de nombreux dieux et déesses, dont Freya. Mais il y a eu une dispute. Et puis un jour, il n'est pas revenu.

– Une dispute ? Entre lui et Freya ?

Alviss haussa les épaules.

– Je ne suis pas sûr. J'avais neuf ans, je ne me souviens pas.

Alviss se dirigea vers la porte. Inès se leva à contrecœur, abandonnant les brioches et les confitures à regret, et emboîta le pas au prince. Prisca et elle avaient besoin de réponses, et pour en obtenir il fallait poser des questions. Alviss marchait d'un pas raide, les épaules crispées.

Il la guida à nouveau dans le palais, la fit remonter dans les étages. Ils dépassèrent celui où se trouvait la chambre d'Inès et continuèrent de monter.

Ils débouchèrent dans des quartiers plus simples mais tout aussi richement décorés. D'épais tapis blancs et crème protégeaient un parquet brillant. Un silence ouaté planait sur l'étage. Ils dépassèrent plusieurs portes fermées et croisèrent quelques domestiques affairés qui s'interrompirent pour saluer le prince. Alviss s'arrêta devant une porte identique à toutes les autres. Il toqua et une voix rauque leur hurla d'entrer.

Inès pénétra dans un vaste bureau dont les fenêtres ouvertes donnaient sur le volcan. Une lumière chaude éclairait les fauteuils moelleux qui parsemaient la pièce et les tapis qui recouvraient le sol boisé. Elle eut une grimace en reconnaissant des peaux de loups et d'ours près de la cheminée. Au mur, des dizaines de têtes d'animaux empaillés les observaient de leurs yeux noirs et inexpressifs.

Au centre de la pièce, une vaste table rectangulaire, autour de laquelle Sindri et ses conseillers discutaient avec Skuld et Brynhild. La valkyrie avait renoncé à son armure complète, pour une fois, mais Skuld n'avait pas quitté son éternelle cape grise. Prisca était aussi présente, elle regardait par la fenêtre, la capuche de son sweat-shirt baissée sur son visage. Le roi releva la tête et son regard s'assombrit lorsqu'il reconnut son fils.

– Ah, vous êtes là, dit-il d'une voix agacée. Vous vous faites prier. Approchez !

Alviss recula pour s'adosser contre le mur, en silence. Inès vit la déconfiture de son ami, ignoré par son père. Une vague de colère flamba dans son estomac. Elle connaissait par cœur cette expression meurtrie sur le visage du jeune prince.

Agacée, elle lui saisit la main et le tira avec elle. Elle n'allait pas le laisser se faire marcher dessus encore et encore. Le roi devait reconnaître le courage de son fils. Surpris par sa force, Alviss se laissa entraîner. Inès lui adressa un clin d'œil.

Prisca sortit de ses pensées et se tourna vers eux. Ses yeux se posèrent sur les nouvelles lunettes d'Inès et sur sa main enserrant celle du prince. Une expression étrange passa dans ses prunelles.

– C'est nouveau ? demanda-t-elle en désignant les lunettes dorées.

– Alviss m'a fait faire des verres adaptés, j'ai... la vue qui bouge encore, mentit Inès avec un sourire timide. Ça devenait gênant.

Prisca la dévisagea un long moment. Inès se força à maintenir son air innocent. Son amie finit par hausser les épaules et se plaça devant le roi. Inès retint un soupir soulagé. La table devant eux était en fait une carte en trois dimensions, creusée à même le bois. Inès reconnut le palais, le volcan, et les champs noirs qui entouraient la capitale.

– Je suis prête quand vous l'êtes, dit-elle à Brynhild.

– Skuld va rester ici, lui dit la valkyrie. Pour s'assurer que les nôtres sont bien traités.

Son regard glissa vers Sindri qui prit un air offusqué.

– Je vous prierai de garder vos insinuations pour vous, gronda-t-il. J'ai fait ce que je pensais nécessaire et je le referai sans hésiter.

Sa réponse jeta un froid sur la petite assemblée. Inès pouvait sentir l'air crépiter. Elle lâcha la main d'Alviss et se dirigea vers Brynhild.

– Tu vas me manquer, lui dit-elle en la prenant dans ses bras. Merci pour tout ce que tu as fait pour nous.

La valkyrie eut un sursaut de surprise mais referma ses bras autour des épaules d'Inès, l'enserrant dans une étreinte douce.

– Je suis désolée de vous laisser mais je sais que ma reine a besoin de moi, souffla-t-elle doucement.

Une seconde paire de bras se referma sur les deux femmes, et Inès reconnut la chaleur de Prisca. Ses mèches blondes lui chatouillèrent la nuque.

– J'espère que Sigrún s'en est sortie, et Hela aussi, dit la jeune berserker.

Elles se séparèrent et Inès prit une grande inspiration. Elle ferma les paupières et s'ouvrit au monde, ainsi que Freya le lui avait montré. Lorsqu'elle les rouvrit, elle cligna des yeux deux fois comme le lui avait appris la déesse, les éclats lumineux se mirent à danser tout autour d'elle. Elle se concentra en invoquant le souvenir de la reine Hela et de son monde de brume et d'orage. La main de Prisca se glissa dans la sienne.

Quand Inès ouvrit les yeux à nouveau, une douleur lancinante pulsait le long de son nerf optique mais elle avait trouvé ce qu'elle cherchait. D'un geste vif, elle fendit la réalité. Une forêt brumeuse apparut et, visible entre les troncs gris, le *skali* de Hela. Brynhild saisit sa lance et son casque, adressa un ultime regard aux deux adolescentes.

– Nous nous reverrons, promit-elle.

Inès acquiesça, la gorge nouée d'émotion, et vit la valkyrie traverser. D'une torsion de la main, elle referma la brèche. Il ne resta qu'un mince filet de brouillard s'attardant entre ses chevilles. Brynhild était partie.

Inès chassa la larme qui s'attardait sur sa joue, portant une main à sa tempe. Déjà, sa vision se floutait et, malgré le cadeau d'Alviss, son champ de vision diminua. Elle serra les dents pour ne rien laisser paraître. Prisca était livide. Elle prit une grande inspiration et se tourna vers le roi qui avait observé le phénomène sans rien dire. Son expression scrutatrice mit Inès mal à l'aise.

– À nous, maintenant, dit Prisca. J'imagine que vous avez hâte de vous débarrasser de nous, et c'est réciproque. Où est Brokk ?

Le roi blêmit. Une veine se mit à battre sur sa tempe et sa lèvre inférieure trembla légèrement.

– Je ne vois pas de quoi vous parlez, lâcha-t-il dans un souffle.

– Nous savons que votre frère possède un artefact que nous voulons récupérer. Nous en avons besoin, insista Inès. Dites-nous simplement où le trouver.

– Cela ne vous concerne pas, grinça Sindri en leur tournant le dos.

– Père, je vous en prie, plaida Alviss. Quel mal y a-t-il à leur répondre ?

– Non, tais-toi ! éructa Sindri.

Alviss serra les dents, visiblement peiné. Mais alors que Prisca allait intervenir, il reprit la parole.

– J'estime qu'elles ont mérité une réponse. Sans elles, nous serions encore en train de nous battre et de mourir. Elles n'ont réclamé ni or ni honneurs, juste une information, ce n'est pas si cher payé pour nous avoir sauvés...

– Je t'ai dit de te taire ! éructa le roi. Tu ne sais pas de quoi tu parles. Tu te caches derrière deux gamines pour obtenir la vérité, tu devrais avoir honte d'être aussi faible, Alviss. Ton égoïsme et ton refus de servir ton peuple sont une disgrâce.

Le jeune prince devint livide. Inès porta une main à sa bouche, choquée.

– Vous n'avez pas le droit de lui parler ainsi. C'est votre fils ! s'exclama-t-elle.

– Je n'ai que faire d'un fils inutile. Je ne veux pas parler de Brokk, et il le sait.

Inès voulut protester mais Prisca l'arrêta d'un geste puis elle posa sa main sur la table. Elle vibrait de colère.

– Inutile ? grinça-t-elle soudain. Votre fils est parti seul sous ce foutu volcan faire ce que vous ne vouliez pas faire, ce que vous ne pouviez pas faire. Il était prêt à mourir là-bas pour vous rendre fier. Il a failli mourir et vous avez l'audace de le traiter de faible ? C'est vous qui êtes faible, à vous cacher dans votre château, à garder vos secrets, à vous reposer sur deux adolescentes effrayées pour régler vos problèmes !

Sa voix grimpait dans les aigus. Elle s'accrochait à la table de toutes ses forces. Le regard du roi tomba sur sa main et s'écarquilla de terreur. Inès baissa la tête et vit que les griffes effilées de l'ourse avaient remplacé les ongles de Prisca et s'étaient enfoncées dans le bois de la table comme dans du beurre. Elle les retira lentement alors que sa main reprenait forme humaine.

– Je vous avais dit de les écouter, rappela Skuld, que tout le monde avait oubliée dans un coin de la pièce. Votre secret pourrait sauver de nombreuses vies.

Les yeux du roi allaient de la voyante à la table marquée. Il déglutit puis, l'air mécontent, capitula.

– Brokk est un traître. Il a abandonné son peuple et a volé notre trésor le plus précieux. Et pire encore, il l'a offert au souverain d'un autre monde, éructa-t-il.

– Où est-il allé ? demanda Inès, pleine d'espoir. Sur quel monde ?

– Asgard, cracha le roi avec dégoût.

– Mais nous n'avons plus de relations avec ce monde depuis des décennies, dit Alviss.

Asgard. Le royaume des Ases, où régnait le seigneur des dieux : Odin.

L'excitation envahit Inès. Les pièces du puzzle s'assemblaient et la prédiction de Skuld ainsi que les mots de Freya faisaient sens à présent.

– À qui la faute, à ton avis ? Rien de bien ne vous attend là-bas, cracha le roi. Ce monde est peuplé de traîtres et de lâches.

– Mais les runes nous ont dit d'aller voir Odin, répliqua Inès. Il faut qu'on s'y rende. Les légendes disent qu'Odin possédait un trône qui permettait de voir tous les mondes. Avec lui, on pourrait trouver Freya.

– Il y a une arche secrète dans le palais, dit soudain Prisca, sans lâcher le roi des yeux.

Sindri blêmit. Une veine pulsait à sa tempe.

– Vous ne pouvez pas savoir cela, c'est impossible, s'étonna Sindri.

Inès se tourna vers Prisca, interloquée elle aussi.

– Comment tu le sais ?

– Quand j'ai récupéré la pierre de Skuld, j'ai vu des choses, mentit Prisca, en omettant de mentionner Odin. J'ai vu une arche, ici, au palais. Où se trouve-t-elle ?

Sindri la fusilla du regard, les mâchoires serrées de rage mais une lueur de satisfaction mauvaise brillait au fond de ses yeux.

– Personne ne sait où est dissimulée l'arche. Brokk l'a cachée et condamnée.

Inès vit ses espoirs s'effondrer. Le palais était immense. Elles avaient été si près du but. Prisca aussi affichait une mine soucieuse.

– Maintenant sortez d'ici, ordonna le roi. J'ai respecté ma promesse et accompli ma part du marché. Je vous accorde l'hospitalité jusqu'à la fin du festival du Feu, en remerciement de vos services sous le volcan. Après, vous devrez quitter mon palais. Votre sort ne me concerne plus. Quant à toi, fils, je t'interdis de leur parler.

Encore sous le choc, Inès se laissa entraîner par Skuld hors du bureau royal.

Chapitre 29

Le festival du Feu battait son plein en ville et les couloirs du palais s'étaient vidés. Skuld avait rejoint les Helmiens qui avaient été relogés dans le quartier de la Gibbeuse, et Inès se sentait plus seule que jamais dans les grandes salles vides. Depuis plusieurs jours, elle cherchait cette fameuse arche perdue dans les moindres recoins du château.

Dissimulée derrière la statue de Fáfnir le dragon, Inès observait le tableau. Elle en scrutait le moindre détail pour ce qui lui semblait être la millième fois. Elle avait invoqué toutes ses connaissances en matière de mythologie afin de trouver un indice. En vain. Le portrait de Brokk était étonnamment simple comparé aux autres tableaux de la galerie. Il était assis sur un large fauteuil à oreilles vert, un livre sur les genoux. La pierre reposait dans sa paume ouverte, comme une invitation. « Ou une moquerie, pensa Inès en avisant le sourire en coin du Nain. Il se paie ma tête. »

Elle poussa un soupir, massa ses yeux douloureux. Elle devrait quitter le palais au lever du soleil le lendemain. L'hospitalité de Sindri touchait à sa fin et elle n'avait rien trouvé. Elle se retourna, constata l'absence de Prisca. Un nouveau soupir, triste, s'échappa de ses lèvres. Elle avait peu vu la jeune berserker depuis l'ultimatum royal. Celle-ci disparaissait dès le réveil pour ne réapparaître qu'après l'heure du dîner. Lorsqu'Inès avait essayé de l'interroger, Prisca avait haussé les épaules, prétextant qu'elle s'entraînait et cherchait l'arche. Inès n'avait pas insisté.

Depuis la cérémonie de l'éveil, Prisca s'était renfermée. Le départ de Brynhild avait accentué son besoin de solitude. Inès l'avait vue jeter des coups d'œil en coin à Alviss, qui les aidait de son mieux. Elle avait cru y déceler une pointe de jalousie avant de se morigéner. Pourquoi Prisca aurait-elle été jalouse du prince ? Cela n'avait pas de sens.

Inès remit ses lunettes sur son nez et reprit son observation du tableau. La tranche du livre attira son attention. Les phases de la Lune y étaient dessinées. Elle compta deux croissants, une lune gibbeuse et une pleine lune. Avec un froncement de sourcils, elle réalisa que le cycle de lunaison était incomplet. Une pointe d'excitation s'alluma dans sa poitrine. Et si cela constituait un indice ? Un livre sur les phases de la Lune ? Elle devait avertir Prisca et interroger Alviss. Le prince connaissait le palais comme sa poche, il saurait l'aiguiller.

Alviss surgit alors au détour du couloir, comme si Inès l'avait invoqué en pensée. Elle lui montra le livre peint alors qu'il s'approchait.

– Alviss, regarde ! Je crois que j'ai trouvé quelque chose.

– Ça pourrait être un livre caché ici, dit le prince en scrutant la peinture.

– Il y a une bibliothèque au palais, non ? Tu penses qu'on a le temps d'aller voir ? Le temps presse, nous devons absolument découvrir cette arche.

Alviss acquiesça. Inès ressentit une bouffée de reconnaissance pour le jeune homme.

– C'est par là, lui fit-il en passant devant elle. On récupérera Prisca en chemin.

Il l'entraîna dans les corridors silencieux du palais. Ils trouvèrent facilement Prisca dans la chambre qu'occupaient les filles au palais. Tous les trois descendirent d'un étage et se faufilèrent dans d'autres couloirs vides. Tout en rapportant sa découverte à Prisca, Inès adressa une prière de remerciements à Freya pour le festival du Feu qui battait son plein dans les rues de Nidavellir et avait vidé le palais. Alviss finit par ralentir dans un large couloir aux murs lambrissés.

– La bibliothèque est située derrière cette porte, au fond.

Ils pénétrèrent dans la plus belle bibliothèque qu'Inès ait jamais vue. La pièce, immense, au plafond en ogive peint d'étoiles sur fond bleu, était remplie de livres du sol au plafond. La lectrice en elle en fut émue aux larmes. Comme elle aurait aimé prendre le temps de découvrir toutes les histoires et les savoirs qui se cachaient ici. Mais le temps pressait. Un éclat familier scintilla dans son champ de vision périphérique.

– On est au bon endroit, les prévint-elle.

– Comment on procède ? demanda Prisca. On ne va pas lire tous ces livres ? Il y en a des milliers !

– Je ne pense pas que mon oncle aurait laissé un indice aussi large, répondit Alviss. Ça doit être autre chose.

– Il y avait deux croissants, une lune gibbeuse et une pleine lune, se remémora Inès. Ils doivent être quelque part ici.

– La bibliothèque est rangée en sections, expliqua Alviss. Séparons-nous pour fouiller plus vite.

Ils hochèrent tous les trois la tête et partirent chacun dans une direction.

Inès se dirigea vers le meuble le plus proche. Haut de près de quatre mètres, il était fait dans un acier gris, sculpté de motifs floraux. Elle parcourut les livres en rayon à la recherche des symboles lunaires.

Plusieurs heures s'écoulèrent dans un silence à peine troublé par les pas des trois intrus. Inès commençait à désespérer lorsque ses doigts effleurèrent une imperfection dans le métal de la vingt-troisième bibliothèque qu'elle inspectait.

Elle revint en arrière. Sur le côté droit du meuble, à hauteur de sa hanche, un minuscule symbole avait été poinçonné dans le métal. Elle se pencha et approcha son nez tout près pour découvrir un croissant de lune, épais comme un cheveu.

– Alviss, Prisca, appela-t-elle à voix basse. Je crois que j'ai trouvé !

Ses deux amis la rejoignirent aussitôt.

– On cherchait au mauvais endroit : ce n'est pas sur les livres, c'est sur les meubles, continua-t-elle. Il faut repérer les trois autres !

Elle marqua le premier emplacement en déposant un livre au sol et tous les trois reprirent leurs recherches avec un nouvel angle d'attaque. Ils n'eurent aucun mal à repérer les symboles manquants. Leur position formait un faisceau qui pointait vers un mur, et plus précisément vers la cinquième bibliothèque qui le flanquait.

Inès se précipita vers le meuble et l'inspecta. Elle ne mit pas longtemps à remarquer une rune en forme de B, gravée discrètement sous un livre situé contre le montant de fer. Elle le saisit mais l'épais codex de cuir résista. Fronçant les sourcils, elle raffermit sa prise et tira d'un coup sec. Avec un raclement désagréable, une partie du mur pivota sur son axe central, révélant un passage et un tapis bleu.

– Par tous les feux du volcan, souffla Alviss, extatique.

Sans attendre, il se faufila à travers l'ouverture poussiéreuse. Prisca et Inès le suivirent aussitôt. La poussière et la cendre ancienne se soulevaient en nuages gris. Inès éternua plusieurs fois, des particules plein les lunettes. Lorsqu'elle put y voir plus clair, elle découvrit Prisca souriant de toutes ses dents au milieu d'un bureau en bois lambrissé.

– Tu as raison, Inès, l'arche est ici, dit la berserker.

– La cachette de Brokk, s'extasia le prince. Personne ne l'a jamais trouvée.

Inès tourna sur elle-même pour embrasser la pièce du regard. Un gigantesque bureau trônait au centre de la pièce éclairée par un puits de lumière placé juste au-dessus et par une série de miroirs qui réfléchissait les rayons du soleil.

Le bureau était recouvert de plumes, de brouillons et de feuilles, et même de quelques maquettes miniatures inachevées. Un globe représentant Svartálfheim occupait tout un angle de la pièce. Le plafond était peint dans un bleu très foncé et figurait une nuit étoilée. Un système solaire qui ne ressemblait pas du tout à celui que les deux adolescentes connaissaient y était suspendu.

Le miroitement cristallin de l'arche se fit plus net que jamais. Des étagères tapissaient tous les murs et, sur chaque surface disponible, Inès aperçut des livres. Des livres partout, comme une réplique miniature de l'immense bibliothèque au cœur de laquelle le bureau était dissimulé. Et des rouleaux de parchemin, des tablettes gravées de plusieurs écritures différentes, certaines qu'elle reconnaissait et d'autres pas.

Elle rejoignit l'étagère la plus proche et observa les documents qui y étaient entreposés en vrac.

– Ce sont des runes, et là des hiéroglyphes, dit-elle en pointant les symboles du doigt. Du cunéiforme et là… du sanskrit ?

Elle resta bouche bée. Plusieurs langues lui étaient inconnues et elle découvrit des symboles qu'elle n'avait jamais vus nulle part. Toutes ces langues réunies au même endroit, cela lui paraissait impossible.

– Comment ? fut tout ce qu'elle réussit à balbutier.

– Oncle Brokk était diplomate et linguiste, répondit Alviss en époussetant sa tunique. Il a beaucoup voyagé.

– Mais… il n'y a que neuf mondes dans la mythologie nordique, répliqua Inès.

– La quoi ? fit le prince nain, l'air perdu.

Inès en resta muette de stupéfaction. Bien sûr, pour Alviss ce monde était son monde, pas un endroit qui ressemblait à un monde de légende dans la mythologie terrienne. Mais quand même, elle n'en revenait pas. Elle se tourna vers Prisca, éberluée. Cette dernière aussi paraissait surprise. Ses sourcils se froncèrent.

– Ça veut dire qu'il existe plus de neuf mondes, trancha-t-elle.

Un vertige saisit Inès. Ses lectures suggéraient que certains dieux et déesses de différentes cultures possédaient des attributs communs. Mais était-il possible qu'il s'agisse des mêmes ? Que d'autres mondes les vénèrent sous d'autres noms ? Elle chassa cette pensée aussi exaltante qu'angoissante.

– Trouvons déjà celui qui nous intéresse, tempéra Inès pour contrer la crise d'angoisse qu'elle sentait monter en elle. Je perçois la présence de l'arche.

Inès se focalisa sur les scintillements qui attiraient son regard. Les yeux mi-clos, elle les suivit jusqu'à un globe en bois peint. Aussitôt, le tintement s'amplifia. Elle contourna le globe et s'approcha du mur pour passer ses doigts sur le panneau de bois sans déceler la moindre imperfection ou rainure.

– Tu vois quelque chose ? demanda Prisca.

– Rien du tout, mais je sens que l'arche se trouve derrière, précisa Inès.

– Je peux regarder ? s'enquit Alviss.

Il s'avança vers le mur et Inès se décala pour lui laisser sa place. L'index du prince traça le contour d'un nœud dans le bois. Au début, Inès crut qu'il suivait des veines au hasard puis une forme se détacha. Un anneau dont le tracé se mit à luire doucement.

– Comment tu as fait ça ? s'exclama Inès.

– Brokk était connu pour ses mécanismes cachés. Il adorait tout compliquer pour rien. Je me souviens qu'il m'avait offert une boîte pour mon anniversaire quand j'avais quatre ans. Je n'ai réussi à l'ouvrir qu'au bout de huit années d'efforts.

– J'espère qu'il ne t'avait pas mis des gâteaux à l'intérieur, dit Prisca avec un sourire amusé.

– La boîte était vide. C'était le mécanisme, le cadeau, révéla Alviss avant de se tourner vers le mur à nouveau. C'est Draupnir, l'anneau d'or que mon oncle a forgé en signe d'amitié pour Asgard, expliqua Alviss. Si je me rappelle bien les marottes d'oncle Brokk…

D'un geste doux mais assuré, il appuya deux doigts au centre du dessin. Les contours de l'anneau brillèrent un peu plus fort et celui-ci se mit à tourner sur lui-même avec un claquement feutré, alors qu'au centre une niche apparaissait. De la taille d'une phalange de pouce, de forme oblongue.

Inès observait le panneau, pensive. La mention de Draupnir avait réveillé des souvenirs en elle. Sa mère lui avait souvent conté l'histoire de Loki, le dieu de la ruse, qui tenta de ridiculiser les Nains devant son père Odin en pariant qu'ils ne seraient pas capables de forger des objets exceptionnels. Malgré toutes ses tentatives pour les faire échouer, Brokk et son frère Eitri réussirent à forger trois objets merveilleux : l'anneau Draupnir qui confère la richesse, Mjöllnir, le célèbre marteau de Thor, et le sanglier Gullinbursti, la monture de Freyr. La vision de la gemme des Jötunn lui revint en mémoire. Loki avait murmuré à l'oreille d'Odin une ruse qui avait forcé Freya à céder une de ses pierres. Mais dans quel but ? Par envie ? Jalousie du talent des Nains ou du pouvoir de la déesse des Vanes ? Une guerre avait opposé les Ases, dirigés par Odin, et les Vanes, dont Freyr et Freya étaient les représentants. Les Ases avaient-ils la rancune tenace ?

– On dirait qu'il faut ajouter quelque chose, dit Prisca. Ça a l'air plutôt petit.

Inès porta la main à son pendentif. Il était tiède entre ses doigts. Elle examina la pierre, liée à Freya et celle des Dises. Succès et sagesse. Puis, elle se pencha pour observer l'espace vide. Ils avaient découvert le bureau secret en suivant les symboles laissés par Brokk, puis, dans son bureau, un nouveau mécanisme. Mais elle n'avait senti nulle part l'énergie d'une des pierres de Freya. Alors où se trouvait celle dessinée sur le portrait du Nain ?

– C'est la pierre, dit-elle, celle du tableau. Je pense qu'il faut une pierre pour traverser. Brokk a dû utiliser la sienne pour condamner cet endroit.

Inès ôta la chaîne de son cou et porta la gemme de sa mère devant son visage. Elle observa l'obsidienne avec attention. Sa forme correspondait parfaitement à l'encoche du mur. Elle déposa l'obsidienne dans le petit espace. L'anneau doré s'arrêta aussitôt de tourner avec un nouveau claquement satisfaisant.

Le panneau coulissa et s'entrouvrit sans un bruit. Inès récupéra juste à temps son pendentif. La lumière bleue de la faille baigna son visage. Le tintement clair résonna dans son oreille comme un salut de bienvenue. Un cri de surprise résonna dans son dos.

– Tu es trop forte, Inès, la félicita Prisca.

Inès sourit, poussa le battant de bois et révéla une minuscule pièce au centre de laquelle une arche toute simple ondoyait. Il y avait juste assez de place pour les trois adolescents. Alviss observait, fasciné, le mécanisme incrusté derrière la porte.

Inès fit un pas en avant, concentrée sur la faille. Les chatoiements dansaient partout dans l'air. Mais elle n'en percevait qu'un qui pulsait au même rythme, là où en temps normal, elle était submergée par les éclats qui représentaient tous les mondes, toutes les possibilités. Il n'y avait donc qu'une seule destination possible via ce passage.

Elle se focalisa sur ce monde unique qui l'appelait, le seul disponible. La lumière mouvante de l'arche ne lui donna à voir qu'une seule et unique chose également. Une fenêtre au milieu d'une salle tout en marbre blanc. De l'autre côté, Inès aperçut le ciel et crut entendre la mer. Elle eut beau se concentrer, elle ne perçut rien d'autre que ce lieu, silencieux comme un tombeau.

Alors qu'elle allait se détourner, elle saisit un mouvement dans les ombres qui peuplaient sa vision périphérique. Il y avait bien quelqu'un là-bas. Mais qui ? Elle frissonna.

– Je crois que cette arche ne donne accès qu'à un seul lieu, dit-elle, les sourcils froncés.

– À quoi ça ressemble ? lui demanda Prisca.

Inès lui décrivit la salle vide et la fenêtre. La berserker écouta sans rien dire, tourna autour de l'arche. Les traits de son visage, si souvent troublés ces derniers temps, s'étaient détendus. Inès crut même y lire une pointe de soulagement.

– Prête ? lança Prisca.

Inès se concentra sur l'arche. La peur se réveilla dans ses veines. Elle se retint de porter une main à son œil gauche. Elle adressa une prière silencieuse à Freya avant d'acquiescer.

– Je vous accompagne, lâcha Alviss.

Le prince tremblait un peu. Il affichait une mine peu rassurée mais résolue.

– Si mon oncle se trouve encore là-bas, il sera utile d'avoir un Nain avec vous pour qu'il accepte de vous aider. Il est aussi borné que mon père.

Ce dernier mot mourut sur ses lèvres et il n'ajouta rien de plus. Ce n'était pas nécessaire. Inès hocha la tête. Elle savait que, comme Prisca, il avait besoin de prouver des choses, de se prouver des choses. Elle aussi avait peur. Ce qu'il y avait de l'autre côté de cette faille l'inquiétait mais il était trop tard pour faire machine arrière. Elle serra plus fort le collier de sa mère dans sa paume. Elle échangea un regard avec Prisca et franchit la faille.

Chapitre 30

La première chose qu'elle ressentit, ce fut le froid. Prisca ouvrit la bouche et un nuage de buée blanche s'en échappa. La fenêtre décrite par Inès se trouvait là, juste face à elle, mais elle ne comportait pas de vitre et ouvrait sur l'extérieur. Une bise glaciale et salée s'engouffrait à travers.

Prisca s'avança vers la fenêtre. Au-dehors, la mer s'étirait à l'infini et, sur sa droite, une falaise se prolongeait dans le lointain. Les mains agrippées au rebord de pierre, elle se pencha en avant. Les murs blancs et argentés se profilaient sous ses pieds et plongeaient dans la mer qui venait s'y écraser en formant une écume blanche. La matière des murs se fondait dans la pierre.

– Fais attention à ne pas tomber, la prévint Alviss.

– Cet endroit est perché au sommet d'une falaise, dit Prisca.

Lorsqu'elle voulut se pencher par-dessus le rebord, son front heurta une surface translucide. Prisca se frotta le front, surprise, puis leva la main. Ses doigts rencontrèrent un mur invisible mais solide.

Elle rejoignit Inès au milieu de la grande salle vide en lui rapportant sa découverte. Inès hocha la tête. Elle se tenait droite au milieu de la pièce, les yeux écarquillés. L'intérieur ressemblait à celui d'un *skali* traditionnel, comme le palais de Hela, mais tout ici était fait de marbre blanc et de métal brillant, et non de bois. Les lieux sentaient la poussière et le métal. Prisca s'approcha d'une des poutres brillantes.

– Qu'est-ce que c'est ? De l'aluminium ?

Alviss, qui n'avait pas ouvert la bouche jusque-là, déglutit.

– Non, c'est de l'argent, balbutia-t-il en posant une main contre le métal.

– Tu es sûr ?

– Absolument certain. De l'argent partout. C'est incroyable, je n'en ai jamais vu autant. Mon père serait fou de savoir qu'une telle richesse se trouve à portée de main.

– C'est peut-être pour cela que ton oncle a dissimulé ce passage, suggéra Inès.

Le prince acquiesça avec circonspection. Prisca fronça les sourcils pour percer les ténèbres de la salle. Près des colonnes centrales, un reflet attira son attention, mais il faisait trop noir pour distinguer clairement de quoi il s'agissait. Prudente, elle s'avança vers la colonne la plus proche, à quelques mètres de l'arche, dans la pénombre.

– Où sommes-nous à votre avis ?

– Ça ressemble aux descriptions que ma mère m'a lues de Valaskjálf, le palais d'Odin, dit Inès en jetant un œil par la fenêtre. Et j'ai l'impression d'avoir déjà vu cet endroit, cette mer.

– Depuis combien de temps personne n'a franchi cette faille ? demanda Prisca.

– Plus de dix ans, répondit Alviss. Pourquoi ?

– Dix ans... pas étonnant que personne ne vienne à notre rencontre.

Un silence inquiet plana entre les adolescents. Prisca s'approcha de la colonne de marbre et d'argent. De longues lacérations en balafraient les décorations. Des marques qu'elle aurait reconnues n'importe où. Par réflexe, elle porta une main à son visage, et son index trouva la cicatrice sur sa joue. La peur brilla dans les prunelles de ses amis quand ils aperçurent les marques de griffes qui lacéraient le métal des colonnes. Mais Prisca ne partageait pas cette angoisse. Au contraire, depuis qu'elle avait mis les pieds dans ce palais vide, elle se sentait attirée. Comme si quelqu'un murmurait tout bas son prénom depuis longtemps. Comme si elle était attendue.

– Qu'est-ce qu'on fait ? demanda le prince.

– On explore mais on ne se sépare pas, répondit Prisca.

– On doit trouver Brokk, ajouta Inès. C'est lui qui possède la dernière pierre.

Ils quittèrent la salle sur leurs gardes. Mais le reste du palais se révéla aussi silencieux et vide que la salle de l'arche.

Plus ils arpentaient les couloirs dépeuplés, plus un malaise persistant étreignait Inès. Les murs et le toit d'argent reflétaient la lumière, qui filtrait par les hautes fenêtres, en milliers d'arcs-en-ciel miniatures. Pourtant il n'y avait personne pour apprécier le spectacle. Cela faisait plus d'une heure qu'ils marchaient, à présent, sans parvenir à s'orienter dans le dédale du manoir. Prisca se rembrunissait, silencieuse mais tendue. Elle avait les endroits clos en horreur.

Alviss finit par s'arrêter à une intersection. Un corridor, large de plusieurs mètres, croisait celui dans lequel ils se trouvaient déjà. Tout au bout, ils aperçurent une gigantesque porte en bois frappée de gravures et incrustée d'argent. Au-dessus, de larges fenêtres déversaient une lumière blanche, peu naturelle.

– On dirait la sortie, fit remarquer le prince. Allons voir.

Prisca acquiesça et trottina jusqu'à la porte. D'une main, elle saisit l'imposant anneau argenté qui servait de poignée et tira. De toutes ses forces. La porte ne frémit même pas. Frustrée, elle tenta une nouvelle fois, en vain. Avec un grognement, elle fit un pas en arrière. En l'observant mieux, Prisca réalisa que ce qu'elle avait pris pour des dessins abstraits lui évoquait des formes familières. La fenêtre de la pièce de l'arche était ornée des mêmes symboles. *Dagaz est tracée sur les portes et les fenêtres pour protéger contre l'intrusion des esprits.* Alors elle les vit. Toutes les runes protectrices entrelacées les unes aux autres. Dagaz, Eihwaz et Elhaz.

– Qu'est-ce que...

– Des runes de protection, murmura Inès.

Sourcils froncés, Prisca agrippa le heurtoir à deux mains, invoqua une fraction de la puissance de son totem. Ses muscles se gonflèrent, roulèrent sous sa peau, durcirent en formant des lignes sèches. Elle sentit le tatouage à son épaule la picoter. Elle tira à nouveau. En vain. La porte ne bougea pas d'un millimètre. Avec un grognement déçu, Prisca relâcha sa prise.

Alors qu'elle se tournait vers Inès et Alviss dans la pénombre que n'atteignait pas l'étrange lumière, elle crut à nouveau percevoir un mouvement. La vision fugace d'un visage pâle la fit sursauter.

– C'est comme si on était prisonniers, pesta-t-elle. D'abord ces étranges vitres sur les fenêtres, maintenant ça... Ça ne me dit rien qui vaille.

Prisca scruta les recoins du hall. Elle était certaine d'avoir vu quelque chose bouger. Elle s'avança et plissa les paupières. Près d'une des larges fenêtres en pied, elle pensa voir un rideau ondoyer.

– Continuons de chercher encore un peu, suggéra Alviss. Mon oncle doit bien se trouver quelque part.

Prisca haussa les épaules, elle n'écoutait que d'une oreille. Quelque chose l'attirait vers cette fenêtre. Une présence. Elle s'approcha de l'épais rideau et le saisit entre ses mains. Le tissu était tiède, comme si quelqu'un s'était blotti entre ses plis.

– Prisca, tu viens ? l'appela Inès.

– Oui, j'arrive, répondit-elle distraitement.

Elle relâcha la tenture avec réticence et suivit ses compagnons vers le couloir. Alviss prit la tête de leur groupe pour reprendre l'exploration des couloirs vides et brillants du manoir. Inès se rapprocha de son amie.

– Cet endroit me file la chair de poule. J'ai l'impression qu'on nous observe, chuchota Inès.

Prisca lui jeta un regard en coin. Avait-elle aperçu la silhouette sombre, elle aussi ? Les yeux d'Inès ne cessaient de se plisser et de fureter partout.

– Si c'est Brokk, pourquoi ne vient-il pas à notre rencontre ? continua Inès.

– Il a peut-être perdu l'habitude des gens, en dix ans, suggéra Prisca.

– Sindri a dit qu'il avait été banni parce qu'il avait préféré Odin à son propre peuple. Nous sommes chez Odin, où est-il ?

« Bonne question », songea Prisca. Les réminiscences de son rêve ne cessaient de la hanter. Le dieu lui avait demandé de le rejoindre. Elle était là, alors pourquoi ne venait-il pas l'accueillir ?

Leurs pas résonnaient dans les corridors vides. Peu importe ce qui se cachait dans le manoir, il ou elle savait à présent forcément que les trois adolescents se trouvaient là. Plusieurs fois, Prisca eut le sentiment désagréable d'être suivie. Mais elle eut beau se retourner, elle ne vit jamais rien.

Soudain, alors qu'ils revenaient sur leurs pas pour emprunter un embranchement délaissé, Alviss marqua une halte devant une double porte en argent martelé. Haute de près de cinq mètres, elle atteignait presque le plafond. Il tendit un doigt vers le battant. Un tas de chiffons était appuyé contre le mur. La silhouette était enveloppée dans une large cape qui portait les armoiries de Nidavellir, le marteau et la lune. Prisca sentit son corps se glacer alors qu'une certitude l'envahissait. Brokk. Alviss aussi dut le reconnaître car il fonça en avant. Prisca tenta de le retenir mais le jeune prince fut plus rapide.

Elles le rattrapèrent alors qu'il soulevait avec précaution la capuche qui masquait le visage de la personne. Il révéla les traits endormis et sereins d'un homme qui ressemblait à s'y méprendre au roi Sindri. Sa peau avait pris une couleur crayeuse. Ses sourcils épais et sa moustache fournie n'avaient pas été taillés depuis longtemps. Les mains croisées sur sa poitrine, serrées autour du livre aux dessins de lune, l'homme semblait apaisé.

– Il dort ? hasarda Prisca.

– Oncle Brokk ? appela Alviss en posant une main sur son épaule. Oncle Brokk, c'est moi, Alviss ! Par les joyaux, réponds-moi !

Il s'agenouilla près de son oncle et saisit ses mains entre les siennes, tenta de les réchauffer. Le livre glissa au sol avec un bruit mat. Prisca sentit une vague de pitié l'envahir. Qu'était-il arrivé à cet homme ? Avait-il erré seul pendant des années ? Pourquoi n'était-il pas rentré chez lui ? Le visage inerte de Brokk ne lui donna aucune réponse. Inès posa une main réconfortante sur l'épaule d'Alviss puis elle tendit un doigt vers le cou à la peau grise.

– Il est mort. Je n'entends ni pouls ni respiration. Je suis navrée, Alviss, souffla Inès.

– C'est impossible, regarde-le ! Pas de trace de décomposition, il est exactement comme dans mon souvenir, comme s'il n'avait pas vieilli ou presque, s'emporta Alviss.

Prisca voulut se pencher pour prendre le livre quand, à nouveau, sa nuque la démangea. Elle perçut un mouvement juste en marge, presque derrière elle.

– Et pourtant, elle dit la vérité, clama une voix dans leur dos.

Prisca se retourna vivement. Un homme, vêtu lui aussi d'une épaisse cape noire, les observait. Son capuchon rabattu masquait ses traits mais Prisca distingua sans peine son œil gauche fermé, barré d'une grosse cicatrice, alors que le second, d'un bleu très pâle, la dévisageait avec insistance. Elle le reconnut aussitôt et une vague de soulagement la traversa. Odin était venu la chercher.

Chapitre 31

F

Un sourire amusé étira les lèvres minces de l'homme, qui retira sa capuche, dévoilant une épaisse chevelure blanche.

– Bonjour Prisca, je suis ravi de te voir enfin en chair et en os. Il y a longtemps que personne n'est venu ici. Je sais pourquoi vous êtes là. Alviss de Nidavellir, et Inès de Midgard, les salua-t-il.

Inès resta bouche bée. En chair et en os ? Qu'est-ce que cela signifiait ? Les questions se bousculaient dans sa tête. Elle pivota vers Prisca mais celle-ci fixait Odin sans détourner les yeux vers elle.

– Vous connaissez nos noms ? lança Alviss, suspicieux.

– Je sais tout et je vois tout.

« Odin a sacrifié son œil en échange du savoir, pensa Inès en fouillant dans ses souvenirs. Il sait tout et il voit tout. Il possède un trône magique duquel il peut voir tous les mondes et tout ce qu'il s'y passe. Il a dû suivre notre avancée depuis le début. » L'image du dieu forçant Freya à donner l'une de ses gemmes aux Géants s'imposa à elle et le doute s'insinua dans son esprit. Que leur voulait-il ?

– S'il est mort, pourquoi ressemble-t-il à ça ? demanda le jeune prince, les yeux écarquillés.

– Ah, ça ? C'est à cause de la protection. J'ai scellé Valaskjálf, dit Odin avec un air désolé. Entre les murs du manoir, le temps est arrêté, rien ne rentre et rien ne sort, rien ne bouge. Protégé. Brokk est mort, il y a presque dix ans.

Il marqua une pause. Alviss affichait une mine abattue. Inès elle-même sentit le désespoir l'envahir. Ils étaient bloqués dans ce palais. Pourquoi Freya les avait-elle envoyés ici ? Pour la pierre. Inès se retourna vers le cadavre du Nain et entreprit de fouiller ses poches sous le regard choqué d'Alviss. Elle tressaillit en effleurant la peau glacée et dure comme du marbre de Brokk.

– Inès ! s'exclama-t-il. Qu'est-ce que tu fais ?

– Je cherche la pierre, c'est pour ça qu'on est là.

Mais elle eut beau fouiller dans les moindres replis, elle ne trouva rien. Elle saisit délicatement le livre et l'ouvrit. Il ne contenait que des pages blanches.

– La pierre n'est pas sur lui. Où est-elle ? demanda-t-elle à Odin. Vous savez de quoi je parle, ne faites pas semblant, le collier de Freya vous intéresse depuis toujours.

Le visage du dieu se plissa imperceptiblement. Inès vit le coin de sa lèvre tressaillir et les muscles de sa mâchoire se tendre avant qu'il affiche un large sourire.

– C'est vrai, admit-il, le collier des Brísingar est un artefact puissant que j'aurais adoré posséder, comme beaucoup d'autres qui l'ont convoité.

– Loki par exemple ? Qui a forcé Freya à donner une des pierres aux Géants.

– Tu es bien renseignée. Mais tu te trompes sur le reste, il n'y a pas de pierre ici, répondit Odin en ouvrant les bras en signe d'impuissance.

– Vous mentez ! s'écria Inès. Freya m'a dit de venir à vous, une Norne a tiré les runes pour nous et cela nous a menés dans votre palais. Vous avez affirmé que rien ne pouvait sortir, cela signifie que la pierre est toujours ici.

La colère lui donnait chaud. Elle savait qu'Odin mentait. Tout ça était trop louche. Elle voulut faire un pas vers lui, index tendu devant elle, mais une main se referma autour de son poignet. Ses yeux rencontrèrent ceux de Prisca, assombris par la colère.

– Arrête, gronda son amie. Les règles de l'hospitalité sont sacrées, tu te souviens ? Nous sommes chez lui, chez Odin. Montrons un peu de respect !

– Mais…

Un grondement sourd, monté de la gorge de Prisca, la figea sur place. Les pupilles de son amie avaient viré au jaune. Inès se dégagea d'un geste brusque et recula en trébuchant vers Alviss. Prisca venait de la menacer. Elle ne pouvait pas y croire. Tout son corps se mit à trembler comme une feuille. Odin leva les mains en signe d'apaisement.

– Calmons-nous. Je sais que c'est une situation compliquée pour tout le monde. Que diriez-vous de manger et boire ? Comme le veulent les règles de l'hospitalité, dit-il en adressant un sourire complice à Prisca. Suivez-moi !

Il remonta de quelques pas le couloir par lequel il était arrivé et s'arrêta pour les attendre. Prisca lâcha

Inès et le rejoignit sans un mot. Alviss rechignait à abandonner son oncle mais se tourna vers Inès et lui prit la main.

– Il n'a pas tort, admit-il. Je pense qu'on a besoin de se poser pour faire le point.

– On trouvera une solution pour ton oncle, je te le promets, chuchota Inès.

Alviss acquiesça faiblement et se laissa entraîner dans le palais.

Odin ouvrit une petite porte qui flanquait le couloir. Il les fit entrer dans une large pièce munie d'une gigantesque table en bois et de nombreux tabourets. Sur un mur, une immense cheminée, assez large pour contenir un bœuf entier, répandait une chaleur agréable.

Au plafond bas, des jambons étaient suspendus ainsi que des bouquets d'herbes et des grappes de fruits. Les tables qui longeaient les murs croulaient sous les vivres, les légumes et des miches de pain dorées.

Dans un coin, des oranges et des citrons diffusaient une odeur agréable d'agrumes frais. Le dieu les invita à s'installer autour de la table. Prisca sentait son regard sur elle. Il ne la quittait pas et, en sa présence, il lui parut plus simple de contrôler l'ourse en elle. Odin lui adressa un clin d'œil discret et s'assit à côté d'elle après avoir déposé du pain et du beurre frais sur la table. Inès se cogna le genou en prenant place sur un tabouret.

– Servez-vous, mangez, je vous en prie. Ensuite nous pourrons parler. J'imagine que vous avez beaucoup de questions.

Comme Inès hésitait, Prisca se servit la première. Elle beurra généreusement une tartine et mordit dedans avec entrain, même si elle n'avait pas très faim. Le beurre onctueux fondit sur sa langue. Le pain était croustillant et tiède. Les autres l'imitèrent et personne ne parla pendant un moment. Ce fut Alviss qui rompit le silence.

– Comment mon oncle est-il mort? Et pourquoi n'est-il pas rentré chez nous?

– Il ne le pouvait pas. Il m'avait juré fidélité et il a donné sa vie pour m'aider. Je suis désolé pour ta perte, mais je n'ai pas eu le choix.

Alviss blêmit, comme si le dieu venait de le gifler. Prisca tiqua. Odin semblait si détaché de tout. Il justifiait à Alviss la mort de son oncle comme s'il s'agissait d'une broutille. Inès était livide de rage et Prisca la sentait prête à exploser. C'était la première fois qu'elle percevait ce sentiment chez la jeune fille. Inès, d'habitude douce, peinait à se contrôler.

– Où sont les autres dieux? demanda Prisca pour temporiser.

– Les autres? Ah, j'imagine que tu veux parler de Loki, Thor et compagnie. Ils sont tous partis défendre Asgard, dirigés par Týr et Heimdall. Ceux qui avaient un monde à eux y sont retournés. Pauvre Hela, son monde n'est plus que mort et désolation à présent. Svartálfheim s'en est bien sorti grâce à vous, vous êtes arrivées au bon moment.

– Où est la pierre? demanda une nouvelle fois Inès entre ses dents.

Cette fois Odin se tourna vers elle et il n'y avait plus rien d'aimable dans son expression.

– Je te le répète, je n'ai pas de pierre.

– Pourquoi avoir scellé le palais? demanda Inès d'un ton abrupt.

Prisca sentait la colère d'Inès enfler et émaner d'elle par vagues. Il était évident qu'elle ne croyait pas le dieu. Elle remettait en doute toutes ses paroles. Et ce manque de confiance la peinait. Chacun de ses mots la heurtait comme un coup de poing. Prisca se sentait liée à Odin. En repoussant le dieu, Inès la repoussait, elle aussi.

– À cause des Destructeurs, évidemment. J'ignore d'où ils viennent mais quand ils ont commencé à traverser, j'ai compris que rien ne les arrêterait. Qu'ils détruiraient tout sur leur passage. Alors j'ai protégé Valaskjálf. Alors que le *seidr* disparaissait peu à peu, j'ai utilisé ce qu'il en restait pour alimenter les protections du palais, et le sceller hermétiquement contre toute attaque. Et j'ai bloqué l'arche, on peut venir ici mais pas en repartir.

– Alors nous sommes enfermés ? comprit Inès.

– Vous êtes en sécurité, acquiesça Odin. Je sais que ce n'est pas la nouvelle que vous attendiez mais croyez-moi, c'est mieux ainsi. Vous avez accès à tout le palais. Il y a une bibliothèque, des jardins intérieurs, tout ce qu'il faut pour passer le temps. Je travaille à renverser le mécanisme de l'arche, vous pourrez peut-être m'aider.

– Comment ? demanda Prisca.

– Je sens le *seidr* en vous. Celui-ci s'amenuise mais si vous avez pu arriver jusqu'ici c'est que vous y avez encore accès. Nous pourrons peut-être inverser le processus.

– Il faut essayer, admit Prisca. Inès ?

Alviss ne disait rien, dépassé par les évènements et encore choqué par la découverte du cadavre de son oncle. Inès hocha la tête, visiblement à regret, plongée dans ses pensées. Prisca voulut attraper son regard mais son amie se détourna. Cette dérobade fissura quelque chose dans son cœur. Odin se leva.

– Comme je l'ai dit, vous êtes libres d'aller et venir dans le palais. Il y a des chambres au bout du couloir. Prisca, si tu veux bien me suivre, je souhaite te parler.

Cette fois, Inès réagit. Elle redressa la tête, les yeux plissés par l'incompréhension.

– Pourquoi Prisca seulement ?

– Parce que cela ne concerne que moi et ma fille, lâcha le dieu.

– Votre fille ? répéta Inès en se tournant vers Prisca. De quoi il parle ?

Prisca fit la grimace mais le dieu posa sa main sur son épaule et sa voix résonna dans son esprit, bienveillante, rassurante, paternelle. *Viens, fille d'Odin, ta place est avec moi.*

– Parce que tous les berserkers sont mes enfants, répondit le dieu à sa place. Je l'ai marquée comme mienne lors de son éveil.

– Prisca ? balbutia Inès.

– Il a raison, avoua-t-elle. Inès, je n'ai jamais vu Freya en rêve. Odin est celui qui est venu à moi. Je suis désolée, c'est comme ça.

C'était la vérité et pourtant prononcer ces mots lui parut la chose la plus difficile qu'elle ait jamais faite. L'expression de tristesse mêlée d'incompréhension qu'elle lut sur le visage d'Inès lui bloqua la respiration. Sans se retourner, elle suivit le roi des dieux hors de la petite cuisine.

Chapitre 32

ᚠ

Inès resta assise, incapable de réagir. Tout s'effondrait autour d'elle. Ils étaient bloqués ici avec un dieu. Son instinct lui soufflait que quelque chose n'allait pas. Et par-dessus le marché, Prisca venait de partir avec Odin en lui révélant qu'elle n'avait jamais vu Freya en rêve. Elle lui avait menti. « Vraiment ? » souffla une petite voix en elle.

Elle fouilla dans sa mémoire et fut obligée d'admettre que Prisca ne lui avait jamais dit explicitement avoir parlé à Freya. Et la déesse l'avait prévenue : les berserkers étaient sous le patronage d'Odin, il semblait logique que ce soit le dieu et non Freya qui soit apparu à Prisca. Comment avait-elle pu passer à côté de ça ? Ses yeux s'emplirent de larmes et sa vision, qui avait encore baissé suite à son passage de l'arche, se brouilla au point qu'elle n'y vit plus rien du tout. La certitude qu'il lui restait peu de temps avant de perdre définitivement la vue lui tordit le ventre.

– Inès, ne pleure pas, tenta de la réconforter Alviss. Elle va revenir, j'en suis sûr.

À ces mots, les larmes dévalèrent sur ses joues et Inès ne put les retenir. Les bras du prince nain l'enveloppèrent et elle laissa libre cours à son chagrin.

La crise passée, elle se redressa en essuyant ses joues et ses lunettes.

– Qu'est-ce qu'on va faire ? renifla-t-elle en séchant le nez d'un revers de manche.

Alviss haussa les épaules. Il se pencha sur la table et attrapa le livre de Brokk que Prisca avait oublié derrière elle. Il le feuilleta, perplexe.

– Mon oncle adorait tenir des journaux, dit Alviss.

– Mais ces pages sont blanches, constata Inès en l'observant par-dessus son épaule. Il n'y a rien d'écrit.

– Effectivement, ça ne lui ressemble pas. Odin a dit que Brokk l'avait aidé à protéger le palais, alors il a peut-être laissé des écrits ou des notes ailleurs. Explorons le palais, nous n'avons rien de mieux à faire.

Inès hocha la tête. Le prince se leva, livre sous le bras, et ensemble ils quittèrent la cuisine.

Ils visitèrent chacune des pièces sur leur chemin, poussèrent toutes les portes qu'ils rencontrèrent. Inès manqua plusieurs fois s'assommer en trébuchant sur les marches de pierre dont elle ne percevait plus la profondeur. Elle sentait ses jambes et ses coudes se couvrir de bleus. Comme l'avait dit Odin, ils trouvèrent des dortoirs au bout du couloir. Il y avait même des sources chaudes, d'immenses bassins de pierre où l'eau tiède ne refroidissait jamais et dans laquelle ils purent se laver.

Ils ne croisèrent personne, pas même Odin ou Prisca qui semblaient s'être volatilisés. Ils inspectèrent la bibliothèque qui contenait plus de livres encore que celle de Nidavellir, mais cette vision ne suffit pas à remonter le moral d'Inès. Au contraire, l'abattement n'en fut que plus grand, le sentiment de trahison soulevé par le départ de Prisca, plus perçant. Et l'idée de finir ses jours au milieu de ces livres écrits dans une langue runique qu'elle ne comprenait pas l'angoissa.

Le soir tomba vite sur le palais. La lumière blanche tourna au gris puis à la pénombre. Des lumières s'allumèrent dans les couloirs interminables, provenant du plafond, comme nées du néant. Inès et Alviss retournèrent à la cuisine. Ils y trouvèrent de la viande fumée et de la purée. Mais toujours aucune trace ni de Prisca ni du roi des dieux. Ils mangèrent en silence et rejoignirent l'un des dortoirs. Si Alviss s'endormit vite, Inès resta de longues heures dans le noir à réfléchir, avant que le sommeil la prenne.

Le lendemain, Inès ne croisa pas la jeune berserker au petit-déjeuner. Plus le temps passait, plus son sentiment de malaise s'accentuait. L'absence de Prisca lui semblait... anormale. Elle ne cessait de retourner les paroles de son amie dans sa tête. Sans s'en rendre compte, elle avait pris l'habitude de sortir la petite sculpture d'ours chaque fois qu'elle pensait à Prisca. Où était-elle ? Que faisait-elle ?

Elle chassa ces questions sans réponses et repoussa la tartine de miel qu'elle s'était faite, l'appétit coupé par l'angoisse. Depuis la veille, elle ne cessait de repenser à l'arche et à la salle qui la contenait. Odin avait dit qu'il avait scellé le palais pour empêcher les Destructeurs d'y pénétrer. Pourtant elle était certaine d'avoir déjà vu cet endroit. Il ressemblait à la tour de son rêve, celui dans lequel Freya lui avait parlé de la dyade. Mais quelque chose était différent à présent. La pièce dans laquelle elle avait atterri était sombre et non lumineuse. *Les runes.* Il y avait des runes qui n'existaient pas dans la version de Freya.

Elle se leva et sortit précipitamment. Alviss, la bouche encore pleine, la suivit en s'essuyant les mains sur sa tunique.

– Inès, attends ! Où tu vas ?

– Vérifier quelque chose.

Elle accéléra le pas et réussit à retrouver la salle par laquelle ils étaient arrivés, en se fiant au miroitement caractéristique de la faille. En faisant abstraction du plafond, il s'agissait bien de la même pièce que celle de son rêve. Freya s'était tenue ici, près de l'arche, et elle lui avait montré comment s'en servir.

Par les fenêtres, le même paysage de falaises et de mer était visible. Inès se pencha à la fenêtre, attirée par la vue. Puis soudain, elle se rappela qu'elle avait déjà vu ceci auparavant. Elle avait déjà aperçu cette mer grise, maladive, à travers l'arche sous le volcan. Cela signifiait qu'il existait un second passage entre ici et d'autres mondes, une arche, hors des murs. Inès se recula pour réfléchir, observant le ciel délavé au-dehors. C'est alors qu'elle prit conscience d'une anomalie. Les runes de protection étaient tracées sur le côté intérieur des fenêtres. Elle se souvint que c'était également le cas sur la grande porte d'entrée.

Elle se retourna vers la salle. Alviss s'appuyait contre une colonne pour retrouver son souffle.

– Les runes, elles sont placées à l'intérieur et pas à l'extérieur de la porte, fit-elle remarquer. Donc la protection est active de ce côté.

Le prince fronça les sourcils en prenant la mesure des paroles de son amie.

– Tu veux dire, comme si c'était nous qu'on empêchait d'entrer quelque part ?

Inès acquiesça. Un malaise étrange se logea dans sa poitrine. Ça n'avait pas de sens. Les runes protégeaient les maisons des attaques extérieures. Pourquoi aurait-on voulu condamner le palais d'Odin ? Que contenait-il qui mériterait une telle débauche de protections ? Décidément quelque chose ne tournait pas rond dans cet endroit. Inès entreprit d'inspecter la pierre blanche. Elle devait quasiment coller son nez dessus pour y voir clair.

– Qu'est-ce qu'on cherche ? demanda le prince.

– Je ne sais pas, avoua Inès. Un objet, une marque qui sorte de l'ordinaire, quelque chose qui ne devrait pas se trouver là... Mais je n'y vois rien !

Elle avait prononcé ces mots d'une voix vibrante de colère et de désespoir. Elle se fit violence pour se ressaisir et, à défaut de ses yeux, utilisa ses doigts pour ausculter la pierre.

– Voir quelque chose qui n'est pas là ? répéta Alviss pensif.

Les doigts d'Inès parcouraient la pierre lisse, au grain doux. Elle allait abandonner quand Alviss poussa un cri.

– Tu as trouvé un indice ? demanda-t-elle en se redressant.

– Non, mais je crois que je sais pourquoi les pages du livre sont blanches.

Alviss déposa le livre au sol, bien à plat, et appliqua ses paumes sur les deux pages ouvertes.

– Brokk adorait garder une trace de tout ce qu'il faisait mais il détestait qu'on lise ses journaux. Il possédait lui aussi un petit don avec la pierre, ce qui a rendu sa trahison encore plus infâme aux yeux de mon père, expliqua Alviss. Il utilisait de la poudre de quartz pour graver ses notes de manière invisible dans les pages. Mais la pierre s'incruste et demeure.

Un chant profond et doux monta de sa gorge, comme l'éboulement de toutes petites pierres dans les montagnes lointaines. Inès se mordit la lèvre en comprenant que le prince nain utilisait son pouvoir de chanteroche. Elle guettait sur ses mains l'apparition des signes de pétrification.

Pendant un instant, il ne se passa rien. Puis, lentement, des lettres apparurent à la surface du papier.

Prisca luttait pour maintenir son esprit à la surface. Les pattes puissantes de l'ourse raclaient la pierre avec empressement. Elle voulait sortir. Son nez frémissant percevait l'odeur iodée de la mer, si proche. Elle avait besoin de nature, d'espace, d'extérieur. La voix d'Odin résonna dans son esprit, suave mais ferme.

– Allez, guerrière, résiste encore un peu.

« Je dois reprendre ma forme humaine, haleta Prisca noyée dans l'esprit de l'ourse. Je… ne… »

Prisca rassembla toute sa volonté et repoussa l'animal tout au fond d'elle-même. La transformation s'opéra en sens inverse. Ses os se contractèrent, ses tendons rétrécirent, ses muscles se comprimèrent. Avec un gémissement douloureux, Prisca se retrouva accroupie au sol, couverte de sueur, tremblant de tous ses membres. Odin lui accorda un regard dédaigneux où perçait la déception, avant de se détourner.

– Voilà pourquoi les femmes font de mauvaises guerrières, lâcha-t-il, acerbe. Et d'encore moins bonnes berserkers.

Prisca sentit ses entrailles se glacer. Une peur ancienne se remit à ramper dans les recoins de son esprit. *Si tu n'es pas assez bonne, il t'abandonnera.*

– Je suis désolée, s'entendit dire Prisca.

Elle se laissa tomber sur les fesses, tenta de reprendre son souffle. Depuis qu'il l'avait emmenée, le dieu n'avait eu de cesse de l'entraîner. Très vite, il l'avait encouragée à provoquer ses métamorphoses. Mais chacune d'entre elles coûtait une énergie considérable à Prisca. Elle avait vite trouvé sa limite. Trois métamorphoses successives. Trop peu au goût du roi des dieux. Odin s'accroupit près d'elle, saisit son menton entre ses doigts.

– Tu veux sortir d'ici, n'est-ce pas? Tu veux te montrer digne des pouvoirs que je t'ai donnés?

La gorge sèche, Prisca hocha la tête. Les doigts crochus du dieu s'enfonçaient douloureusement dans sa mâchoire.

– Alors repousse tes limites! Prouve-moi que tu es une vraie berserker. Remplis ton totem de *seidr*, chaque transformation te rend plus forte. Utilise cette rage que je vois dans tes yeux.

– Mais comment mes transformations vont nous aider à quitter le palais? parvint à demander Prisca. Il est scellé hermétiquement, par vous!

– Je n'ai plus accès au *seidr*, moi-même, toutefois je connais les runes et les formules qui nous permettront de créer une sortie. Mais pour cela j'ai besoin de puissance. Et la vie est la plus grande des magies. Le tatouage de ton totem est comme un réservoir, tu peux l'alimenter. En le remplissant, nous accumulerons suffisamment de puissance pour faire fonctionner le sort.

Prisca fronça les sourcils. Les paroles d'Odin se frayaient un chemin à travers le brouillard de sa fatigue. La vie est magie. Elle repensa au cadavre de Brokk. Et s'il avait servi de catalyseur au sort de protection du palais ? La peur se nicha dans son cœur. Allait-elle finir comme le Nain ? Mais l'idée de rester enfermée dans ce palais stérile, d'échouer et de décevoir le dieu, l'emporta sur tout.

– Ma puissance est décuplée quand je suis avec Inès, dit-elle. Pourquoi ne pas la faire venir ?

Évoquer Inès était étrangement douloureux. Le lien qui les unissait se distendait. Elle le sentait dans son âme. Elle percevait à peine la présence de son amie.

– Non, répliqua Odin, d'un ton catégorique. Elle est trop liée à Freya, je n'aurais aucun contrôle sur elle. Non, Prisca, c'est toi, l'élue, toi que j'ai choisie, la seule qui peux me libérer de cette prison maudite.

Prisca cligna des yeux. La fatigue la submergeait comme une vague. Une prison ? De quoi parlait-il ? Ses paupières papillonnèrent et elle sombra dans le sommeil. Sa dernière pensée fut pour Inès.

Prisca laissa la douce brise lui caresser le visage. Il faisait bon, le soleil lui chauffait agréablement les joues.

La brise charriait une odeur de fleur et de vase. Le clapotis de l'eau chantonnait près de ses oreilles.

– Tu possèdes de nombreuses protections, dit une voix.

Prisca ouvrit brusquement les yeux et se redressa. Elle se trouvait sur une petite île au milieu d'un lac. Quelques arbres et des menhirs étaient dressés en son centre. Une femme l'observait, assise en tailleur, ses cheveux blonds collaient à son visage et des cernes noircissaient ses paupières. Elle paraissait épuisée.

– Freya, dit Prisca.

Freya hocha la tête en signe d'assentiment.

– Ta carapace est impressionnante, cela fait longtemps que j'essaie de te parler. Pour une fois, je devrais remercier ce vieil Odin : en t'épuisant de la sorte, il m'a ouvert une petite porte.

Une vague de culpabilité envahit Prisca, mêlée de soulagement et de curiosité. Les questions se bousculaient contre ses lèvres.

– Où est Odin ? Pourquoi êtes-vous là et pas lui ? Les berserkers lui appartiennent.

– Ah, je vois qu'il a bien travaillé sur toi, se désola Freya.

– Les berserkers sont sous son patronage, répéta Prisca.

– Je n'ai pas beaucoup de temps et je n'aurai plus la force de vous contacter, ni toi, ni Inès, alors laisse-moi te poser une question. Les légendes ne parlent que d'hommes berserkers, jamais de femmes, et pourtant tu es là. Ça ne t'intrigue pas ?

– Il y a peu de temps encore, je ne savais même pas que des femmes pouvaient devenir des berserkers, avoua Prisca avec prudence.

– Oui, les hommes aiment s'attribuer les capacités intéressantes, répliqua Freya avec une moue agacée. Mais je suis celle par qui toute magie advient. Ils peuvent essayer de nous effacer des histoires, ils ne peuvent pas nous voler qui nous sommes. Des femmes, des guerrières, des sorcières. Les femmes berserkers sont rares car elles sont mes filles. Ce sont des guerrières, certes, mais des protectrices avant tout.

– Celle qui protège, se rappela Prisca. Inès en a parlé.

– Celle qui protège et celle qui voit. La dyade, confirma Freya. Odin est dieu de la sagesse mais aussi de la fourberie. Il est rusé et jaloux. Il sait tout, mais il ne te dit pas tout.

– Odin est omniscient, il est le roi des dieux, balbutia Prisca, perturbée par les révélations de la déesse.

Freya lui adressa un sourire triste. La fatigue brouillait ses traits et il sembla à Prisca que la déesse perdait de sa consistance. Ses cheveux blonds devenaient transparents et l'adolescente pouvait voir la forêt derrière elle à travers sa peau translucide.

– Alors pourquoi reste-t-il enfermé dans son palais au lieu de nous venir en aide ? demanda Freya.

Prisca resta muette. Elle tourna la question dans sa tête sans parvenir à trouver une réponse. Odin disait la suivre depuis le début mais il n'avait jamais rien fait de concret pour les aider. « Il m'a marquée comme sienne », se rappela-t-elle. En proie au doute, Prisca ouvrit la bouche pour questionner Freya et fronça les sourcils alors que son rêve se délitait. Freya s'évapora avec un dernier sourire las.

Chapitre 33

– Tu arrives à les déchiffrer ? demanda Inès, excitée. Est-ce qu'il mentionne la pierre ?

Alviss hocha la tête.

– Il n'y a que quelques mots. « Frise », « interdit » et « berserkers », ça te parle ?

Inès fit tourner ces mots dans sa tête. L'interdit devait concerner ce qui bloquait le monde de Freya.

– Berserker, c'est peut-être lié à Prisca. Mais la frise ? Je ne me souviens pas d'en avoir vu une.

– Nous n'avons pas exploré tout le palais, dit Alviss. S'il s'agit d'un bas-relief comme on en a à Nidavellir, alors cette frise est forcément visible dans les salles ouvertes au peuple.

– Tu penses à la salle du trône devant laquelle se trouve ton oncle, comprit Inès.

Lorsqu'ils s'étaient présentés là-bas, Odin était apparu peu après. L'idée qu'il ne voulait pas qu'ils entrent s'ancra dans l'esprit d'Inès. Alviss hocha la tête. Il se leva en serrant le livre contre lui et tendit une main à l'adolescente. Elle la saisit avec gratitude et ils quittèrent la tour.

Devant la grande porte ouvragée, le corps de Brokk n'avait pas bougé. Son expression demeurait sereine. Alviss s'inclina devant son oncle et le remercia pour l'indice qu'il leur avait laissé. Ils durent s'y mettre à deux pour faire pivoter le lourd battant. Celui-ci s'ouvrit en silence et dévoila une grande pièce au plafond haut de plusieurs mètres.

Inès s'avança. Elle n'y voyait pas clair. Des tas de bois avaient été entassés dans un coin au fond de la salle. Des milliers de runes de protection étaient gravées sur les murs. Elle n'avait pas besoin de sa vision humaine pour sentir leur pouvoir, les symboles luisaient, clairs et nets, sur toutes les surfaces qui l'entouraient.

Au bout de la salle en ogive se dressait une large estrade de bois, sculptée de serpents et de runes, qui faisait face au vide. Inès pouvait humer les embruns d'une mer déchaînée en contrebas, et le roulement furieux de l'océan emplissait ses oreilles. Un tas de bois, haut comme deux hommes, gisait dans le coin le plus éloigné. Mais il n'y avait pas de trône. Une aura malsaine flottait dans l'air. Inès pouvait la renifler comme un relent fétide. « Peut-être que l'odorat de Prisca déteint sur moi, à travers notre lien », pensa-t-elle. Elle plissa le nez, incommodée, avant de réaliser qu'elle connaissait cette odeur de soufre. Ça sentait la souffrance et le sang. C'était l'odeur lourde qui accompagnait les Destructeurs. Alviss lui fit signe de le rejoindre.

– Eh bien, je crois qu'on a trouvé la frise, lâcha le prince nain en s'approchant d'un mur.

Inès le rejoignit. Tous le long des parois de marbre blanc, de fines lignes dessinaient des figures humaines. Inès dut s'approcher tout près pour les déchiffrer mais elle reconnut très vite leur contenu.

– Ce sont les Eddas, les légendes qui racontent l'histoire des dieux!

Elle suivit le mur, redécouvrant la création du monde, puis des Ases, et la description des différents dieux. Le mariage d'Odin avec Frigg, puis la naissance de Thor.

Elle avança jusqu'à ce qu'elle reconnaisse la première mention de Freya. Comment celle-ci avait offert le *seidr* et la magie aux Ases, et comment Odin se l'était appropriée. Elle s'arrêta devant l'évocation de la première guerre. Inès lut le récit de ce conflit opposant les Ases, les dieux principaux de la mythologie nordique, menés par Odin, et les Vanes, second groupe de dieux, dont Freya et Freyr étaient les représentants. Mais ce qu'elle comprit des fresques différait de ce qu'elle avait lu sur Terre.

– Les guerriers l'emportèrent sur les fourbes magiciens, traduisit Alviss pour elle. Et les Ases, en tout point supérieurs, offrirent une trêve aux vaincus en échange de la magie. Car seul les Ases sont de vrais dieux et déesses, méritant le respect et la dévotion des hommes, et Odin est leur roi.

– Je croyais qu'ils avaient conclu une trêve par manque de vainqueurs, riposta Inès.

– Les plus forts récrivent l'histoire, dit Alviss entre ses dents. Tiens, c'est étonnant, on dirait qu'un mot a été effacé.

Il tendit le doigt vers une série de runes abîmées et illisibles. Inès plissa les yeux.

– Tu arrives à les lire malgré tout ?

– Non. Ils rendent la phrase incomplète. « Et les vaincus retournèrent à... »

– Retournèrent où ? C'est l'interdit ! s'exclama Inès. Quelqu'un a effacé le nom et il est devenu tabou, imprononçable. C'est le monde que l'on cherche, le monde de Freya !

– Mais pourquoi aurait-on fait ça ? Et surtout comment ? Cela signifie que la salle du trône est liée au reste des mondes ? Est-ce seulement possible ?

Inès réfléchit, puisant dans les histoires que sa mère lui contait enfant. Ses yeux s'attardaient sur la plateforme vide. À l'endroit où aurait dû se trouver le trône magique d'Odin.

– C'est le trône ! comprit Inès. Il est lié à Yggdrasil, l'arbre monde qui supporte tous les autres. Dans les sagas, on dit que lorsqu'Odin s'assoit dessus depuis son palais, il peut voir tous les mondes, il obtient l'omniscience. Cet endroit est le seul qui relie tous les mondes entre eux, grâce à Yggdrasil. C'est comme ça que l'interdit s'est répandu partout. Il faut qu'on retrouve ce nom. Tu penses qu'on peut encore le déchiffrer ?

– Je suis un Nain, rappela Alviss avec un sursaut d'orgueil. Nous sommes nés de la pierre. Et je suis chanteroche, ne l'oublie pas. La pierre se souvient de tout, il suffit de l'aider à se rappeler.

– Mais si tu chantes, ta peau va se pétrifier.

– C'est la bonne chose à faire.

Inès acquiesça, la gorge nouée d'appréhension, et reprit son inspection de la salle. Le trône se trouvait forcément quelque part ici. Lui aussi devait être caché. Son regard fut attiré par un tas de bois près de l'estrade.

Elle s'approcha et porta une main à sa bouche alors que son cerveau comprenait ce que lui montraient ses yeux abîmés. Ce qu'elle avait pris pour un tas de bois ou de meubles entassés se révéla être des corps empilés. Quatre cadavres difformes, qui semblaient constituer deux paires, aux visages figés dans des masques de douleur atroces. Chacune de leurs articulations était pliée dans le mauvais sens. Trois des hommes présentaient des signes de métamorphoses partielles, telles qu'elle les avait vues sur Prisca. Des griffes à la place des mains, un nez allongé en forme de museau de loup, des oreilles pointues et des plaques de fourrure qui recouvraient leur peau nue. Et sur leurs fronts, leurs joues, chaque parcelle de peau humaine encore intacte, des runes, gravées à même la chair.

– Des berserkers. Ils se sont retrouvés bloqués ici, eux aussi, dit Inès.

Derrière les trois hommes, un quatrième était recroquevillé. Quand Inès s'approcha, le cadavre dévoila une peau noire, poisseuse, dont s'échappaient de fines volutes méphitiques. Sa transformation était plus avancée que celle des autres et il ressemblait à un hybride lupin sur des jambes humaines. Sur son épaule, elle distingua, sous le sang et la crasse, un symbole connu : l'*ægishjálmur*, le symbole des guerriers d'Odin. Ses yeux étaient d'un jaune animal. Inès recula avec un cri.

– Ce sont des yeux de Destructeur, bredouilla-t-elle. Comment... comment est-ce possible ?

Au même moment, un bourdonnement se fit entendre. Alviss, les mains fermement posées sur la roche, commença à psalmodier. Petit à petit, ses doigts pénétrèrent dans la roche et la vibration se mit au diapason de son chant. Toute la salle vibra elle aussi. Inès comprit que leur temps était compté. Odin n'allait pas tarder à débarquer, prévenu par le grondement qui secouait à présent tout son palais. Elle devait trouver son trône. Mais comment faire ? Elle avait beau se concentrer, elle ne percevait rien. Fébrile, elle saisit le pendentif de sa mère et le serra entre ses doigts, le réchauffa de sa chaleur. Elle le sentit irradier et pulser contre sa paume.

Inès prit une grande inspiration. Elle vida son esprit de toute pensée, refoula sa peur et ouvrit sa vision. La douleur familière irradia dans ses nerfs optiques.

L'air commença à onduler au-dessus de l'estrade, comme une brume de chaleur au-dessus du bitume. Aussitôt, les nerfs optiques d'Inès protestèrent mais elle ignora la douleur. Un large fauteuil de bois, lui aussi gravé et au dossier orné d'une tête de dragon et d'une tête de loup, apparut, faisant face au vide. Au centre du dossier, une pierre noire gravée d'une rune avait été incrustée dans le bois. Inès poussa un cri de joie alors qu'une vague de fatigue s'abattait sur elle et que ses yeux se mettaient à pleurer.

Elle se dirigea vers le trône en haletant. Ses jambes étaient lourdes et sa tête légère. Elle se sentait sur le point de s'évanouir. Elle s'agrippa au dossier de bois du trône et d'un coup d'ongle délogea la gemme. La pierre des Ases, sur laquelle était gravée la rune Sowilo. Un flash lumineux lui vrilla les pupilles alors que la vision s'imposait dans son esprit.

Une silhouette trapue se faufilait dans les couloirs sombres d'une montagne. Inès n'eut aucun mal à reconnaître Brokk, dont elle avait tant observé le portrait, et Muspellheim aux lueurs rougeoyantes qui zébraient les murs. Une expression inquiète et coupable déformait son visage rond. Il triturait sa barbe à gestes nerveux. Arrivé près d'une pièce à la porte fermée, il apposa ses deux paumes sur le mur de pierre et se fondit dans la roche, silencieux comme une ombre. De l'autre côté, Freya dormait. Le collier des Brísingar, encore inachevé, était posé près d'elle dans un écrin de bois clair. Inès suivit Brokk des yeux. Le Nain, toujours à moitié fondu dans la roche, s'approcha sans un bruit et, après une hésitation, décrocha l'une des pierres du collier. Il s'enfuit sans un bruit. Un nouveau flash lumineux l'amena dans le bureau secret de Brokk où luisait l'arche condamnée. Brokk rassembla ses affaires avec précipitation, mains tremblantes, sans cesser de jeter des coups d'œil inquiets à la porte. Il brandit la gemme pour sceller la porte et franchit le passage. Il fut accueilli de l'autre côté par Odin, large sourire sur son visage buriné.

– Tu l'as ? demanda sans ambages le roi des dieux.

Brokk hocha la tête et lui tendit la pierre. Odin la lui arracha brutalement et se retourna vers la petite assemblée d'hommes réunis derrière lui. Tous portaient l'*ægishjálmur* tatoué sur leur peau. Il leva la pierre d'un geste triomphant.

– Mes berserkers, il est temps de reprendre cette guerre avortée. Grâce au *seiðr*, je vais faire de vous des hommes nouveaux, plus puissants, plus résistants, plus rien ne nous arrêtera. Qui veut être le premier à marcher entre les mondes ?

Un hurlement sauvage lui répondit, alors que les berserkers levaient les poings pour louer leur dieu.

La vision prit subitement fin. Le palais tremblait sous ses pieds et Inès dut s'accrocher un peu plus fort au trône pour ne pas tomber. La vibration s'intensifia au point qu'elle crut que la roche allait exploser tout autour d'eux. Mais ce fut la lourde porte qui s'ouvrit avec fracas.

Chapitre 34

Odin se propulsa à l'intérieur de la salle, Prisca sur ses talons, alors qu'Inès atteignait l'imposant fauteuil de bois.

– Comment osez-vous ? Profaner mon trône et ma demeure ! tonna le roi des dieux.

Il se tourna successivement vers Inès, la main sur le bras du fauteuil, et sur Alviss, agenouillé près du mur, les bras enfoncés jusqu'aux coudes dans la roche. Après un instant d'hésitation, il marcha vers Inès. Prisca le rattrapa.

– Que se passe-t-il ? demanda-t-elle, paniquée. Inès ?

Inès se plaça à côté du trône et pointa un index furieux vers le dieu.

– Il nous a menti, dit-elle. Il est prisonnier de son propre palais.

– Elle dit n'importe quoi, ne l'écoute pas, Prisca, siffla Odin. Ces symboles nous protègent des Destructeurs.

Le dieu ne la quittait pas de son œil unique. Depuis son arrivée, Prisca l'entendait murmurer dans sa tête. La jeune fille faisait de son mieux pour repousser ses paroles mais il continuait de susurrer tout bas.

Ma berserker, tu ne peux pas me renier. Tous les changeformes sont sous mon patronage. Tu m'appartiens, à moi, pas à Freya, pas à cette fille étrange. N'oublie pas qui tu dois vénérer, qui te donne ta force. Elle t'abandonnera pour rejoindre Freya, elle te laissera derrière, car les berserkers n'ont que faire de cette magie faible, cette magie de runes. Nous sommes des guerriers, nous appartenons à la bataille. Tu me rejoindras.

– C'est faux, il ment, insista Inès, les yeux suppliants. Les runes sont orientées vers l'intérieur du palais, pour empêcher les Destructeurs de sortir ! Destructeurs que vous avez créés !

Elle pointa du doigt le coin de la pièce tout en levant la pierre des Ases en l'air, comme une preuve. Prisca avait mal à la tête. Elle était fatiguée. Elle n'arrivait plus à penser clairement. Les entraînements avec Odin avaient renforcé la volonté de l'ourse et elle avait du mal à réfléchir.

– Les choses ne sont jamais ni blanches ni noires, dit Odin avec une grimace agacée. J'ai fait ce que je devais faire pour préserver ce lieu. Elle essaie de te retourner contre moi.

Dieu fourbe. Jaloux. Les mots de Freya dansaient dans son esprit, se superposant aux injonctions du dieu. *Écoute-moi, sers-moi. Je suis Odin, le roi des dieux, ton roi.* Son regard dériva, suivant le doigt toujours tendu d'Inès. Elle n'eut pas besoin de s'approcher pour voir. Sa vision de berserker lui montra la vérité. Les corps mutilés, brisés, la peau noircie et les pupilles d'un jaune fauve. Des Destructeurs.

– Ce n'est pas possible, vous n'avez pas...

Odin lui jeta un regard méprisant.

– Ce que je fais ne te concerne pas, je suis ton dieu.

Elle recula d'un pas. Elle n'arrivait pas à y croire. Pourquoi le dieu transformerait-il ses berserkers en créatures monstrueuses et torturées ? Non, c'était impossible, il devait y avoir une autre explication.

– Vous les avez changés en monstres, dit Inès en se rappelant la vision de Prisca. Vous leur avez menti ! Vous les avez torturés !

– Tu parles de monstres ? brailla le dieu. Alors que tu es toi-même une abomination ?

Inès se figea, le visage pâle. Prisca accrocha son regard. Elle y lut de la souffrance et du regret.

– Freya n'avait pas le droit de vous créer, elle n'avait pas le droit ! asséna-t-il. Ce pouvoir est trop puissant, il déséquilibre tout. Et elle n'avait pas le droit de me voler mes berserkers !

Sa tirade se finit dans un hurlement de rage qui se répercuta en écho dans la grande salle. Prisca sentit ses entrailles se glacer. « Odin n'aime que les berserkers hommes. Les femmes, toutes les magiciennes, sont filles de Freya. » Elle recula encore d'un pas.

Autour de Prisca, la salle continuait de vibrer. Alviss chantait tout bas dans une langue qu'elle ne connaissait pas. Tout se mélangeait dans sa tête. Elle ne voulait pas comprendre. À nouveau, elle avisa les visages torturés de douleur des cadavres. Elle fut comme frappée par l'évidence.

– Que leur avez-vous fait ? bredouilla Prisca. C'étaient vos berserkers, ils avaient confiance en vous !

– Vous avez voulu les changer en... nous, compléta Inès. Vous avez voulu leur insuffler le pouvoir des filles de Freya, leur imposer le *seidr.* Les runes sur leurs corps : Jera la rune de Freya, Dagaz la protection, Mannaz la rune de l'humanité, Sowilo la lumière et Raidho la rune du voyage. Vous avez essayé de les changer pour qu'ils voient les failles eux aussi. Ceux qui voient et ceux qui marchent. Un mélange de Prisca et de moi.

– Ils étaient trop faibles, cracha Odin. Freya n'avait pas le droit de me surpasser. JE suis le roi des dieux. JE suis le dieu de la sagesse et du savoir. JE COMMANDE.

Inès laissa échapper un rire nerveux qui sortit Prisca de sa torpeur glacée.

– Toute magie vient de Freya, dit-elle d'une voix triomphante. Vous n'êtes qu'un vieil homme jaloux. Vous n'avez même pas réussi à gagner la guerre contre les Vanes alors qu'ils étaient bien moins nombreux que les Ases. Vous ne l'avez pas digéré et vous avez voulu vous venger. Mais à cause de vous la magie est en train de disparaître.

– Mes Destructeurs auront accompli leur tâche malgré tout, objecta Odin. Me débarrasser de Freya une bonne fois pour toutes. Elle tombera dans l'oubli et on ne se souviendra que de moi.

– De quoi serez-vous le dieu quand il ne restera rien ? Vous avez échoué et provoqué votre propre perte.

Le visage d'Odin se crispa de rage. Au même moment, le chant d'Alviss atteignit un pic et la vibration du sol se fit plus forte que jamais. Odin tourna son regard vers le prince nain.

– Vos efforts sont vains, cria le dieu. Je sais que vous cherchez à rejoindre Freya mais j'ai frappé son monde d'un puissant interdit, il est inaccessible. J'ai fait en sorte que tous l'oublient, que son nom même soit effacé. Vous ne le trouverez pas.

Mais Prisca sentit la roche gronder sous elle. La pierre vibrait et produisait une mélodie profonde, minérale, râpeuse et harmonieuse à la fois. Le chant de la pierre se superposa à celui d'Alviss, se mêla à lui. Le chant emplit l'air et un mot unique jaillit des profondeurs de la roche.

– VANAHEIM !

Alviss s'affaissa contre le mur, les yeux révulsés.

– NON ! hurla Odin en même temps.

Prisca vit le dieu se jeter en avant sur Inès, avec une rapidité inattendue. Son œil lançait des éclairs et ses lèvres étaient retroussées sur un grognement féroce. Cette fois, Prisca réagit. D'une griffe, elle entailla son bras.

– Ne la touchez pas ! Thurisaz !

Une rune brilla dans les airs, entre Inès et le dieu. Thurisaz forma un bouclier luminescent et repoussa Odin dans une avalanche d'étincelles. Le dieu recula en grondant.

Inès se hissa sur le large fauteuil de bois. Odin, toujours retenu en arrière par la rune protectrice, leur jetait des imprécations. À cette distance, et avec sa récente utilisation du pouvoir, elle ne voyait plus son expression. Mais elle sentait sa rage.

Inès se retrouva face à un ciel d'un bleu céruléen. Et pendant une seconde, il ne se passa rien. Puis sa vision s'émailla de chatoiements multicolores. Elle ferma les paupières et, quand elle les rouvrit, le ciel infini avait été remplacé par un arbre gigantesque. Yggdrasil, l'arbre monde. Ses branches immenses se déployaient comme des ailes dans le ciel. Son tronc, épais comme une planète, était parcouru de créatures minuscules ou gigantesques, et de lianes qui le recouvraient. Ses racines s'enfonçaient, puissantes, nombreuses et épaisses dans la terre. Elle n'avait jamais rien vu de plus beau de sa vie. Au creux de ses branches, entre ses racines épaisses et perdues au milieu de son feuillage dense, des mondes brillaient comme des étoiles. Il y en avait plus de neuf. Inès crut même reconnaître la Terre, lovée dans le coude d'une des branches principales.

Mais comment trouver quelque chose dans ce fouillis millénaire de branches, de feuilles, de racines et d'écorce ? Ses yeux la piquaient comme si on y avait versé de l'acide. Elle lutta alors que des larmes de douleur dévalaient ses joues, refusa de fermer les paupières. Elle devait voir. Elle saisit la pierre des Vanes et celle des Dises à son cou et invoqua l'image de Freya dans son esprit.

– Vanaheim, je cherche Vanaheim.

Des images défilèrent dans son esprit. Des chemins et des montagnes recouverts de neige. Un immense lac gelé au centre duquel se trouvait une île. Des pierres y étaient dressées, hautes comme plusieurs hommes, figurant des doigts tendus vers le ciel. Et au milieu, allongée, comme endormie, Freya.

Comment la rejoindre ? Déjà sa vision se floutait, ses yeux la brûlaient. *La dyade peut trouver toutes les failles*, susurra la déesse depuis ses souvenirs. Elle avait besoin de Prisca. Inès tourna légèrement la tête. Alviss gisait, inconscient, près de la fresque réparée. Prisca était immobile, concentrée pour maintenir sa rune en action. Odin la dévisageait, lui parlait d'une voix douce, enjôleuse.

Inès sentit son pendentif vibrer légèrement et répandre une chaleur douce entre ses doigts. Elle perçut une pulsation, comme un fil tendu entre elle et... Prisca. Alors, elle sut ce qu'il fallait faire. Elle comprit aussi que cela allait lui coûter cher, très cher, mais elle ne supporterait pas de laisser encore quelqu'un en arrière. Serrant les dents, elle battit des paupières, se gorgea une dernière fois de l'incroyable vue d'Yggdrasil, en grava chaque détail dans sa mémoire. Elle tendit la main droite vers l'image de Vanaheim et commença à tirer sur la réalité pour ouvrir le passage. De la main gauche, elle tendit les doigts vers Prisca, et projeta toute son âme vers elle. La douleur dans ses nerfs optiques embrasa tout son crâne. Des langues de feu lui brûlaient les yeux. Elle refusa de céder à la douleur. Elle l'avait déjà fait, elle le referait.

À l'autre bout de la pièce, Prisca releva brusquement la tête, une expression torturée sur le visage.

– Prisca, murmura Inès, sûre que son amie l'entendrait. Rejoins-moi, on doit fuir, maintenant.

– Inès, je...

– Prisca, si tu me renies, tu perdras ton pouvoir, susurrait Odin, tu ne seras rien d'autre qu'une humaine, une erreur. Réfléchis bien.

L'hésitation était lisible dans les prunelles de son amie. Inès eut l'impression qu'on lui plantait un couteau dans le cœur.

– Prisca, écoute-moi bien. Odin te ment depuis le début. Si tu n'as pas confiance en moi, alors reste avec lui mais si tu écoutes ton cœur, au fond de toi, tu sauras quoi faire. Et si tu choisis de rester malgré tout, je ne t'en voudrai pas, tu seras toujours mon amie mais avant de partir, aide Alviss. On ne peut pas le laisser !

Prisca hésita l'espace d'un battement de cœur puis bondit en arrière. Avec un saut prodigieux, elle se retrouva plaquée contre le mur, sa main agrippa le bras du prince nain. Odin avait réussi à passer la barrière de la rune et marchait vers eux d'un pas déterminé. L'éclat brilla tout près de sa main tendue. Sous l'œil d'un Odin ébahi, Inès trancha le tissu de la réalité en deux. Un passage s'ouvrit à l'intérieur même du palais, reliant Inès et Prisca.

– C'est impossible, le manoir est scellé ! hurla Odin.

Inès sentit une larme rouler sur sa joue alors que le monde devenait flou autour d'elle. Sa main saisit celle de Prisca et elle la tira d'un mouvement brusque. Leurs paumes se scellèrent autour de la Pierre des Ases, frappée de la rune de lumière. D'un geste tremblant, sa main gauche referma la brèche intérieure alors que, de la droite, elle tranchait plus franchement pour créer le passage vers Vanaheim. La souffrance brouillait sa vision.

Le dieu poussa un hurlement de rage alors que Prisca et Alviss disparaissaient pour réapparaître près du trône.

Inès sentit son pendentif pulser plus fort. Elle se tourna vers Yggdrasil et murmura un unique mot : Vanaheim.

Alors ils traversèrent la faille sans un regard en arrière.

Au moment de basculer hors du palais, la voix d'Odin résonna une dernière fois dans l'esprit de Prisca.

N'oublie pas ce que je t'ai dit. Elle choisira Freya, pas toi. Elle n'a pas besoin de toi, ses pouvoirs contre nature vont grandir, elle partira sans toi.

Prisca sentit ses doigts glisser contre ceux d'Inès. Sa main se referma sur la pierre des Ases et tout devint noir.

Chapitre 35

ᛋ

Prisca se réveilla le nez dans la neige. Elle cligna des yeux en se redressant sur ses mains. Encore sonnée, elle s'assit. La neige crissa sous ses fesses. Ses vêtements étaient humides. Comment était-elle arrivée là ? Où se trouvait-elle ? Elle ne reconnaissait pas ce paysage de montagnes.

Vanaheim. Le mot s'imposa dans son esprit. L'ourse en elle en ronronna de plaisir, lui envoya des images de forêts anciennes et de courses joyeuses près des rivières. *Maison. Origine. Bien.* Elle avait rejoint le monde caché de Freya. Elle touchait au but. Dans sa main, une pulsation faible lui fit pencher la tête. La pierre des Ases, la pierre d'Odin, frappée d'une rune, luisait faiblement. Une entaille déformait le dessin en forme de S de Sowilo.

Malgré tout, Prisca éprouva un profond soulagement, une paix intérieure presque aussi puissante que celle qu'elle ressentait quand Inès se trouvait près d'elle.

Inès. Tout son sang se glaça d'un coup. Elle balaya son environnement immédiat. Elle était seule.

Une neige épaisse tombait du ciel blanc. Son cœur se mit à battre la chamade. Elle se releva en chancelant. Inès ne pouvait pas être loin. Elles avaient traversé ensemble, pas vrai ? Prisca ferma les paupières, se concentra. Les paroles d'Odin dansaient sous son crâne. *Elle n'a pas besoin de toi. Ses pouvoirs vont grandir. Elle partira sans toi.*

– Non, c'est impossible. Elle n'aurait pas fait ça.

Prisca serra les poings. Elle refusait d'y croire.

– Non ! cria-t-elle à nouveau en se tenant la tête. Non.

Elle s'ébroua. Elle devait retrouver Inès et Alviss. Avec des gestes tremblants, elle serra entre ses doigts gelés l'obsidienne polie. Aussitôt, elle ressentit le lien qui l'unissait à Inès. Mais il se révéla faible, à peine un écho. Il lui assurait cependant que son amie était là, sur ce monde. Inès ne savait quasiment pas utiliser les runes, elle ne savait pas se battre, elle était vulnérable. Elle avait besoin d'elle. Prisca se mit en marche, suivant ce fil ténu entre elles.

Elle marchait depuis des heures et la vibration de la pierre ne s'intensifiait pas. Prisca avait l'impression de chercher une aiguille dans une botte de foin. Presque comme si Inès ne souhaitait pas être rejointe. *Parce qu'elle n'a plus besoin de toi*, chuchotait la voix d'Odin dans son esprit. *Elle a Alviss pour se défendre à présent.* Prisca tentait de repousser ces pensées envahissantes. Mais une part d'elle y trouvait du sens. Inès ne comprenait pas. Non, elle ne pouvait pas savoir ce que c'était d'être faible, d'être incapable, inutile. De toujours vivre dans l'ombre de meilleur que soi. Maintenant elle-même pouvait, elle savait, elle était forte. Elle avait le droit d'en profiter.

Prisca tendit la main devant elle. Aussitôt une petite flamme orange et joyeuse crépita sur sa peau.

Oui, maintenant elle avait du pouvoir. Il était toujours là, contrairement à ce qu'avait prédit Odin. Elle n'avait plus besoin de quémander les miettes. Pourquoi devrait-elle se restreindre ? Faire semblant ? Elle pensa qu'elle aimerait voir sa tante aujourd'hui, lui montrer ce dont elle était capable, ce qu'elle pouvait accomplir. Une transformation complète. Un rire soudain explosa dans sa gorge, faisant tressauter la flamme au bout de ses doigts alors qu'elle reprenait sa marche.

Ses ruminations l'obsédaient tant qu'elle ne remarqua pas les yeux rouges qui se dissimulaient dans la neige. L'ourse en elle souffla des naseaux, mais Prisca la repoussa d'une main. Voilà une chose qu'Inès non plus ne saurait jamais faire. Avoir un animal totem, invoquer sa puissance. Inès pouvait voir les failles mais elle était fragile, elle avait besoin qu'on la protège, surtout si elles avaient été séparées pendant la traversée. *Parce qu'elle n'a plus besoin de toi. Elle est partie, sans toi.*

Une partie d'elle-même se révolta à nouveau à cette pensée. Prisca avait mal à la tête. Elle avait froid, elle avait faim. Elle s'arrêta au milieu des collines blanches de neige.

– Inès ! appela-t-elle dans un cri de désespoir. Pourquoi tu n'es pas là ? Tu avais promis de ne pas m'abandonner, jamais. Pourquoi tu n'es pas là ?!

Son cri se mua en sanglots. Une myriade de sentiments contradictoires se déchaînait dans sa poitrine.

La solitude qu'elle pensait avoir oubliée lui déchira le cœur, enrobée de peur et de colère. Prisca se laissa tomber à genoux. Elle ne s'était jamais autant sentie abandonnée. Les larmes roulaient sur ses joues, chaudes et salées.

Un crissement sur sa gauche lui fit relever la tête. Les poils drus de l'ourse frôlèrent l'intérieur de sa peau et elle sentit son animal totem relever le museau pour flairer l'air. Un grondement bas gonfla dans sa cage thoracique.

Prisca se redressa. Ses mains se couvraient déjà de fourrure et s'allongeaient en se déformant quand elle aperçut les yeux rouges et les silhouettes maigres des loups émerger de la neige. Leur pelage d'hiver était parsemé de trous où apparaissait leur peau nue et suintante de pus. Corrompus. Un sourire plein de dents lui monta au visage. Une pulsion de violence la secoua des pieds à la tête. L'envie de se battre, de blesser, contracta ses muscles.

– Dommage que vous ne soyez pas des Destructeurs, cracha-t-elle alors que sa mâchoire se déformait.

Alviss et Inès n'avaient peut-être pas besoin d'elle mais elle n'allait pas laisser des monstres de seconde zone la narguer. Et ils lui offraient l'occasion d'expulser sa frustration. Prisca bondit en avant tandis que sa métamorphose s'achevait.

Elle retomba sur quatre pattes puissantes et fonça vers l'adversaire le plus proche. Surpris, le loup corrompu ne put éviter la charge. Les griffes de l'ourse se plantèrent dans sa cuisse et le tirèrent brusquement en arrière. D'un coup de crocs, l'ourse brisa la nuque offerte. Le loup retomba, inerte, sur le sol. Une patte sur la carcasse encore chaude, Prisca poussa un hurlement sauvage. Les autres contaminés se jetèrent sur elle.

*

L'air frais des montagnes fouetta le visage d'Inès. Le vent charriait des odeurs de neige et de pin. Elle tourna sur elle-même pour observer les montagnes acérées, couvertes de blanc, qui entouraient la vallée dans laquelle elle avait atterri. À perte de vue, elle n'aperçut qu'un amalgame de couleurs floues allant du vert au blanc et passant par toutes les nuances de gris.

Elle retira et remit plusieurs fois ses lunettes sur son nez. En vain. La gorge obstruée par la peur, elle retint de son mieux les larmes qui menaçaient de s'écouler sur ses joues. Elle était quasiment aveugle de l'œil gauche et sa pupille droite peinait à discerner les arbres tout proches. Elle expira un soupir douloureux et un nuage de vapeur blanche s'échappa de ses lèvres entrouvertes pour venir couvrir ses lunettes de buée.

Près d'elle, Alviss tremblait, les mains déjà bleues de froid. Inès cligna des yeux et les premiers flocons se mirent à tomber. Son collier vibrait doucement contre sa poitrine, comme un chat heureux d'être de retour chez lui, mais Inès n'arrivait pas à partager cette joie.

– Que le Grand Marteau m'écrase, c'est incroyable, dit Alviss en se redressant.

– C'est toi qui as été incroyable, répondit Inès. Ce que tu as fait dans le palais... sans toi, on serait encore bloqués là-bas.

– Mon père était très fier de ce pouvoir héréditaire, révéla Alviss. Plus jeune, je l'ai utilisé pour le rendre fier, malheureusement. Et ça peut paraître égoïste, mais je crois que ce pouvoir ne vaut pas un tel sacrifice.

Il agita ses doigts en l'air. Sur ses deux mains, plusieurs phalanges de ses annulaires avaient pris une teinte grise et une texture rugueuse. Sa chair s'était transformée en pierre. Quand il essaya de remuer ces deux doigts, ils ne bougèrent pas, inertes.

– Je suis désolée, souffla Inès, le cœur brisé de culpabilité. Tu as mal ?

– J'ai choisi de le faire, ce n'est pas ta faute, la rassura Alviss. Même si mon père me déteste de lui soustraire ce pouvoir, je veux vivre, pas me transformer en caillou. Et pour te répondre, non, ça ne fait pas mal. Par contre, le reste de mon corps est frigorifié. À quoi sert d'avoir un soleil, s'il ne chauffe pas ?

Inès esquissa un sourire, attendant une remarque de Prisca qui ne vint jamais. Sourcils froncés, elle refit un tour sur elle-même et la réalité la rattrapa. Prisca n'était pas là. Elle n'avait pas traversé avec eux. Une vague de panique l'envahit. Avait-elle choisi de rester avec Odin ?

Elle chercha la faille par laquelle elle était arrivée mais ne l'aperçut pas. Le passage avait été scellé. Cela signifiait que les deux membres de la dyade l'avaient franchi. Son amie se trouvait quelque part, ailleurs.

– Prisca ! Prisca ! se mit à appeler Inès à pleins poumons.

Seul le silence ouaté de l'hiver lui répondit. Inès sentit le nœud d'angoisse se resserrer dans son estomac. La neige continuait de tomber et s'amoncelait au sol en formant un tapis blanc et duveteux.

– Il faut qu'on trouve un abri, dit Alviss. Avant que la neige ne recouvre tout et qu'on gèle sur place. Allons-y !

Il se redressa d'un bond et, en quelques pas, disparut dans le brouillard qu'était devenu le monde d'Inès.

– Alviss, glapit-elle. Alviss ? Ne me laisse pas.

Il réapparut aussitôt et s'accroupit à côté d'elle. Inès aperçut ses sourcils froncés par l'inquiétude.

– Ce sont tes yeux ?

– Je ne vois plus rien ou presque, avoua-t-elle, la gorge un peu plus nouée. Je vais avoir besoin d'aide.

Alviss hocha la tête et la saisit par la main pour l'aider à se relever.

– Il faut rejoindre la vallée, il fera plus chaud en bas. Dans tous les cas, nous devons bouger, marcher, pour ne pas nous refroidir.

Ils descendirent la pente douce, entourés par les montagnes majestueuses. L'air crépitait et la neige crissait sous leurs pas. Inès n'avait jamais vu les flocons tomber aussi vite. Elle se concentra sur ses pieds pour ne pas glisser sur les rochers qui parsemaient le sol, sa main fermement agrippée à celle du prince. Le froid lui picotait agréablement la peau. Elle avait connu des températures bien plus basses que celle-ci. Devant elle, Alviss se mit à grelotter et à claquer des dents.

– Là-bas, s'exclama-t-il, je vois une rivière ! C'est bon signe, on va pouvoir la suivre jusqu'à la vallée.

Il se retourna pour sourire à Inès qui répondit, le pouce levé.

– Tu n'as pas froid ? demanda-t-il entre ses lèvres bleuissantes.

– J'ai l'habitude, répondit Inès, un peu gênée de le voir si mal alors qu'elle supportait bien le froid.

– Vous êtes vraiment spéciales, toi et Prisca, maugréa le prince. Bon, allons-y.

Ils changèrent légèrement de cap pour rejoindre la rivière. Le bruit de l'eau dégringolant sur les rochers s'éleva dans les airs. Il s'agissait plus d'un ruisseau que d'une rivière.

Ils y firent une pause pour boire. Le courant était gelé et pur, l'eau avait un goût de roche. Inès laissa cette fraîcheur apaiser ses angoisses. Elle ne pouvait s'empêcher de chercher Prisca partout. Mais ce qu'elle voyait surtout, c'étaient les marques du passage des Destructeurs sous ses pieds. Sous la mince couche de neige, l'herbe qu'elle avait crue verte se révélait en fait jaunie et cassante par endroits, comme si elle avait été contaminée par le passage des créatures malfaisantes. Les roches, parfois plus hautes qu'elle et qui semblaient tomber des hauteurs escarpées, portaient les traces de griffes caractéristiques. Même le lichen qui les recouvrait s'était flétri et périclitait. Ce monde se faisait gangrener par les envahisseurs. Son angoisse s'amplifia. Pour Prisca, seule au-dehors, pour elle et Alviss, seuls aussi et perdus, blessés.

– J'espère que Prisca va bien.

Sa voix s'érailla quand elle prononça le prénom de son amie. Alviss se redressa et posa une main rassurante sur son épaule.

– On va la trouver, lui promit-il. Il y a un bois en contrebas. On va pouvoir construire un abri.

– Et faire du feu ? demanda Inès. Ta peau est bleue de froid.

Alviss considéra ses mains pendant une seconde. Inès voyait bien qu'il souffrait, qu'il avait du mal à plier ses doigts. Elle craignait qu'il ne se fasse des engelures dans ce climat si différent de celui de Svartálfheim. Le jeune Nidan plaça ses mains raides dans le creux de ses aisselles pour les maintenir au chaud.

Ils reprirent leur route en silence et, quelques minutes plus tard, s'enfoncèrent sous le couvert des arbres. L'air y était un peu moins froid, la chaleur du sol conservée par l'épais tapis d'aiguilles qui le recouvrait. Les pins tout saupoudrés de neige atténuaient les bruits. Inès eut l'impression de pénétrer dans un sanctuaire. L'air avait une texture poudrée et les épines craquaient sous leurs semelles. Des oiseaux, semblables à des moineaux mais au plumage d'un bleu vif, piaillaient dans les hauteurs.

Alviss enjamba une pierre de presque deux mètres couchée au sol. Il tendit une main à Inès pour l'aider. En prenant appui sur la roche froide, elle repéra des dessins gravés sous la mousse.

– On dirait une borne, fit-elle en grattant la pierre d'un ongle.

Inès tenta encore d'arracher le lichen mais les symboles ressemblaient plus à des dessins qu'à des mots. Elle ne vit pas de runes. Elle crut discerner une forme humaine et des spirales sans que cela lui inspire quoi que ce soit.

Elle acheva d'enjamber l'obstacle, aidée par Alviss. Ils n'avaient même pas fait trois pas quand elle sentit le sol se dérober sous ses pieds. Ils chutèrent dans un trou creusé dans la terre, dans un mélange de bras, de jambes et de branchages. Alviss poussa un hurlement aigu.

– Tout va bien ? Alviss ?

Il leva une main tremblante. Il manquait deux phalanges à son index droit. La pierre qui remplaçait sa chair avait été brisée net dans leur chute. Une branche craqua au-dessus de leurs têtes, suivie par un grognement bas. L'espace d'une seconde, les paupières plissées à s'en faire mal, Inès eut l'espoir de voir apparaître Prisca mais c'est la tête fine d'un loup qui se dessina à contre-jour.

L'animal au pelage brun les observa de ses yeux jaunes, ses babines retroussées comme en un sourire moqueur. Il jappa plusieurs fois et trois, puis quatre autres loups apparurent. Le loup secoua son épais pelage d'hiver et les poils ondulèrent jusqu'à devenir une lourde cape en fourrure qui recouvrait les épaules larges d'une femme à l'abondante chevelure brune.

– Pas exactement les proies que j'attendais, dit-elle d'une voix rauque et désabusée.

Un rugissement sauvage retentit dans le lointain.

– Remontez-les ! ordonna la femme. Avant que cette créature nous tombe dessus.

Chapitre 36

Alviss fut extirpé du piège par deux hommes, à la force des bras. Il tenait sa main mutilée serrée contre lui, le visage blême.

– Celui-là est blessé, Solveig, dit l'homme à la femme-louve.

Inès se figea. Solveig, elle connaissait ce prénom. Sa mère l'avait mentionné. Elle s'était inquiétée et avait demandé de ses nouvelles à Freya. Inès se tordit le cou pour voir ce qui se passait au-dessus de sa tête. La peur lui serrait le cœur. Sur qui étaient-ils tombés ? La cheffe, Solveig, se planta devant Alviss et l'observa de ses yeux verts, tirant sur le jaune.

– Que vient faire un Nain ici ? Par où êtes-vous arrivés ?

La question le prit par surprise. La femme haussa un sourcil interrogateur.

– Nous avons eu des contacts avec Svartálfheim dans le passé, dit la femme. Mais tous les passages sont fermés depuis longtemps. Alors je vous le demande encore une fois : comment êtes-vous arrivés ici ?

Alviss, mal à l'aise, désigna Inès, toujours coincée au fond du trou. D'un geste, Solveig fit signe à ses hommes de la remonter. Inès fut hissée par un grand gaillard à la barbe tressée de perles d'os. Autour d'elle, des chuchotements se firent entendre. Inès pouvait sentir les regards même si elle était incapable de voir les visages. Elle distingua quatre silhouettes féminines et deux plus massives, dont celle de l'homme qui l'avait secourue.

La femme-louve supervisait les opérations d'un œil acéré qui n'était pas sans rappeler sa forme animale. Ses longs cheveux bruns étaient noués en une queue-de-cheval haute qui dégageait son visage et mettait en avant les runes tatouées sur ses joues. Inès reconnut Uruz, une rune de force primordiale et protectrice. Cette femme était une cheffe, elle prenait soin d'un clan ou d'un peuple. Sur ses mains, Inès aperçut également plusieurs runes dessinées sur ses phalanges et notamment Perthro qui symbolisait entre autres la connaissance de soi-même afin de réaliser son destin. Une rune puissante qui selon sa mère était apposée sur les chefs de guerre et les *völva*. Lorsqu'elle la dévisagea, Solveig devint aussi pâle qu'une morte.

– Astrid ? demanda-t-elle d'une voix tremblante.

– C'est impossible, dit une voix féminine sur sa droite. Astrid est partie pour Midgard, elle est...

Le choc cloua Inès au sol. Freya aussi l'avait confondue avec sa mère.

– Je m'appelle Inès. Vous connaissiez ma mère ?

Solveig s'approcha d'elle. Son regard la scrutait avec une telle intensité qu'Inès eut l'impression qu'elle lisait en elle. Une vague de tristesse traversa le visage de la guerrière.

– Astrid était sous ma protection, finit-elle par dire. Nous formions une dyade et elle était comme une sœur pour moi. C'était il y a longtemps. Freya l'a envoyée en mission, et j'espère toujours son retour.

Inès sentit son cœur louper un battement. Le souvenir de sa mère avec Freya dans les montagnes enneigées lui revint. Elle avait évoqué une femme, Solveig. Sa dyade, l'autre moitié d'elle-même. Elle avait tant de questions à lui poser. Cette femme connaissait sa mère aussi bien qu'Inès, peut-être mieux. Cette pensée lui comprima douloureusement la poitrine.

– Elle est morte, réussit à chuchoter Inès.

Toute couleur déserta le visage de Solveig. Elle ferma un instant ses paupières, prit une grande inspiration alors que les autres paraissaient eux aussi ébranlés par la nouvelle.

– Quand ? demanda une femme.

– Comment ? En combattant ?

– Elle n'aurait jamais dû partir, se désola un homme sur sa gauche.

– Freya sait ce qu'elle fait, elle n'avait pas le choix.

Inès les observait sans les voir. Leurs visages brouillés par sa vue défaillante. Mais elle sentait dans leur voix leur douleur et cela la réconforta. Lorsqu'elle avait interrogé son père au sujet de ses grands-parents et de sa famille maternelle, il lui avait avoué ne pas les connaître, que sa mère n'en parlait pas, comme si elle était née seule jusqu'à le rencontrer. Mais Astrid n'avait pas été seule, elle avait eu une famille elle aussi, ici, sur Vanaheim. Solveig avait été son amie. Cette idée apaisa sa douleur.

– Ce n'est pas le temps pour les questions, les interrompit Solveig en se tournant vers Inès. Il y aura un temps pour se raconter des histoires et partager des souvenirs. Plus tard. Nous sommes au temps du combat.

– Si tu es ici, c'est que tu possèdes son pouvoir, dit l'homme à la barbe tressée. Que tu peux nous aider.

– Oui, confirma Inès. C'est Hela de Helheim qui nous envoie, et Freya elle-même pour fermer la brèche par laquelle passent les Destructeurs et lui rapporter les pierres manquantes du collier des Brísingar.

Sa réponse fit planer un silence sur la petite assemblée. Des murmures circulèrent entre les guerriers berserkers. Solveig les fit taire d'un poing levé. Ses yeux étrécis par la concentration la faisaient plus que jamais ressembler à un loup.

– Vous êtes une fille de Freya, vous aussi ? demanda Inès.

– Nous le sommes toutes mais je suis la seule qui ait fait partie d'une dyade complète, lui apprit Solveig sans cesser de surveiller les alentours. Nous formons la garde rapprochée de Freya.

– Comme les valkyries ?

– C'est cela, mais nous n'avons pas su la protéger, se désola Solveig. Sans Astrid, mon pouvoir est diminué et si les autres peuvent encore se métamorphoser, la magie de Vanaheim se délite. Bientôt nous perdrons nos pouvoirs et alors il sera trop tard.

– Tout n'est peut-être pas perdu, Solveig, dit l'homme à la barbe tressée. L'arrivée de cette fille ne peut être ignorée.

– Arnolf, ce n'est qu'une enfant.

– C'est la fille d'Astrid.

– Justement !

Contre sa poitrine, une douce chaleur se répandit. Inès sortit de sous sa chemise le collier de gemmes. Lorsque les deux obsidiennes brillèrent au soleil pâle, les berserkers tombèrent aussitôt à genoux devant elle. Solveig la dévisagea, émerveillée et stupéfaite à la fois. La tristesse qui accompagnait la nouvelle de la mort de sa mère fut remplacée par des exclamations de joie et d'espoir.

– Nous apportons les pierres manquantes du collier de Freya, dit Inès.

– Solveig, c'est un signe, dit Arnolf de sa voix grave. Tu l'as dit toi-même, tu as senti la magie des filles de Freya. Tu nous as guidés dans la montagne, jusqu'à cette enfant, après un rêve. Ça ne peut pas être une coïncidence.

– Je sais, Arnolf, répondit Solveig en se tournant vers Inès. Où est ta protectrice ?

– Nous avons été séparées lors de notre traversée. C'est une berserker, une ourse.

– Une ourse ? répéta Solveig. J'ai aussi rêvé d'une ourse solitaire et perdue. Elle était blessée, elle se battait dans les montagnes.

La cheffe pinça les lèvres, en proie à un dilemme évident. Finalement, elle se tourna vers les siens.

– Qu'en pensez-vous ? leur demanda-t-elle. Cette décision nous affectera tous, je ne veux pas vous imposer un choix.

– La magie s'est tarie et nous sommes les dernières à être capables de nous transformer. Chaque jour, l'une de nous perd cette capacité, rappela une des femmes.

Les berserkers ourses sont rares et puissantes. Si ce qu'elle dit est vrai, alors il faut aller voir.

– Il faut suivre les rêves, ils sont les messagers de la magie et c'est tout ce qu'il nous reste, dit le dénommé Arnolf. Solveig, notre situation est désespérée, qu'est-ce qu'on risque à essayer ?

– Thora a raison. Si on arrive à endiguer l'arrivée des monstres, à libérer la magie, alors on aura peut-être une chance, ajouta un troisième guerrier au crâne rasé et tatoué d'un *valknut*.

– Elle porte un fragment du collier, rappela Thora. Ce n'est pas rien.

– Nous possédons les quatre pierres manquantes, mais Prisca en a deux, ajouta Inès en espérant faire pencher la balance.

Solveig les écouta avec attention. Sa mâchoire se contractait et Inès pouvait presque voir ses doutes défiler dans son esprit. Dans le lointain, un rugissement de rage résonna en écho dans les montagnes. Tout le monde cessa de respirer. Inès sentit son estomac se nouer. Elle aurait reconnu ce grognement partout.

– Prisca ! s'exclama-t-elle en tournant la tête vers la montagne. C'est elle ! Elle a besoin d'aide.

Sans réfléchir, elle pivota et se mit à courir.

*

Prisca frappait. Et frappait. Et frappait. Les Corrompus continuaient de se jeter sur elle en vagues incessantes. Petit à petit, elle laissait l'ourse s'imposer. Elle piochait dans son endurance et sa rage. Ses pensées perdaient en cohérence, en humanité, pour se muer en images, en intentions, en odeurs. Les remugles rances des corps malades qui s'entassaient autour d'elle lui soulevaient le cœur tout en nourrissant sa colère. Comment osaient-ils, ces monstres dégénérés, venir salir sa maison ? Cette pensée fit redoubler sa haine.

À grands coups de pattes rageurs, elle envoya valdinguer un renard blanc au pelage miteux qui exsuda un sang noir et épais sur ses griffes. Aucune attaque ne suivit. L'ourse releva la tête, babines retroussées. Autour d'elle, sur près de deux mètres, la neige était noire des traces des Corrompus. En dessous, l'herbe brûlée et les roches blanches se révélaient, souillées elles aussi par le passage des Destructeurs. Un silence morbide plana sur la scène de carnage.

L'ourse se laissa retomber sur ses pattes avant et ébouriffa sa fourrure, trempée par la sueur du combat. Prisca cligna des yeux à l'intérieur d'elle-même. Enfin, le repos. Elle sentait que la transe allait s'achever bientôt, qu'elle avait consommé toute l'énergie de son animal totem, dont la respiration se faisait à présent lourde et fatiguée.

Elle allait se rouler en boule pour attendre la fin de la métamorphose lorsque son museau capta une senteur lourde derrière un large rocher planté droit dans le sol. Aussitôt, son échine frémit. Un grondement bas fit vibrer l'air jusqu'à elle, alors que ses papilles sensibles percevaient l'odeur de soufre familière. *Destructeur. Danger.*

Elle se planta sur ses pattes tremblantes. Le monstre apparut à une dizaine de mètres de là. Ses pupilles jaunes se fixèrent sur Prisca et il émit un crissement agressif. Elle cligna plusieurs fois des yeux, esquissa un geste de sa grosse patte velue pour chasser la sueur qui coulait sur son front. Ce qu'elle pensait être une illusion due à la fatigue intense qui s'abattait sur elle se révéla être un second Destructeur. L'ourse fit claquer ses mâchoires en un geste de défi. Mais elle n'avait presque plus de forces. Prisca sentait la puissance s'échapper d'elle comme un courant. Et la disparition de l'ourse et de sa colère laissa la place à autre chose.

Prisca Prisca Prisca Prisca Prisca Prisca Prisca

La voix d'Inès résonnait, faible et distante, contre ses barrières mentales. Elle abaissa légèrement ses défenses, tout en gardant un œil sur les deux monstres qui approchaient à pas lents.

Prisca, tiens bon. J'arrive avec du renfort.

Le doute s'insinua dans l'esprit de la jeune berserker. Inès l'avait laissée, abandonnée, et maintenant elle ne la croyait pas capable de se débrouiller seule ? *Tu es trop faible*, susurra Odin dans son esprit. Sa colère se raviva, incandescente. Elle rugit à l'intention de la voix dans sa tête.

Je n'ai pas besoin d'aide !

J'arrive j'arrive j'arrive, reprit Inès comme une litanie.

Les sens exacerbés de l'ourse lui sauvèrent la vie. Tout à son dialogue intérieur avec Inès, Prisca n'avait pas vu les deux créatures de cauchemar se précipiter sur elle. Les réflexes du plantigrade lui évitèrent un coup mortel. Les griffes du premier Destructeur lui arrachèrent une touffe de poils au niveau de l'épaule. Il rugit et un sang poisseux coula des plaies en forme de runes qui parsemaient son corps.

Prisca réagit d'instinct et asséna un revers sur la gueule pleine de crocs de la bête tout en rugissant de douleur. Le monstre s'écrasa au sol, heurta des rochers qui le laissèrent sonné. Le second Destructeur en profita pour planter ses crocs dans sa patte. Prisca eut beau lacérer sa gueule de coups, il refusa de lâcher prise. Elle sentait ses crocs, effilés comme des rasoirs, s'enfoncer un peu plus dans sa chair à chaque coup. La douleur lui cisaillait la patte et remontait jusqu'à son cœur en ondes lancinantes.

L'ourse poussa un soupir épuisé. Ses coups perdirent en force et en vitesse. Ses membres devinrent lourds, ses paupières également. Sa peau se mit à la démanger alors que les poils drus se rétractaient à l'intérieur de son épiderme.

« Non, pas maintenant », implora Prisca.

Elle convoqua toute sa volonté et toute sa rage pour tenir encore un peu. Mais la fin de la transe était inexorable. Avec une douleur vive, ses griffes redevinrent des ongles et ses sens perdirent de leur acuité.

Son corps se recroquevillait sur lui-même. Elle s'agita dans tous les sens pour forcer le Destructeur à la lâcher, craignant qu'une fois redevenue humaine les mâchoires puissantes lui sectionnent la jambe. Un gémissement apeuré s'échappa de ses lèvres. Ça ne pouvait pas se finir comme ça. Elle refusait de mourir ainsi.

– Prisca ! Baisse-toi !

Il lui fallut une seconde pour comprendre que ce cri ne venait pas de son esprit mais bien d'une Inès en chair et en os. Une Inès qui chevauchait un loup gigantesque à la fourrure brune.

Obéissant aveuglément, Prisca se jeta au sol alors qu'une masse de poils percutait le Destructeur accroché à sa jambe. Elle sentit ses chairs se déchirer. La douleur était telle qu'elle crut s'évanouir. Le sang chaud se mit à couler sur sa jambe alors que loup et Destructeur roulaient, membres emmêlés. Inès sauta à bas de sa monture et courut vers elle, guidée par une petite louve à la fourrure blanche.

– Prisca !

– Inès ? Qu'est-ce que... c'est quoi, ces loups ? balbutia Prisca sans oser regarder sa jambe.

Inès s'accroupit près d'elle, la louve blanche faisant barrage de son corps alors que le reste de la meute se jetait à l'assaut des deux monstres pantelants. Elle grimaça en avisant la blessure de son amie.

– Prisca, ta jambe...

– Inès, où as-tu trouvé des loups de cette taille ? grinça Prisca.

– Oh ! C'est Solveig, Thora et Ingrid. Ce sont des berserkers, comme toi ! On est tombés dans un de leurs pièges, avec Alviss. Mais on parlera de ça plus tard. Thora !

La louve blanche s'approcha. Ses yeux noisette, très humains, se plantèrent dans ceux de Prisca, levant les doutes qui la hantaient. Une berserker. Comme elle. La fourrure de la louve se gonfla, en signe de reconnaissance. Elle renifla longuement Prisca et sa blessure, et plia l'échine.

Monte. Fuir. Vite.

Prisca acquiesça et s'agrippa aux longs poils d'hiver de la louve. Son corps bascula sur le dos musculeux de la berserker. Elle se mordit l'intérieur des joues jusqu'au sang pour ne pas crier de douleur alors que sa jambe blessée battait contre les flancs de sa monture.

– Allons-y, dit Inès.

Elle attrapa elle aussi une pleine main de fourrure au niveau du cou de Thora qui se mit à courir. La louve fila en direction de la forêt toute proche. En grimaçant de douleur, Prisca se retourna pour observer la fin du combat.

Guidée par la louve brune, la meute achevait de mettre à mort le second Destructeur. Lorsqu'il expira, les quatre loups restants s'assirent en rond autour de leur proie et, museaux levés vers le ciel, hurlèrent la mise à mort. Leur chant s'envola en échos sauvages à travers la montagne.

Chapitre 37

Après la mise à mort des Destructeurs, la meute courut longtemps dans la montagne enneigée. Prisca perdit conscience au milieu de cette course effrénée et ce furent des coups de langue chaude sur son visage qui la ramenèrent à la réalité.

Elle repoussa faiblement l'animal qui s'acharnait sur son visage et ouvrit des paupières lourdes de douleur. La louve blanche s'écarta pour laisser place à Inès et Alviss. Prisca cligna des yeux. La douleur la submergea. Sa jambe n'était plus qu'une masse lourde d'où émanait une souffrance indicible. Son cœur se souleva de nausée et elle se pencha juste à temps pour vomir une bile amère qui lui brûla la gorge.

Des mains fraîches se posèrent sur sa nuque et son front.

– Prisca ? appela Inès en lui tenant les cheveux. Tu m'entends ?

Prisca grogna entre deux haut-le-cœur, voulut la repousser. Elle ne voulait pas qu'Inès la voie ainsi, faible, inutile. Elle tenta de passer une main sur ses lèvres tremblantes mais ne réussit pas à la lever jusqu'à son visage.

– Ma jambe, bredouilla-t-elle. J'ai... mal...

Prisca voulut regarder son membre mais Inès l'en empêcha. Elle redressa la tête et le monde vacilla. La nausée la reprit. Autour d'elles, les loups formaient un cercle et grondaient doucement. Deux hommes munis de haches et d'épées légères les accompagnaient. L'un d'eux fit la grimace en avisant sa jambe. La louve blanche, Thora, léchait le cou d'un animal à la fourrure brune que Prisca identifia aussitôt comme la cheffe de meute. Malgré le voile de douleur qui déchirait son cerveau, elle sentait l'aura de cette louve. La cheffe souffla, langue pendante, avant de repousser Thora et de s'approcher d'Inès. Sa patte se posa sur le bras de la jeune fille.

– Prisca, la meute dit qu'elle peut sauver ta jambe. Mais... je... Enfin... si tu ne veux pas, dis-le-moi, on trouvera une solution, je te le promets !

Prisca perçut l'odeur de sa peur. Inès avait peur. Pour elle. Sa carapace de doutes se fissura. La louve repoussa Inès de sa masse et posa sa truffe humide contre la joue de Prisca.

Blessure grave. Seule solution métamorphose. Vite.

– Je ne peux plus, éructa Prisca entre deux gémissements. Plus... d'énergie.

Meute aider. Fille de Freya aider. Métamorphose imposée douloureuse, très. Filles de Freya être fortes. Seule solution ou perdre jambe.

Perdre sa jambe. Prisca sentit son cœur se figer à cette idée. Elle comprit qu'elle n'avait pas le choix.

– D'accord, accepta-t-elle dans un souffle.

La louve poussa un jappement bref et le reste de la meute la rejoignit. Prisca fut ensevelie sous les fourrures chaudes qui sentaient la sueur, le musc, la forêt, la neige et le sang. Alviss et les deux guerriers reculèrent d'un pas, sans les quitter des yeux. Malgré tout, sa main resta prisonnière de celle d'Inès qui refusa de la lâcher. La louve brune gronda faiblement dans sa direction.

– Non, répondit Inès d'une voix forte. C'est mon amie, ma dyade. Je ne la laisse pas.

La chaleur des bêtes enfonçait Prisca dans une torpeur bienvenue. À travers ses paupières lourdes, elle vit Solveig considérer Inès pendant une longue seconde avant de s'écarter pour lui faire une place. Inès se positionna dans le dos de Prisca, ses bras se posèrent délicatement sur ses flancs.

– Je ne te laisse pas, murmura Inès dans sa nuque. On est ensemble. On ne se sépare plus jamais.

Ses paroles firent naître une douce boule de chaleur au creux de sa poitrine. Prisca hocha faiblement la tête. Elle sentit une larme perler à sa paupière mais avant que celle-ci ne coule, Solveig poussa un hurlement sauvage. Blottie contre tous ces corps animaux, Prisca perçut leur magie se diriger vers elle, s'enfoncer dans ses muscles, sa chair, sa peau comme autant de morsures.

L'ourse, épuisée, réagit aussitôt à l'attaque. Puisant dans la magie des loups, elle remonta à la surface malgré sa fatigue, sa peur et la faiblesse de son hôte. Terrassée de douleur, Prisca hurla à son tour. Les mains d'Inès se resserrèrent autour d'elle alors que la souffrance éclatait dans chacune des fibres de son corps.

Quand Prisca ouvrit à nouveau les yeux, il lui fallut une seconde pour savoir si elle était humaine ou ourse. Elle regarda ses mains. Humaine. La transformation avait dû prendre fin pendant son sommeil. Elle frissonna sous la lourde peau en réalisant qu'elle ne portait qu'un tee-shirt. Elle tourna la tête pour observer la cabane de bois aux murs recouverts de peaux épaisses, qu'elle distinguait même dans la pénombre. Les faibles rayons de lumière qui filtraient par les maigres interstices suffisaient à ce que sa vision s'accommode. « Yeux d'ourse », pensa-t-elle. Une odeur de feu et de bois brûlé lui parvenait de l'extérieur. Elle perçut les fragrances musquées de la meute. La meute.

Le souvenir de la transe la percuta comme un camion. Elle grimaça en repensant à la douleur intense qui avait enflammé ses nerfs, ses tendons. Instinctivement, elle porta la main à sa jambe. Aucune douleur. En fait, elle ne s'était jamais sentie aussi bien de toute sa vie. Les loups l'avaient forcée à se métamorphoser pour accélérer le processus de remplacement des cellules. Puis l'ourse s'était rendormie, épuisée et guérie. D'autres souvenirs s'entremêlaient à celui de sa guérison. Des souvenirs de la meute. Des fragments de leurs vies, de leurs pensées, de ce monde.

En flashs brutaux, Prisca assista à l'arrivée des Destructeurs sur Vanaheim. Une silhouette familière s'extirpait du monde originel des monstres avant de prendre la fuite. Odin. Puis le fléau s'était répandu sur Vanaheim et les autres mondes. Sa dernière vision montrait Freya, prête à se battre.

Un gargouillement affamé réussit à sortir Prisca de ses pensées.

– Bienvenue chez les vivants, dit une voix grave.

Prisca se redressa lentement. Un homme l'observait, assis en tailleur près d'une silhouette allongée. Son crâne rasé et ses bras nus malgré le froid exhibaient de nombreux tatouages et d'anciennes cicatrices. Sa barbe était tressée et grisonnante. Des rides d'expression plissaient le coin de ses paupières comme s'il avait l'habitude de sourire beaucoup, mais en cet instant, son visage n'exprimait que l'inquiétude. Il veillait une femme rousse endormie, au visage d'une blancheur de lait.

– Je suis Arnolf, se présenta l'homme. Ingrid ne peut plus se métamorphoser depuis ta guérison, le choc l'a plongée dans le sommeil.

Prisca retint un frisson. Ne plus pouvoir se transformer ? Une partie d'elle se révolta à cette simple idée avant que la culpabilité ne l'envahisse. L'ourse gronda doucement.

– Vous êtes un berserker, vous aussi ? demanda Prisca en s'asseyant.

– Non, je ne suis qu'un homme. Un guerrier qui a choisi Freya. Ingrid est ma compagne ; où elle va, je la suis. Toi aussi, tu as choisi.

Il désigna d'un doigt l'épaule de Prisca. Sur son épaule, le heaume de terreur d'Odin avait changé. Prisca reconnut une version légèrement différente de la roue aux huit tridents. L'*ægishjálmur* s'était transformé en *vegvísir*, la boussole runique qui guide les âmes perdues. Prisca effleura la marque d'un doigt. Un rire à l'extérieur attira son attention et elle reconnut les senteurs familières d'Inès et Alviss. Arnolf sourit.

– Cette fille, elle ne t'a pas quittée une seule seconde pendant ta convalescence. Elle s'est battue pour toi. Elle s'est même opposée à Solveig.

Prisca hocha la tête. Son regard tomba sur une petite sculpture en bois posée près de sa couche. Un petit ours dressé sur son arrière-train, l'air joueur. Elle se souvint de l'avoir sculpté à l'auberge des Trois étoiles. Elle ignorait qu'Inès l'avait gardé tout ce temps. « Mon amie, ma dyade. On ne se sépare plus. » Prisca laissa ses larmes couler avec soulagement. Puis, elle se leva et repoussa les branchages qui formaient une protection sommaire contre la pluie et la neige, pour émerger dans un matin froid et clair.

Elle découvrit un paysage de forêt enneigée sur fond de cimes montagneuses. Le soleil entamait sa descente derrière les sommets et répandait une lumière rouge, comme des traînées de sang sur le blanc de la neige.

À quelques pas de là, elle repéra Inès et Alviss en grande discussion, penchés vers le feu. Une pointe de jalousie lui tordit l'estomac. Puis le souvenir d'Inès enjambant les loups gigantesques pour rester avec elle lui revint. N'importe qui aurait fui. Inès ne faisait pas partie de la meute et pourtant, elle était restée, elle avait refusé de l'abandonner. Inès n'était pas partie sans elle lorsqu'elle avait traversé le voile, c'étaient elle et son cœur empli de doutes par Odin qui avaient failli. « C'est elle, ma meute. » Cette pensée chassa les restes de doutes qui s'accrochaient encore à son cœur et son esprit.

L'âme plus légère, Prisca rejoignit ses amis. Elle fronça les sourcils quand elle vit Alviss aider Inès à saisir un bol et une cuillère. Le prince nain l'aperçut le premier. Il donna un petit coup sur l'épaule d'Inès qui tourna la tête et fixa un point à plusieurs mètres de là où se trouvait Prisca. Alviss lui chuchota quelques mots et ses yeux se plissèrent avec gêne. Prisca sentit quelque chose se fendre en elle quand elle comprit. Inès ne la voyait pas.

– Prisca, tu es réveillée ! la salua Inès avec un large sourire. On a les quatre gemmes, regarde !

Prisca réalisa qu'elle ne sentait plus les obsidiennes dans sa poche. Inès, qui avait dû lui reprendre les siennes, tendit sa paume. À l'intérieur, quatre obsidiennes rondes et parfaitement polies brillaient de manière inégale. Celles des Vanes, des Dises et des Ases émettaient une lueur stable, légèrement bleutée. La pierre des Jötunn, frappée de Dagaz, brillait faiblement et par intermittence. Prisca récupéra la rune d'Odin, frappée de Sowilo, et la fit tourner entre ses doigts, se remémorant les insinuations jalouses du dieu.

– Bienvenue parmi les vivantes, Prisca, la salua Alviss. Comment va ta jambe ?

– Tout va bien, répondit Prisca en s'accroupissant près d'eux.

– Je suis désolée, marmonna Inès. Pour Odin.

Inès lui relata la vision que la pierre lui avait délivrée et Prisca ferma les yeux, gagnée par la honte. Honte d'avoir cru le dieu, honte de ne pas avoir su entendre Inès. Prisca déglutit.

– J'aurais dû t'écouter, c'est moi qui devrais te demander pardon, soupira Prisca. Mais toi aussi, tu m'as caché des choses. Inès, qu'est-ce qui se passe ?

– Beaucoup de choses... commença son amie.

– Inès, je veux parler de tes yeux, insista Prisca.

Cette fois le sourire d'Inès s'évanouit. La terreur s'ancra plus fermement dans l'estomac de Prisca. Le monde s'arrêta de tourner pendant une fraction de seconde.

– Je...

– Tu es aveugle ? Comment ?

Des larmes discrètes s'écoulèrent des yeux fixes d'Inès.

– Pas encore, balbutia-t-elle, pas totalement. C'est à cause des failles. Tu te souviens, utiliser le *seidr* demande un sacrifice, c'est toi qui me l'as appris. J'ai juste mis un peu de temps à m'en rendre compte parce que je n'y voyais déjà pas très bien.

– Tu veux dire que chaque fois que tu utilisais ton pouvoir, tu perdais un peu plus la vue ? Pourquoi tu ne m'as rien dit ?

– Je ne voulais pas t'inquiéter, je pensais qu'on retrouverait vite Freya. Je suis désolée.

Prisca avait l'impression de suffoquer. Elle observa son amie un long moment. La culpabilité la dévorait de l'intérieur. Elle ne s'était rendu compte de rien. Mais à présent qu'elle savait, elle se souvint de tous ces moments étranges où Inès semblait ailleurs, où elle mettait du temps à réagir, où elle trébuchait sans raison. Tous ces moments où Alviss l'avait aidée.

– Les lunettes, c'était pour ça ? lança-t-elle en se tournant vers le prince nain.

– Oui, mais je n'avais pas compris, dit Alviss. J'avais juste constaté qu'elle voyait mal.

Prisca avisa sa main bandée. Elle n'osa pas lui demander pourquoi. Elle s'en voulait de n'avoir rien remarqué. Inès sécha ses larmes.

– Je distingue encore les formes et les couleurs, même si tout est très brouillé. Je pense pouvoir utiliser mon pouvoir encore une ou deux fois.

– Non, tu ne dois pas...

– Il le faut, la coupa Inès. Freya est tout proche. Solveig et les autres forment sa garde rapprochée, ils veillent sur elle. Prisca, on l'a trouvée! On touche au but.

Prisca prit le temps de réaliser ce que cela signifiait.

– Où est-elle?

– Pas très loin, le lac est tout proche. C'est un endroit sacré. Là où Freya a créé la magie. D'après Solveig, ça grouille de Corrompus et de Destructeurs.

Le soleil achevait de disparaître derrière les montagnes. La température de l'air chutait rapidement et déjà de petits nuages blancs s'échappaient de leurs lèvres alors qu'ils discutaient. Le vent porta jusqu'aux narines de Prisca l'odeur musquée des berserkers.

– Ils arrivent, dit-elle en tournant son visage vers l'est et le soleil couchant.

Au même moment, des ombres se dessinèrent sur la neige immaculée et les silhouettes puissantes des loups apparurent dans la pénombre. En quelques bonds, les deux chasseuses reprirent forme humaine et rejoignirent le cercle de lumière. Sur l'horizon, deux silhouettes d'hommes se dessinèrent, accompagnées d'une renarde au pelage gris. Ils couraient en direction du camp de fortune.

Une jeune femme aux cheveux d'un blond presque blanc vint s'asseoir près des trois adolescents.

– Thora, l'accueillit Inès. Alors ?

La nouvelle venue s'assit près d'eux sur une peau retournée et poussa un soupir épuisé.

– C'est calme. Aucun Corrompu sur une distance de quinze kilomètres. Je crois que notre éclat de la dernière fois les a calmés. C'est bien, on commençait à n'en plus pouvoir. Ah, tu es réveillée ! dit-elle en voyant Prisca.

– Tu m'as portée sur ton dos pour me ramener, se souvint Prisca. Et tu étais là pendant la transe. Merci.

Elle ne trouva pas de mots adéquats pour exprimer sa reconnaissance. Thora lui fit un sourire tout en dents et haussa les épaules avec indifférence.

– Nous sommes sœurs, c'est normal.

Ces mots se fichèrent dans le cœur de Prisca. Elle la remercia encore. Inès et la jeune femme se lancèrent dans une discussion animée avec Alviss à propos des lampes naines.

Prisca observait Solveig qui s'était assise de l'autre côté du feu. La cheffe des berserkers dépeçait un lapin à l'aide d'une petite lame d'os. Mais ses prunelles étaient fixées sur Prisca. Prisca savait que Solveig réservait son jugement, pesait avec attention le pour et le contre.

Les deux guerriers qu'elle avait vus courir à l'horizon rejoignirent finalement le camp. Ils se laissèrent tomber, épuisés, près du feu. La renarde reprit forme humaine, s'approcha de Solveig et chuchota quelques mots à son oreille. Elle était petite, les cheveux poivre et sel, le visage marqué de rides profondes. Ses yeux verts étincelaient de fatigue.

– Tu peux parler devant elle, Sibba, lui dit Solveig.

– Les Destructeurs rôdent dans les montagnes, ils nous traquent, dit la femme. Sans parler de ceux qui pullulent près du temple. Ils sont nombreux, on dirait presque qu'ils se regroupent.

– Ils savent que nous sommes là, dit Inès.

– Nous pouvons délivrer Freya, dit Prisca d'une voix assurée. Mais nous ne pourrons pas y aller seules, nous ne connaissons pas le chemin. Cela nous prendrait des jours d'établir un itinéraire, de contourner les Destructeurs.

– Les contourner ? Il faut les abattre, gronda Sibba.

– Non, protesta Inès. Ce sont des hommes, des berserkers, comme vous ! Ils sont des victimes de leur dieu.

Un silence lourd plana sur le camp. Le regard fauve de Solveig passa sur Thora, Sibba et son compagnon, puis sur Prisca, Inès et Alviss.

– Arnolf et Sven, vous restez ici avec le Nain et Ingrid.

– Non, protesta Alviss, je viens avec vous. Je peux être utile.

– On ne se sépare pas, s'écria Inès au même moment.

Inès se tourna vers Prisca, à la recherche de soutien. Prisca sentit tout l'espoir et la confiance de son amie.

– On ne se sépare pas, confirma-t-elle.

Chapitre 38

Sous la direction de Solveig, les préparatifs furent rapides. Arnolf et Sven achevèrent de préparer la nourriture pendant que Thora, Sibba et Solveig discutaient du meilleur itinéraire. Le grand guerrier se pencha derrière le tronc et sortit trois vieilles lanternes en acier. Alviss retint un cri ravi.

– C'est de l'orfèvrerie naine, chuchota-t-il sans masquer l'excitation dans sa voix. Elles sont abîmées mais encore utilisables !

Un hululement doux résonna dans la forêt.

– On n'a jamais réussi à les réparer, dit Arnolf en s'accroupissant à ses côtés. Un jour tout allait bien et celui d'après, elles ne fonctionnaient plus. Est-ce que tu peux regarder ? Vous en aurez besoin sur le chemin.

Alviss hocha la tête et ouvrit d'un coup de tournevis chromé, pioché dans l'une de ses poches, une petite trappe à l'arrière de la première lanterne. Bataillant avec ses doigts de pierre qui ne se pliaient plus et ceux qui lui manquaient, il réussit malgré tout à enfoncer ses index dans le mécanisme. À l'aide d'outils dont Prisca ignorait tout, Alviss redressa des roues crantées en grommelant. Finalement, il extirpa une petite gemme fendue.

– Ah, la voilà ! s'exclama-t-il. La génératrice était brisée. Je vais la remplacer.

Il fouilla dans ses poches intérieures et en extirpa deux petites pierres précieuses, d'un beau jaune doré. Il plaça l'une d'elles dans le réceptacle, et la lampe s'alluma en clignotant. Arnolf ouvrit de grands yeux ravis.

– Incroyable ! J'ignorais qu'il fallait une pierre pour l'allumer.

– Cela faisait partie des échanges entre nos mondes, je l'ai lu dans des archives, précisa Alviss. Toute la technologie naine a dû arrêter de fonctionner rapidement après la fermeture des passages. Ce sont les conséquences de la disparition de mon oncle, il y a dix ans.

Inès se mordit la lèvre en silence, se remémorant la vision de la dernière gemme. Alviss ignorait tout de l'étendue de la trahison de Brokk et elle avait décidé de garder cela pour elle.

– Nous devons y aller, les interrompit Solveig. Nous avancerons à la faveur de la nuit mais nous aborderons le lac de jour.

Thora s'était déjà transformée en louve blanche. La langue pendante, elle donna un petit coup de tête dans la cuisse d'Inès et la poussa de la tête. L'adolescente prit l'une des lanternes tandis qu'Alviss saisissait les deux autres. Prisca se tourna vers Arnolf et Sven. Les deux guerriers semblaient déçus d'être laissés en arrière.

– Merci, leur dit-elle.

– Merci à toi, petite ourse, répliqua Sven. Vous nous redonnez l'espoir.

– On va réussir, promit Prisca. J'ai confiance en Inès.

– Protège-la, conseilla Arnolf. Battez-vous pour ce que vous aimez, battez-vous l'une pour l'autre, jusqu'au bout. Revenez vivantes !

Prisca hocha la tête et s'enfonça entre les arbres pour rattraper les autres.

Thora les guida à travers la forêt enneigée. Inès avait l'impression de marcher au creux d'une bulle de silence ouatée. Elle s'accrochait au bras de Prisca qui la guidait d'un pas ferme. Alviss menait la marche, ses lanternes au bout des bras. Les branches des sapins craquaient et des paquets de neige tombaient au sol avec un chuintement mat qui la faisait sursauter. La lumière des lampes naines dessinait un halo fantomatique autour des adolescents et de la louve blanche qui progressait sans se retourner.

Solveig et Sibba se faufilaient entre les troncs, ombres brunes et grises, qui furetaient et surveillaient tout. Prisca avançait, sûre d'elle, le nez en l'air, ses yeux brillant d'une lueur mordorée. À pas feutrés, ils quittèrent la forêt et s'aventurèrent sur les flancs de la montagne.

Thora leur fit suivre une trace à peine visible qui serpentait à flanc de montagne et à travers des pierres éboulées. Une brume épaisse stagnait entre les roches et s'effilochait vers les hauteurs, masquant les falaises abruptes. La roche, blanche, grise et noire, se dressait sur leur droite comme un mur.

Les chatoiements multicolores s'amplifièrent, visibles seulement par Inès. Une faille importante se trouvait devant elle. Son regard se tourna vers l'horizon, un amalgame de gris et de blanc, dissimulé dans la brume. « Là-bas, pensa-t-elle, la certitude profondément ancrée en elle. Freya se trouve là-bas. » Elle percevait sa présence comme un battement doux dans la pierre, une pulsation qui l'attirait.

– La faille, je la sens, souffla-t-elle. Freya est toute proche.

Mais au même moment Thora gronda doucement, babines retroussées et oreilles aplaties sur le crâne, alors que Prisca mettait un doigt devant ses lèvres. De son autre main, elle désigna un point précis dans la falaise. Inès fronça les sourcils, plissa les paupières. Alviss l'imita, une main en visière. Pendant un moment, Inès crut que Thora et Prisca s'étaient trompées. Puis, elle saisit un mouvement au creux de la paroi. Une aile noire, aux plumes ternes et manquantes, et deux pupilles rouges. Un oiseau, corrompu. La corneille tourna sa tête pelée dans sa direction et planta ses iris dans ceux d'Inès qui recula avec un frémissement.

– Ils nous surveillent, chuchota Prisca. Restons discrètes. Selon Thora, on est bientôt arrivés.

Inès acquiesça, la gorge serrée. Sans un mot, ils emboîtèrent le pas à la louve.

Prisca leva les yeux vers le soleil naissant. La pente s'adoucissait et le lac, immense, était visible en contrebas. Quelque part, au milieu de toute cette eau, Freya attendait. Son animal totem se focalisait sur cette sensation agréable, rassurante, en occultant celle plus insidieuse qui l'accompagnait. L'odorat surdéveloppé de Prisca percevait le fumet rance de la corruption, de la pourriture et de la noirceur. Plus ils avançaient, plus ils se rapprochaient de Freya, mais aussi des Destructeurs. Solveig et Sibba étaient parties en éclaireuses. En leur absence, Prisca se sentait étrangement vulnérable. La peur lui hérissa les poils de la nuque. La voix de sa tante résonna dans son esprit. *Peureuse, tu n'accompliras rien si tu laisses ta peur te contrôler.* Inès frissonna à ses côtés, sa silhouette à peine éclairée par la lueur de la lampe d'Alviss qui fermait la marche.

– Prisca, parle-moi, lui dit-elle tout bas.

– J'ai un peu peur de ce que nous allons découvrir sur le lac.

À son tour, Inès leva les yeux vers l'horizon. « Que voit-elle ? » se demanda Prisca.

– Moi aussi, j'ai peur. Parce que je sais ce qu'on va trouver en arrivant.

– Les Destructeurs.

– Il faudra se battre et je suis un fardeau, je l'ai toujours été depuis le début.

– Ne dis pas ça ! s'insurgea Prisca. Ce n'est pas...

– Si, la coupa Inès d'une voix douce, c'est vrai. Mais je sais aussi que, tant qu'on est toutes les deux, ça ira.

Prisca médita ses paroles. Son angoisse reflua légèrement, vite remplacée par d'autres peurs.

– Et si je n'arrive plus à me transformer... dit Prisca, la gorge nouée. Si on se retrouve sans magie ? Si tu es blessée ? Que je ne peux plus nous défendre ?

Inès prit une seconde de réflexion, tout en continuant à avancer. Elle faisait tourner entre ses doigts les trois obsidiennes, qui pulsaient doucement. Prisca sentait sa propre pierre marquée de la rune Sowilo, bien à l'abri dans sa poche, vibrer à l'unisson.

– Et si moi, je ne pouvais plus voir de faille ? Si je perdais totalement la vue avant qu'on atteigne Freya ? demanda Inès. Ce n'est pas à toi de porter toute la responsabilité de notre sécurité. On est une équipe. On va essayer, ensemble. De toute façon, on n'a pas vraiment le choix.

Prisca acquiesça. *Une équipe.* Elle n'avait jamais fait partie d'une équipe. Toujours solitaire, à l'entraînement, à l'école, à la maison. Inès lui sourit et ce simple geste la soulagea d'un poids. Thora marqua l'arrêt et émit un grondement sourd. Prisca hocha la tête. Elle aussi les avait sentis.

– Il y a des ennemis de l'autre côté, informa-t-elle ses compagnons en les stoppant d'un bras. Alviss, il faut éteindre les lampes. Nous allons attendre le retour de Solveig et Sibba.

Thora escalada la pente et lança un jappement bas. Dans les contreforts de la montagne, elle avait repéré un renfoncement juste assez grand pour qu'ils s'y entassent. Là, elle reprit son apparence humaine. Elle semblait épuisée.

Alviss éteignit les lampes et ils se serrèrent contre la paroi humide. Prisca grimpa et aida Inès à s'installer près d'elle. Solveig réapparut entre les fourrés, sous forme humaine. Elle fit signe à Prisca de la rejoindre. Elles se dissimulèrent dans les taillis épais qui parsemaient la pente. À travers les troncs recouverts de neige fraîche, Prisca aperçut un chemin de terre battue qui longeait un lac gelé.

Au milieu du lac surnageait un îlot peuplé de bouleaux d'un blanc éclatant. Des menhirs majestueux formaient un cercle mystérieux au centre de l'île. Il en émanait une lueur bleutée mouvante.

– C'est là-bas que demeure Freya, chuchota Solveig. Sibba est restée en observation.

– Oui, je la sens, dit Inès qui s'était traînée jusqu'à elle avec difficulté.

Ses ongles étaient cassés et ses paumes éraflées à force de s'agripper aux pierres pour ne pas tomber mais son visage n'exprimait que la détermination. Sur la berge, Prisca aperçut également plusieurs taches mouvantes, d'un noir profond et inquiétant. Ainsi que des traces appartenant à des créatures bien réelles. Un hurlement aigu retentit près du lac et une meute de loups efflanqués, aux flancs maigres et pelés, se profila sur la berge.

– Des Corrompus et des Destructeurs, dit Prisca. Comment on va traverser?

– D'abord on va se reposer et manger, en attendant que le soleil atteigne son zénith. Les Destructeurs craignent la lumière, précisa Solveig. Ensuite, on avisera.

– Je peux aider, dit Alviss qui avait aussi quitté la sécurité de la grotte. Je peux créer une diversion qui vous laissera assez d'avance pour rejoindre l'île.

Il remua ses doigts de pierre avec un sourire complice.

– Si la glace tient, mais à cette époque de l'année, ça ira, ajouta Thora, l'air concentrée.

– Mais si tu fais ça, ta pétrification va empirer, répliqua Prisca.

– Il faut savoir faire des sacrifices, dit son ami. Et vous devez rejoindre Freya. Pas moi, ni Thora, vous deux. C'est vous qui êtes liées à Freya, vous qu'elle appelle.

Ses mots firent écho à ceux de Skuld. Prisca eut l'impression que la Norne les avait prononcés des siècles plus tôt. Ils n'en restaient pas moins vrais.

– Nous sommes là pour vous aider à mener à bien cette mission, dit Solveig, tout bas. Il n'y aura pas d'autre occasion.

– Je crois qu'ils ont raison, bredouilla Inès devant l'expression choquée de Prisca. Même si ça ne me plaît pas...

– Alors, c'est décidé, asséna Solveig. Dormez. Nous partirons dès que le soleil sera haut dans le ciel.

Chapitre 39

Inès suivait la progression du soleil à la chaleur que l'astre dispensait. Quand Solveig estima que celui-ci brillait assez haut et assez fort, elle rassembla ses troupes.

– Alviss, tu sais quoi faire ? lui demanda-t-elle.

Le prince nain hocha la tête. Inès sentit son cœur se serrer d'appréhension. Elle craignait de voir Alviss pour la dernière fois. La main de Prisca se glissa dans la sienne, répandant des ondes rassurantes. Solveig se tourna vers Thora.

– Thora, tu dois t'assurer qu'elles atteignent l'île. Sibba et moi, on s'occupe de la diversion. Nous allons les submerger sur deux fronts mais ça pourrait ne pas suffire. Les filles doivent rejoindre l'île, c'est impératif.

– Je m'en assurerai, promit Thora, solennelle.

– Une fois là-bas, continua Solveig, nous ne pourrons plus vous aider.

– Nous libérerons Freya, garantit Inès d'une voix qu'elle espéra assurée.

– Alors en avant. Que le *seidr* vous accompagne et si la mort nous prend, puissions-nous nous retrouver au Valhalla, lança Solveig.

Sans attendre, elle se métamorphosa en louve, imitée par Thora. Alviss se tourna vers les deux adolescentes. Inès réussit à identifier sa silhouette et se jeta à son cou, tremblante.

– Ne fais pas n'importe quoi, lui ordonna-t-elle.

– Promis.

Le prince nain se détacha d'elle et s'agenouilla face à la paroi. Il plongea ses mains dans la pierre et se mit à chanter. La montagne émit un craquement sonore. Solveig jappa et s'élança dans la pente.

À peine eut-elle quitté la protection des bois que les créatures corrompues tournèrent leurs crânes pelés vers elle. Une demi-douzaine de prunelles rouges s'allumèrent dans la montagne. Le temps d'une respiration, Inès crut qu'il n'allait rien se passer. Puis un hurlement strident déchira l'air et les Corrompus s'élancèrent.

Dans leur sillage, la silhouette démesurée d'un Destructeur trancha sur la neige blanche. Il émit un grondement bas, comme un roulement de tonnerre qui fit frémir l'adolescente. Inès prit une inspiration sifflante, voulut se précipiter à leur aide mais Prisca, d'un bras tendu, la maintint en place.

– On doit leur faire confiance, lâcha-t-elle entre ses dents serrées. Ils nous offrent une chance de réussir, on doit la saisir, pour eux. Ensemble ?

Inès déglutit malgré sa gorge nouée. Elle fit rouler dans ses mains les quatre pierres. Prisca lui avait donné celle d'Odin, craignant de ne pas pouvoir la manipuler après sa transformation en ourse. Inès observa les surfaces polies et brillantes des obsidiennes, peinant à croire qu'elle les tenait bien entre ses doigts. Elles les avaient toutes trouvées, elles allaient les apporter à Freya. Tout irait bien. Derrière elle, Alviss modulait son chant. Inès sentit les racines de la montagne trembler sous elle. Un craquement sourd se fit entendre, comme si la roche rugissait, et le monde se mit à tressauter. L'avalanche rugit.

– On y va, hurla Prisca pour couvrir le son assourdissant des chutes de pierre.

Prisca la saisit par la main et s'extirpa de leur cachette. La silhouette blanche et vaporeuse de Thora s'élança juste devant elles. Inès plissa les yeux pour percer le brouillard du monde et suivit Prisca de son mieux. Le lac s'étalait légèrement en contrebas.

Main dans la main, elles dévalèrent la pente jusqu'à la berge. La neige crissait sous leurs pas. Inès trébucha plusieurs fois sur des plaques de verglas. À chaque fois, Prisca la rattrapa in extremis, solide et assurée sur ses jambes.

Elles prirent de l'allure dans la descente. L'île grandissait dans leur champ de vision. Dans leur dos, les cris des loups leur glaçaient le sang. La tache blanche qui représentait Thora bifurqua brusquement pour revenir sur ses pas. Des pépiements de douleur s'envolèrent dans les airs alors que la louve se jetait au combat. Inès se fit violence pour ne pas regarder en arrière, pour ne pas chercher la jeune femme des yeux par réflexe. Elle ne l'aurait pas vue de toute manière et elle avait une mission, elle devait réussir, pour eux, pour Hela et Brynhild qui attendaient, pour son père sur Terre et pour Prisca dont la paume chaude serrait la sienne.

Prisca la tira plus fort et, quelques mètres plus loin, elles émergèrent du bois. Elles ralentirent en arrivant au bord de la glace. Prudente, Prisca posa un pied sur la surface gelée. La glace émit un craquement aigu et long mais ne se fissura pas.

– Ça a l'air solide, dit Prisca.

– Écarte les jambes, lui conseilla Inès. Il faut répartir ton poids, sinon la glace risque de ne pas le supporter.

– Comment tu sais ça ?

– Ma mère m'emmenait souvent faire du patin à glace sur les lacs gelés de Suède.

Prisca acquiesça, éloigna légèrement ses pieds, bras levés, et s'avança de quelques pas vers le centre du lac. Elle tendit une main à Inès qui la saisit avec prudence. Le pendentif à son cou pulsait de plus en plus vite. Son cœur battait en rythme, presque affolé. Elles étaient si près du but.

Pas après pas, elles progressèrent sur la glace recouverte d'une fine pellicule de neige. Un hurlement sauvage et rauque retentit depuis les hauteurs de la montagne. Inès se retourna vivement, priant pour la sécurité d'Alviss et de Thora. Mais la vision qui lui apparut la tétanisa. Même à travers le brouillard du monde, elle repéra la tache sombre du Destructeur. Elle sentait sa magie dévoyée pulser comme un cœur mourant, se tendre vers elle, avide.

– Prisca, gémit-elle en désignant la créature écumante de rage. Il nous a repérées ?

– Thora s'en occupe.

Des piaillements rageurs répondirent à l'appel du Destructeur. Prisca laissa échapper un juron quand une nuée de corneilles aux plumages ternes s'envola de l'île.

– On court ! cria Prisca.

Inès obéit. Faisant fi de la neige glissante sous ses pieds et des craquements profonds qui émaillaient leur course, oubliant qu'elle voyait à peine où elle mettait les pieds, elle se jeta en avant. Les battements d'ailes, d'abord lointains, se firent de plus en plus bruyants, jusqu'à ce que les plumes leur cinglent le visage. Inès leva les bras pour protéger ses yeux et sa bouche. Elle se mordit les lèvres jusqu'au sang alors que les becs acérés et les serres des corneilles s'enfonçaient dans son manteau de fourrure et raclaient son cuir chevelu.

Elle cria lorsque l'un des volatiles lui érafla la joue d'un coup de bec vicieux. Le sang chaud coula le long de sa tempe. Au même moment, elle sentit le lien qui l'unissait à Prisca vibrer lui aussi. Elle percevait la colère de son amie, comme un goût acide sur sa langue. Ses yeux virèrent du vert à l'ambre.

– Ne te transforme pas, lui hurla Inès. La couche de glace ne supporterait pas ta forme d'ourse !

Prisca grommela et la puissance de sa rage reflua légèrement. Ses pupilles se fendirent entièrement et ses ongles se prolongèrent en griffes qui se mirent à cingler leurs attaquants. Inès se rapprocha d'elle, bras tendus, à tâtons.

Accrochées l'une à l'autre, elles se remirent à courir. Bientôt, les griffes de Prisca firent des ravages dans les rangs des corneilles dont les corps maigres tombèrent sur la glace, traçant un chemin de petits cadavres noirs dans le sillage des deux adolescentes. Inès jeta un œil en arrière. La forme sombre d'un Destructeur venait d'atteindre la berge et observait la glace avec circonspection, en émettant des grognements agacés.

– On dirait qu'il hésite.

– Raison de plus pour foncer, s'écria Prisca, les mains pleines d'un sang noir et poisseux. L'île est juste là !

Prisca se projeta en avant. Inès n'avait plus que quelques pas à faire pour atteindre la terre ferme. La glace émit un craquement sourd et céda sous son poids. L'eau glaciale s'infiltra sous ses vêtements. Son cœur loupa un battement. Elle s'enfonça dans l'eau jusqu'à la taille. Des aiguilles glacées transpercèrent sa peau jusqu'à ses os. Les conseils de sa mère, prodigués de son vivant, affluèrent dans son esprit. *Reste en dehors de l'eau, ne mets pas la tête sous l'eau. Stabilise-toi.*

Inès, le souffle coupé par l'eau gelée, jeta ses bras en avant. Ses ongles cassés raclèrent la glace, elle battit des jambes de toutes ses forces pour ne pas couler. La glace continuait de gronder, de gémir et de se fendre. Elle pouvait suivre la progression du Destructeur dans son dos aux tremblements de la glace et aux encouragements angoissés de Prisca. Cette dernière s'était allongée à plat ventre sur la rive.

– Inès ! hurla Prisca. Attrape ma main !

Inès prit une grande inspiration et décrocha lentement une main pour la tendre vers son amie. De nouvelles fêlures apparurent dans la glace. Les abdominaux contractés pour ne pas glisser en arrière et maintenir sa tête hors de l'eau, Inès continua à battre des jambes. La froideur du lac gelé s'infiltrait dans sa chair et ses os. Le poids de ses vêtements épais l'entraînait vers le fond. Chaque mouvement lui devenait difficile et une torpeur glacée menaçait de l'envelopper.

Millimètre par millimètre, les doigts glacés d'Inès se tendirent vers ceux de Prisca qui avait rétracté ses griffes. Lorsque la berserker enroula sa main autour de son poignet, Inès donna un dernier grand coup de pied dans l'eau. Prisca la tira de toutes ses forces hors du lac et Inès s'échoua au milieu de l'herbe gelée. La glace acheva de se fendre et la fissure se propagea sur plusieurs mètres séparant l'île du reste du lac par une bande d'eau d'un noir profond. Un rugissement de rage émana du Destructeur.

Tremblante, Inès se redressa à genoux, les lèvres bleuies par son passage dans l'eau gelée. Prisca se délesta de sa veste fourrée et, après avoir retiré celle d'Inès, tout imbibée, la plaça de force sur ses épaules.

– Vite, bredouilla Inès en claquant des dents. Il faut rejoindre Freya. Elle est toute proche.

– L'arche est au centre des dolmens, je la vois, répondit Prisca.

Transie jusqu'aux os, Inès suivit le doigt tendu de Prisca. À quelques mètres de là, à l'intérieur du cercle de pierres dressées, elle capta la lueur de la faille. Le faible éclat scintilla, fade, presque invisible.

Prenant appui sur le bras de Prisca, elle s'approcha du cercle. Le froid s'insinuait en elle, figeant ses jambes et glaçant son souffle dans ses poumons. Inès s'aida d'une des pierres dressées. Ses doigts effleurèrent les runes gravées dans la roche. Des centaines de Jera, la rune liée à Freya, creusées dans la pierre, chacune émettant une lumière faible. Au centre du cercle, Inès perçut l'arche et son aura bleutée. Et, adossée à l'un des menhirs gravés, une silhouette familière.

– Elle est là, soupira Prisca. Inès, on l'a trouvée.

Chapitre 40

Inès hocha lentement la tête. Ses pensées étaient pleines de brume et de froid. Elle ne sentait plus ses jambes ni ses pieds.

– Il nous faut les pierres... les quatre pierres.

Prisca aida Inès à extirper les gemmes de sous ses vêtements.

– Tes doigts sont glacés ! s'exclama-t-elle.

– J'ai... froid...

– Inès ? Non, Inès, tu dois rester avec moi, la supplia Prisca. On y est.

Inès marmonna quelque chose mais les mots refusaient de franchir ses lèvres gelées. Elle sentit les bras de Prisca l'enserrer et la soulever du sol. Elle flotta dans les airs pendant d'infinies secondes avant de retrouver le sol froid et dur. Ses oreilles tintaient, c'était désagréable. Elle perçut la chaleur d'une main chaude sur sa joue. Elle savait qu'elle sombrait, qu'elle allait mourir si elle ne se réchauffait pas. Ses yeux papillonnèrent, ses paupières trop lourdes pour les maintenir ouvertes. Inès aperçut le corps endormi de Freya à côté d'elle ainsi qu'une série de runes gravées sur la pierre contre laquelle elle s'était appuyée.

La main chaude quitta sa joue. Inès dodelina de la tête. Le froid annihilait tout. La douleur, la peur. Elles allaient échouer. Elle voulut pleurer mais sa larme gela au coin de sa paupière. Puis un corps chaud se pressa contre le sien. Elle entendit un grognement doux et elle se retrouva enfouie dans une masse de poils et de chaleur. Le cœur de Prisca battait lentement et puissamment. Elle s'y accrocha comme une noyée à une bouée, laissa cette force se diffuser en elle, la ramener à la vie.

Inès ? Tu vas bien ?

– Oui, merci, répondit Inès alors que ses doigts la brûlaient au fur et à mesure que le sang y affluait de nouveau.

Freya, reprit Prisca dans sa forme d'ourse. *Elle a l'air endormie.*

– Les Destructeurs ne l'ont pas touchée, le lac l'a protégée.

Repoussant sa peur, Inès cligna des yeux et invoqua son pouvoir. Sa vision s'éclaircit d'un seul coup. Les couleurs lui firent mal aux yeux et l'émerveillèrent en même temps. « Que le monde est beau, pensa-t-elle. Comme il va me manquer. »

Elle s'écarta de Prisca pour mieux contempler la déesse. Celle-ci gisait, comme endormie, son beau visage délicatement posé contre la pierre brute. Ses paupières fines, veinées de bleu, étaient baissées et un souffle frêle s'échappait de sa poitrine en armure.

Ses longs cheveux blonds cascadaient sur ses épaules jusqu'à sa taille. À son cou, le lourd collier d'ambre et d'obsidienne chatoyait dans la lumière froide de l'hiver.

Les feulements rageurs du Destructeur s'étaient tus et ce silence soudain parut plus inquiétant encore à Inès. Les éclats translucides continuaient de danser devant ses yeux de manière insistante mais lointaine. Poussée par un mauvais pressentiment, elle se redressa sur ses genoux et tendit la main vers Freya. Ses doigts rencontrèrent une surface souple et translucide. Elle connaissait bien cette matière à peine perceptible, comme une rivière de soie sauvage.

Le chatoiement devint erratique et Inès comprit qu'il ne lui indiquait pas le passage situé sous l'arche mais une autre faille.

– Freya se trouve dans une faille, comme dans un cocon protecteur, annonça-t-elle.

Du bout des doigts, elle explora les contours de cette poche de monde sans réussir à y trouver un accroc.

– Je ne trouve pas de point d'entrée, dit-elle, les lèvres pincées par la concentration.

Alors qu'elle continuait de chercher, une vague de froid lui gela l'air dans les poumons. Prisca hérissa sa fourrure et gronda un avertissement. De l'autre côté du cercle de pierres, le Destructeur les observait, gueule ouverte sur ses crocs sales.

– Prisca, j'ai besoin de ton aide, implora Inès.

À regret, l'ourse massive quitta des yeux leur adversaire et posa sa patte sur la main d'Inès. Le cocon protecteur s'évapora dans un froufroutement bas. Comme une bulle d'air qui éclate. La vision d'Inès se troubla. Un soupir s'envola dans les airs. *Mes filles, enfin.*

Inès repoussa délicatement les mèches souples pour dégager le collier. Il portait encore la chaleur de la déesse. Elle repéra quatre espaces vides près de sa clavicule droite. D'une main tremblante, elle replaça dans les boucles d'or les quatre pierres noires gravées de runes. Celles-ci s'enchâssèrent parfaitement dans les emplacements.

Le collier se mit à luire doucement et à émettre une vibration basse. Une onde lumineuse se propagea depuis les gemmes jusqu'aux berges de l'île, formant un dôme protecteur autour de la déesse. Le Destructeur gronda, repoussé par la faible barrière créée par le bijou. La main d'Inès se posa sur celle, tiède et douce, de Freya. Mais la déesse ne se réveilla pas.

Il ne se passe rien. Pourquoi il ne se passe rien ? insista Prisca.

– Je l'ignore, répondit Inès en rajustant ses lunettes sur son nez.

L'ourse détourna légèrement la tête. Le Destructeur avait une patte appuyée contre la barrière lumineuse dressée par Freya. Les runes gravées dans sa peau luisaient avec intensité. Une grimace de souffrance traversa son visage déformé.

Cette protection est trop faible, elle ne tiendra pas longtemps. Je... je ne peux plus redevenir humaine. Je suis bloquée dans cette forme.

Inès sentit la panique qu'elle entendait dans la voix de Prisca l'envahir. Freya leur avait dit de retrouver les pierres manquantes et c'est ce qu'elles avaient fait. Du bout des doigts, elle fit tourner le collier pour en examiner chacune des pierres. L'une d'elles, à l'éclat terni, se fendit en deux entre ses doigts. Elle écarquilla les yeux d'horreur.

La pierre des Jötunn s'était brisée. Son cœur noir était craquelé. Inès se souvint de l'état dans lequel se trouvait Muspellheim quand elle avait récupéré la gemme. Un monde en pleine destruction, dont le *seidr* avait presque totalement disparu. Elle avait rapporté une pierre abîmée, vidée de magie. Elles avaient fait tout cela pour rien.

Un crissement de verre brisé résonna alors que la barrière volait en éclats sous les assauts du Destructeur. La créature de cauchemar fit un pas dans le cercle de pierres. Ses petits yeux rouges malveillants fixaient Freya et les deux adolescentes.

Inès?

– Il manque une pierre, balbutia Inès, paniquée. La pierre des Jötunn, elle s'est brisée.

Trouves-en une autre, alors.

Un rire nerveux s'échappa de la gorge d'Inès. Son regard passa de Freya à Prisca alors que ses pensées s'envolaient vers Alviss, Thora et même Brynhild. Les mots du jeune prince nain s'imposèrent dans son esprit. *Aie confiance en toi.* Ceux d'Arnolf aussi. *Battez-vous pour ce que vous aimez, battez-vous l'une pour l'autre, jusqu'au bout.* Sous sa main, les doigts de Freya frémirent imperceptiblement. Il lui sembla que les paupières de la déesse s'agitaient, que ses lèvres s'ourlaient d'un minuscule sourire. Depuis le début, elle s'était reposée sur Prisca pour la protéger. Elle avait répugné à la violence, elle avait laissé les autres se battre pour elle, avoir mal pour elle.

Soudain, elle eut honte de sa propre couardise. Parfois, il fallait accepter de souffrir un peu pour aider les autres. Elle avait eu peur d'utiliser son pouvoir, peur de perdre la vue, alors que d'autres n'avaient pas hésité à mettre leur vie en jeu pour l'aider. Inès mit les mains dans les poches de la veste de Prisca et en ressortit son canif. Elle se redressa et se plaça à côté de Prisca, face au Destructeur.

Qu'est-ce que tu fais ?

Inès se colla contre l'ourse. Elle ne tremblait plus. Elle n'avait plus peur. De ses doigts crispés sur la lame, Inès traça au centre de sa paume le symbole de Thurisaz. Le couteau mordit dans sa chair mais elle ne flancha pas. La rune se mit à briller. Un crépitement envahit l'air, alors que les nuages noircissaient d'un seul coup au-dessus de l'île, se chargeant d'électricité.

– Je vais me battre avec toi. C'est ce que j'aurais dû faire depuis le début.

Chapitre 41

ח

L'éclair tomba du ciel droit sur le Destructeur avec un craquement de fin du monde. La créature bipède mi-homme, mi-loup bondit au même moment et la foudre fit exploser l'un des menhirs. L'onde de choc projeta le monstre en arrière. Il s'écrasa contre une des pierres dressées avec un cri de douleur très humain. Ses yeux jaunes se révulsèrent et une odeur de soufre écœurante se mélangea à celle d'ozone provoquée par la foudre.

L'électricité statique fit gonfler la fourrure de l'ourse. Inès en sentit les picotements sur ses doigts mouillés. Dans le ciel, les nuages noirs achevaient de s'assembler et le tonnerre roula comme un avertissement. D'un seul coup, une pluie diluvienne se mit à tomber. Prisca s'élança vers le Destructeur encore étourdi par le choc, toutes griffes dehors. Elle lui asséna un grand coup de patte en pleine tête.

Inès sentit son cœur faire un bond dans sa poitrine. Une partie d'elle se révoltait contre ce combat. Ces Destructeurs étaient des berserkers comme Prisca mais dégénérés, abîmés, des hommes victimes d'Odin, qui n'avaient rien demandé et souffraient. Mais leur souffrance aveugle, désespérée, menaçait Prisca et cela, elle ne pouvait pas l'accepter. D'une main, elle repoussa ses mèches détrempées. Des milliers de gouttelettes sur ses lunettes l'empêchaient de voir clairement la scène et, déjà, elle sentait sa vision augmentée par le *seidr* flancher. Ses yeux la brûlaient. Elle serra le poing sur le couteau. Elle n'abandonnerait pas. Quelles runes pouvait-elle utiliser pour aider Prisca ? Elle connaissait mal leurs effets magiques.

Uruz.

Inès cligna des yeux, se tourna vers Freya. Son sourire semblait s'étendre et ses yeux roulaient sous ses paupières, comme si elle luttait pour se réveiller. « Uruz ? » pensa Inès. La rune de la force primordiale mais également une protection active.

Changeant sa lame de main, Inès traça le *n* stylisé de la rune sur sa seconde paume, comme elle avait tant de fois vu Prisca le faire. Sa main blessée protesta, du sang chaud coula entre ses doigts, souilla le manche du couteau. Le symbole déversa une chaleur puissante sur sa peau. Elle tendit la main vers l'ourse, focalisant toutes ses pensées sur Prisca.

– Uruz, protège-la, je t'en supplie.

Un éclair bleuté enveloppa Prisca, comme un nuage d'étincelles crépitant sur sa fourrure noisette, humide de pluie. Lorsque le Destructeur plongea sous Prisca, des dizaines de minuscules éclairs bleus le percutèrent en pleine gueule. Avec un gémissement strident, il battit en retraite.

Prisca s'ébroua et poussa un rugissement sauvage de victoire. Elle trottina vers Inès, elle la rejoignait lorsque la masse noire la percuta de plein fouet. Un deuxième Destructeur venait d'entrer dans le cercle de pierres. Inès fut projetée en arrière. Son épaule heurta un rocher qui dépassait du sol et la douleur éclata dans son bras, masquant sa vision d'un voile noir pendant plusieurs secondes.

Quand les étoiles cessèrent de danser devant ses yeux, elle vit Prisca aux prises avec la deuxième créature, mi-humaine mi-loup géant. L'ourse repoussait de son mieux les griffes acérées que son adversaire lançait vers sa gorge. Elle claquait des mâchoires pour l'intimider. Inès se releva en titubant, prenant appui sur le menhir, et se dirigea vers Prisca. Le premier monstre frappé par Uruz et l'éclair de Thurisaz gisait inerte, un sang poisseux coulait de son museau difforme.

Un hurlement déchira l'atmosphère. Inès redressa la tête. Cela venait de l'autre côté du lac. Ses pensées s'envolèrent vers Solveig, Thora et Alviss.

Elle n'avait pas fait deux pas qu'une nuée de corneilles décharnées fondait sur elle en piqué. Les coups de bec se mirent à pleuvoir sur ses épaules, son front et ses mains levées en guise de protection. Au milieu des dizaines de coupures qui lui lacéraient la peau, la détresse d'Inès se transforma en frustration.

Soudain, elle en eut assez. Assez de subir, assez d'avoir mal. Sa frustration se chargea de colère, flamboyante, brûlante, trop longtemps réprimée. Elle sentit le lien entre elle et l'ourse se renforcer, se nourrir mutuellement de leur rage commune. Sans plus tenter de repousser les oiseaux, Inès se redressa, pantelante, les mains et le cuir chevelu ruisselants de pluie et de sang. Avec le sang frais, elle retraça les contours de la rune.

Elle poussa un long cri de rage tout en levant sa paume vers le ciel. Thurisaz brilla une fois de plus, envoyant des décharges crépiter sur les ailes des corneilles qui s'égaillèrent en croassant. Inès tituba, chancelante du contrecoup provoqué par le sort. La magie runique puisait dans ses forces vitales.

Le Destructeur assommé se relevait en titubant. Il secoua son énorme tête et avança vers elle en grognant. Inès brandit à nouveau la rune mais celle-ci crépita faiblement. La magie s'évaporait. Elle le sentait. Elle jeta un œil vers Prisca. L'ourse se trouvait toujours aux prises avec son adversaire. Elle avait réussi à basculer sur ses pattes arrière, et maintenait la créature bloquée entre son corps et un menhir, ses dents profondément enfoncées dans l'épaule du monstre. Sa fourrure ondoyait en frissonnant sous l'averse. Inès comprit que Prisca n'allait pas pouvoir conserver sa forme animale très longtemps.

Au même moment, une silhouette familière se propulsa sur l'île. Alviss projeta sa main droite contre le menhir. Des pics de roche acérés en jaillirent et transpercèrent le Destructeur qui attaquait Prisca en de multiples endroits. Le monstre gémit. Ses yeux cillèrent et un murmure s'échappa de ses lèvres.

– Sauvez-nous, faites cesser cette folie, supplia-t-il tout bas.

Puis, il se laissa glisser au sol et la jeune berserker se désengagea. Son souffle rauque produisait de la vapeur. Elle chancela sur ses pattes.

Inès se tourna vers l'autre monstre mais celui-ci se désintéressa d'elle pour fixer ses prunelles carmin sur l'ourse chancelante et le Nain dont la main était restée bloquée à l'intérieur de la pierre jusqu'au poignet. Déjà Prisca reprenait forme humaine en grognant de douleur.

– Alviss ! cria Inès.

– Ma main, hurla-t-il en retour. Je ne peux rien faire, je dois me sortir de ce piège...

Inès vit les muscles puissants du Destructeur se contracter. Elle se jeta en avant sans réfléchir. Les griffes du monstre lui labourèrent le bras droit. Elle hurla, faisant barrage de son corps. Emportée par l'élan de la créature, elle roula à terre avec lui. Prisca recroquevillée au sol hoquetait, en larmes. Inès s'écrasa dans la boue.

Le rugissement de victoire du monstre fit trembler l'île sous Inès qui se releva à genoux comme elle put, son bras pendant inerte contre son flanc. Des larmes inondaient ses joues alors qu'elle se traînait en arrière, hors de portée du monstre. Sa vue se brouilla comme une télévision mal réglée et tout se fondit en un maelström de couleurs et de formes indistinctes. Un halo noir bordait l'ensemble de sa vision.

Elle rampa jusqu'à Prisca. La jeune berserker demeurait inerte, le corps lardé d'estafilades sanglantes. Inès s'assit près de son amie, posa délicatement sa tête sur ses genoux.

– Prisca, je suis désolée, continua-t-elle. Je ne suis pas assez forte. Je ne sais pas me battre.

Près du menhir, Alviss gisait, la main sectionnée juste sous le poignet. La peau de son avant-bras dénudé avait une teinte grise. Le Destructeur l'ignora et poussa un nouveau hurlement furieux. Sa rage émanait de lui sous forme d'ondes mais il n'attaqua pas. Inès le fixa en retour, toute peur envolée. Il lui rendit un regard terriblement humain, dans lequel elle lut de la souffrance et de la peine.

– Je suis désolée, dit-elle à la créature. Désolée que ton dieu se soit joué de toi, il n'en avait pas le droit. Pardonne-moi, je dois la protéger.

Le monstre abaissa la patte qu'il avait levée et se figea. À travers ses lunettes détrempées, Inès eut un dernier regard pour Freya dont elle sentait la magie s'étioler lentement. Il ne lui restait que peu de temps. Elle savait quoi faire. Elle replaça une mèche égarée sur la joue de Prisca. Il lui restait juste assez de pouvoir pour un dernier coup d'éclat.

– Je ne peux pas me battre, dit-elle au monstre qui continuait de l'observer en silence, mais je suis prête à me sacrifier pour sauver ceux que j'aime. Et je sais que Prisca aurait fait pareil.

Un grondement roula dans la carcasse du Destructeur et il tourna sa lourde tête vers le corps sans vie de son compagnon. Avec le sang qui coulait de sa plaie au bras, Inès traça une unique rune sur chacune de ses joues ainsi que sur son bras blessé, imitant les symboles de Solveig. Jera. La rune de Freya.

– Freya, j'invoque ta rune. Symbole de vie et d'union, pour sauver ceux que j'aime.

Les symboles lui chauffèrent les joues. D'abord tièdes, puis de plus en plus chauds jusqu'à en devenir douloureux.

Elle sentit toute son énergie la quitter. Le cercle noir qui encombrait sa vision grossit jusqu'à avaler le monde entier. Elle tenta de la diriger vers Freya, qui ne méritait pas de mourir ainsi. Elle entendit le Destructeur feuler. Elle avait échoué. Inès se préparait au choc, quand le processus s'interrompit brutalement.

Une silhouette brillante s'interposa entre elles et le monstre, rapidement suivie par une seconde dont la lance dorée s'enfonça dans la gorge offerte du Destructeur. Le visage radieux de Freya se pencha sur elle, souriant, maternel, dissipant les ténèbres.

– Je reconnais bien là mes filles, dit-elle avec douceur. Prêtes à se sacrifier. Astrid a fait la même chose pour te sauver.

D'un geste, Freya effleura le crâne d'Inès puis celui de Prisca. Prisca ouvrit les yeux, le souffle court, alors qu'Inès sentait sa fatigue s'envoler et la douleur refluer. Sa vision s'éclaircit. Inès se tourna vers Freya.

– Il manque une pierre à votre collier, nous n'avons pas réussi, dit-elle avec amertume. La pierre des Jötunn était brisée et je ne l'ai pas vu, nous sommes arrivées trop tard.

– Odin nous a manipulées, souffla Prisca, honteuse. Mais s'il manque une pierre, pourquoi êtes-vous réveillée ? Comment est-ce possible ?

– Savez-vous de quoi sont faites ces pierres ? demanda Freya en posant une main sur son collier. De magie. De vie dans sa forme la plus pure. Car l'essence même de la vie est magique. En m'offrant ta vie, tu as créé l'équivalent d'une pierre. Mais je ne suis pas une déesse qui exige la mort de ses enfants. Je vous offre un choix.

– Lequel? demanda Prisca.

– L'une de vous deux doit me sacrifier son pouvoir pour remplir de magie la pierre manquante, dévoila Freya. Je sais que c'est un choix difficile, pour chacune de vous, mais c'est la seule solution.

Inès cilla. Peu importe que ce soit elle ou Prisca qui abandonne son pouvoir à la déesse, cela signifiait qu'aucune d'elles ne pourrait rentrer sur Terre. Un poids pesa sur sa poitrine à l'idée qu'elle ne reverrait jamais son père. Mais avant qu'Inès ou Prisca ait le temps de répondre, Alviss s'agenouilla entre elles et la déesse. Sa main sectionnée gisait sur ses genoux. Il était très pâle et semblait sur le point de s'évanouir.

– Je suis un Jötunn. Prenez mon pouvoir à la place, je n'en ai jamais voulu.

– Alviss, non! s'exclama Prisca. Ce n'est pas juste, tu n'as pas à faire ça.

– Inès était prête à se sacrifier pour moi, dit-il tout bas.

– C'est ce que font les amis, répondit Inès avec conviction. Tu aurais fait pareil, je le sais.

– C'est ce que je fais maintenant, c'est mon choix, l'interrompit gentiment Alviss. Et comme je l'ai dit, je n'ai jamais voulu de cette puissance de toute manière. Je ne suis qu'un Nain et pas un Géant de Muspellheim ou une déesse de la mort. Est-ce que cela suffira?

Freya le considéra une seconde avant de hocher la tête.

– La force et le courage ne sont pas conditionnés par la taille. Tu portes un grand pouvoir en toi, jeune

Nain, un pouvoir ancien. Es-tu certain de vouloir t'en séparer ?

Alviss acquiesça avec un sourire.

– Je n'ai jamais été aussi sûr de ma vie.

Submergée par les émotions contradictoires, Inès se leva et se jeta dans les bras du jeune homme. Ils avaient partagé tant de choses, tant d'aventures et de rires. Maintenant, c'était elle qui ne trouvait pas les mots, mais elle n'en eut pas besoin. Elle les mit tous dans cette étreinte. Prisca se coula contre elle et ils se serrèrent les uns les autres pendant une longue minute.

– Merci pour tout ce que vous avez fait, leur dit Alviss en les libérant.

Prisca ne dit rien, des larmes dévalaient ses joues. Inès hocha la tête, la gorge nouée. Freya tendit une main vers Alviss qui la saisit sans hésitation, irradiant de sérénité. Une lumière éclatante l'enveloppa, aveuglante et pure comme un matin de printemps.

Quand elles rouvrirent les yeux, Alviss flottait à quelques centimètres au-dessus du sol. Un éclat de lumière jaillit de sa poitrine et se transforma en une pierre d'un beau noir tirant sur le vert. Le prince nain flotta jusqu'au sol, endormi. Sa peau avait repris une couleur normale mais sa main droite et l'auriculaire ainsi que la moitié de son annulaire gauches manqueraient toujours.

Freya saisit la gemme avec délicatesse et la plaça dans l'espace vide de son collier. La déesse irradiait de lumière par chacun des pores de sa peau. Elle émit un soupir satisfait et, du talon de sa lance, frappa le sol trois fois.

L'onde lumineuse se propagea vers l'horizon à toute vitesse. Les corps des Destructeurs furent vaporisés en quelques secondes, ne laissant derrière eux qu'une fine poussière noire et des hommes évanouis au sol. Les nuages se dissipèrent pour faire apparaître un beau soleil d'hiver. Une vague de bien-être traversa Inès, lui insufflant l'énergie qu'elle avait perdue. Ses blessures se résorbèrent en picotant. Sa vision s'éclaircit, le voile noir s'étiolant jusqu'à ce que sa vue se stabilise. Inès retira les lunettes fabriquées par Alviss qui n'étaient plus adaptées mais réalisa qu'elle ne savait pas où se trouvait son ancienne paire. Elle devrait faire sans, en attendant de rentrer chez elle. Prisca vit aussi ses coupures se refermer en cicatrices propres et nettes.

– Voilà qui devrait suffire pour faire renaître la magie et venir à bout des créations ratées d'Odin. Oh, j'allais oublier, dit-elle en se penchant vers Inès. Je vais arranger ça.

Elle apposa son index sur chacune des joues de l'adolescente. Les cicatrices en forme de rune la démangèrent et elle sut que la déesse les avait fait disparaître. Lorsqu'elle tendit son doigt vers la marque sur son bras, Inès recula d'un pas.

– Je crois que je vais garder celle-là. En souvenir.

Freya sourit et lui adressa un clin d'œil complice, visiblement satisfaite. Puis elle se tourna vers l'arche.

– Quant à cette faille, Prisca, Inès, je pense que l'honneur vous revient. Elle mène en Asgard, le monde où se trouve le palais de ce cher Odin, mais je pense qu'il mérite de rester enfermé là-bas encore un peu, à réfléchir sur ses actions.

Inès pivota vers Prisca. Celle-ci hocha la tête et lui tendit la main. Quand Inès la saisit, elle sentit la chaleur du lien qui les unissait vibrer à l'unisson de leurs deux cœurs. Elle fut envahie par une immense gratitude. Ses doigts pressèrent ceux de Prisca.

– C'est grâce à toi, lui dit Prisca.

– C'est nous deux, répondit Inès. Il est temps d'en finir, et de rentrer chez nous.

– Avec plaisir ! s'exclama la berserker.

Main dans la main, elles se placèrent devant l'arche. Elles virent le monde dévasté qui se trouvait de l'autre côté, ses plaines arides et brûlées, les montagnes fumantes et la nature mourante, la mer démontée et grise s'écrasant contre les falaises stériles. Une désolation qui leur serra le cœur.

Inès leva la main vers la lumière bleue et saisit l'un des pans de ce voile immatériel qui constituait les failles. Prisca l'imita et d'un geste coordonné, elles refermèrent le passage. Définitivement.

Épilogue

Thora versa des feuilles séchées dans le récipient posé au-dessus du petit feu. Alviss entreprit de distribuer les tasses, étonnamment habile avec une seule main. Les berserkers les avaient rejoints après l'annihilation des Destructeurs par Freya. Les rayons du soleil les baignaient d'une agréable chaleur en dépit de la température basse.

Assis en cercle autour du foyer, tous observaient Freya sans un mot. Les questions se bousculaient contre les lèvres de Prisca mais elle n'osait pas briser le silence. Freya accepta la tasse toute simple que lui tendit Thora d'un geste respectueux.

– Je sais que vous avez des questions, dit la déesse avec un sourire en coin. Allez-y.

– C'est Odin qui a créé les Destructeurs, dit Inès. Pourquoi ? Par simple jalousie ?

Prisca fit la moue. Elle avait décidément une très mauvaise influence sur Inès. Jamais la jeune fille n'aurait osé mettre ainsi les pieds dans le plat avant qu'elles changent de monde. Freya ne sembla pas se formaliser. Elle hocha la tête.

– Il se cache dans son palais vide, continua Inès. Il a essayé de nous empêcher de venir jusqu'ici. Pourquoi ?

– L'orgueil, probablement, répondit la déesse. Odin n'est pas une personne qui aime se remettre en question. Il a préféré cacher son erreur plutôt que de l'assumer. Je pense qu'il n'avait pas anticipé que sa magie allait disparaître avec moi.

– Magie qu'il vous a volée ! s'insurgea Inès. Enfin d'après les légendes de notre monde.

– C'était il y a si longtemps, répondit Freya, son regard se perdant dans le vague. Il a la mémoire courte quand ça l'arrange.

– Donc il a préféré se cacher pour que personne ne sache ce qu'il avait fait, quitte à perdre ses pouvoirs plutôt que d'essayer d'arranger la situation, résuma Prisca.

– La vanité des hommes, murmura Freya avec un rictus.

Prisca rumina cette pensée un instant.

– Que va-t-il arriver aux Destructeurs ? Ce sont des hommes, des berserkers et des victimes.

Freya adressa un sourire chaleureux à la jeune fille.

– Tu as bon cœur, et tu as raison, ce sont des victimes. Je vais m'occuper d'eux, les ramener à leur état normal. Les valkyries m'aideront à les retrouver et à les soigner avant que je libère Odin, ainsi ils ne seront plus en son pouvoir.

Prisca acquiesça alors que ses pensées volaient jusqu'à Brynhild et Helheim.

– Pourquoi personne n'est venu vous sauver ? Où sont les autres dieux ? Seule Hela semblait se soucier de votre sort.

– Quand la magie a décliné ici, ils ont essaimé sur d'autres mondes, préférant ouvrir de nouvelles voies, suggéra Freya. L'aventure les attire plus que la consolidation.

– Alors... il existe vraiment plus de neuf mondes ? demanda Inès.

– Beaucoup plus, oui. Astrid, ta mère, me parlait souvent de comment les légendes se forment sur Terre, des histoires que l'on raconte sur moi et mes semblables. La manière dont votre peuple, dit-elle en se tournant vers Solveig et ses berserkers, a réussi à transformer la réalité au fur et à mesure de ses voyages est fascinante. Mais toutes, vous venez d'ici, de ce monde-là.

Prisca prit le temps de digérer l'information. Sa famille venait d'ici. Peut-être était-elle une lointaine cousine de Thora. Elle avait envie d'en savoir plus, d'apprendre les légendes de ce peuple retrouvé, de confronter ses nouveaux amis à ses propres connaissances. Elle avait envie de courir dans les forêts avec ses semblables. Elle lut sur le visage d'Inès la même envie. La déesse se tourna vers les deux adolescentes rassemblées autour d'elle.

– Cependant, il est temps pour chacun de vous de poursuivre son chemin. Il est aussi temps pour moi de confronter Odin, dit la déesse, et son sourire se fit carnassier. C'est le moment de vous dire au revoir. Enfin, pour celles qui partent.

– Comment ça « celles » ? demanda Prisca, étonnée.

Son regard tomba sur Alviss, resté étonnamment silencieux. Il échangea un regard complice avec Thora avant de relever la tête vers les deux filles.

– Tu ne rentres pas à Nidavellir ? demanda Prisca.

– Je vais rester un peu par ici, dit le jeune prince. Je ne ressens ni l'envie ni le besoin de rejoindre les miens. Mais à terme, je voudrais aider à rouvrir les voies entre Svartálfheim et ce monde.

La nouvelle fut un choc pour les deux adolescentes. Inès ne put retenir ses larmes. Elle n'avait jamais vraiment pensé à l'après, et depuis leur rencontre, Alviss avait su s'intégrer dans leur petit duo sans heurts. Une bouffée de gratitude l'envahit. Pendant une seconde, elle voulut protester, négocier, puis elle se ravisa. Alviss n'allait pas l'accompagner sur Terre, sa place n'y était pas. Son cœur se serra. Quand elle se tourna vers Prisca, celle-ci aussi avait les yeux embués, même si elle essayait de le dissimuler derrière ses sourcils froncés.

Le prince nain se leva pour les rejoindre et leur prit chacune la main.

– Je voulais vous remercier, du fond du cœur. Sans vous, je serais encore ce Nain malheureux, enfermé dans le palais d'un père qui ne veut pas le voir tel qu'il est vraiment. Grâce à vous, je sais qui je suis et ce dont je suis capable. Et ce n'est qu'un au revoir, leur promit-il.

Ne pouvant plus retenir ses sanglots, Inès se jeta au cou d'Alviss, imitée à sa grande surprise par Prisca. Le Prince laissa échapper un rire amusé et doux, les serra fort dans ses bras.

Lorsqu'elle se dégagea, Inès retira ses lunettes embuées pour les nettoyer. Prisca avait les paupières rouges et gonflées.

– Nous nous reverrons, le rassura Inès. À présent, nous pouvons voyager jusqu'ici. Nous irons aussi rendre visite à Brynhild et Hela, qu'en penses-tu ?

– Oui, j'aimerais beaucoup les revoir, acquiesça Prisca.

Elle avait encore du mal à réaliser que tout était fini, qu'elle allait quitter ses amis et rentrer chez elle, à Paris, retrouver sa tante, le lycée, sa vie d'avant. Enfin, pas tout à fait. Midgard les attendait et son rôle de Gardienne aussi. Mais elle n'était plus seule à présent. Inès veillerait avec elle sur les passages menant à la Terre.

Freya posa sa tasse à laquelle elle n'avait pas touché, claqua des doigts, et un paysage familier apparut dans la lumière bleutée de l'arche. Une impasse, de nuit, seulement éclairée par un lampadaire. Inès s'avança et reconnut l'encadrement de la porte cochère. Une pointe d'angoisse lui tordit l'estomac. Comment allait-elle expliquer sa disparition à son père ? Qu'allait-elle lui dire ?

La main de Prisca trouva la sienne et une sérénité nouvelle l'envahit. Quoi qu'il se passe, elles l'affronteraient ensemble. Elle sentit son esprit effleurer le sien. *Rentrons.*

GLOSSAIRE

ægishjálmur : le heaume de crainte, symbole viking de terreur. Il se compose de huit pointes ressemblant à des tridents avec des dents incurvées, toutes pointées vers l'extérieur, et un cercle au centre. Symbole de protection que les guerriers se peignaient ou se tatouaient sur le corps pour revenir victorieux de la bataille.

Ásatrú : religion néopaganiste scandinave et germanique, basée sur les enseignements des sagas islandaises, de l'*Edda poétique* et de l'*Edda de Snorri*.

Ases : dans la mythologie nordique, les Ases forment le groupe de dieux principaux, liés à Odin, et habitant la cité d'Asgard. Ils co-existent avec deux autres groupes de divinités, les Vanes et les Dises.

berserkers : guerriers, liés à Odin, capables de se transformer en animaux pour la bataille et ne ressentant ni peur ni douleur lorsqu'ils entrent dans la rage guerrière.

collier des Brísingar : collier de la déesse Freya, fabriqué par les Nains.

Dises : les Dises forment un ensemble de divinités féminines, dont font partie les Nornes, sur lesquelles peu de choses sont connues, si ce n'est qu'elles sont associées à la mort.

Eddas : manuscrits compilant les légendes de la mythologie nordique.

Futhark ancien : plus ancienne forme d'alphabet runique (IIe-VIIIe siècles), composé de 24 runes et utilisé par les peuples germaniques à la surface d'objets divers (bijoux, amulettes, outils, armes, pierres runiques...).

Gjallarbrú : pont sur la Gjöll.

Gjöll : la rivière des morts en Helheim.

Helveg : chemin des morts en Helheim.

holmgang : forme médiévale de duel en Scandinavie. Il s'agissait d'un moyen courant de résoudre les conflits.

Hugin et Mugin : corbeaux familiers d'Odin pouvant survoler les différents mondes et le tenir au courant de tout ce qu'il s'y passe.

Jötunn : ce terme signifie « géant » en vieux norrois. Il est associé à des créatures humanoïdes personnifiant les forces de la nature, dotées d'une force impressionnante ainsi que, parfois, de pouvoirs divins comme celui de la métamorphose et de l'illusion. Ils vivent habituellement à Jötunheim.

Nornes : puissantes *völvas* au nombre de trois, elles vivent sous la protection du grand Yggdrasil, l'Arbre-Monde au centre du cosmos, où elles gravent le destin de chaque enfant.

Ragnarök : la fin du monde comme annoncée dans la mythologie nordique, au cours de laquelle les dieux s'affronteront et le monde sera détruit. Les survivants, dieux et hommes, repeupleront la terre.

seidr : la magie, l'ensemble des pratiques magiques dans la mythologie nordique : la divination, la lecture des runes, la transe, la transformation animale. Généralement pratiqué par les femmes. Freya apprend le *seidr* aux Ases mais seul Odin parvient à le maîtriser.

skali : maison traditionnelle scandinave, généralement en bois et de plain-pied, qui comprend une salle centrale au milieu de laquelle se trouve le foyer. On s'y réunit pour discuter, manger et prendre des décisions.

spá : la transe.

Valhalla : endroit où les valeureux guerriers défunts sont amenés. Se trouve en Asgard.

valknut : ou « nœud des occis », c'est une figure composée de trois triangles entrelacés, liée au dieu Odin, qui évoque la vaillance et la mort, et le lien à Yggdrasil.

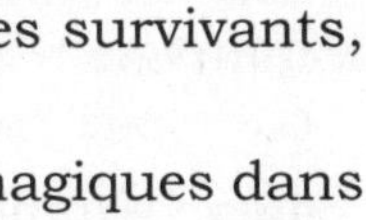

valkyries : guerrières mythologiques au service d'Odin, qui menaient les batailles, distribuaient la mort parmi les guerriers et emmenaient les héros morts au combat jusqu'au Valhalla.

Vanes : groupe de divinités associées aux cultes de la fertilité, de la fécondité, de la sagesse, qui vivent en Vanaheim. Ce groupe de dieux est aussi associé à la magie puisque c'est Freya qui enseigna le *seidr* aux Ases et aux Géants, ainsi que l'art astral à Odin. Une guerre les opposa aux Ases qui se conclut par une trêve et l'échange de divinités, dont Freya et Freyr, qui rejoignirent les Ases.

vegvísir : ou « boussole viking », c'est un vieux symbole nordique comprenant huit runes partant d'un point central. Dans les manuscrits, il est dit que « si ce signe est porté, on ne perdra jamais son chemin dans les tempêtes ou par mauvais temps, même lorsque le chemin n'est pas connu ».

völva : femme chamane dans la tradition scandinave. Les völva sont des sages qui soignent et peuvent prédire l'avenir ou interpréter les signes de la nature.

Yggdrasil : Arbre-Monde qui contient l'ensemble des 9 mondes de la mythologie nordique entre ses branches et ses racines. Des créatures et des monstres vivent également dans l'arbre. Ces 9 mondes sont : Midgard : la Terre ; Álfheim : royaume des elfes clairs aussi appelés Alfes ; Helheim : royaume des morts ; Svarthálfeim : royaume des elfes sombres, aussi appelés Nains ; Asgard : royaume des Ases ; Muspellheim : royaume de feu ; Vanaheim : royaume des Vanes ; Jötunheim : royaume des Géants ; Niflheim : royaume des brumes.

RUNES MENTIONNÉES DANS LE ROMAN

ᚨ	**Ansuz**	rune liée à la parole, au savoir et à la sagesse, associée à Odin.
ᛞ	**Dagaz**	rune du jour qui se lève, protection contre les esprits nuisibles.
ᛖ	**Ehwaz**	rune de la mobilité et du mouvement, du voyage.
ᛇ	**Eihwaz**	rune protectrice liée à la vie et à la mort ainsi qu'à l'occultisme.
ᛉ	**Elhaz**	rune de protection naturelle, liée à Yggdrasil l'Arbre-Monde et aux valkyries.
ᚠ	**Fehu**	rune associée au feu.
ᚺ	**Hagalaz**	rune liée au changement, aux périodes difficiles, aux difficultés.
ᛁ	**Isa**	rune de glace.
ᛃ	**Jera**	rune de la joie et du succès, liée à Freya et Freyr, les dieux jumeaux.
ᛗ	**Mannaz**	rune qui symbolise l'humanité, l'entraide entre les hommes, la solidarité.
ᛈ	**Perthro**	rune liée à la divination, à la connaissance de soi.
ᚱ	**Raidho**	rune du voyage.
ᛊ	**Sowilo**	rune liée au soleil, à la lumière qui éclaire les chemins sombres, à la victoire.
ᚦ	**Thurisaz**	rune d'attaque ou de défense, liée à la foudre et à Thor.
ᚢ	**Uruz**	rune liée à la gestation, à la recherche de soi, à la renaissance.

FUTHARK ANCIEN

ᚠ	ᚢ	ᚦ	ᚨ
Fehu	**Uruz**	**Thurisaz**	**Ansuz**
ᚱ	ᚲ	ᚷ	ᚹ
Raidho	**Kaunan**	**Gebo**	**Wunjo**
ᚺ	ᚾ	ᛁ	ᛃ
Hagalaz	**Naudiz**	**Isa**	**Jera**
ᛇ	ᛈ	ᛉ	ᛊ
Eihwaz	**Perthro**	**Elhaz**	**Sowilo**
ᛏ	ᛒ	ᛖ	ᛗ
Tiwaz	**Berkanan**	**Ehwaz**	**Mannaz**
ᛚ	ᛜ	ᛟ	ᛞ
Laguz	**Ingwaz**	**Othila**	**Dagaz**

L'AUTRICE

Née en 1989, **Floriane Soulas** a grandi entre Paris et la banlieue parisienne. Après des études en école d'ingénieurs, elle obtient un doctorat en génie mécanique, mais la littérature qu'elle dévore dès son plus jeune âge la rattrape.

Aujourd'hui, elle partage son temps entre son travail d'ingénieure aéronautique et l'écriture, avec la volonté de montrer que les jeunes filles ont leur place partout, que ce soit dans les sciences ou la littérature. Elle a à cœur de mettre en avant des héroïnes réalistes et passionnées et des histoires qui font rêver autant que réfléchir sur le monde.

Retrouvez tous nos titres sur notre site
www.rageot.fr

PAPIER À BASE DE FIBRES CERTIFIÉES

RAGEOT s'engage pour l'environnement en réduisant l'empreinte carbone de ses livres. Celle de cet exemplaire est de :
750 g éq. CO_2
Rendez-vous sur www.rageot-durable.fr

Cet ouvrage a été composé par IGS-CP
à L'Isle-d'Espagnac (16)

Cet ouvrage a été imprimé
en Italie en juillet 2024
par Grafica Veneta (Trebaseleghe)
Dépôt légal : août 2024
N° d'édition : 8102 -01